七班阅读

魅丽文化 花火工作室

# 专属深艾

冰块儿 | 著

江苏凤凰文艺出版社
JIANGSU PHOENIX LITERATURE AND
ART PUBLISHING

图书在版编目（CIP）数据

专属深艾 / 冰块儿著. — 南京 : 江苏凤凰文艺出
版社, 2020.11
ISBN 978-7-5594-5178-1

Ⅰ. ①专… Ⅱ. ①冰… Ⅲ. ①长篇小说 - 中国 - 当代
Ⅳ. ①I247.5

中国版本图书馆CIP数据核字(2020)第178179号

# 专属深艾

冰块儿 著

责任编辑　张　倩
特约编辑　黄　欢　胡　蓉
装帧设计　苏　茶
出版发行　江苏凤凰文艺出版社
　　　　　南京市中央路165号，邮编：210009
网　　址　http://www.jswenyi.com
印　　刷　湖南天闻新华印务有限公司
开　　本　880mm × 1230mm 1/32
印　　张　10
字　　数　210千字
版　　次　2020年11月第1版
印　　次　2020年11月第1次印刷
书　　号　ISBN 978-7-5594-5178-1
定　　价　42.80元

# 目录 Contents

# 目录 Contents

## 第一章
## 看我今晚怎么整他

中午十二点，电视台大厦摄影棚内，《超级访客》的访谈节目正录制着。

女主持人范薇将鬓角的发丝往耳后一撩，露出略施粉黛的秀丽脸庞，声音温柔似水：“你的粉丝一定很想知道，你歇影这一年做什么去了，能否告诉大家呢，流深？”

江流深粲然一笑，脸部轮廓分明，鼻尖高挺，眼窝深邃，眼尾微微上挑，带着几分轻佻的痞气和若有似无的深情，似是一坛陈酿，能瞬间让人沉醉。

连他说出的话也相当“醉人”。

“我的粉丝应该都知道，我去英国温斯特大学进修表演了，看来范老师不是我的粉丝啊。”

范薇笑容一僵，立刻掩饰过去，打趣道：“怎么会呢？我可是看你的戏长大的。”

“范老师客气了，明眼人一看就知道您比我年长，应该是您看着我长大的才对。”江流深依然温文尔雅地保持着微笑。

“也对，呵呵……”范薇尴尬地笑了笑。

业内都说江流深是个披着优雅绅士皮的毒舌恶魔，她原本不信。一个男人英俊到这种程度，性格坏点又怎么了？或许还更添魅力呢。直到访谈开始，她才知道自己错得有多离谱。

范薇秉持着敬业的工作态度，只能按捺住火气问下去，却故意挑了个尖锐的问题。

“为什么突然决定歇影一年去进修呢？是不是前年没能蝉联金影奖最佳男主角对你打击太大了？”

这个问题让一旁的导演都捏了把汗，生怕向来玩世不恭的江大影帝突然甩脸不干。

可江流深面无异色，语气随意："就想给自己放个长假呗，总得找个正当理由粉丝才能接受吧，何况我都蝉联两届最佳男主角了，要是再赢，我怕其他人心灰意冷失去斗志，那我岂不是成了演艺圈的害群之马？"说完他又冲导演笑了笑，"这段记得剪掉。"

范薇的嘴角一抽，算是明白了，十二岁就参演电影，至今艺龄已十四载的史上最年轻影帝，江太子爷，确实是演艺圈难得一见的奇才加奇葩。

录制结束一回到休息室，江流深便卸下了优雅的风度，"啪"的一声将台本甩到桌上，不耐烦地扯开衬衣袖扣。

"服了，你看到那姓范的眼神没？都快冒出火了，她难道以为我会被她这种平胸大妈勾引？"

助理徐阳忙不迭地替他脱下西装："火再旺，也被你怼灭了。"

江流深冷哼："小芙被这女人嘲笑过，她能忍，我可没那么大方。"

江小芙，天疆娱乐董事长的独生女，目前正担任某档热门娱乐综艺的女主持人，本可以凭借家境背景在这一行混得风生水起，偏偏不爱走寻常路，隐瞒身份低调做人，可又因年轻貌美迅速蹿红，总有明里暗里说闲话的，讥讽她是靠潜规则上位。

徐阳道："知道你最疼你堂妹，但你也太不给面子了啊，我的哥。"

"面子？我没要求他们台长辞了她就已经够给她面子了。"

江流深松了松衬衫领口，往沙发上一坐，架起长腿，朝徐阳抬了抬下巴："晚会的串词再给我看一遍。"

徐阳立刻从包里拿出一叠纸递给他，心下稍感欣慰。江太子爷虽然总是一副游戏人间的散漫样子，但对待工作兢兢业业，比起那些一有点人气就目中无人、颐指气使的明星好带多了。

江流深看了会儿节目流程，目光落到某个名字上，微微皱眉："这个叫夏希艾的什么来头，昨晚彩排居然没来，这么大牌？我怎么没听说过？"

徐阳对娱乐圈近闻如数家珍："就是你歇影这一年红起来的，你没听过也正常。选秀出道的歌手，被称为天籁之音，歌唱得好，长得也好看，是现在新人里最火的，一年就三千万粉了。”

“三千万？这是坐火箭飞升啊。”

江流深的微博粉丝虽然比对方多了三倍，现在九千多万，可那是他这十几年认认真真靠脸、靠实力打拼出来的，通常爆红的新人一年能涨一两千万就算顶尖了。这姓夏的区区一个选秀歌手，居然能涨三千万，即便是在人气偶像层出不穷的娱乐圈也属罕见。

“捧得越高，摔得越惨，就这工作态度，过两年就查无此人了，你信不信？”江流深不屑，他见多了这种一夜爆红的明星，没几个能在娱乐圈真正立稳脚跟，前些年大火的那些星光熠熠的名字，现在早就蒙了一层灰了。

他又看了一眼节目单上“夏希艾”这三个字，冷哼一声。

“我主持的晚会都敢放鸽子，看我今晚怎么整他。”

一年一度的中秋晚会，其隆重程度仅次于春节晚会，除了老一辈艺术家，向来只有最当红、没黑点的明星艺人可以登台表演，全国实时直播，容不得一点闪失，是故所有表演嘉宾在晚会开始前三四个小时就已到达后台化妆间，进行紧张忙碌的准备工作和花絮采访。

化妆师Sherry（雪莉）用刷子取了点定妆粉，轻轻扫过面前人精致的脸颊和鼻尖。

“阿……阿嚏！”夏希艾揉了揉鼻子，清俊的眉眼皱起来，“好痒……能不化了吗？”

Sherry笑道：“也不是不行，你本来就长得好看，但不定妆的话一会儿会出油，你也不想满面油光地面对全国观众吧？”

夏希艾一听这话，只好认了，但脸上还是不太情愿：“我有时候会想，粉丝到底是喜欢我的脸，还是喜欢听我的歌？”

他长得俊俏，瞳仁大而黑，可亮澄澄的眼睛里无端带着几分生人勿近的凉薄，又因不爱笑，总冷着张脸，常被粉丝们戏称为“盐系小天使”，他此刻露出略显苦恼的神色，连Sherry这种见惯了明星的老阿姨也忍不住露出欣赏的目光。

“当然是都喜欢，弟弟，你这是老天爷赏饭吃，别人羡慕都羡慕不来的。”她最后扫了一下他的额头，“好了，再涂个唇膏就完事了，张嘴。”

夏希艾立刻听话地张开嘴，希望她赶紧化完。

“你知道你这叫什么唇形吗？”Sherry 边拿唇刷上唇膏边问，见夏希艾摇了摇头，笑着说，“这叫爱神之弓，你看，你上唇边缘是弓形的，唇珠明显，很有特点啊。”

夏希艾不甚明白。他不觉得自己长得有什么特别的，甚至还不太满意，明明都二十岁出头了，脸部轮廓还不如一些十几岁的少年偶像硬朗分明。

夏希艾化完妆，穿上演出汉服，他的无脑吹助理许彤在一旁直吹他貌美若仙子，夏希艾无语：“够了，带我去拜访一下导演，我昨天没来彩排，得去道个歉。”

他昨晚原本是要来的，然而公司给他安排的商演行程太满，累得焦头烂额。他前几天就开始身体不舒服，昨晚的活动又遇上小雨，为了不辜负粉丝的期待，硬撑着唱完歌，结果一下台就昏倒了，被送到医院输了一晚上液，刚感觉恢复了点精神便赶来现场。

所幸他的表演并不需要多少走位动作，这天提早来熟悉了一下场地，应该没多大问题。

许彤笑着继续吹：“没问题！我们家希艾真懂事，一会儿给你买你最爱的奶茶。”

夏希艾点点头，催促她赶紧带自己去。

两人刚走出化妆间，忽然看到过道尽头的后台大门被撞开，一群媒体记者挤作一团涌进来，似乎在竞相拍摄什么人，闪光灯、嘈杂声不断。

这浩大的阵仗夏希艾不是没见过，他出名之后每次接送机都会有这样长枪短炮的场面，可这天的晚会除了他，几乎都是老一辈或实力派，即使有几个偶像歌手，人气也没有那么高的。

“这谁？”他好奇地问。

许彤踮脚张望，仿佛瞧见了什么，激动地惊呼一声：“是江流深！”

“原来是他……”

夏希艾在十九岁参加选秀之前，其实并不怎么关注娱乐圈，但江流深这个名字实在太过耳熟能详，每年暑假电视台都会轮播他参演的经典电视剧，他担当男主角的知名电影更是数不胜数，光夏希艾能列举出来的就有七八部。

他也踮起脚张望：“我还没见过他本人呢，不知道是不是长得像电视上一样。”

说话间，记者已经簇拥着江流深来到跟前，提问声一声盖过一声——

“深哥！看这里！请问你这一年在国外进修表演有何收获？可以跟我们分享一下吗？”

“你是不是因为错失前年的金影奖最佳男主才歇影一年的呢？”

“流深！这是你第一次担当主持人，还是这样的大舞台，紧张吗？”

媒体记者的各种声音混杂在一起，乱哄哄的一片，能听清的没几个。

被围在中间由保安护着前行的江流深戴着大框墨镜，只有高挺的鼻梁、微挑的嘴唇和俊朗的脸部线条暴露在接连不断的闪光灯中。

他走到自己的化妆间前，忽而一抬手，摘下墨镜，在众人还未开始疯狂拍摄前，没有任何温度地勾唇一笑。

“怎么，我歇影一年，大家是忘了我不喜欢闪光灯了吗？”

他直接点名几个镜头快戳到他脸上的：“康宇传媒、新娱频道、乐乐电台、阳光文化，你们几位，新来的？”

徐阳在一旁焦急地扯了扯他的衣袖，可他丝毫不以为意，继续道：“各位媒体朋友想采访，那就好好问，你们尊重我，我才能尊重你们，把后台搞得乱哄哄的，影响我就算了，要是影响了……”

他的话语戛然而止，像是被按了暂停键。

感官灵敏的记者们立刻顺着他的视线，回头看向对面的化妆间。

夏希艾突然被十几双眼睛齐刷刷地盯住，心下一怵，赶紧拉着许彤躲回自己的化妆间，“啪”的一声关上门。

娱记们只好又转头去看此次采访的重点对象。

可面前哪里还有人影？

徐阳锁上门，虚脱般倒进沙发：“早知道就应该多喊几个保安，我感觉我被挤瘦了十斤……你说你这一年没出现了，怎么人气不降反升啊？”

江流深挑眉：“怎么说话呢？”

徐阳翻白眼：“你还敢说我，刚刚在外面也太嚣张了吧？当心今晚‘江流深耍大牌’被买上热搜，有些人心眼小着呢。你才刚回归，低调点行不？”

早已在化妆间等候的造型师 Alan（艾伦）笑道：“我们深哥还用担心这个？谁敢写他一句坏话，立刻就被江夫人请去喝茶。”

但凡了解点娱乐圈八卦的，都知道江流深家最令人忌惮的不是他叱咤商界的董事长父亲，而是那位雷厉风行、宠儿过度的歌星母亲。但凡自家儿子有任何不实负面新闻传出，不到半天她就能将其扼杀在根源处，否则以江流深这脾气性格，怕是早就被媒体喷得体无完肤了。

他也丝毫不介意利用家里的资源摆平那些莫须有的事，他可不像江小芙那傻丫头，明明出生在终点，却非要退回起点给自己找罪受。

“我妈这两天忙着筹备世界巡回音乐会呢，我都好几天没见着她了。”江流深往化妆椅上一坐，闭上眼，突然想起了什么，又睁开眼。

“刚刚站在对面门口的，谁啊？”

徐阳还累着，开了瓶矿泉水，随口道：“就是之前跟你说过的夏希艾啊。”

“哦，就是他啊……”江流深琢磨了会儿，“他旁边那个小姐姐的身材真好。”

“噗——”

徐阳的水喷了一地。

“哥……您真的是……能不能有点身为偶像的节操？跟你说过多少次了，这种事心里想想就好，别说出来！”

江流深浑然不觉有什么不妥：“我可是实力派，就算是偶像又怎么了？偶像就不能喜欢性感萌妹了？”

徐阳无语凝噎。

这位祖宗在成年生日会上被问及理想型时，语不惊人死不休地当着几十家直播媒体的面说：“没什么特别要求，但必须身材好。”

十分钟后这句话就上了热搜。

徐阳对自家祖宗头疼归头疼，接手贴身助理职位后这五六年间，也了解江流深其实并非人们所想的那样。他对身材好的妹子的热爱只是欣赏，就跟女生看到可爱猫咪似的，纯粹喜欢，毫无龌龊之念。曾经有些拎不清的女艺人企图以此倒贴勾引，最后都被保镖无情地架了出去。

在感情方面，江流深确实是清清白白、端端正正的合格偶像。

可他偏偏生了副俊美潇洒的面容，微挑的眼看谁都像是深情款款，勾了无数少女、阿姨的芳心，哪怕亲口宣告自己没有感情经历，恐怕也无人会信。

“行了……别想这些乱七八糟的了。”徐阳心力憔悴地扶额，“门口的记者应该都被保安撵走了，我去给你拿点暖宝宝来，你多贴点，别一会儿又犯胃病。”

“好，我歇会儿。”江流深惬意地靠在椅背上，示意 Alan 可以开始搞造型了。

他闭上眼，想养会儿神，可脑子不受控地回想起刚才在走道上看到的画面。

他脑子里浮现出的身影不是大胸小姐姐，而是旁边那个好看得有点过分的小哥哥，一身素白汉服穿出了清俊出尘的味道。

夏希艾吗……

如果是艾草的意思，那倒是个动听的名字。

晚上八点，中秋晚会准时开始。

一段载歌载舞的隆重表演之后，四位主持人在伴舞的簇拥下走到台前。

“各位亲爱的观众朋友！”

“全世界的华人华侨朋友们！”

“大家晚上好！”

……

趁台上正表演着，江流深走下舞台疾步朝化妆间走去，更换服装的时间太仓促，只能边走边解衣扣，将换下的西服往身旁的徐阳怀里甩。

徐阳小心地捧着赞助服，这都是全球首穿款，虽然各大品牌方送来的衣服都快堆成山，但毕竟是要还回去的，要是弄坏了一星半点，扣的是他的工资，怎么能不悠着点？

“这串词念得我想睡觉。”江流深利落地解了领结，接过 Alan 递来的新套装，边换边说，“我看前排有位老大爷都已经打盹了，被邓康那大嗓门一喊，又吓醒了，我差点笑出声。”

徐阳道：“毕竟是面向全国的，总要庄重正式点。”

江流深不屑地哼了一声：“要不是我爸爱看，我才不接这什么中秋晚会主持。”

徐阳硬憋住笑，不敢接话头：“董事长也是……也是为了你好，多少人挤破头想上这舞台都没机会，全国八台直播，上一次台国民度飞升啊。”

“我还需要蹭国民度？”江流深像是听了什么笑话，嗤笑，“观众朋友看我这张英俊潇洒的脸怕是都看腻了。”

徐阳无语，抬手看了一眼手表：“还有一刻钟上场，抓紧了。”

“好了好了。”江流深正了正温莎结，让 Alan 稍微整理了一下发型，便打开门走出化妆间，“对了，下一个节目是……”

江流深的话没说完，就看到下一个节目的表演嘉宾从对门走出来。

夏希艾看到对面化妆间走出的人，一愣。

江流深一身深色暗纹西装，褐金的丝线在灯光下流转折射出低调而奢华的微光，衬得他本就英俊张扬的脸更加贵气优雅。

果然真人比电视上还帅啊。夏希艾在心里默默道。

他还没入行前，只能通过电视、网络了解这些大明星。在他印象里，有些明星会在某个时间段频繁而密集地出现，过一阵子就消失了，也不知道去了哪里；而有一些明星则是常青树，永远活跃在荧屏上，仿佛有演不完的戏。后者大多是老戏骨，但也有少数年轻演员。

江流深就是其中之一。

他这副好相貌，想忘记都很难，何况他出演了那么多经典影视剧，估计全国观众都认识。

夏希艾在选秀中夺冠爆火后，进入娱乐圈见到了不少以前只在电视上见过的大人物，倒也没怎么想起江流深，并不知道他出国进修去了，在后台碰到，才想起来确实有段时间没看过他演的戏了。

尽管两人的年纪只差了五岁左右，但江流深论资历绝对是他的大前辈，因此夏希艾一出门见着他，愣完神之后立刻恭恭敬敬地弯了弯腰："您好，江……江前辈。"他在礼数客套方面还很欠缺，匆忙之下只想得出这个称呼。

"哟，一开口把我喊老了二十岁。"江流深被逗笑，他到底是老江湖，套近乎的本事炉火纯青，"喊我名字就行了，我们也没差几岁啊，希艾。"

夏希艾诧异地抬眼："您知道我吗？"

江流深微笑："那当然，你这么红，想不知道都很难啊。"

一旁的徐阳在心里翻了个白眼——您老明明才知道有这号人，真是睁着眼说瞎话。

夏希艾却完全信了。他本对自己的名气毫无概念，也不觉得自己有多火，但得到了江流深这种大腕的称赞，忽然就有了一丝"原来我这么有名"的真切感受。

而且他也没想到，像江流深这种级别的演员，居然如此亲切随和，一点架子都没有，顿时看向对方的眼神中多了几分钦佩。

江流深见他一身拖地汉服，后面跟着的经纪人帮忙提衣摆，体贴道："你这身衣服容易皱，上了升降台注意整理下，我先走了，给你报幕去，演出顺利。"

夏希艾点了点头："好的，谢谢江……谢谢你，流深哥。"

江流深刚想转身离开，听见这声称呼，脸上客套的笑容凝了一瞬。

节目之间的串场过渡由四位主持人两两搭档，江流深上个节目是和主持界的大嗓门邓康一起报幕的，这会儿搭档便换成了美女主持人董子璇。

董子璇虽然已经三十岁出头，但保养有方，面容依然如少女般明媚娇艳，白皙靓丽，身着鹅黄色晚礼服却毫不显黑，嗓音清清亮亮的："流深啊，你歇影这一年期间，有没有关注过娱乐圈的新闻呢？”

江流深依照官方给的串词从容应答：“怎么可能不关注呢？娱乐圈日新月异，后起之秀层出不穷，我要是一年不关注，岂不是太落伍了？”

“哈哈，说得有道理，那我就考考你，也考考各位观众朋友，今年啊，有一位特别火的明星，不仅歌唱得特别好听，人长得也特别好看，你们能猜出来是谁吗？”

江流深故作沉思了几秒，这时台下已有不少粉丝激动地喊夏希艾的名字，于是他干脆改了下流程，微笑道：“台下的朋友们已经喊出了我心里的答案，就不用我多说了吧？”

董子璇顺着他的话说：“看来也不用让大家猜了，那不如，我们就请他上来？”

“好啊。”江流深的语调一降，中气十足道，“下面有请夏希艾为我们带来经典歌曲改编翻唱——《望月》！”

当粉丝们热烈的欢呼声平息下去后，黑暗的舞台中心投射下梦幻的湖蓝色灯光，伴随着背景萧乐，升降台缓缓升起，一个清雅出尘的身影逐渐出现在观众的视野中。

江流深本可以去后台休息片刻，可在台下无意间一回眸瞥见了那个身影，就挪不开眼了。

方才未曾发现，此刻灯光暗下来，他才注意到夏希艾穿着的那身汉服上点缀了细碎的闪粉，在梦幻灯光下宛如星芒，熠熠生辉，清俊脱俗中带了几分华丽隆重，两种截然不同的风格偏偏在他身上融合得一点不突兀。

“凭高眺远，见长空万里，云无留迹。

桂魄飞来，光射处，冷浸一天秋碧。

玉宇琼楼，乘鸾来去，人在清凉国。

江山如画，望中烟树历历……”

清澈明净的歌声犹如泉水淙淙流淌而出，台上眉目俊秀的青年高低音切换自如，情感充沛，将一首用宋词编曲的国风歌曲演绎得淋漓尽致，宛若穿越千年时光而来。

江流深在台下静静地听着，竟也有些沉醉。看来他还真有点本事，但有本事并不意味着可以不认真对待工作，对方昨晚没来彩排这点仍然令他有些芥蒂。

一曲毕，台下的掌声热烈，经久不息。

江流深稍整服装，便和董子璇上台进行采访环节。并不是每个演出者都有此待遇，电视台看重夏希艾人气高，能提升收视率，才特意为他多留出几分钟时间。

江流深微微笑了笑，朗声问：“大家觉得刚才这首歌好听吗？”

台下大声欢呼：“好听！”还有人激动地叫喊他们两人的名字，几乎破音。

江流深将事先准备的官方问题抛过去：“希艾，听说这首歌你也有参与改编？太厉害了！”

“我只参与了一小部分而已，主要还是编曲老师的功劳。”夏希艾不太擅长采访，不过好在有准备稿子，“这首歌的词是我很喜欢的一位宋代词人苏轼写的，我觉得我还远不能表现出他词中的意蕴，今后还要继续努力。”

“哈哈，你太谦虚了，值此中秋佳节，你有什么祝福想对家人、朋友以及自己说吗？”

“嗯，我希望我的粉丝们合家团圆，幸福安康，希望自己能创作出更多更好的音乐作品带给大家，有朝一日举办个人演唱会。”

这回答和问题有点对不上号，但江流深没多在意，可能是对方太紧张，忘了说对家人朋友的祝福吧。

几轮官方客套的问答完毕，下一个节目的上场时间也快到了，江流深及时收尾：“感谢你的表演，那我们一会儿再见。”

夏希艾点点头，准备朝旁侧的下台通道走，可刚一迈开步子，不小心踩到自己的拖地衣摆，一时没保持住平衡，眼看就要被绊倒，他惊慌之下手一挥，抓住了离他最近的人。

江流深被猛地这么一拽，差点跟着摔倒，好在他反应迅速，一把将他扶住。

整个过程也就几秒左右，众人还未反应过来，他们已经重新站稳。

夏希艾长舒一口气，刚想道声谢，江流深已拿起话筒从容开口：“希艾啊，看来我们的舞台听完歌也爱上你了，想亲一亲你。”

夏希艾一愣，继而反应过来，跟着观众一起难得地笑了：“谢谢流深哥夸奖。”

江流深莫名被那笑容晃了一下眼。

“不客气。”

夏希艾下了台，表演完的嘉宾便没多少事可做了。他回到自己的化妆间，换下行动不便的演出服，穿上一会儿出席晚宴的西装，坐在沙发上小憩，闭眼前还不忘吸两口温热的奶茶。

许彤刷着微博，兴奋地叫喊：“你的表演热搜第七名啦！弟弟，冲呀！”

夏希艾不在意这些，闭着眼迷迷糊糊快睡着了，突然听到许彤“咦”了一声。

“弟弟，你和江流深一起上热搜了！”

夏希艾心里一跳，睁开眼，疑惑道：“什么？”

许彤挪到他边上来，把手机递给他看：“喏，就刚刚舞台上你差点摔倒那一幕，被抓拍到了。”

夏希艾一看，顿时愣住，照片中他衣袂飘飘，被绅士优雅的江流深搂着腰带起来，两人互相凝视，看起来竟有几分缠绵，像是在跳一支古今碰撞的探戈。

“拍得也太好了吧。”夏希艾喃喃。他都快忘了自己当时有多慌了，毕竟是全国直播的大型晚会，要真摔个狗吃屎可能就成终生黑点了。

许彤点开评论，咂嘴道：“可不，还顺带圈了一批粉丝。”

评论的画风与这张唯美的照片完全不符——

“这也太养眼了吧，啊啊啊，给我锁死这个同框！”

“我一直以为能和江流深颜值相当的只有他自己，是我孤陋寡闻了，这位穿汉服的是哪位仙子？一分钟内我要他的全部信息！”

“层主‘村通网’？本路人都看不下去了，夏希艾啊！五千年难得一遇的仙子！天籁之音！”

“夏弟弟刚出道的时候我就觉得他们的气质很互补！可惜当时深哥歇影了，呜呜呜！”

“本南极圈深爱CP粉根本没想到会有这么一天！同框已经快激动死了！结果两位大佬居然砸了颗这么大的糖！”

……

夏希艾：“他们都在乱说些什么，我跟他又不是CP。”

“哎哟，弟弟，你真是单纯得可爱！”许彤真想亲他两口，“这些叫CP粉，你第一次遇到吧？他们就是觉得你们的颜值高而已，不会有什么坏影响的，还能给你涨涨粉呢。”

夏希艾皱眉：“那会不会给江流深添麻烦？”

“没事，江流深估计被凑过几十对了，他不会在意的，你也别往心里去，过段时间就消停了。”

夏希艾点点头，思考了一会儿，说：“他今天帮了我不少，我想再去道个谢。”

许彤看了一眼节目安排表：“去吧，这会儿他应该在后台候场呢，我在这儿等你，龙姐让我往官博传点演出照片。”

“好。”夏希艾应了一声，出了化妆间。

夏希艾边往后台走边琢磨着该说些什么。想想真是不可思议，两三年前他还只是一个在社会底层挣扎的无名小卒，如今却成了可以与江流深这种大腕说上话的明星了，跟做梦似的。虽然许彤和他的经纪人龙姐总是说娱乐圈有阴暗之处，可到目前来看，他遇到的基本上是好人。

起码比他过去生活环境里遇到的大多数人都好。

夏希艾不疾不徐地走到候场处，恰好看见江流深背对着他站在前面不远处，正和身旁的助理交谈着，在来来往往的工作人员中，那背影显得分外高大，英气浑然天成。

他走近了些，刚想打声招呼，突然隐约听见了自己的名字。

“他确实挺火对吧？你看台下好多他的粉丝。”徐阳说。

江流深不置可否：“要火还不容易？这年头只要有张好看的脸，包装营销一下，五音再不全也能火，关键是能不能扎稳根，毕竟再大的火也有灭掉的一天，但是有根就不怕。”

徐阳佩服道：“还是深哥你领悟得透彻，那你觉得他能扎稳根吗？”

江流深想了想，凭夏希艾这张脸和实力，火个四五年估计没问题，只是这工作态度必然会得罪不少人。

“看他能不能学乖了，就现在这样，怕是过几年就会被更年轻貌美的新人挤下去，他们公司那位姓龙的大妈不是最爱培养这种明星吗？”

徐阳点头表示同意，这时工作人员来告诉江流深该上场主持了，他回头应了一句“我们这就来”，余光忽然瞥见一个身影匆匆走出后台。

徐阳疑惑了一瞬，也没放在心上，接过江流深抛来的水瓶，目送他上了舞台。

晚会结束后的晚宴是历年的惯例，谢绝一切媒体入内，只有演出嘉宾和重要工作人员出席，连助理都进不去，私密性很强。

座位的安排也有些讲究，年纪相仿的通常在一桌，以免代沟太大无话可说。江流深所在的那一桌自然都是娱乐圈青年艺人，比如跟他一样得了影帝却仍旧半温不火的演员郑文彬，又比如三四年前出过一首神曲如今却鲜有佳作的歌手李珺。

反正都没他红。

不过他一落座，发现右手边坐着的是那位红透半边天的歌手。

换上了西装的夏希艾更显文静，可一本正经的纯黑西装与他俊俏清秀的小脸搭在一起，怎么看怎么像偷穿了爸爸西装的高中生。

啧，这公司的造型师是从哪家保险公司雇来的？白瞎了这么漂亮的一张脸。

吐槽归吐槽，江流深还是笑着打了声招呼：“哟，好巧啊，希艾。”他自以为经过刚刚台上台下的交流，他们应该算是能说上几句话的关系了。

孰料夏希艾只淡漠地偏头看了他一眼，黑澄的眸子透出几分冷意，微微皱眉，似是不悦地“嗯”了一声。

江流深怔了怔，立刻明白了过来。

哟，小家伙，还有两副面孔呢？

娱乐圈这种人他见得多了，当面一套背后一套，这小家伙连当面都懒得装，刚才还“流深哥，流深哥”地喊，这会儿一到了私下，就给他摆谱了。

敢情之前的客气都是装出来的。

他原本觉得对方的性格、实力还可以，不打算整人，被这么冷脸相待，毒舌的本性便又冒出了头。

“跟谁说话呢，希艾？”江流深不带温度地笑了笑，戏谑道，“怎么，不知道我名字吗？”

夏希艾的眉头拧得更深了。

这人果然不是什么好人。

刚刚他在候场区听到江流深那样看待自己，又说经纪人龙姐的坏话……实在是生气，连面上都不愿再跟对方装客气。

“我知道，我就是不想跟你说话。”他自认为非常硬气地表达了对江流深的讨厌。

这是什么小学生吵架方式？

江流深习惯了娱乐圈话里藏刀、含沙射影的高手博弈，突然来了个菜鸟，毫不掩饰地朝他砸来一个直球，饶是向来嘴皮子厉害的他，一时竟也想不出怎么回击。

夏希艾不愿再跟他多谈，端起倒着可乐的酒杯站起身，想去其他地方找东西吃。

“你等会儿。”江流深罕见地受了挫，哪能甘心让人溜了？伸手就去拍夏希艾的肩膀。

夏希艾听见他喊自己，立刻转身想溜之大吉。

于是江流深原本想拍对方的肩膀，却不小心抓到了手臂。

夏希艾涨红了脸愤然回头，一下将手里的可乐泼向江流深。

一时间，周遭空气都沉寂了。

仍冒着气泡的可乐从江流深的额角滑落，淌过他俊美的脸颊，沿着下颌滴落，将白衬衣染成了褐色，奢贵的西装也湿了一大片。

饶是江流深脾气再好，也是个从小被捧着的大少爷，何曾被人这样当面顶撞过？

他当即深吸一口气，站起身，缓缓睁开眼，睫毛上仍挂着可乐的水珠子，眼神敛起轻佻，温度直降冰点，眯起眼凝视比他稍矮些的夏希艾。

“抱歉，不是故意的。”

虽然他道着歉，可完全是一副盛气凌人的架势。

周围许多人没察觉这桌发生了什么，聊天的聊天，说笑的说笑，全是热闹嘈杂之音，只有同座的几个人大气不敢喘。

夏希艾的胸膛剧烈起伏，低声骂了一句：“流氓！”

江流深嗤笑一声，干脆卸下和善的伪装，俯身靠近，压低声音在他耳边嘲讽：“你也配得上我耍流氓？”

他直起身，拿桌上的纸巾擦了擦脸，即使被泼得一身狼狈，举止依然从容优雅。

“你应该庆幸，你泼的是我。”

否则怎么死的都不知道。

他把脏了的湿巾往桌上一扔，再次深深看了对方一眼，插着兜神态自若地离席而去。

夏希艾站在原地，死咬着唇，眉头深拧，手紧握成拳。

出了宴会厅，江流深沉着脸疾步走到自己的化妆间，狠狠一脚踹开门。

正吃着粉丝慰问品的徐阳吓得从沙发上跳起来。

“我的妈！怎么了，哥？！”

江流深想到夏希艾那张脸，难得暴躁了：“小浑蛋！”

徐阳听得云里雾里，这确定是在骂人吗？

江流深直接把湿了的衣服和西裤脱下来，甩给徐阳，大大方方地秀着肌肉，转身去找其他衣服，走到一半回头道："下次再有活动跟那姓夏的小浑蛋撞上，提前告诉我一声。"

徐阳蒙蒙地点了点头，突然意识到什么，低头看着自己手里抱着的一团湿答答、皱巴巴的品牌赞助服。

一道凄厉的哭喊声瞬间在化妆间爆发："哥！还我一个月的工资啊！"

## 第二章
他怎么也在

晚宴上发生的不愉快并没有让江流深耿耿于怀多久，毕竟他是前辈，为了那么点事失了风度，不值得。

起码在表面上，不能表现得太想掐死那个小浑蛋。

中秋晚会亮相之后，他便算是正式回归了，一时间代言邀约、电影剧本纷至沓来，各个都想抓住“江影帝回归后第一位合作方”的噱头。

相比起这些心急火燎的邀约方，江流深本人可就悠哉多了，反正他不属于任何一家经纪公司，早就自立门户开了个人工作室自己当老板，随心所欲得很。

不过出于一名优秀敬业艺人的职业道德，江流深休息了一个星期后，终于发了回归后第一条营业微博。

“Morning（早上好），我回来了。”

配图是一张他躺在床上的自拍。

评论瞬间过万，多数是些表白思念之类的话，他看了十几年早已见怪不怪，耐着性子往下翻了翻，看到带着他大名的 tag（分类），随手点进去看了两眼。

有安利美图的、剪辑视频的，当然还有狂吹彩虹屁的。那些夸张的赞美之词令他忍俊不禁，这些小粉丝还是和以前一样有意思。

江流深的手指继续下滑，突然看见了一条画风不同的微博。

“没有人觉得这两个人站一起超和谐？！”

江流深的眼皮一抽。

他点开评论，多数是附和赞同的，但也有几个他的“唯粉”已经到场开骂。

“CP 粉能不能别带大名？要发去自己地盘！”

“哪儿来的十八线新人，想蹭我家大影帝的热度，做梦。”

江流深记下了那条微博内容，火速切换自己的小号“深哥最帅”，搜到原博，在评论里留言：“你深哥不喜欢这个，删了，乖。”

虽然知道没多大用处，可他就是想过过嘴瘾。

他堂堂一个才华横溢、天赋异禀、风流倜傥、敬业爱岗的影帝前辈，怎么会跟那种行为粗鲁、爱耍大牌、表里不一的人扯上关系？

不像话，实在不像话。

大门口传来“嘀嘀”声，不一会儿，徐阳拎着一大袋钦点的外卖进来，看见江流深赤着脚坐在公寓落地窗前的地毯上，周围散乱着一堆剧本，手在刷手机，顿时头大道：“哥，说好的在看剧本呢？！”

江流深将食指竖到嘴边“嘘”了一声，指指房间内的大床：“有人。”

徐阳惊得一哆嗦。

他家祖宗终于开荤？

“谁……谁啊？”他小心翼翼地把东西放下，瞄着那隆起的被子，在脑海里搜索了一圈跟江流深传过绯闻的女明星。

韩珊珊？不对，应该入不了江流深的眼。

苏曼妮？也不对，之前对方 CP 炒太过已经被警告了……

徐阳想了半天都想不出来，又不好直接凑过去看，急得抓耳挠腮。毕竟以江流深的性格，肯定不会随随便便跟人睡，都到这一步了，感情肯定已经很稳固了，说不定这祖宗哪天一时兴起直接公开，到时候收拾烂摊子的还不是他。

想到这儿徐阳更委屈了，自己辛辛苦苦、忙前忙后地当了四五年助理，结果自家艺人居然连谈恋爱都瞒着他，太不把他当自己人了。

“干吗呢？哭丧着脸。”已经切回大号的江流深踹他一脚，好笑道，“你还真信有人啊？”

徐阳瞬间气结：“你！”

“你什么你？都跟着我多久了，还不了解我的为人？你不行啊，小徐。”

江流深调侃。

徐阳翻了个白眼，转身就朝门口走：“我走了，再见！您好好吃，撑不死你。”

“这个综艺好像挺有意思。”

徐阳立刻又折回来：“哥，你想上综艺？”

江流深上挑的眼睛一瞥：“不是要走了吗？”

徐阳斗不过这恶魔，只得讨饶：“别开我玩笑了，哥，快告诉我吧，我们工作室上下十几号人都嗷嗷待哺呢。”

“呵，哥让你们带薪休假了一年还嫌不够？还嗷嗷待哺呢，我看他们朋友圈发的照片，个个都像胖了二十斤。”

徐阳嘿嘿一笑，讨好道：“休假当然是开心的，但到底是工作赚得多啊。”

江流深在业内出了名的有钱、大方，不仅本身是家境优渥的富二代，个人年收入也常年位居娱乐圈前十，但凡接了某个代言、拍了某部戏，总会拿出一部分当奖金分红给手下员工，是故他工作室里的人比起休假反而更想上班。

江流深哼笑一声，挥了挥手里的小册子：“这个综艺的嘉宾还有谁？”

徐阳忙不迭地接过来：“《一路向西》？这节目是西瓜台今年刚开的，还在拟邀阶段呢，他们导演跟我说你是他们的第一人选。”

“说说。”江流深好整以暇地往沙发上一靠。

见他真有兴趣，徐阳立刻翻着台本概括道：“具体就是一档旅游真人秀，从北京出发，沿着同一纬度一路向西，会经过雅典、巴塞罗那、纽约、东京四个城市，再回到国内，每个地方都设置了任务，要嘉宾自己去完成，拍摄时间十五天左右，一共八期，给你的片酬是两千万元。哥，我们干不干？”

“你这语气跟抢银行似的。”江流深跷着二郎腿，“有吃有玩还有钱赚，为什么不干？”

徐阳激动得一下子蹦了起来：“太好了！哥，你第一次参加综艺，还是回归后第一档节目，收视率绝对爆棚！我得让导演加钱！”

江流深：“丢人……”

“丢什么人呀？反正他们肯定能靠你的流量赚更多，我们不能平白便宜了他们。”徐阳立刻掏出手机开始添加行程安排，不忘回头问，“哥，你怎么突然想去上综艺？”

江流深以前从来没接过综艺节目，一来不缺钱，二来嫌麻烦，只想专注本职工作，连广告都很少接，因此经常被粉丝戏称“业界劳模”。这回突然对综艺感兴趣，不得不让人好奇。

“暂时还不想拍戏，想再放松放松，也让粉丝们有时间看看广阔的世界。”江流深笑得痞气，“等他们看完广阔的世界，就会发现，还是他们深哥最好看。”

徐阳做呕吐状：“求您少说骚话，粉丝一年没见你照样自嗨，有你没你都一样。”

“或许是吧。”

江流深转头看向落地窗外，视线不知落在何处，眼里闪过一丝稍纵即逝的情绪，浅勾着嘴角，喃喃：“可能没我会更好啊……”

西瓜台大厦办公室内。

总导演朱志明狠狠心，对着电话一口拍板：“那就两千五百万！”

手下的人长舒一口气，待他挂了电话，立刻问：“江流深答应来了？”

朱志明的心在滴血：“来来来，他手下的人太贼了，说得头头是道，一口一个‘我们深哥说了’，谁不知道他是给自己捞好处？人家江流深缺这两千多万？”

“想开点，好歹收视率有保障了，那我们下一个请谁？”

桌上摊开十几张多次筛选后留下的明星艺人照片，众人围成一圈七嘴八舌地讨论起来。

“不如请江小芙？有她这个综艺女王在我们不愁没梗，粉丝基础也不错。”

“她有常驻综艺，估计没档期，我看尤清不错，之前他和江流深一起演那什么古装电影，流量还可以。”

“哥，你怎么了解这么清楚？”

“我……我这不还是为了我们台的收视率吗？事先调查了一下。”

“行了，行了，尤清是还可以，那就先邀他试试。”朱志明琢磨了会儿，“两个演员……我们一共三位男嘉宾，不能全是演员吧，剩下一个要不找歌手？”

有人提议：“李珺怎么样？”

立刻被驳回：“歌唱得是不错，但人气差太多，长得也一般。”

“他在纯歌手里已经算人气高的了，剩下的要么花瓶要么颜值更低，又要唱得好又要人气高还得好看，哪儿来这种人选？”

话音刚落，会议室里突然全体沉默了，紧接着不约而同地看向了某一张照片。

朱志明一瞅，差点吐血：“你们给我省着点预算行不行！”

龙行娱乐公司大厦内。

“综艺？”

“对。”龙静把合同摊开，“我已经答应导演了，这节目配置不错，黄金档播出，对你提升国民度很有帮助。”

夏希艾没有立刻接过来：“龙姐，那我的新歌什么时候录？”

“没事，一共就去半个月，新歌等回来再录，不会耽误你的。”

“可是，我觉得我不适合上综艺……”

他的性格偏内敛，除了唱歌比较放得开，平时本就不太爱讲话，更别说抛梗接梗、活跃气氛了，公司也知道他不适合，以前从来没让他参加过这种综艺真人秀。

“偶像明星就是要全能。”龙静道，“希艾，你的人气还有很大上升空间，别这么快否定自己。”

夏希艾很想说自己只想做歌手不想做偶像明星，但鉴于上次这么说之后被龙姐训了半天，此刻只能勉强地点点头，接过合同看起来。

这个《一路向西》节目组看起来预算相当充足，给他的酬劳是两千万元，除去要上交给公司的那百分之三十，他出去旅游十来天就能赚一千四百万元。

比唱歌来钱快多了。

可龙静仍一脸嫌弃："朱志明那抠门精原本开价一千五百万元，他怎么好意思，我直接就说没两千万元不干，也不看看多少人想抢你的综艺首秀。"

夏希艾只听进去只言片语，漫不经心地问："其他嘉宾有谁？"

"让我想想，一共六位嘉宾，三男三女，你、尤清，你们一起正好有个照应。还有苏芷、周雨萱、陶小桃……唔，还有一个你可能不太待见。"

"谁？"

"你之前泼了人家一身可乐的那个。"

夏希艾翻合同的手一顿："你知道了？"

龙静笑了笑，笑意却没进眼底："要不是我及时压住，外加江流深没计较，你以为那次晚宴你当众泼完人家之后能平平安安到现在？"

夏希艾垂眸沉默了一会儿。

"我错了，龙姐，对不起。"

龙静微颔首，精致的妆容下露出疲态："你年纪小，刚入行，对这圈子里很多人的背景不了解也正常。总之，江流深这人，我们赵董见了他也得恭恭敬敬，更别说你了，所以这回我让你去参加这节目，一方面是为公司，一方面也是为了你着想，趁这机会跟人家道个歉，处好关系，听到没？"

"嗯，听到了。"

"这才听话。"龙静站起身，十厘米的细高跟让她的气场直线上升。

"希艾，入了这行，做事就别像以前那样冲动不顾后果了，你已经不是那个浪迹街头的穷小子了，有多少双眼睛盯着你知道吗？你但凡做错一点事，都有可能给公司带来巨大损失。我虽然欣赏你，但也绝不会允许任何人威胁到我一手创办起来的公司，明白了吗？"

夏希艾抿抿唇："明白了。"

龙静满意道："那就回去收拾收拾行李吧，下周三飞北京集合。"

夏希艾回到自己租的公寓后，做的第一件事便是躺在大床上。

外面的玄关处还放着他昨晚从机场拖回来的行李箱，可他实在没什么心思收拾，反正每次也就那些东西，到最后一刻再整理也来得及。

厚实的窗帘挡住外头所有光线，房间内没开灯，昏暗寂静的空间将他层层包裹，密不透风。

他以前并不喜欢这种黑暗的环境，到底是从什么时候开始习惯的呢……

在他爷爷家，那个风景秀丽的淳朴村子里，天空似乎永远是蓝的。他伴着鸡鸣起床的时候或许天还有点黑，不过等他走到镇上的小学时，天往往已经大亮了。

他的座位靠窗，当同学们朗读着语文书上拗口的古诗时，他总在观察天边那朵云像什么形状，想象着大城市里的云会不会更千姿百态。

谁承想，当他真的去了大城市，竟会如此厌恶那里的一切。

厌恶被幢幢耸立的高楼割裂的铅灰色天空，厌恶尖锐刺耳的鸣笛与争吵声，厌恶被困于冰冷的钢铁之城却无法逃脱的自己。

只有所有光线暗下来，看不到那些人伪善的面孔；所有声音静下来，听不见那些人冷漠的嘲讽时，他才会获得心灵上的片刻解脱。

于是寂静的黑暗便成了他最安心的环境。

手机的消息提示音破坏了这份短暂的静谧。

夏希艾拿过手机一看，是他那活力无限的助理发来的行程表。许彤做事倒不像她外表那般大大咧咧，仔细贴心得很，什么都面面俱到地替他安排好了，发来行程表也不过是通知他一声而已。

他粗略地数了数之后几天的行程，到下周三前，只安排了五六个小活动，还好还好，不算太累。

可一想到几天后就要再度面对江流深那老流氓，他的心情顿时又差了。

明明演起戏来那么风度翩翩，即使演穷凶极恶的反派角色也魅力非凡的一个人，怎么现实中如此不要脸？

尽管龙姐说了要客气点道个歉，但他没打算乖乖听话。又不是他有错在先，凭什么道歉？就凭对方背景强腕大？

他才不吃这套。

到了预定启程当天，夏希艾一大早就被他那精力充沛的助理从床上拖了起来。洗漱完毕后，坐在椅子上困得头一点一点的，直打瞌睡，连平日里最讨厌的化妆环节都没提出抗议，任凭 Sherry 在脸上东抹西涂。

等到出门时他好歹算是清醒了，戴上口罩压低帽檐，全副武装地走出了公寓，乘上电梯。

“希艾啊，你真的不考虑买房吗？老是租房也不是长久之计啊。”许彤道。

夏希艾认真地给她算了笔账：“这儿房价七八万一平方米，买个小户型都要四五百万，我租房费一个月才五六千，同样的钱我能住更大的房子几十年。一旦被粉丝发现了，随时拎包走人换地方，不比买房强多了？而且省出来的钱，我还能给老家多修一段路呢。”

“你也太会过日子了，月入千万还这么精打细算。”不过许彤琢磨这话也有道理，便没再劝他。

“叮！”电梯到了底层，三人一同走出去，送他们去机场的车就停在公寓门口，司机将行李搬进了后备厢。

夏希艾刚要坐上去，余光一瞥，突然发现有两个女生站在不远处窃窃私语，见他望过来，立即转移了视线。

车门一关，他便对身旁的许彤说：“小彤，再帮我找个公寓，我刚才好像看到两个粉丝了。”

“啊？那些‘私生饭’又找来了？”许彤拧起眉，“要不要我过去告诫她们一下？总这样也不行啊，你今年都换了五回房子了，‘私生饭’问题不好好处理，以后可能会变成大麻烦的。”

“没事的，都是小姑娘，别为难她们，我搬走就好了。”

“你呀，就是太善良了。”许彤叹气。

“我才不善良。”夏希艾靠倒在车座椅背上，戴上眼罩准备补个觉。

“是她们把我捧起来的……人要懂得感恩。”

毕竟在以前，他连个像样的住处都没有。

车子沿着高速一路开到机场，花了一个多小时，夏希艾补完觉精神不错，难得在机场摘下了口罩，任由争先恐后的粉丝簇拥着拍照，直到坐上飞机他才稍微松了口气，但也不能彻底放松，机舱里仍有不少跟机的粉丝，每个人都注意着他这边的一举一动。

成名确实得付出点代价。

两个小时后，飞机平稳地降落在机场，接机粉丝的秩序还算不错，不过人数似乎比出发时多了两倍，乌泱泱地围在出口。

夏希艾重新戴上口罩，用鸭舌帽遮挡住睡得乱糟糟的头发，也没仔细看粉丝手里的牌子，在安保的保护下低着头大步流星地朝外走，想尽快离开，不影响其他路人。

可等他们一行人到了机场外的候车区，却被告知来接他们的车因为交通堵塞没能及时赶到，还要等十分钟左右。

夏希艾没有别的办法，只能等在原地，有一句没一句地和围在四周的粉丝聊天。

“希艾！你好像又瘦了，要多吃饭啊！”

“嗯，谢谢。”

“希艾，你最近长高了没？有没有一米八呀？”

“我应该不会长了，但我已经一米八了。”

“希艾，录节目的时候当心哦！要跟着大部队，不然你这么好看肯定会被拐走的！”

“不会的，谢谢提醒。”

他十五岁就开始独自生活，什么大风大浪、社会险恶没经历过，要是能被拐走算他输。

“希艾！你知道你深哥在后面吗？”

人群中突然有人喊了一嗓子，夏希艾听到这名字心猛地一沉，抬头看向那个提问的粉丝。

她手里拿着块牌子，明晃晃地写着“江流深”三个大字。

怎么回事？他的粉丝里混进了一个叛徒？

“什么叫他在后……”

“啊啊啊！”

他还没问完，身后突然传来阵阵尖叫，一浪盖过一浪，似乎比他刚才出来时的分贝还要高。

夏希艾有点蒙，心里却莫名产生一种不祥的预感。他缓缓转过身朝后望去。

一大群激动的粉丝簇拥着一人朝他走来，那人身高腿长，在女粉丝的包围中更显高大醒目，身着一件灰蓝色丝质衬衣，领口解开两颗扣子，露出造型简洁别致的链条状白金项链，发型凌乱而随性，戴着一副超大框深色墨镜，隐约可见其后轻佻含笑的眼睛。

是骚得不行的"江流氓"本人无疑了。

许彤都惊了："他怎么也在？"

一旁无所不知的粉丝解释道："你们不知道呀？他跟你们的航班就差二十分钟，从 × 市来的。"

夏希艾总算明白了为什么这天接机的粉丝格外多。

他立即转过头，将帽檐一压再压，试图蒙混过去。

许彤："弟弟，你当他是瞎的吗，还是你觉得你的帽子有隐身功能？"

而那边的江流深也被粉丝提醒，得知前面出口处被人群围拥着的是夏希艾。

两人心里同时骂了句：晦气！

但江流深可不像夏希艾那样什么情绪都写在脸上，只怔了一瞬，便绽开友好的微笑走过去，两边粉丝自动让开一条道。

"嗨，夏希艾。"

夏希艾的鸡皮疙瘩掉了一地，碍于周围这么多人看着，不少人还扛着相机拍照，此刻没法黑脸以对，只能勉强地回了一句："好巧，深哥。"

一旁的粉丝已经激动到不行，一秒都不敢眨眼，捂着嘴看他们两人对话。

"你在这儿干吗呢？"

"等车。"

正说话间，来接江流深的车已经开到了跟前。他笑了一声，带着点调侃："你的司机有点慢啊，要不要我载你一程？反正是去一家酒店。"

夏希艾磨了磨后槽牙："不用了，多谢。"

刚说完，许彤的手机响了起来。她一看，喜道："王师傅的电话，应该快到了！"

夏希艾点点头，有了点底气，朝江流深回敬道："深哥，你先走吧，我们王师傅车开得快，可能比你还先到。"

"希艾……"许彤接了电话，脸立刻垮下来，"王师傅说他超速被交警扣了，过不来了……"

夏希艾："……"

江流深努力憋住笑，假惺惺地道："哎呀，那可太麻烦了。"却不提要载他的事了。

夏希艾忍着气不吭声，可许彤忍不住了，怕这么多粉丝聚在这儿会造成不良影响，安保也在催他们尽快离开，别影响机场秩序。她只好向看起来很可靠的江流深求助："深哥，能帮帮忙吗？"

"没问题啊，只不过……"他轻笑着看向那气鼓鼓的小浑蛋，"我看希艾好像不是很乐意啊？"

许彤连忙悄悄拽了拽夏希艾的衣角。

夏希艾暗暗深吸一口气，心里默念了三遍"大丈夫能屈能伸，君子报仇十年不晚"。

"那就麻烦深哥了。"

宽敞的SUV里，两人一时相对无言。

江流深此行只带了徐阳一个助理，以他的地位来说可谓相当低调了。夏希艾则是不喜人多嘈杂，公司原本想再配个助理给他，他婉拒了，反正他的生活琐事大多能自理。

许彤此刻要去帮王师傅处理罚单，没跟着一起上车，随后再赶过去，因而车上只剩下他们三个和司机。

江流深偏着头面向窗外，似乎在闭眼小憩，夏希艾见他如此，低头刷起了手机。

他关注的人不多，多是些歌手和合作过的艺人，最新关注的是《一路向西》节目组的官博，一刷新，恰好跳出一条官博的转发，还提到了他……以及江流深。

“我们的两位超人气嘉宾是不是超有缘？或许命中注定要一起来参加我们节目呀！”

转发的原博是一组高清机场图，图上是他和江流深在等车时聊天那会儿。

夏希艾好想现在就掉头回家，可惜掌握命运的方向盘并不在他手中。

更郁闷的是，他看了一眼热评和热转，竟然有个 CP 站。

这才第二次见面，他跟江流深居然都有站子了，那等节目录完，粉丝岂不是更疯狂。

夏希艾晃晃脑袋，赶走乱七八糟的想法，刚想发信息问许彤处理完了没，突然听到前座的徐阳紧张道：“深哥，有人追车。”

“几辆？”

夏希艾一惊，转头看去，江流深已经摘下墨镜，眉头深锁。

原来没睡啊……那刚才是故意晾着他？

“就一辆，但追得有点紧，估计是想追到酒店，要甩掉吗？”

“嗯，当心点。”

江流深说完，又靠回椅背，突然注意到旁边座位上的人正看着他。

“怎么了？”

“没怎么。”夏希艾连忙移开视线。

江流深不笑的时候面容显得有些冷酷，让人不自觉地敬畏，那上挑的眼眸也不再深情了，反倒透出几分凌厉来。

或许这才是他的真面目吧……

夏希艾不敢再多看他，转头去看那辆跟在后面的车。他的粉丝里目前还没这么疯狂的，最疯狂的“私生饭”也就早上遇见的那种，蹲在他家门口远远地看他，不会有更出格的举动了。

但江流深似乎已经对这种极端行为见怪不怪了。也对，毕竟他已经火了这么多年，粉丝遍及国内外，基数大，难免有些过度狂热的。

司机经验丰富，一听见江流深的话就加快了车速，在道路上左右穿行，依然很稳，丝毫不慌不乱。

夏希艾眼看着两车间的距离渐渐拉开，正以为可以甩掉对方时，后方那辆车突然猛地加速，一下就追了上来，与他们并驾齐驱。

“他们要干什……”

夏希艾还没说完，就听江流深大喝一声：“往右开！”

司机急忙转动方向盘，可惜迟了半秒，那车已然贴近，紧接着车轮一转，故意撞上了江流深那侧。

尽管力度不大，没到被撞飞的程度，可车身依旧重重地颠了一下，江流深早有准备，扶稳了前座，本来能够缓过这阵冲击，可就在两车相撞的电光石火间，他的右臂突然被一股巨力猛地拉了过去。

他错愕地转头，瞪大眼看着夏希艾神情紧张的小脸迅速放大——

“砰！”

车内发出一声巨响。

前座的徐阳受惊之下回头查看，顿时倒吸一大口冷气。

“深哥！”

五星级酒店套房内，桌上放着一团棉花和一盒冰块。

徐阳正打着电话：“没事没事，就流了点鼻血，车被剐蹭了些油漆，您放心，我会照顾好他的。嗯嗯，他呀？他现在心情不太好，说晚点再给您回个电话……好的，好的，明白了，嗯，再见。”

挂了电话，他才如释重负地长吐一口气。

“吓死我了，还好你没事，否则江夫人要赐我一丈白绫了。”

江流深双手交握平放在小腹上，笔挺僵硬地躺着，仿佛等待入土一般，微微仰头，鼻子里塞着一团棉花，目光呆滞地盯着天花板。

“夏希艾是我的煞星吧……”

“嗯？什么？”徐阳凑近了听。

“遇上他就没好事，你哥我这辈子就丢过两次脸，都是他害的……”

突然，江流深想起了什么，凝重道："没有人拍到照片吧？"

"没有，那几个'私生饭'没带相机，手机也没掏出来。"

"那就好……"他稍稍安心了些。

如果他鼻血横流的照片被人拍下发到网上去，那他可能会自闭到再歇影一年。

不过，江流深立刻回忆起了另一件更严峻的事。

"我好像……跟他……"

徐阳虎躯一震："哈？"

"撞上的时候……我感觉我嘴唇碰上了什么东西。"

"那有什么，就算真碰上了，也就一个意外，别往心里去。"

"我怎么能不往心里去！"江流深瞬间从床上弹了起来，"这是你哥的初吻啊！你懂什么叫初吻吗？我呸！呕呕呕！"

徐阳："……"

倘若恋慕江影帝风流多情外表的粉丝看见这一幕，恐怕会立刻粉转永不相见。

"不是……深哥，你说你留着初吻干吗呢？又没人阻止你送出去，好多粉丝都盼着你真枪实刀地演吻戏呢。"

"你只看到了一部分。"江流深重新躺了回去，"有些人看我拍借位的吻戏都痛哭流涕了，要真演，万一有人想不开了怎么办？还是慢慢来吧。唉，天王巨星的苦恼。"

徐阳受不了："得了吧，谁会因为你的戏想不开啊，还真把自己当偶像了。"

江流深轻哼了一声，没再说话，若有所思地盯了会儿天花板，又问："说起来，那姓夏的呢？"

"他没事，回房间先休息去了。"

"没事？他的头怎么这么铁，练过铁头功吧？"

"好了，深哥，你也别怪他了，他不是说了吗，以为你会受伤才下意识把你拽过去的，没什么恶意，人还挺好的。"

"好个鬼。"江流深不屑，"他这么说你就这么信了？谁知道他是不是想谋杀我，这娱乐圈想害朕的还少吗？”

徐阳：“不想跟您聊了，您继续躺着吧，再见。”

“等等。”江流深叫住了他，“那几个人……怎么处理的？”

“开车的司机送警察局了，好像是个黄牛，以前就经常收钱带人追车，至于那些个追车的老面孔……”徐阳耸耸肩，“还能怎么办？撞车逼停就是为了近距离见你，又不是第一次了，批评教育一通就打发走了。你想治她们也行，我发个微博透露一下这次的事，你粉丝保准帮你安排得明明白白。”

江流深琢磨了会儿：“算了，别发了，省得他们担心。”

“深哥，你什么时候这么体贴了？”

“我什么时候不体贴了？”

“你还好意思问……去年是谁招呼都不打一声就直接撂下摊子出国进修去了？你知道我们工作室上下当时应付媒体记者有多悲催吗？粉丝都哭天喊地求你留下，你倒是心狠，说走就走，还体贴？没说你无情就不错了。”

江流深沉默几秒：“行吧，说实话，我是觉得粉丝一旦知道这事，又得风风火火地把我送上热搜，我可不想看见‘江流深被追车出车祸流鼻血’这种丢人报道。”

徐阳心里默默吐槽——原来您老还要脸啊。

这时，房门被敲响。

徐阳前去开门，人还没进来，就听见门口传来几道男女的声音：“深哥！”

江流深立刻坐直身子，优雅闲适地靠在床头，两条长腿交叠，整个人像是刚睡醒般慵懒，对进来的几人微微一笑：“嗨。”

徐阳一阵恶寒，但无奈江流深实在生得一副好皮囊，再怎么造作都赏心悦目。

来的一行人是此次节目的其他几位嘉宾，尤清、周雨萱和陶小桃。这些人里尤清与他最熟，以前合作过一部大火的古装电影，饰演江流深的弟弟。由于人设讨喜，原本十八线的新人一下就跻身一线小生行列。

尤清也算拎得清，知道自己能红大半是托了和江流深组 CP 的福，是故一到酒店就前来问候。

其他两位女嘉宾中，陶小桃是新晋可爱系偶像，出过几首脍炙人口的甜美歌曲，常跑综艺，梗多人逗，观众缘挺不错；周雨萱则是演艺圈当红小花，主演柔美清纯系女主，又因身材傲人，被称为“宅男女神”。

他们的咖位都远不及江流深，自然得遵循礼数来问候前辈。

一见江流深的鼻子塞着棉花，几人都关切地问：“深哥，你怎么了？”

江流深正想三言两语带过此事，突然看见后面还跟着一个人。

夏希艾像是想要努力减弱自己的存在感似的，一个劲地往尤清身后躲，可他比尤清高了半个头，就算佝偻着身子也不可能完全藏住，反倒跟做贼心虚一样，引人注目。

江流深心中冷笑一声，开口便道：“那就要问后面那位小朋友了。”

几人的目光瞬间齐刷刷地转向夏希艾。

夏希艾见无处可遁，只好硬着头皮站出来：“深哥，对不起。”

尽管他们之前有过节，但这事确实是他错了，平白无故害江流深受了伤，他心里也有点过意不去。

江流深看着他垂眸抿唇的小脸，那模样隐隐透着委屈。

还在这儿装呢。

“对不起什么？”他故意追问。

这得寸进尺的话语把夏希艾心中仅有的一丝歉意消磨干净，对这种老流氓果然不能太心软。

“对不起……害你……血溅当场。”

江流深：“？？？”

“扑哧！”陶小桃忍不住笑出声，“希艾，你的语文是体育老师教的吧？哪有这么道歉的，哈哈哈。”

夏希艾本来就没想好好道歉，听她这么说，一时不知该如何接话，倒是旁边的尤清笑着开了口：“小桃，你别为难我们希艾啦，他初中毕业就没上学了，为了生活不容易啊。”

江流深心中暗嗤，尤清这张嘴还是和以前一样，刻薄得很，当初倘若不是因为江小芙挺喜欢他演的角色，他哪有机会红起来？

江流深自己虽然也总嘲讽别人，可向来是事出有因，从不会随随便便贬低他人。尤清这种拿别人自尊心开刀的做法，他是不屑于做的。但他也懒得出言阻止，反正半斤对八两，就看那小浑蛋怎么出糗了。

“虽然我只有初中学历……”夏希艾听出了话里的嘲讽，却丝毫没露怯，“但我语文挺好的，初中的时候作文经常拿满分。”

江流深愣了愣。

他怎么总不按常理出牌？

这时，房门又被敲响，进来的是导演朱志明和最后到的嘉宾苏芷。

“哟！都在这儿呢？流深，我听说了，你没事吧？”

江流深扫开杂念，换上职业微笑：“没事，一点小伤而已，明天可以和大家一起出发。”

他知道朱志明真正关心的问题，当即给了他一颗定心丸。

朱志明露出满意的笑容：“那再好不过了，趁大家都在，我说一下，明天一早开始会拍些你们的准备工作，还有出发前的采访。下午去机场，到雅典是当地的晚上，你们休息一晚，第二天正式开录，没问题吧？”

得到肯定答复后，他便将行程安排一一发了：“今晚先看一下日程表吧，我们这节目追求真实，大家不用太拘束，按你们平常生活里的样子来就行。”

夏希艾心想，要真按照生活里的样子，他可能会选择在房间里宅个十五天，补足长期缺乏的睡眠。

导演一走，其他人也打算撤了，纷纷与江流深道别，夏希艾混在里头含混不清地说了声“再见”，跟在后面准备和大家一起回房休息。

“等等，夏希艾。”江流深却叫住了他。

夏希艾无奈转身，一脸“你又有什么事”的不耐烦。

其他几人见他们有话要说，便先行离开了。门一关上，周雨萱就忍不住八卦：“深哥和夏希艾很熟吗？尤清，你和夏希艾一个公司的，你知道吗？”

“唔，他们应该就中秋晚会上见过一面吧。”尤清眼珠子一转，补了句，“那次公司原本是让我去的，但看在希艾很想去的分上就让给他了，结果他好像闯了什么祸，惹深哥不开心了，两人就成这样了，多的我也不清楚，不好乱说话。”

“你已经说得够多了。”

苏芷墨镜下的柳叶眼淡淡地瞥他一眼，径自回了自己房间。

“女神就是女神，派头可真大，难怪能嫁入豪门。”周雨萱轻哼了一声。她自己虽有着“宅男女神”的头衔，可和苏芷这种拿了数座音乐大奖的创作型气质女歌手相比，格调地位还是差一截。

而正被几人八卦着的两位主角此时却相对无言。

江流深把徐阳支走，朝站着的人招招手：“你过来，我问你句话。”

夏希艾不情不愿地挪到床边坐下：“什么事？”

夏希艾靠近了，江流深仔细一看，不得不承认，他长得很帅。圈里年轻帅气的男孩子他见得多了，往往越帅气越容易被诟病为“奶油小生”。但夏希艾这张脸，帅气得清清爽爽，纯天然无雕饰，眼神单纯通透，比许多还在念书的素人学生都有少年感，一点不像一个在娱乐圈风口浪尖沉浮了近两年的当红艺人。

可当他那唇珠明显、略显可爱的双唇一抿，便无端生出几分令人敬而远之的疏离漠然来。

比如现在。

“没事的话我走了。”

“等等，我问你。”江流深拦住他，“之前在车上，我们撞上的时候，我是不是……碰到你了？”

他不提这个还好，一提这个，夏希艾就更来气了。他长这么大，第一回被同一个人冲撞了两次。

“那不叫碰，是撞上了。”

江流深得到证实，心下凉了半截：“撞哪儿了？”

“就脸上啊，你还想撞哪里？鲁莽！”

江流深刚松了一口气，听到“鲁莽”二字，顿时冒火：“你这都第二次污蔑我了啊，给我道歉。”

夏希艾据理力争：“我已经为撞你的事道过歉了，谁叫你这么不经撞。”

“哈？所以我被你撞出血还得怪我自己？”是可忍孰不可忍，江流深一把攥过夏希艾的衣领。

“我不经撞？你再说一遍？”

夏希艾铆足了劲反抗，可江流深体格力气比他强太多，他怎么挣扎都挣脱不开。

“你……仗势欺人！”

江流深被逗乐了：“哟，语文还真不错，用词精准到位。那我再教你个成语，‘人间险恶’。

“我已经够讲道理了，你污蔑我鲁莽，我让你道个歉而已，换作别人，你以为会这么善罢甘休？

“上次你泼我一身可乐，要不是我没追究，还帮你善后，你猜同桌的那些人会怎么发散？他们是愿意得罪一个有钱有势、根基牢固的业内大佬，还是愿意借机铲除一个无依无靠的草根小歌手？”

江流深松开他，夏希艾立刻躲得远远的。

“夏希艾，我劝你最好学乖，你这种性格，没点背景在娱乐圈混，迟早要栽跟头。”

“不劳你操心。”夏希艾转身就朝门口走，刚打开门，犹豫再三，还是转过了头。

“如果你上一次真的不是故意碰我的，那我……说声抱歉。”他拧起秀气的眉头，“还有，‘人间险恶’不是一个成语，别侮辱我的语文水平。”

“砰”！

响亮的关门声把江流深都震蒙了一瞬。

这家伙……让道歉的时候倔强得很，怎么都不肯说；可刚刚他训完那番话，都做好被骂的准备了，结果等来的却是道歉。

他在娱乐圈混了十几年，还是第一回遇到这么不按常理出牌的人。

啧……有点新鲜。

## 第三章
## 唱你喜欢的

第二天一大早，趁各个嘉宾熟睡的时候，摄制组便一一来敲门，为的就是拍到他们私下里的镜头，粉丝最爱看这种日常。

有偶像包袱的几位嘉宾，开了门就捂着脸逃进卫生间，收拾一番再出来；对自己颜值相当自信的，例如江流深，就大大方方迎上镜头，惺忪着眼打招呼：“早啊。”

摄像大哥连忙给那张没化妆也俊美非凡的脸一个特写，心道没白早起，有这一个镜头就足够了。

工作人员递来一张任务卡，江流深接过，打开一看，上头写着——叫醒你的队友。

“叫谁啊？”

工作人员解释：“两两一组，现在只剩希艾的房间没人去。”

江流深何等老江湖，立刻明白过来节目组想利用两人的热度。他漫不经心地翻了翻卡片，继而朝一旁的朱志明笑了一声：“导演，就这一次。”

朱志明一愣，反应过来后只得扼腕答应。

江流深就这么穿着睡衣，跟着摄影师去了隔壁房间，敲了两下房门，笑着朝里喊：“希艾，醒醒，开门啦。”

江流深嘴上喊得热络，可在摄像机拍不到的角度，已经做好了凶神恶煞瞪人的准备。昨晚他们不欢而散，夏希艾一会儿开了门见到是他，肯定不会摆出好脸色，他必须先发制人，在气势上把人震慑住，否则有失前辈尊严。

十几秒后，门被打开一小道缝，露出了夏希艾毛茸茸的脑袋。

江流深刚要瞪人，猛地对上一双泛红的眼睛，瞬间怔住了。

夏希艾的眼睛红彤彤的，小脸却很白皙，像只软绵绵的兔子，安安静静地望着他，显得整个人很无辜。

摄像大哥想拉近镜头拍摄这难得一见的画面，夏希艾面无表情地看了一眼外面围着的人，用鼻音很重的声音说："我还要睡觉，晚点再来。"

"砰"的一声房门被关上。

外面一圈工作人员都傻了眼。

江流深顷刻间回过神来，攥紧拳头，转身微笑："希艾他起床气有点重，大家别见怪。"

——夏希艾，老子只能帮你到这儿了，这段要是播出来被观众喷耍大牌，可是你自找的。

夜晚去希腊的飞机上，夏希艾戴着眼罩和降噪耳机继续补眠，正迷迷糊糊快睡着时，右耳耳机突然被摘了下来。他瞬间被飞行的轰鸣声惊醒，拉起眼罩转头一看，旁边坐的竟然是江流深。

"别找了，你的助理上厕所去了。"江流深刻意压低声音，不让周围跟机的粉丝听见。

"你干吗？"夏希艾警惕道。

江流深挑眉："我能干吗？就想问你，你这是……昨晚被我说哭了？心灵这么脆弱？"

"你哪只眼睛看出我哭了？"夏希艾瞪他。反正昨晚已经撕破脸了，没什么好客气的。

江流深不气反笑："哟，脾气还挺大，没哭怎么早上眼睛那么红？"

"要你管。"

"行，没哭最好，我还以为我话说重了，把你欺负哭了呢，想道个歉来着。"

"你会这么好心？"

"那你可太不了解我了，我这人啊，刀子嘴豆腐心。"江流深笑得更灿烂了。

“哪有自己说自己刀子嘴豆腐心的……”夏希艾将信将疑。

不过他昨晚确实因为江流深的话而整宿难眠，只睡了一两个小时就被罪魁祸首叫醒，起床气自然大，罕见地没配合工作。

他思考了一整晚，其实江流深说的话都没错，他能红到现在这种程度，脸占了相当一部分功劳，比他唱得好的不是没有。如果他不能突破自我取得进步，成为歌坛的中流砥柱，那么就会像江流深所说的，过几年就会被更年轻帅气的新人挤下去。

其次，他的性格也确实不适合娱乐圈。成名前参加选秀的时候，曾有赞助商看上他，提出身体交易。他当时性子比现在还硬，直接给了那老板一巴掌。要不是节目组看重他带来的收视率，外加龙姐赏识他，好说歹说替他把事摆平了，他早就被踢出选秀了，哪里会有现在的生活和成就？

江流深的话虽然不中听，却一针见血地道出了他现在的劣势。

就凭这点，这人或许没他想的那么坏……

江流深见夏希艾一副若有所思的样子，说道：“我昨天火气是大了点，可能是因为流了鼻血，平常不这样，希望你别误会。”

夏希艾听他语气诚恳，也有些过意不去：“嗯……我也有点冲动。”

夏希艾垂着脑袋莫名乖巧，他不禁放柔了语调，把心底的疑惑问了出来：“上次在晚宴上……你为什么对我那么爱搭不理？”

换成别人他是懒得问的，就算别人想解释他也不愿听，可眼前江流深的一言一行实在勾起了他的好奇。

原以为是两面派，可按昨晚的事来看，这小家伙又有正直讲理的一面，觉得自己可能误解了就立刻道歉，不像是那种不知天高地厚甩脸色的浑小子。

夏希艾抬眸看他，清秀的眉头又皱起来，嘟囔道：“你说我和龙姐坏话，我听到了……”

江流深回忆了一会儿才明白他指的是什么，恍然大悟：“就那事啊，听见我说你会被新人比下去对吧？你为那事生气了？”

夏希艾刚做完自我检讨，知道江流深那些话说得没错，不太好意思说自己当时确实生气了，犹豫地回：“那个，其实你不用道……”

“可我没说错啊，事实不就是这样吗？”

夏希艾默默把后边的话吞了回去，他是脑子被枪打过才会以为江流深这个厚脸皮的是想道歉。

“前一天彩排就你没来，这工作态度，我作为前辈，作为人生导师，作为演艺圈的标杆模范，难道不能批评两句？”

“我没有不来，我在医院输液。”夏希艾又被气着了，“而且龙姐哪里得罪你了？你应该向她道歉。”

他一时没注意，音量不小心高了点，惹来周围跟机“深艾”粉丝探究好奇的视线，连原本正在小憩的尤清都睁开眼望过来：“咦，深哥，你怎么坐希艾旁边去了？”

“聊会儿天。”江流深答完又转回头，压低声音道，“那我还真是误会了，跟你说声‘对不起’。不过，我可不会向那位龙大妈道歉。小朋友，哥提醒你一句，你们公司那些高层，没几个好人，改天要是想跳槽到我的工作室，看在我们浅薄的交情上，求我两句，我或许会心软答应。”

夏希艾又气恼又不能大声说话，涨红了脸：“谁会求你？我只想请你回自己座位上去。”

江流深低笑出声，如他所愿回了自己座位。

刚一走，许彤就回来了，满脸写着八卦：“江流深跟你说什么了？”

夏希艾没好气：“你怎么去了那么久？”

“这不是看你们聊得火热，我就去其他位子上坐了会儿。”

“我们才没有聊得火热。”夏希艾又拉下眼罩，“我这辈子都不想和他聊天了。”

当然这是不可能的，毕竟接下来还要一起生活十五天。

到达雅典，他们在民宿睡了一晚后，第二天，《一路向西》节目组便正式开始录制。

第一天的安排是两两一组寻找任务卡，再按照卡上的要求完成指定任务，最终获得拼图。如果三组嘉宾傍晚五点前都拿到拼图并返回民宿，便可以拼凑出一张完整的卡片，上面将是一笔慈善基金，由各大赞助商提供；倘若有一组没有完成，任务就宣告失败。

此外，手机等能提供场外援助的物品通通上交给了节目组，等晚上回来才会返还。

全体抽签时，夏希艾在心中默念了几十遍别抽中江流深，好在上帝似乎听到了他的祈祷，最后抽中了苏芷当他的队友。

而抽中江流深的尤清则一脸雀跃，喜笑颜开地朝他说：“哇，希艾，我抽中深哥了呢！”

“恭喜恭喜。”他祝贺得相当真诚。

剩下的周雨萱和陶小桃自然就成了一组，随后导演给三组发了线索卡，夏希艾这组的卡片上只写了四个大字：宪法广场。想来其他组的卡上也是差不多的景点名称。

收拾完装备后，摄影师便跟着他们出发了。

可一出门，夏希艾环顾了一圈四周陌生的异国环境，当下就陷入了茫然。

他不会英语。

倒不是没学过，初中的时候他参加英语竞赛能轻轻松松拿第一名，可由于种种原因，升高中时他毅然决然选择了辍学，算来都有六七年没说过英语了，何况初中那点单词量本就不多，如今许久不用，更是忘得一干二净，只能勉强说几句“Nice to meet you（很高兴见到你）”之类的日常用语。

“怎么不走了？”尤清那组正准备出发，见他呆站在门口，心下猜到了一二，笑着说，“希艾，注意安全哦，不认识路就问人，你应该会英语吧？”

“当然。”

“那就好，我倒是不怎么会，不过我和深哥一组就不用怕啦，毕竟深哥英语超级流利。”

“你深哥……”夏希艾指向前方，“已经快看不见影了。”

尤清一惊，转头看去，果真如此，江流深根本没等他，早已走出几十米远了。他咬唇一跺脚，连忙追了上去：“深哥！走慢点！等等我啊！我会迷路的！”

夏希艾目送两人离开，心里仍在琢磨该怎么问路。他一个大男生，还是初出茅庐的后辈，让年长四五岁的苏芷去问路似乎不太妥当。

“走吧。”正发愁着，苏芷已经走了过来，“我问过了，左拐两百米乘 3 号线就到。”

夏希艾愣了愣：“苏芷姐，你什么时候问的？”

“你们唇枪舌战的时候。”

“我们没有……”夏希艾看了眼一旁的摄影师。

他和尤清确实互相看不顺眼。在他进“龙行娱乐”前，尤清是公司主捧的新人，被后来的他抢走了这个位子以后，尤清一直怀恨在心，因而总是明里暗里挤对他，不过没造成过什么实质性的伤害，他也就任对方去了，顶多回怼两句。但在观众面前，还是得尽量维持和平友好的关系，否则两家粉丝撕起来，公司也头疼，免不得被龙姐训话。

苏芷看出了他的担心：“没事，节目组有分寸，知道什么能播什么不能播，如果乱播些不该播的，观众不高兴，我们家里人也不高兴，对吧？”

她朝摄影师抬了抬下巴，眼神颇具威严。

摄影大哥立即点头如捣蒜。

家里人……夏希艾似乎意会了什么。

他对苏芷的私生活了解得不多，仅有的一点信息也是从许彤那儿听来的。据说苏芷前两年嫁给了段氏的继承人段兴烨，一下子成了豪门太太，不知道引来多少女明星眼红嫉妒。

不过一年前，段家又多出一位私生子，手段狠辣，一进家门就迫使段兴烨交出了一半公司业务，将来夺取全部家产也未可知，因此苏芷和她丈夫这些日子应该过得郁郁寡欢。

当然，这些也只是许彤的猜测，就目前他亲眼所见来看，苏芷的心情并没有被影响分毫。

有这样一位女强人带队，自然省心许多，夏希艾全程几乎没出什么力，跟在苏芷后面乘地铁到达任务卡上的目的地——宪法广场。

听名字感觉还挺宏伟，可实地考察之后，才发现也就巴掌大块地，还不如他小区里老太太们跳广场舞的那个广场大。

鸽子倒是很多，白花花灰扑扑的，扑扇着翅膀围成一圈。他被困在了里头，小心翼翼地落脚，唯恐踩到这些可爱的小生物，以及不怎么可爱的鸽子屎。

有位卖鸽子饲料的大叔在一旁叽里咕噜地说些听不懂的英语，似乎是想让他买饲料，夏希艾摇手拒绝："No, I don't want, no.（不，我不要，不）"

幸好苏芷替他解了围，顺便问了大叔有没有看到过任务卡，可那大叔只顾着自己讲话，还从地上抓了只鸽子比画，不知道想表达什么，到最后苏芷没耐心了。

"他的口音好重，我尽力了。"

夏希艾点点头表示理解，继续四下搜寻线索。

正在此时，整点的钟声敲响，广场上原本静立着站岗的士兵们突然动了起来。

夏希艾这才注意到他们，定睛仔细一看，正喝着的水差点一口喷出来。

这些士兵居然穿着白色紧身长筒袜和百褶裙。

他目瞪口呆地看着动作夸张且缓慢的士兵们，头戴长流苏红帽子，脚穿翘头毛球皮鞋，扛着带刺刀的礼仪枪，一脸严肃地行进，可配着那身服装，实在是违和滑稽。

连苏芷这般高冷的女神都忍俊不禁："要是穿着这身衣服打仗，可能还没开打就先把敌人笑死了。"

夏希艾听了这话也"扑哧"一笑，笑完之后却有些愧疚了。毕竟人家是认认真真在工作，应该受到尊重，而不是笑话。

"抱歉，我们刚刚不是嘲笑的意思，只是觉得有趣，大家别误会。"他朝着镜头道，"男性也有权利穿裙子，就像女性有权利穿裤子一样，性别平等。"

苏芷在一旁看着他道歉，趁摄影师去拍摄景物的间隙，说："希艾，我原先以为你不太好相处，没想到挺懂事的。"

夏希艾微赧："苏芷姐，你过奖了。"

"感觉你教养很好，家里人一定很关爱你吧？"

“嗯，他们很爱我。”夏希艾抬头看向蔚蓝明媚的天空，微微弯起了眼睛，难得露出浅笑。

“我也……很想念他们。”

观赏完士兵的换岗后，他们继续到广场四周搜寻线索，兜了两三圈，依然一无所获，眼看着都快中午了，还没找到任务卡，不由得感到焦灼。

偏偏这时候那卖饲料的大叔又来骚扰，夏希艾用蹩脚的英语回拒，可对方一副不推销成功不罢休的样子，手指比着“3”朝他喋喋不休。

夏希艾望望头顶的大太阳，想想大叔挣个钱也不容易，叹了口气，只好从钱袋里掏出三欧元递过去。这些钱在他老家都可以买五六斤饲料了，在这儿却只能买到半个巴掌那么小的一袋饲料。

谁知那大叔摇了摇手，继续比“3”，嘴里重复着：“Thirty（三十）!”

夏希艾这回总算听懂了，难以置信地瞪大了眼：“Excuse me? Thirty?（打扰一下？三十？）”

“Yes（是的）!”

“Are you（你是），把 me（我），当……当 stupid（傻瓜）！”

他气得一把夺回钱：“苏芷姐，我们别理他，他把我们当傻瓜了，谁会花三十欧元买饲料啊。”

苏芷颔首表示同意，正要离开时，夏希艾突然脚步一顿，拉住了她。

“等等……不太对劲，谁会花三十欧元买饲料……这大叔应该也知道太贵没人买啊，为什么还要定这么高的价格？”

他越想越觉得蹊跷，环顾了一圈四周：“而且你有没有发现，他好像从开始就只缠着我们？旁边这么多游客，为什么不去向他们推销？”

苏芷也反应过来：“你是说……”

夏希艾点点头，当即决定赌一把，取出三十欧元巨款，郑重地递给那位大叔，目光饱含信任与期待。

大叔会心一笑，紧接着，神神秘秘地从口袋里掏出什么东西，紧攥在手里，一脸凝重地交付给他。

夏希艾心下一喜，缓缓摊开手掌——

果真是……一袋鸽子饲料。

“呃……”

苏芷：“弟弟，你可能想多了，他就是把你当stupid（傻瓜）。”

夏希艾彻底认命，脑袋沮丧地耷拉下去：“对不起，苏芷姐……”

“没事，既然买了，那就喂喂鸽子吧。”

他长叹一口气蹲下，郁闷地从那小袋子里取出几粒价如黄金的饲料，撒到自己脚边，立刻就有一群鸽子咕咕着围上来啄地。

这场景，还真像以前在农村喂鸡鸭的样子。

山清水秀的农村没多少娱乐设施，对年幼的他来说，最大的娱乐就是在田间溪边玩闹，以及干农活。放了学回到家，他第一件事就是丢下书包去喂鸡、鸭、鱼，喂完再去田间帮爷爷除草翻地，偶尔还会和邻居家的小孩比赛谁完成得快。

每家人种的东西都不尽相同，他们家主要靠种艾草为生，他的名字也是这么来的。

希艾，带来希望的小艾草。

他和艾草，都是爷爷赖以生存的希望。

在农村的日子虽然说不上多富裕，但过得也不算贫苦。爷爷总是把最好的留给他，自己的衣服缝缝补补又三年，每年过年却蹬着自行车骑三个小时去城里的商场给他买新衣服。

他本就长得好看，时髦的衣服一穿，像个粉雕玉琢的娃娃，经常被错认成女孩子，哪家大人见了都要捏一下脸。加上他成绩又好，总帮着其他小孩解题答疑，一直是村里最受欢迎、朋友最多的孩子王。

那时候的他还很爱笑，几乎没有伤心的时候，整天无忧无虑的，天真烂漫。现在想来，其实是爷爷将他保护得太好了，在他前十一年的人生罩上一层密不透风的保护罩，没让他经历一丁点艰辛险恶。

但也正因如此，他才会在那层保护罩崩塌破碎后，顷刻间暴露在令他恐慌不安的人间百态中。

夏希艾撒饲料的手因出神而稍稍停顿了一下，便有一只鸽子飞了上来，爪子上的指甲刺入皮肤。夏希艾疼痛之下回过神，刚想驱赶，突然发现鸽子脚上系着张小纸条。

他愣了愣，小心翼翼地解下来，缓缓展开。

任务：一路向西。

三十欧没白花！

他激动得一下跳起来："苏芷姐！你快看！我找到线索了！"

"嗯？我看看，一路向西……这不是节目名吗？什么意思？"

"应该是让我们往西走，可能会有其他线索。"夏希艾高兴得在原地转圈，把饲料全撒了，霎时间鸽子都围拥过来，堵住了去路，可他丝毫不觉得困扰，笑得分外明朗。

"走吧，我们先去吃饭，然后完成任务，拿到慈善基金！"

苏芷被沐浴在阳光中的灿烂少年晃了眼，一时微怔，直到夏希艾又喊了她一声才回过神来，打开地图看路线。

广场不远处的三楼商店里，一个人正安静地倚靠着窗框向下望，视线遥遥落在广场中央被鸽子包围的那道身影上。

"深哥，老板娘说我们完成任务啦！这是拼图……咦，你在看什么？"

尤清好奇地走过来一探究竟，以为是什么有趣的街头活动，结果却看到了夏希艾和苏芷。

"他们怎么在这儿……"

摄影师闻言扛着相机想过来跟拍，被江流深一个压迫感十足的眼神劝退。

"应该在做任务吧。"江流深转过头继续看向广场，不自觉地勾唇一笑，"看他那高兴劲儿，傻乎乎的。"

尤清也笑了："希艾才不傻，他聪明着呢。"

江流深难得有兴趣接他的话："嗯？怎么说？"

"你想啊，深哥，希艾明明不是这种爱笑的性格，却能对着镜头笑得这么高兴自然，说明他很懂观众粉丝想看什么啊，这么擅长博焦点和好感，难道不聪明吗？”

江流深低笑一声，声音却有点冷：“不，我觉得他比起你，还是差远了。”

尤清还当这话是在夸自己，不好意思地挠了挠头：“深哥过奖啦。”

江流深懒得再跟他说话，依旧望着楼下，只见广场上那颀长清秀的少年迈开长腿，朝西进发，脸上是明媚的地中海阳光，身后是扑翅而起的圣洁群鸽，宛如古希腊神话中的天神之子，油画般惊艳绝伦的画面。

这样的夏希艾需要博焦点？

他分明就是焦点本身。

在周边的快餐店匆匆解决完午饭后，姐弟二人组便又出发了。

夏希艾刚喝了一杯奶茶，这会儿有点想上厕所，急急忙忙沿着路线往西走，想找厕所标志，结果一抬头，却意外地看到一家商店的招牌上贴着节目组的 logo（标志）。

两人连忙进店找老板娘询问，果然，此处就是任务地点。

苏芷用英语和老板娘交流着任务要求，夏希艾听不懂，趁这段时间赶紧去上了个厕所，回来时，看到苏芷手中多了两套衣服。

“希艾……”苏芷的语气不知为何有些迟疑，“老板娘让我们穿着这套衣服帮她卖出两百欧元的纪念品，才能给我们拼图……”

“好啊，没问题。”

夏希艾以为就是民族服装，可待他接过来之后，才发现这衣服有点眼熟，摊开一看，白色紧身长筒袜，以及卡其色百褶裙……

这节目只付他两千万元真是血赚。

“老板娘说必须两个人都穿，我也没办法，委屈你了。”苏芷说完，先行去店内换衣服了。

夏希艾拿着衣服呆坐在店门口，明明还没入冬，迎面吹来的风却是如此寒冷悲凉……

但他再不情愿也只能服从要求，总不能因为他一个人拖累所有人拿不到慈善基金吧。

苏芷换完衣服出来，摄影师眼前一亮，这套略显性感的服装被她穿出了高冷御姐范，想来一定能吸引不少客人。

夏希艾也不住赞叹，可一想到自己也要穿，脑袋就又颓丧地耷拉下去，拿着衣服一脸沉重地进了店内。

夏希艾在更衣室里磨磨蹭蹭了近一刻钟，才扯着裙摆开门走出来，羞耻得脸颊泛红："苏芷姐，我的裙子太短了，你有没有什么可以挡……"

夏希艾的话音戛然而止，因为店里多了两人。

"哟，哪来的漂亮小妞。"江流深痞笑着走近他，挑起他的下巴。

"给大爷笑一个？"

夏希艾瞬间耳根子都红透了，转身就要往门里冲，却被手疾眼快的江流深先一步关上了门。

江流深用只有他们能听见的低沉嗓音说："怎么了，不好意思？"

夏希艾愤然转头，恰好撞入那双多情风流的眼眸里，怔了半秒。

"离我远点。"

江流深对他的语气似乎已经习惯了，竟然没生气："啧，我这么年轻潇洒、风流倜傥，粉丝巴不得见到我，你还叫我离远点。"

夏希艾被他的厚颜无耻震惊了，本就不善言辞，此刻一句骂人的话都憋不出来。

江流深看他实在窘迫，笑着退开，不忘戏谑地加上一句："还有，领口太大了，注意着点，不过……也没什么值得看的。"

夏希艾从小到大就没见过这么不要脸的人，气得不顾形象地推他："你走开！"

苏芷在店门口看着打打闹闹的两人，朝一旁的尤清说："他们的感情还真好。"

"深哥只是喜欢捉弄人而已。"

"哦？他对你也这样？"

尤清不说话了。

别说捉弄，一上午，江流深几乎都没搭理他，只顾专心寻找线索，飞速完成了任务。若不是江影帝的人气和地位足够高，曝光率有保障，他们这组播出后的镜头恐怕会是三组里最少的。

他们在一起拍戏的时候他就领教过江流深绅士外表下的冷淡不羁了。江流深看似整天笑眯眯的，却没多少真心实意。这也正常，人家堂堂娱乐圈太子爷，要好的圈内好友都是非富即贵，哪儿能真和他们这些小喽啰玩到一起？能抱上一阵大腿蹭一下热度就不错了，还指望成为交心朋友？做梦吧。

然而，此刻江流深对夏希艾露出的笑意，似乎不是假的。

刚才这一段要是播出了，夏希艾不知道会圈多少粉，说不定热度还会压过他，那他以后想涨人气可就没那么容易了。

凭什么，凭什么他夏希艾老是遇贵人？在街边唱歌能被龙姐捡回来参加选秀，不仅夺走了他在公司主捧的位子，拿了原本属于他的名额参加中秋晚会，竟然还和江流深关系这么好。

难道全靠运气？不，一定是心机太重，手段了得。

尤清越想越不甘心，可对着镜头还是得维持他天真讨喜的人设。

“哇，希艾，你这身打扮可太惊艳了！”他上前打趣道。

“我不合适，你穿会更好看。”夏希艾客气地回，心里已经被他们烦得不行，“你们怎么来了？任务呢？”

尤清：“我们上午就完成了，导演说你们进度比较慢，让我们来帮忙。”

夏希艾闻言眼睛一亮，江流深立刻明白他的小心思，无情地打破他的幻想：“我们不用穿这衣服，不好意思哦。”

“那你们还真是幸运啊。”

夏希艾咬牙切齿道，却也无可奈何，只好和苏芷商量：“苏芷姐，要不……你站门口我站店里吧，我怕我打扮成这样没有顾客会进门。”

“那我也站里面好了。”江流深说，“否则顾客进了门也会被吓跑，总得有一个能看的店员吧。”

“你是说我不能看？”

“你出来的时候没照镜子吗？”

眼看着两人又要闹起来，苏芷连忙说：“行，那希艾你和流深在店内，我和尤清去店外，我们尽早完成任务回去休息吧。”

夏希艾听她这么说，勉强点头同意。

这在尤清眼里，自然又成了欲拒还迎、故作姿态。他不屑地轻哼一声，跟着苏芷去了店外招揽顾客。

店内只剩下夏希艾、江流深以及摄影师。

趁还没客人进来，江流深懒洋洋地坐在一旁的椅子上，刚想接着调侃夏希艾这身衣服，眼一抬，突然发现从侧面来看，倒不怎么违和。

夏希艾的腿很长，却不瘦弱，白色丝袜包裹下的小腿肌肉是少年人特有的匀称健气，大腿则有些肉感。

江流深回忆起那次晚宴上的事情，不禁莞尔。

娱乐圈千篇一律的人太多了，偶尔遇上个与众不同的，他自然觉着好玩，忍不住捉弄一下，等新鲜劲过了，估计也就成点头之交了。

况且，在娱乐圈待久了的人，再有意思也会慢慢变得没意思，失去有趣的灵魂，徒留一张好看的皮囊。

如果他能永远保留住现在的单纯模样就好了……

此念一出，江流深自己先笑了。他未免想太多了，世上哪有这种人，估计没经历过什么苦难，才如此天真无畏，初生牛犊不怕虎似的，一点不担心得罪人。得亏是遇上了他，倘若遇上的是某些心狠手辣的阴险之辈，指不定被欺负得多惨呢。

也罢，看在他心思还算纯正的分上，到时候要真跌进泥潭了，他出手拽他一把也未尝不可。

这份难得的乐趣，能多享受一会儿是一会儿吧。

许是外头的苏芷成功吸引了游客的视线，挂着铃铛的店门被推开，进来了第一位客人。

夏希艾精神一振，连忙给江流深使了个眼色，却发现对方的视线正落在……自己的裙子上……

他碍于摄影师在场，骂不出口，只能攥着裙边尽力遮掩：“看什么看？

来客人了，快起来招呼。”

江流深瞧见他那局促不安的样子，低笑一声，暂且收回飘散出去的心思，起身利落地把自己的外套脱下，抬臂一扬，抛入夏希艾怀中，紧接着绅士地弯腰鞠躬，朝那位新进店的女顾客优雅一笑：“Good afternoon, madam. What can I do for you?（下午好，女士，我能为你做点什么？）”

女顾客眼神一亮，语调都放柔了：“Hi...I saw the bracelet in the show window. Can I try it on?（嗨，我看到橱窗里的手镯了。我可以试戴吗？）”

“Of course. Wait a moment, please.（当然，麻烦稍等一下。）”

夏希艾捧着带有江流深体温的外套，愣愣地听着两人对话，完全插不进嘴。

“发什么呆呢？”江流深走过来敲了敲他的脑门，“客人要试戴橱窗里那个手镯，还不赶紧拿。”

“好……好的，我这就去拿。”夏希艾刚迈出去一步，又被他叫住。

“衣服系上再出去，别吓跑客人。”江流深拿过自己的外套，将外套在他腰间绕了一圈，打了个结，系牢。

“唉，我真是操碎了心。”

夏希艾声音跟蚊子叫似的：“谢谢你。”

夏希艾实在太好玩了。江流深看着他微抿的唇，忍不住想捉弄他。

“大恩不言谢，‘长辈’应该做的。”

在江流深流利的英语技能加持下，任务进行得相当顺利。夏希艾原本担心自己的打扮会让客人掉头就跑，没想到大多数游客接受度很高，有些甚至以为是当地服装特色，还询问能不能合影。

下午四点，他们组就赚够了两百欧元，得到了三组中最后一张拼图，回到民宿时正好五点整。

第一天的任务圆满结束，赞助商将以节目的名义向贫困山区捐出万册图书。

然而节目的录制还远没有结束。

“怎么做饭也要拍啊……”夏希艾不太好意思地往旁边挪了挪，给摄影师腾出一点空间。

陶小桃笑道：“我们几个人里就你会做饭，不拍你拍谁啊？”

“谁说的？”江流深亮了亮手中的菜刀，“我也会好吗？”

周雨萱娇笑着拍了一下他的肩膀：“深哥，你别逗了，就做个凉拌西红柿也好意思说哦。”

江流深不着痕迹地侧了侧身：“瞧不起凉拌西红柿？肯定比他做的好吃，一会儿就让你们尝尝本大厨的手艺。”

厨房里的女嘉宾们嬉闹着打下手，夏希艾一个人要负责六个人的晚餐，忙得焦头烂额，好在最终不辱使命，将八菜一汤端上了桌，众人一尝都赞不绝口。

“真没想到，希艾，你小小年纪这么会做菜。”苏芷由衷地夸奖。

“没什么，我从小做习惯了。”

“你爸妈教你的？”

夏希艾的筷子顿了顿：“不是……我爸妈都走了。”

他的话音刚落，整个餐厅突然陷入沉默。

“啊……你们不知道吗？”他的资深粉丝几乎都知道这事，也没什么好隐瞒的，“我爸妈在我很小的时候就出意外去世了，我是爷爷带大的。”

“对不起，让你想起伤心事了。”苏芷歉意道。

“不用道歉，我那时候刚出生，什么都不懂，没有多伤心。”

当然也并非完全不伤心，只不过更多的是怀念。

“希艾，你这么好，以后肯定会有对象疼爱你的！”陶小桃举起面前的果汁，“我敬你一杯，祝你将来大红大紫、事事顺心，永远健健康康、幸福快乐！”

夏希艾心下一暖，举杯相碰：“谢谢，其实我现在已经挺幸福了，有这么多粉丝喜欢我，一个人过也没什么不好……不说这些了，大家快吃饭吧。”

经此插曲，几位女嘉宾都动了恻隐之心，席间有意无意地向不善言谈的夏希艾抛来话题，好让他尽量融入进来，反倒是一向爱调侃戏弄他的江流深没怎么开口。

“让我来尝尝深哥的手艺！”尤清夹了一片凉拌西红柿送进嘴里，准备好的赞美之词都冲到嘴边了，却因那微妙的味道哽住了声。

夏希艾见他面色古怪，也试吃了一片。

“你把味精当糖了吧……”

对面的江流深垂着眼，心不在焉地说：“是吗？或许吧。”

他竟然没有辩驳。

夏希艾觉得他有点反常，多问了句：“你没事吧？”

江流深眼皮一翻，望着他像往常一样笑开：“没事啊，倒是你，赶紧吃饭，不然可就被我吃完了。”

夏希艾很护食地飞速给自己夹了一小碗菜：“才不会让你吃完。”

晚饭后，陶小桃提议表演几个助兴节目，庆祝这天的完美开端。

“我带了吉他，可以给大家弹一首。你们要唱吗？”她问同为歌手的夏希艾和苏芷。

苏芷喜好清静，当即摆摆手表示自己不参与，当观众就好。夏希艾看了一眼民宿客厅角落里的一架钢琴，有点心动：“我想用钢琴伴奏，不过很久没弹了。”

“没事，你先试试。”

夏希艾点头应允，坐到琴凳上，翻开琴盖，试着弹了几个音符，可手指实在僵硬，弹出的曲子并不怎么流畅。

“我还是清唱吧。”他合上琴盖，“小桃，你先来好了。”

“好，那我先来！”

陶小桃自告奋勇，弹唱起了她的最新单曲，曲调活泼欢快，吉他声清新动人，奔波劳累了一天的众人渐渐放松心情，惬意地享受片刻的休闲时光。

夏希艾在一旁认真聆听，跟着拍子点头，目光落在陶小桃灵活演奏的手指上，若有所感，低头轻轻捏了捏自己的手指。

他以前钢琴弹得其实还可以，虽然没系统学过，但他的记忆力强，能把一整首曲子的键位背下来，各种风格的乐曲都能自然流畅地弹奏，连酒吧里的客人都以为他是专门学过的。

可自从签约了龙行，行程安排得实在太密集，连练歌都没时间，更别提练琴了，一两年没碰过钢琴，技艺免不得生疏退化。

明明日子变得越来越好，却感觉有什么重要的东西正在渐行渐远……

陶小桃唱完一首，众人皆捧场地鼓掌，尤清甚至夸奖说这首歌可以拿华曲奖了。

“哈哈，那太夸张了，能拿个新人奖我就烧高香了！”陶小桃笑道，“不过有希艾在，新人奖也不可能轮到我啦。”

夏希艾谦虚礼貌地浅笑，没有承认也没有否认。下一届华曲奖的年度新人奖，他确实十拿九稳。

“好了，希艾，该轮到你唱啦！”

“嗯，你们想听什么？”

方才一直沉默不言的江流深突然开口：“唱你喜欢的。”

夏希艾一愣。这样的要求他倒是第一回听到，以往他问出这个问题时，所有的客人或粉丝都会报出具体的歌名或者某种风格，从来没人说过让他唱自己喜欢的歌。

江流深捉弄了他一天，忽然这么正儿八经地说出这话来，倒让他有点捉摸不透这人了。

不过夏希艾还是认真思索了会儿，道：“那我就不唱自己的歌了，唱首我老家的民谣吧。”

尤清扑哧一笑：“唱山歌吗？我一直生活在城市，还没听过山歌呢。”

江流深斜他一眼：“那你还挺孤陋寡闻的。”

尤清的笑容僵住。

“不算山歌，山歌更高亢嘹亮，民谣更质朴动人。”夏希艾不以为意，清了清嗓，“那我开始了。”

第一句歌词出来的时候，房间内所有人包括工作人员都安静了。

夏希艾的嗓音清透而又饱满，歌声犹如潺潺溪流般倾泻而出，并没有多少波澜起伏的浪花。整首歌的调子相当平稳，却能令聆听者感受到一种生生不息的蓬勃生命力，仿佛这条溪流正顽强勇猛地向前奔流，任何巨石都阻挡不住它，听到最后竟生出几分振奋之感。

江流深此刻终于完全认同，看似花瓶的他能光速升至如今的地位，确实不只是靠脸。

一曲毕，他带头鼓起了掌，其他人这才如梦初醒，跟着热烈鼓掌叫好。

夏希艾鞠躬道谢，回到自己位子上的时候，又轻轻地单独对江流深说了声“谢谢”。

他也不知道自己为什么要特意道谢，就这么自然而然地做了，或许是因为江流深让他有机会在镜头面前唱自己喜欢的歌。

他已经快记不得，上一次这么舒畅轻松地唱歌是什么时候了。

余兴节目后，这一天的录制才算真正结束。导演说完明天的行程安排，嘉宾们便各自回房间休息去了，布置在屋子里的摄像头通通被罩上布，以免嘉宾的隐私外泄。

夏希艾正躺在床上鼓捣着手机里的作曲软件，半途收到了许彤的短信：“弟弟，冰箱里有给你买的奶茶哦！”

“奶茶”两个字顿时令他眼前一亮。

许彤这天也不知道去哪儿晃悠了，节目录制时不允许助理随行，倒是让她享受了一次公费度假，好在她还是有良心的。

尽管大晚上喝奶茶有点罪恶感，但他白天为节目牺牲了这么多，犒劳下自己也情有可原吧？

给自己找完充足的借口后，他打开卧室门，蹑手蹑脚地摸黑溜到厨房，打开冰箱拿出奶茶，正想再偷偷溜回去，突然听到客厅传来轻微的声响。

不会是小偷吧？

早就听闻欧洲最近小偷多，居然还有上门行窃的？夏希艾揣着奶茶小心翼翼地靠近客厅，随时准备喊人，反正隔壁房都是身强体壮的摄影大哥，不怕打不过。深呼吸几口气后，他“啪”的一声按亮顶灯开关。

“谁啊？想亮瞎我？”

“你大半夜不睡觉，鬼鬼祟祟躲在这儿干吗？”

夏希艾一听声音就知道是谁了，没好气地走过去，却见江流深躺在沙发上，手捂着胃部，紧皱着眉，脸色有些苍白。

“你胃不舒服？”他连忙转身回厨房，“我给你烧点热水。”

“我已经喝了，没事……过一会儿就好了。”江流深叫住了他，勉强撑起笑，“你还挺有良心……哥没白疼你。”

夏希艾真佩服他这种时候还要占口头便宜，走过去把奶茶往茶几一放，坐到沙发上捋起袖子：“手拿开，我给你按摩。”

江流深一愣，有点难以置信：“我没听错吧？高冷小天使要屈尊给我按摩？”

“算了，还是痛死你吧。”夏希艾起身就走。

江流深立即拦住他：“等会儿，真给我按摩啊？”

“不然呢？难道我还会害你吗？”

“那可说不准，你上次想要帮我，结果害我‘血溅当场’的事我还没忘呢。”江流深嘴上这么说，到底还是把人拉了回来，“不过看在你这么善良体贴的分上，哥再给你一次将功赎罪的机会。”

夏希艾无语地坐下，懒得跟他计较，手按上江流深的胃部，不轻不重地按摩起来。

江流深刚开始痛得“嘶”了一声，但很快，疼痛渐渐感受不到了。

“怎么会胃痛？晚饭吃多了？”夏希艾边按边问。

“你当谁都跟你一样，吃那么多，大半夜还溜出来喝奶茶，懂不懂艺人身材管理？”

夏希艾被说得有点脸红，倔强地辩解：“奶茶是牛奶加茶，牛奶可以补钙，茶可以提神，而且我喝的都是无糖的，很健康！”

“行，你就继续自欺欺人吧，反正肉不长在我身上。期待你三年后的演唱会，一定中气十足得媲美刘欢老师。”

夏希艾这天第一百零八次想暴打这个老流氓。

“看在你生病的分上放你一马……说真的，怎么会胃痛？严重的话得去医院。”

“不用，出生就带着的老毛病。医生说是胃寒，只要不吃生冷的东西，不着凉，一般不会发作，我估计是下午把外套借给你，自己着凉了。”

听他这么一说，夏希艾不禁内疚了：“对不起……”

江流深“扑哧”一笑：“希艾，你也太容易被牵着鼻子走了吧，这么单纯怎么在娱乐圈混下去？”

“你又戏弄我。”

“我没有，我说的都是真的，确实是你害的。”江流深耸耸肩，“不过，还是得谢谢你帮我按摩了，手艺不错。”

夏希艾难得听到他真心实意的夸奖，有点得意地扬起嘴角：“那当然，我爷爷教我的，以前遇到过跟你差不多的，我也帮他按好了。”

江流深眼神盯着面前得意扬扬的人有些出神。

夏希艾毫无察觉，自顾自地说：“你这个毛病可以试试用艾草泡茶喝，或者泡脚，对胃寒有一定效果。”

“艾草？”江流深回了神。

“对啊，艾草有很多用处，可以吃，还可以当药。”

“我知道，有朋友告诉过我。”

夏希艾随口道：“那你朋友懂得挺多。”

“她懂什么呀，就一小丫头。”江流深像是回忆起了什么美好往事，笑了笑，眼中柔情似水，“特别傻的一小丫头，但长得特别水灵。”

夏希艾只当他在说某任女友，心下腹诽：女友就女友，还小丫头，肉麻。

又按摩了一会儿，江流深总算完全恢复，又开始胡说。

“说真的，你要不来给我当按摩师吧，收入稳定，五险一金，包吃包住，还可以每天为天王巨星工作，比你当个吃青春饭的小歌手强多了。”

夏希艾眼角一抽：“你说完了没？说完我回房了。”

“差不多了。哦，对了，还有一句。”

江流深站起身，敛起笑意，压低嗓音，沉稳而轻柔：“今天用了‘长辈’这个称呼跟你开玩笑，抱歉。”

夏希艾怔在原地，这好像是……江流深第一次这么认真地跟他道歉？

“所以你今天晚餐的时候那么沉默，是因为同情我吗？”

“那倒没有，我只是想到了另一个和你遭遇类似的朋友而已。”江流深幽沉的目光下似有情绪翻涌，“冒昧地问一句，你父母去世之后……你觉得辛苦吗？有没有过……想放弃一切的时候？”

夏希艾对上他的目光，仿佛缓缓沉入了一汪深潭，呼吸变慢，四周变静，一时都没注意这不合时宜的举动。

“辛苦啊……当然辛苦。”

那些无依无靠的日子有多辛苦，衣食无忧的旁人根本无从体会。

“但抱怨辛苦又有什么用？这世上谁没点辛苦的事？我是最辛苦的吗？肯定不是。”他正色道，“我父母生养我也很辛苦，他们都没有放弃我，我为什么要放弃自己？就因为他们离开了我吗？我觉得不该这样想。

“逝者已逝，活着的人为什么不好好珍惜现在，要沉湎于过去呢？那已经是没办法改变的现实了啊，难道要一辈子自怨自艾吗？我家人对我的期望是快乐无忧地长大，虽然快乐无忧我没做到，但起码我可以做到好好活下去，这才是他们最希望看到的。”他反问江流深，“你不觉得这样才是对逝者最大的尊重吗？”

江流深神色一僵，仿佛遭到当头棒喝，呆立在原地，却迟迟没回答。

夏希艾困惑地看着他反常的表情，问：“你怎么了？”

“没什么。”江流深不太自然地轻咳了一声，像是在掩饰什么情绪，“可是你一个人生活的话，怎么面对别人和社会对你的恶意呢？你一个人怎么扛得住？”

“扛不住也得扛。”夏希艾道，“虽然我没父母，但我不是被父母抛弃的，他们在世时都很爱我，我不是没人要。别人对我再坏我都不怕，我父母肯定在天上守护着我，我不是一个人。”

他像是说给自己听，重复一遍：“我才不是没人要。”

江流深陷入沉默，注视着面前人的双眼，看见的是一片澄净透彻，即便有陈年的累累伤痕，却依然坚强无畏。

原来被这个世界无情伤过的人，还能以这样的姿态自我拯救。

江流深某些淤积在心里堵塞已久的难言之疚，在听完此番话，突然化作一缕释然的青烟，飘荡而出，随风而散了。

“谢谢你陪我聊这些。”江流深长吐一口气，感觉到前所未有的舒畅，“时间不早了，快去睡吧。”

他不再多言，径直朝自己的房间走去。

“你那个朋友……”夏希艾叫住他，“他也和我一样，父母过世了吗？”

江流深的脚步停在房门口。

“对。”

“那他现在过得怎么样？”

江流深背对着他，脸上不知是何表情，过了许久，才伸手拉开房门。

“自杀了。”

“砰”的一声，门被关上。徒留夏希艾一人站在空荡冷清的客厅里，发愣地望着那扇闭着的房门。

他越来越看不透江流深这人了。

## 第四章
## 你不如做梦

那一晚之后，江流深再也没有胃痛过，也没有任何反常的言行，似乎又变回了老样子。

十五天的录制时间过得飞快，不知不觉他们已经游历了三个城市。

他们在巴塞罗那出海比赛捕捞海鲜，做成当地风味的特色烩饭，夏希艾不幸抽到了和江流深一组，被抱着一条三四十斤的金枪鱼的江流深从船头追到船尾，非要用鱼嘴亲他，以报上次的一撞之仇。

他们还在纽约著名电影取景地帝国大厦和时代广场自导自演了微电影，由于部分财大气粗的粉丝事先知道了行程，特意在他们录节目的那几天包下了时代广场的广告屏，听闻消息的留美粉丝蜂拥而来，将录制现场包围得水泄不通，甚至登上了当地报纸。

一眨眼，他们就到了此行的最后一站：东京。

与此同时，《一路向西》的第一期也在国内播出了。

当晚的收视率一路猛冲，迅速破七，第二天的网络播放量更是直接破亿，一举成为史上最受欢迎综艺真人秀，把导演朱志明和西瓜台高层乐得嘴都合不上。

第一期播出的内容主要是他们出发前的一些准备和采访，以及在雅典第一天上午的部分内容。关注度最高的自然是江流深和夏希艾这两位首度现身综艺的超人气嘉宾，一位是全网好感、国民度极高的实力影帝，一位是近年来热度最高、唱功优秀的当红歌手。两人凑一起几乎包揽了下至八岁上至八十岁的观众，这节目不爆都没天理。

一切似乎都在节目组和嘉宾的意料之内，然而也有意料之外的事。

“太疯狂了。”许彤盯着手机，“你们的话题帖都破万了，弟弟。”

夏希艾头疼地扶额：“我不想知道，我真搞不懂……”

第一期里他和江流深就只有两次同框，一次是早上叫起床那段，另一次是飞机上坐一起的时候被镜头扫到了一秒。除此之外，就是下期预告里他腰上系着江流深外套的画面。

于是网上就炸了。

“我的希艾小天使怎么那么可爱，啊啊啊！深哥也太温柔了吧！”

“你们没发现叫醒那段也太有意思了！”

“对，还有飞机上那段！两个人头凑在一起说什么悄悄话呢？大声喊出来让我们也听听好吗？！”

夏希艾根本没想到会发展成这样，第一期播出后他和江流深的粉丝异军突起，短短几天关于“深爱组”的讨论帖就破万了，粉丝甚至已经想好了官方标语。

“怎么回事……是龙姐策划的吗？”他只能想到这个缘由。

可惜许彤摇摇头，否认了他的猜测：“应该不是，龙姐最近不知道在忙什么，我昨天打电话去汇报工作，她听都懒得听，特别不耐烦，感觉一点都不关心我们这边的情况，更不可能花精力帮你炒热度了。”

夏希艾疑惑：“龙姐应该挺重视这个节目的啊，到底怎么回事？”

“其实也没什么奇怪的。”许彤道，“你和江流深都是高人气、高颜值，饭圈也没有过大矛盾，不少人还是你们的双担，很容易就变你们的粉丝了。”

“可我不想……”

应该说，和谁都不想，他能靠自己红，没必要捆绑谁。

“弟弟，你想开点啦，这对你是有好处的，你还在上升期，需要热度，江流深就是最强的发热源，连没实力的花瓶尤清都能抱他大腿从十八线飞升到一线，你有实力又有颜，借此机会或许能跻身江流深这样的超一线也说不定啊。”

尽管夏希艾知道许彤说的不无道理，但他还是坚持自己的意见。

该和江流深划清界限了。

最后一晚的录制地点在东京银座，六位嘉宾难得不用分组做任务，也不用自己做饭，从民宿出发一路向西逛，闲谈此次旅行的感言，顺道寻觅街头美食。

江流深在邻国日本的知名度也不低，特意戴上墨镜想低调行事，然而他身高腿长，气质出众，加上周围一圈工作人员围着拍摄，想瞒都瞒不住，尖叫声从街道这头响彻到那头，严重影响拍摄。

节目组只好换了条街道，撤走多数工作人员，只留两位摄影师携带小型摄像机混入人群隐蔽拍摄，另外还发了两台手持录像机给嘉宾，让他们自行录像，这样拍出来的东西也更生活化些。

不用再被一群人围着拍，录制气氛顿时轻松了许多，连向来高冷的苏芷都多说了几句。

夏希艾这会儿肚子有点饿，想赶紧找吃的，走得稍微快了些，领先其他人几步，正好好地走着，突然被挡住了去路。

“希艾，笑一个。”

江流深举着录像机冲他挤眼。

夏希艾伸手挡住镜头：“不要拍我。”

“为什么不让拍？你这两天不太对劲啊。”江流深玩味地看着他。

“我哪有不对劲……”

“唔，让我想想，你不跟我斗嘴了，不好玩了。”

“一定要捉弄我吗？”夏希艾瞪他。

江流深笑了：“这样才好玩。”

夏希艾懒得理他，绕过他身侧往前走，江流深跟在后面优哉游哉的：“你为什么躲着我呀？我猜猜，是不是看到和我的粉丝越来越多开始慌了？担心自己的粉被洗走？那他大可不必担心，就他和天王的人气差距，也该是天王被洗粉，唉，天王真倒霉，被洗了粉还要哄你开心……”

夏希艾迅速转身捂住那张胡言乱语的嘴，眼神慌张地瞟了圈周围，还好，他们走得快，其他四人还在后面聊天。

“你瞎说什么……摄影师还在旁边，声音会被录进去的！”

“放心，我让他们剪掉，不过嘛……”江流深拉开他的手，促狭地眨了眨眼，“你刚刚捂我嘴这段，我不会让他们剪的，等着再涨一拨粉吧。”

夏希艾急了：“我真的不想和你捆绑在一起，也不担心被洗粉，就是不想！”

江流深听见这话，莫名有点不爽，向来都是别人巴不得和他有关联，第一次遇到想和他撇清关系的。

“这么讨厌我？那你想和谁捆绑在一起？苏芷？人家可是有夫之妇。”

“我不想和任何人炒，让我一个人清静就好。”

江流深的心情好转了些，搭上他的肩，低声道：“看在你这么正派的分上，哥跟你说实话，我啊，一方面想借此机会把‘深情’CP给彻底拆了……”

“你利用我？”夏希艾警觉，“你那么厉害，直接警告他不就行了吗？”

“啧，还不是因为我妹喜欢他，要是被她知道了，肯定得怪我，所以我只能借刀杀人了。”

夏希艾汗毛一竖：“那你干吗不找别人？利用完我是不是也要杀了我？”

“想什么呢，我是那种人吗？”江流深接着道，“另一方面啊，也是为了报答你之前的照顾，我这人向来有恩必报，我的热度不能便宜别人，就便宜你了，怎么样，仗义吧？”

他说得一板一眼的，可夏希艾怎么听怎么觉得不对劲。

敢情他被迫帮江流深铲除障碍还被当作了受益方？

“我才不帮你。”他扭头就往回走。

“你要是帮我这次……”江流深的声音在他身后响起，“我的下部电影就由你来演唱主题曲。”

夏希艾的脚步猛然刹住。

“作词、作曲全由你负责。”江流深慢悠悠地晃到他跟前，“这可是本影帝休影一年后首度亮相大银幕，剧本我已经看中了几个。我向你保证，票房三十亿打底，到时候你的歌声会传遍五湖四海，全国观众都是你的听众，心动了吗？”

夏希艾不得不承认，自己非常心动。

他热爱唱歌，也渴望被认可，原以为签了公司后能站上更大的舞台，举办个人演唱会，可这一年多来，公司更多的是给他接活动、商演和广告代言，原因很显然，这样来钱更快。

单曲倒也出了几首，基本上全是公司挑选的，说是符合大众审美，尽管反响还不错，以他的人气上个榜单第一名轻轻松松，但他并不喜欢那种流行风格。

他想唱自己喜欢的歌。

以前他刚辍学在酒吧驻唱的那段时期，虽然创作的歌都很幼稚，他却唱得很快乐；现在有了钱和名气，反而被种种现实枷锁束缚住了。

几个月前他拉下脸软磨硬泡，总算说动龙静给他出新专辑，说是可以由他全权决定，中间却一再被打断拖延，也不知道还需要多久才能兑现承诺。

可以说，江流深提出的报酬是他如今最想要的东西。

“我……”

“你们聊什么呢？”尤清从后面蹦蹦跳跳地追上来。

夏希艾迅速别开脸：“没事。”

江流深拍了拍他的肩：“考虑考虑。”

这一路逛了近一小时，摄影师录够了剪辑素材，总算放过他们，示意他们可以进入觅食环节了。

一行人往前走着走着，半路遇到一家门口排成长龙的甜品店，人气产品是季节限定的草莓大福，摆在一个巨大的托盘上，像金字塔似的堆放着，几乎和人差不多高，红白相间，煞是可爱。

夏希艾往店里多瞄了几眼，就被江流深逮住了。

“想吃？哥给你包了，只要你答应刚才的事。”

电影曲也就罢了，一筐草莓大福就想收买他？这人也太瞧不起他了吧……虽然确实很诱人。

尤清在一旁听见了，脑袋凑过来：“嗯？什么事？深哥你和希艾达成了什么不可告人的交易？”

“你都说是‘不可告人’了，为什么还要告诉你？”

江流深的语气冷淡，转头面向夏希艾的时候，又换上笑脸：“希艾，答应我才有糖吃。”

夏希艾的鸡皮疙瘩一抖：“我自己也能买，现在排队的人太多，等吃完饭回来再买。”

然而，当他们吃完饭回去时，却被店长告知限量供应的草莓大福已售罄。

夏希艾闷着气攥紧拳头往民宿疾步走，忍受了一路江流深肆无忌惮的嘲笑声。

两位摄影师面面相觑，隔空交换口型：“影帝怎么了？笑点这么低？”

回到民宿后，夏希艾刚要去房间自闭，衣角突然被拉了一下。

“我又胃痛了，来帮我按摩吧。”

“骗谁呢，你刚刚还好……”他一转头，发现江流深真的痛得咬紧了牙关，额头冷汗淋漓，仿佛下一秒就会昏倒。

“可能是刚刚吃了生的……”江流深勉强站立着，眉头紧蹙，语气虚弱，“算了，你早点休息吧，我忍一忍就好。”

他佝偻着背，扶着墙捂着胃，缓步走向自己的房间，像一个看尽世态炎凉、对现代年轻人失望至极的孤寡老人。

房门关上后一分钟，夏希艾又把它打开了。

“你……没事吧？”

他终究没法见死不救。

江流深靠在门廊边，宛如濒死地喘着气：“疼……快……快给我按按……”

夏希艾见状，连忙上前，手贴上去：“我慢慢用力，痛了你告诉我。”

江流深“嗯”了一声就不再说话了。

夏希艾专注地盯着面前人的胃部，手上的力道均衡，小心谨慎地一点点施力……

他关切地抬头，却见江流深正低头看自己，一双含笑的眼眸满是戏弄。

“怎么样，本影帝的演技还行吧？三十亿打底不是吹的吧？别走啊！”

江流深把火冒三丈的夏希艾困在门前，高大的身躯挡住后上方的摄像头。

“刚刚的画面可都被录进去了啊。”他压低声音，“你要是答应帮我，我就不让节目组放出来。”

“你！”

“嘘……别担心，只要你配合我就没事。接下来你什么都不用做，等节目播完热度降下去了，讨论自然就少了。我会履行承诺给你想要的，你看，是不是不费你吹灰之力？是不是感觉赚翻了？不客气，爱护希艾人人有责。”

夏希艾第一回觉得自己的语文是真的差，差到此刻气得涨红了脸也想不出一句足以回怼的话。

“去洗洗睡吧，明天回了国我们就分道扬镳了，有事再联系你。”

江流深轻笑着拍了拍他的肩。

“其实当初听到你要参加这节目的时候，我是打算整你来着，没想到你这么好玩，谢谢了，让我这十五天过得很享受。”

夏希艾狠狠瞪他一眼，毫不犹豫地摔门而出。

江流深站在原地，捻了捻刚拍过他肩的手。

啧，夏希艾怎么这么好玩。

回国时是公开行程的，六位嘉宾一同到达，前来接机的粉丝尖叫声震天，差点把机场掀翻。

夏希艾和来时一样，压低帽檐，戴上口罩，试图降低存在感。可他身旁宛如走秀般招摇过市的江流深实在太显眼，连带着他也一出关就被认了出来。

“啊啊啊！”粉丝们疯狂地挥舞着手中的灯牌和标语，大多写着他们的名字，这倒不奇怪。

夏希艾望着写着他和江流深名字的那几块爱心灯牌，心情一言难尽。

走在前头的尤清朝自己的粉丝抛了个飞吻，引来粉丝的一阵尖叫。

夏希艾：“……”

高，实在是高。

但节目播完后，大概就没这位戏精发挥天赋的余地了。

毕竟江流深都找夏希艾帮忙了。

尤清演技再高明，在江大影帝面前也是雕虫小技。

不仅是尤清，夏希艾越想越觉得，自己在江流深眼里，或许也只不过是颗稍有利用价值的棋子罢了。

保安奋力把冲上来的狂热粉丝拦下，护送他们上车。这回王师傅准时来接了，夏希艾上车前往江流深的方向看了一眼，恰逢对方转身看他。

江流深上车的动作顿了顿，墨镜后的眼神难辨喜恶，时常勾着的唇此刻抿成一条略显冷淡的直线。

“拜拜。”连他的声音都变得正经而疏远。

夏希艾望着扬长而去的汽车，不禁怀疑自己是不是做了一场长达十五天的梦。

梦里的江流深顶着那张风流倜傥的脸，三番五次将他捉弄，可又不能算是真的恶劣，细微之处可见其友好，让人恨得牙痒，却又让人无法报复他。

然而现在，梦醒了，或者说，江流深不再演了。

他达到目的了，也在旅途中捉弄了个尽兴，自然不再需要演了。

夏希艾坐上车，仍在回忆过去十五天的旅程，越想越觉得江流深没心没肺、无情无义，昨晚还找他帮忙，现在就翻脸不认人了。

电影主题曲的承诺他真的会兑现吗？别连那个也是骗人的吧？那他岂不是亏大了……

车没一会儿就开到了公司，容不得他胡思乱想太久。

夏希艾从后备厢的行李里取了些纪念品和特产，进公司分给几个相熟的员工，正要去龙姐办公室送一份，门却先开了，出来的是赵总。

夏希艾恰好跟他打了个照面，停下脚步站直，毕恭毕敬地喊了声：“赵总好。”

赵总名叫赵建华，是龙行娱乐的大老板，四十多岁，平时总是笑眯眯的，此刻脸却黑得煤炭似的，目光阴鸷，回都不回他一句，径直走了。

这是怎么了？

“希艾，你回来了？进来，带上门。”龙静在里面喊。

夏希艾依言关上门：“龙姐，给你带了点礼物。”

“嗯，放那儿吧。”龙静的语气有些敷衍，心不在焉的，脸色也不太好看，和他出发前相比整个人消瘦颓废了许多。

夏希艾刚要开口，突然嗅到空气中飘散着一股微妙的气味：“怎么有焦味？龙姐，你烧什么东西了吗？”

龙静脸色微变，但也只是一瞬，立刻笑了：“办公室能烧什么呀，我刚抽了支烟。”

夏希艾知道她偶尔会抽烟，劝道：“少抽点，对身体不好。”

他坐了下来，试探着问：“龙姐，你怎么了？和赵总吵架了？”

“希艾。”向来严厉的龙静这会儿语气分外柔和，说的却是另一个话题，“我先问你个事，这两年里，姐对你怎么样？”

“对我很好，帮了我很多，谢谢姐。”

夏希艾这番话倒是真心实意。龙静作为圈内知名经纪人，能分到她手下是他的运气，要不是她的营销包装加成，他也不会火得这么快。

“那如果换个人带你，你愿意吗？”

夏希艾一愣：“龙姐，你不想带我了？我哪里做得不好？”换经纪人可不是小事，哪能随随便便就同意了？

“不是我不想带你，是赵总……”龙静一副为难的样子，“他想让我把手底下的艺人交给别人带，否则就把我赶出公司。”

“什么？”夏希艾惊诧，“你为公司付出这么多，赵总为什么突然这样做？”

“他觉得公司里的台柱艺人都在我手下，而且都更听我的话，怕我哪天带着你们出去单干，公司不就垮了吗？”

这话倒是真的，龙行身价最高的几位台柱艺人几乎都是龙静一手捧起来的，倘若她要带着这些人离开，势必会让龙行遭受重创。

赵建华忌惮龙静也正常，他们在公司的经营理念上素来有诸多不合，平日里就小吵大吵不断，往往都是龙静占得上风。论在公司内的话语权，她俨然已经赶上赵建华这个名义上的老板了。两人之间逐渐产生隔阂走到这一步，并不令人意外，只是夏希艾没想到，赵建华居然真的敢拿龙静开刀，难道他不怕龙静带走资源和人脉，另起门户整垮龙行吗？

“那龙姐你现在打算怎么办？需要我去和赵总求情吗？”

龙静摇头，神色失望：“不用了，我看透他了，这一路走来我没有功劳也有苦劳吧，现在公司发展壮大了，他就担心我功高盖主，我在这公司待下去还有什么意思？”

“龙姐，你是说……”

“对。”龙静目光坚决，“他不是怕我出去单干吗？我就让他噩梦成真。”

夏希艾沉默了。

相比起一手挖掘培养他的龙静，他对赵建华并无多少感恩之情，自然不会站在赵建华那边；可赵建华毕竟是公司的大老板，手握生杀大权，在娱乐圈也有一定地位，要是他贸然表明立场跟了龙静，赵建华未必会放他走，甚至可能雪藏他，那岂不是自毁前程？但倘若留在公司眼睁睁看着龙静被赶走，首先良心这关他过不去。

龙静似乎读懂了他的犹豫，柔声道：“希艾，我没有逼你跟我一起走的意思，你别为难，姐有能力，在哪里都能重新开始，顶多再吃一遍苦罢了。但如果你愿意跟我走，我以后肯定把最好的都给你。”

夏希艾闻言，抬头看向她。龙静这一年里真的变了许多，两年前在街边第一次遇见她时，她身材窈窕，妆容精致，一副干练女强人的模样，趾高气扬地对他说：“你嗓音不错，我给你个机会，想赚钱就跟我来。”

可如今，奢贵的顶级套装也撑不起她日渐消瘦的身躯，厚厚的底妆下是灰青的眼圈和凸显的颊骨，雷厉强硬的气场犹在，但终究是不如以往那般娇艳傲人了。

为了这个公司，她确实付出了自己的大好年华。

夏希艾考虑良久，最终依然没能下定决心：“龙姐，让我再想想，这事太大了，我一时没法决定。”

龙静的眼睛微微一眯：“行，但你不能告诉公司里其他人，许彤也不行。”

“好。”

回家的路上，夏希艾坐在车内，望着窗外迅速掠过的街景发呆许久，郁闷地长长叹了一口气。

这也太猝不及防了，怎么旅个游回来公司都变天了？难怪这阵子龙静没来跟进他的综艺录制情况，原来她自己也自顾不暇。虽然赵建华说是把手底下的艺人交给别人带而已，但龙静这种掌控欲强的性格怎么可能答应？这两个人估计是要彻底走向决裂了。

真是高层吵架，殃及池鱼。

这事不能和许彤说，那还能找谁商量？他对行业内的人情世故根本一窍不通，万一走错一步，整个演艺生涯就毁了。

而且这天的龙姐实在温柔得有点过头，像是在故意引他入魔一样。真的能相信她的一面之词吗？可若不信她，还有谁可以信呢？

他感觉自己此刻仿佛又回到了两年前刚流落街头的时候，无依无靠，对未来茫然无措。

原来即便有钱有地位，生活也未必容易。

二十分钟后，车子停在家门口，王师傅先出去检查了一圈，回来报告说周围没有粉丝蹲守，夏希艾稍感安心，暂且收起纷乱的愁绪，下车上楼。

“叮。”

电梯门打开，他刚往外踏出一步，看见家门口的景象，又缩回脚。

两个西装革履的一米八大汉像门神似的堵在过道里，中间放着一个等身高的大冰柜。

“夏先生，您好。”

中气十足的两嗓子，整个过道都震荡着回音。

夏希艾心一抖，这大冰柜怎么看怎么像法制节目里凶手杀人藏尸用的，这到底是什么倒霉日子？

“你们……认错人了。”他木着张脸，手指拼命戳电梯的关门键。

络腮胡大汉上前一步，用魁梧的身躯拦住电梯门：“夏先生说笑了，我们认得您，这是您的航空快递，请您签收一下。”

“航空快递？我没买过，不是我的。”

“确实不是您买的，是我们江少爷给您买的，嘱咐我们送上门来。”

夏希艾这辈子到目前为止只认识一个姓江的人。

“我先看看再说。”他总算放心出了电梯，可立刻又忐忑起来。

江流深能给他买什么？百分之九十九是些恶作剧的玩意，剩下百分之一的可能性是江大少犯了事，把被害人冻在冰柜里了，准备嫁祸给他。或许等他一打开，一个队的特警就会突然冲上楼来按住他，人证物证俱在，他直接被判死刑，行刑前江流深来看他，嗤笑着说：“知道泼我可乐的下场了吧？”

江流深这人真是不能惹。

巨大的冰柜门在夏希艾面前缓缓打开，逸出的白色雾状冷气模糊了视线。夏希艾来不及多思考，心里打着鼓，谨慎地上前一步，朝里望去。雕刻着繁复花纹的柱体上是一个银色的大托盘，托盘上则摆放着红白相间堆砌成山的……草莓大福。

夏希艾呆呆地看着面前等人高的草莓大福。

两位壮汉帮他把冰柜搬进屋子就离开了，一个都不肯吃，徒留他一人在家中凌乱。他纠结万分，终究还是忍不住给江流深打了电话。

没响几声就接通了，传来江流深标志性的笑声：“喂，希艾，怎么了？”

听到他的笑声，夏希艾愣了愣。

早上那个一脸冷漠的人是谁？到底哪个江流深才是演出来的？夏希艾彻底糊涂了。

“你给我送草莓大福干吗？”

“你不是没吃到吗？今早我让人去买了，跟着我们一起飞回来的。”

“那你也不用全买了吧？还把人家店里的托盘也搬过来了？”

“是吗？这我倒不清楚，我就跟手下人说了一句，要有排面，要让你感动得飙泪，哭着喊‘深哥怎么这么好，我以前都错怪他了，呜呜呜，我今生要为他做牛做马’。”

“……”

“你不想做牛做马，我可以考虑让你做点别的。”

“你不如做梦。”

江流深不以为意地低笑几声：“好了，说正经的，想为昨天坑你的事道个歉而已。”

“你也知道自己坑人啊？”

“那当然，不过该坑还是得坑，坑完绝不纠缠，你看我早上在机场理都没理你，多避嫌，高兴吧？”

夏希艾怀疑自己的脑回路和这姓江的不是一个构造。

不过得知早上那个冷漠待他的江流深才是演出来的，他不知为何，丧了一天的心情真有点好转。

“算了，不跟你计较。”他一个小角色，实在斗不过大影帝。

“你不跟我计较，我倒要跟你计较一下。”江流深得寸进尺，“希艾，你好歹也是个有三千多万粉的大明星，年收入起码几千万吧，居然沦落到租房住？钱都花哪儿去了？年纪轻轻这么挥霍可不行啊，以后拿什么娶老婆？”

“不劳你操心，我的钱都花在正经地方，你怎么知道我家地址？又怎么知道我在租房？”

“我有什么不知道的？”江流深得意地哼哼，话题一转，“话说，刚刚我手下的人告诉我，到你家的时候楼下有几个‘私生饭’，他们帮你赶走了。”

怪不得没人，夏希艾心道。

江流深接着说：“你要换公寓吗？我这片小区不错，江景房，安保严格，‘私生饭’飞都飞不进来，还可以和影帝做邻居。”

“你少夸自己一句会死吗？”

“哈哈哈，你不是‘盐系小天使’吗？怎么牙尖嘴利的，注意一下人设啊，小天使。”江流深故意加重了音。

夏希艾的脸莫名有点热：“还不是你话多。”

“行了，不逗你了，改天出来玩啊，我先忙去了。”

夏希艾应了一声：“哦。”

电话那头沉默半晌，却没挂。

“嗯？没了？”

“还有什么？”

“哥给你买了好吃的，你应该说什么？”

夏希艾拧巴地从牙缝里挤出两个字：“谢谢。”

“谢谢谁？”

“哥……”

“连起来说一遍。”

“谢谢哥！”夏希艾几乎是用怒音吼出来的。

江流深总算满意：“不客气，以后跟着哥混，保证有我一顿山珍海味，就有你一顿残羹剩饭，不会让你饿着，拜拜！”

夏希艾还没意识到自己又被捉弄了，江流深已经挂了电话。

徐阳在旁边听了半天，表情一言难尽：“你这不是赤裸裸地捉弄人家吗？”

江流深把手机往床上一扔，坐回了剧本堆里，理所当然道：“捉弄一下怎么了？又不会少块肉。”

“可你之前不是挺讨厌他吗？”

“这都几百年前的事了，还不允许我们冰释前嫌握手言和了？”

人家想跟你握手吗？徐阳腹诽着，挥了挥手里的资料袋：“冰释前嫌你还查人家，虚不虚伪啊？”

“胡说什么？”江流深接过资料翻阅，“签人之前总要先查查家底吧，万一有黑历史怎么办？”

徐阳惊了：“你想签他？”

江流深眼皮都不抬：“有问题？”

“问题大着呢，人家现在可是龙行身价最高的摇钱树，赵建华会轻易放他走？当然看在你的面上可能会放，但肯定得讹你一大笔，我们再有钱也不能让人家讹啊！还不如签几个有潜力的培养。”

“赵建华会放他走的，或者应该说，会赶他走的。”

徐阳一愣：“什么意思？你是不是又知道了什么我不知道的八卦？”

“天机不可泄露。”江流深故作神秘，“总之你相信我的判断力，我什么时候失算过？再过一阵子，希艾估计就要找下家咯，凭我们的交情，抛橄榄枝过去他应该会接。”

“那可说不定，你怎么突然想要签他？别是一时兴起啊，这可是我们工作室第一次签艺人，必须慎重点。”

江流深从夏希艾的基本资料翻到学历页面：“我考虑很久了，他不容易，能帮就帮一把吧。而且我也不亏，他有灵气、有潜力、有颜值，是这几年新人里发展前景最好的，个性也单纯，好掌控。虽然有时候会跟我顶嘴，但总体来说人畜无害……因打架而辍学？你查错人了吧？”

徐阳耸耸肩：“绝对没有，你那人畜无害的希艾把同学胳臂打断了，差点记入档案，学校看他成绩好本来想包庇他，结果他自己毕了业主动要求退学，所以只有初中学历，否则按他当时的成绩，应该稳进重点高中。”

江流深难得傻眼，怎么也无法把资料上的这行字和夏希艾那张清秀无辜的脸对上。

徐阳：“我劝你看完整份资料再决定签不签他吧，反正我看下来觉得……黑料太多了，要是哪天有好事的抖出来，你这个老板估计够呛。”

江流深心下一沉，立即凝神往后仔细翻阅下一页家庭背景。

夏希艾，民族汉，出生于 ×× 省安和村，父母因意外去世，由爷爷抚养长大……

江流深越看眉头皱得越紧。

“他是孤儿？”

“对。”

“一个家人都没有了吗？我还以为他只是没有爸妈……”

“本来有个爷爷，爷孙俩住农村，十二岁时爷爷去世了，他被城里的远房亲戚收养了几年。”

“几年？怎么不继续收养了？”

“这我哪知道，就知道他十五岁辍学之后就从亲戚家出走了，在酒吧驻唱了三年，后来得罪了店长被赶了出来，在街头流浪了一年多，边当洗碗工边在街头唱歌，恰好被龙静捡到。

“所以我不太支持你签他，那种地下酒吧，鱼龙混杂，说是驻唱，可谁知道包不包括其他服务？还有在街头，为了抢地盘，打架是常有的事，但凡有一个人记起现在的当红偶像夏希艾是当年学校里打人、酒吧里驻唱或者睡大街的那小子，他这污点可就永远去不掉了。”

江流深怔怔地看着资料。他之前是觉得夏希艾性子有点冷淡，怎么逗都不笑，还以为是怕生，现在才知道，人家根本就是人狠话不多的社会一哥。

可他实在不相信那双干净通透的眼睛后是个劣迹斑斑的小混混。

“肯定有什么误会。”江流深定了定神，“这事我再想想，改天约他旁敲侧击地问问。”

徐阳不懂：“何必呢？哥，他是有天赋，但与其费尽心思洗白一个人，还不如培养一个没黑点的人。”

“不行，他太让我好奇了，总能出乎我意料，我必须搞清楚事情原委，要真是他的问题，我再放弃也不迟。”

徐阳叹气：“行吧，您老爱玩解谜游戏就玩吧，只要赶紧把剧本挑好让我有活干就行。”

待徐阳离开，江流深又把资料从头到尾，一字不落地看了遍。

十二岁就成了孤儿，那时还只是个小朋友啊。

他自己十二岁的时候在干吗？好像在拍人生中的第一部电影。

拍摄场地在一个偏远的农村，他爸妈舍不得他吃苦，派了助理跟着，照顾饮食起居，鞋子上沾了点泥巴都要立刻给他换双新鞋。他那时候也养尊处优惯了，怎么都进入不了角色，最后那部电影他的戏份并不怎么出彩，自然也不出名，大多数粉丝都没看过。

而十二岁的夏希艾那时又面临着怎样的光景呢？

他失去了最后一个至亲，被迫背井离乡，来到陌生的大城市，和陌生的亲戚生活，也不知道在学校和收养家庭里遭遇了什么，性格那么正直良善的一个人，居然会打架，会离家出走。

江流深甚至可以想象夏希艾爆发的那一刻，因为他演过那样的角色。

平日里安静温良的人，在某一个瞬间突然暴怒而起，把所有人都吓傻了眼，不懂他为何因为微不足道的小事而发疯。只有他自己知道，内心憋了多久的委屈愤怒，每一件小事都可能是压垮神经的最后一片羽毛。

那时年少的夏希艾一定攥紧了拳头，赤红着眼，用尽全身力气和狠劲砸向欺负他的人，砸倒后再接着用脚踹，直到被旁人拉开。

他退学离家出走时是怎样的心情呢？在酒吧面对形形色色的社会人员时又是怎样的心情呢？

在街上流浪、睡在地下通道里的那些夜晚……他会难以自抑地放声恸哭吗？

不，他那么要强的性格，即便哭，应该也会在别人看不见的地方，蜷缩着身体，挡住脸，咬着唇无声地流泪吧。

江流深不自觉地握紧资料，把厚厚一沓纸都攥出了皱痕。心脏像被针扎了似的，密密麻麻地抽疼。

真希望，那时候在街边发现夏希艾的不是龙静，而是他自己。

那样的话，他一定会给夏希艾更好的发展道路，而不是像现在这样，沦为斗争中的一枚棋子。

夏希艾一大早起来洗漱完，打开冰箱看到几盒草莓大福，又默默关上冰箱。站在原地思考了一会儿，还是打开冰箱拿出一盒。

Sherry被他这反复纠结的举动逗乐：“弟弟，不想吃就别吃，实不相瞒，你给我的那三大盒，我吃了两天就腻了。”

“没办法，太多了，不吃会坏的。”

他自己只留了十分之一，剩下的全送给公司的人和附近福利院的小孩了，还是吃不完。

“那就扔了呗，早上别吃甜食，一会儿给你点个营养外卖，快过来化妆。”

夏希艾把一个草莓大福塞进嘴里，腮帮子撑得鼓起一团：“不行，浪费。”

“浪费也是浪费江流深的啊，你心疼什么，一点甜食就把你收买了？”

“不是一点，好几百个呢。”

“噢哟，果然被收买了，这就帮他说话了。”

夏希艾的脸颊以肉眼可见的速度变红："瞎说什么？我只是觉得，他人还挺好，没我之前想的那么坏。"

"你别这么容易就被他感动了。"Sherry 语重心长道，"江流深在娱乐圈混了这么多年，可会收买人心了。你以为他费了很大心思特意把那冰柜从日本给你搬来？其实对他来说就是一句话的事，一点力气没花。"

"但他会吩咐这句话，说明他有放在心上。"

"这就叫放在心上啦？你应该看看他怎么对他女朋友的，那才叫放在心上。"

"他……有女朋友？"

"绯闻女友一大堆，实际承认的一个都没有，不过依我看哪，他后宫里的正宫娘娘应该是江小芙。"

夏希艾听说过这个名字："《金牌秀》的那个女主持？"

"对，她的化妆师是我最好的闺密，说她总能第一时间收到彩妆品牌最新的限量豪华套装，国内很多一线女明星都没有，她一个主持人，连这些大牌的赞助都没收到过，怎么会得到品牌方的青睐？这可不是谁都有的人脉。"

"那和江流深有什么关系？"

"我闺密也是江流深的粉丝，有次他发了条微博，晒了各大品牌方寄来的圣诞礼物，角落里有个绑着粉丝带的礼盒，她瞥了一眼也没多想，结果那礼盒第二天就出现在了江小芙家里的化妆台上。"

夏希艾皱眉："可能是两个一样的礼盒啊。"

"倒也有可能，不过江流深和江小芙的绯闻也不是一天两天了，两个人每次在节目上见到都眉来眼去的，江流深还总爱捉弄她，眼里的情意，啧啧，藏不住啊。"

"他就是喜欢捉弄人啊，我也总是被他捉弄。"夏希艾反驳，"而且他那双眼睛，不是看谁都深情吗？"

Sherry 奇了："弟弟，你今天不对劲啊，怎么老是帮他说话？"

"我就是好奇……"夏希艾拿起大水杯咕咚咕咚灌了几口，"赶紧化妆吧，采访要迟到了。"

许彤在化妆间等他们半天了，这天只有一个访谈节目，不需要太浓的妆，Sherry 唰唰几笔完成，三人一起下楼。

结果在门口又见着了之前的“私生饭”，队伍还壮大了，增加到了五六人。

“真的得换公寓了。”许彤瞥了一眼后视镜里的几道身影，转过头来问，“希艾，你想住哪？我给你看看去。”

夏希艾思忖了一会儿，脑海里突然跳出前几天江流深的话。

“江流深跟我说他那个小区安保挺好的，你知道他住哪儿吗？”

许彤瞪大眼睛：“他那个小区当然安保好，江茗景苑，二十五万元一平方米，最小户型四百平方米，你想住？”

夏希艾以为自己幻听了：“多少？二十五万元？”

“对啊，住那儿的都是大佬中的大佬，当然，你也是大佬，按你目前的收入，努力工作两三年大概也买得起，要不，我们先定个小目标？”

“不要，太吓人了，不就是个睡觉的地方吗，买那么贵的房子干什么？”

“我就知道你这么节俭肯定不舍得买，不过要是能跟江流深搞好关系，他或许会送你一套呢。”

夏希艾想起了江流深那句“有我一顿山珍海味，就有你一顿残羹剩饭”，坚定地摇了摇头。

“他顶多送我一个厕所。”

一行人到了电视台，访谈节目《超级访客》的工作人员已经就位，过程很顺利，主持人范薇没刁难他，基本都是些常规问题，直到最后才有几个关于这次新综艺的提问。

“希艾，这是你第一次参加真人秀，是出于什么原因呢？”

当然是公司逼迫外加给钱到位。但他只能依照套话来说：“因为我觉得这档节目的内容很有意思，而且也可以让粉丝看到我私下真实的样子。”

范薇笑了笑：“看得出来希艾你很宠粉丝啊。通过这次节目你有什么收获吗？”

“嗯，我以前没什么机会出国好好旅游，节目组完成了我这个小心愿，我也在过程中和几位以前不太熟的嘉宾成了好朋友。”

“我听说，你好像和江流深关系特别要好哦？”

这个问题似乎有点突兀，但反正不妥的地方节目组会减掉，夏希艾便放心说了：“他确实挺照顾我的。”

“哪方面的照顾？”

“就……给我买吃的。”他说完自己耳朵先红了。怎么回答得像个小朋友似的，要是被江流深知道了肯定又得嘲笑他。

“说起来，你和江流深差了五岁吧？”范薇问。

“对，我从小就看他演的戏了。”

范薇的眼中闪过一丝报复的快感：“哦？那你们不会有代沟吗？”

夏希艾刚想说不会，可突然想到江流深那与众不同的脑回路，难道真是年龄差异的缘故？

“可能有一点吧，不过基本上没问题。”

节目录制完后，许彤一如既往地递给他奶茶，皱眉小声说：“我怎么觉得那主持人问的问题怪怪的，你的采访，问那么多江流深的话题干吗？”

夏希艾倒不是很在意：“无所谓，反正不是什么过分的问题。今天还有什么安排吗？”

“没有，哦，对！刚刚赵总打电话来说让你去公司一趟。”

夏希艾一口奶茶差点呛到：“赵总？不是龙姐？”

“对啊，怎么了？”

“没什么……”

赵总一般有事都是嘱托龙静传达，很少直接和公司艺人接触，还是在这种敏感时期。许彤不知道公司最近的暗流涌动，可夏希艾心里清楚得很。

赵总这回找他，怕是要逼他站队了。

## 第五章
### 我不会让你失望的

龙行大厦内。

夏希艾敲了两下办公室的门，听见里面传来赵建华沉稳的声音："希艾吗？进来吧。"

他深吸一口气，做足了心理准备，打开门却赫然发现尤清也在场。

"你们都坐。"赵建华脸上堆着笑，态度倒是挺客气。

夏希艾与旁边的尤清对视一眼，从对方茫然的眼神中判断出来，尤清似乎并不知晓发生了什么。难道龙姐没告诉他？那她为什么要告诉自己呢？

"今天喊你们来，不为别的，就是想跟你们说一下公司近期的人事变动。"赵建华顿了顿，"下个月开始，我就不再是你们的老板了。"

这话无异于炸了个惊雷。

尤清瞬间瞪圆了眼："赵总，您……您不是在开玩笑吧？这可是您一手创办的公司，怎么说卸任就卸任？"

赵建华对他的反应似乎颇为满意，笑道："谁说我要卸任，我还是龙行的董事长，但龙行以后不再是独立的公司，会有更大的老板接管。"

"您是说……龙行要被收购了？"

"对。不仅是我们，还有其他几家规模比较小的娱乐公司也会被陆续收购。新老板来头很大，对我们来说百利无一害，以后你们的好资源也会越来越多。"

尤清方才的担忧转眼间变成惊喜："那太好了！资源什么的另说，只要还是赵总您领导我们，我就安心了。"

赵建华赞许地颔首，又转过头："希艾，你觉得呢？"

夏希艾听完他刚才的话，总算搞清楚了赵建华与龙静矛盾的起因。龙静对公司的发展功不可没，甚至可以说龙行是她一手壮大起来的，公司里人人心中都明白，龙行可以没有赵建华的管理，但不能没有龙静的人脉资源。然而现在龙行有了更大的靠山，赵建华就想踢掉龙静独自掌管大权。

龙静哪能甘心？但艺人合同又确实掌握在赵建华手里，公司上下没几个艺人付得起天价的解约金，也没几个艺人愿意开罪有钱有势的大老板。像尤清这种趋炎附势的人肯定不会跟龙静走，那她自然无须与他多费口舌。

赵建华见他迟迟不答话，面露不悦，问："希艾，你有什么问题吗？"

夏希艾犹豫半秒，还是问了出来："赵总，我能问一下新老板是谁吗？"

"这新老板啊，是段氏的二少爷，段明炀。"赵建华目光微妙地看了他一眼，意有所指道，"你知道也没什么用，他架子大得很，我都只跟他见过一次面。"

隐含之意是，别妄想越级勾搭新老板。

可夏希艾关注的重点不是这个。

"我听说他是私生子，将来能继承段氏吗？万一他们家里内斗，会不会影响到我们公司？"

"你不用管那么多，他们家的事让他们自己操心去，无论谁继承，总要发展手底下的公司吧？我们只需负责把龙行发展壮大就行。"

赵建华从老板椅上站起身，踱步到他跟前："你们是我们公司最有潜力的新人，我还指望着你们将来成为公司的顶梁柱呢，所以这事先通知你们一声，让你们有个心理准备，下星期段氏就会派人来签合同，到时候机灵点，给人家留个好印象。"

尤清立刻道："赵总，您放心，我一定好好表现，不丢您的脸。"

"嗯，那就好，希艾，你呢？"

夏希艾对上他期待的目光，却怎么也说不出他想听的话。

在独揽大权的赵建华手底下做事，也就意味着将来要以小心讨好的姿态在公司生存，而且赵建华这种利益至上的商人，更不可能任由他做自己喜欢的音乐。龙静那边虽然更占理，但她隐瞒了部分实情也是事实，眼下两边都在打自己的算盘，将他当作争夺的砝码，他站哪边都有风险。

最稳妥的办法莫过于置身事外。

夏希艾思虑再三，开口："我很高兴公司能有更好的发展。"

赵建华还没来得及夸两句，又听他道："不过赵总，那我们原先的艺人合同，是不是就作废了，要重新签？"

赵建华的笑容一僵："你懂得挺多啊。"

"我签约的时候看过合同，要是公司被收购，我们名义上所属的公司就变了，需要和新老板重新签约。"

赵建华眼里的温度逐渐下降："对，你记性不错。但这问题不重要，反正你们肯定会签的，对吧？"

"龙行挖掘培养了我，我很感激。"夏希艾顿了顿，"但这毕竟也是决定我未来的大事，希望赵总您能再给我一点时间考虑。"

话虽委婉，可有耳朵的人都能听出他的去意。

赵建华眯起眼，阴冷的视线落在他脸上，缓缓站直身："龙静果然没说错，你确实很特别。"

夏希艾垂着眸，沉默以对。

"要是你不愿意续签，想跟着她走，或者随便到哪家公司去，我都不会为难你。"

夏希艾诧异地抬头："谢谢赵总。"他没想到赵建华如此大度。

"没事，也算是缘分一场。"赵建华背过身去，低笑两声，情绪听不太真切，"你回去考虑吧，我等你答复。我还有话跟尤清说，就不送了。"

"好，谢谢您，那我先走了。"夏希艾一秒都不想在这气氛诡异的办公室多待。

尤清望着关上的门，眼珠滴溜一转，道："赵总，希艾他就这样，性子直，也就您对他这么包容，到了其他公司可怎么办啊。"

"他到不了其他公司。"

"啊？刚才您不是说会放他走吗？难道是套路？其实您还想留下他？"尤清一颗心提起来，他刚在心里噼里啪啦放了一串鞭炮欢庆夏希艾被扫地出门，可不想空欢喜一场。

赵建华摇摇头："我丢掉的东西，从来不会捡回来。"

一丝狠厉在他眼中闪过。

"别人也别想捡到。"

一回家，夏希艾就把事情和许彤从头到尾说了遍。

没办法，瞒不住了，下星期公司和新老板签约的时候，所有龙行旗下艺人都会出席，倘若他拒签离开，起码得先给许彤一个心理准备和选择余地。

"说什么呢！我肯定跟你走啊！"许彤在视频电话那头拍案而起，"我上哪儿再找一个你这么可爱乖巧、单纯善良的弟弟去？"

夏希艾难得笑出声："跟着我可能要睡大街啊，我是习惯了，你一个女孩子，怎么能让你吃那种苦，还是留在龙行吧。"

"少蒙我，你这一解约，不知道有多少公司会为了你抢破头，我可要抱紧你的大腿！"许彤咋呼了会儿，继而认真道，"不过，希艾，你怎么不跟龙姐走？"

"我不信任她。"夏希艾说，"她发掘培养了我，我很感激，可说实话，我能感觉到她只是把我当作一个给公司牟利的工具，如果我哪天没了利用价值，她一定会立刻把我丢掉。"

"可照你这么说，她现在应该还是器重你的呀，跟着她会发展得更好吧？"

"我觉得她和赵总都不坦诚，肯定隐瞒了什么，我不想蹚这趟浑水，还是早点抽身事外吧。她培养我一年，我为她赚了一年钱，也算是扯平了。"

许彤思虑良久："行，我相信你的判断，反正跟着你走就是了，那你有心仪的新东家了吗？"

"嗯……"一提到这个，刚刚还语气坚定的夏希艾突然支支吾吾起来，"算是有吧……"

"哪家啊？我帮你去联系一下。"

"不用，我自己去问问他，他之前邀请过我去他的工作室。"

"工作室？"许彤迅速回顾了一下自家崽屈指可数的几位接触较多的圈

内艺人，立刻得出了结论，“你不会是说江流深吧？！”

“嗯。”

“我的天，他的工作室从来没招过人，团队都是精英，限制条件还少，你要是能签过去，简直太完美了！到时候你们就是强强联手，称霸歌坛和影坛！”

夏希艾及时制止她过于超前的幻想：“先别想太多，他当时只是随口说说，逗我玩的，不一定能签。”

话虽这么说，可夏希艾心里觉得应该能行。

不知道为什么，他就是莫名地信赖江流深，明明那人嘴上一点谱都没有。

如果最后实在没地方去，拉下脸对江流深说两句好话，他应该会接纳自己吧？

毕竟江流深欺负了人，会道歉，还会买一大冰柜的草莓大福补偿他。

他明白，这人与以前欺负他的那些人不一样，甚至可以说，与他接触过的所有人都不一样。

江流深教训完他，会关心他是不是被训哭了；前头还在嘲笑他穿裙装，后面就脱下自己的外套给他遮挡；嘴上总是没个正经，却又因自己使用的称呼不妥当而道歉；明明设了坑骗他跳，可等他真跳下去了，却发现坑底是软绵绵的，摔得一点都不疼，还能得到远超损失的补偿和奖励。

这样玩世不恭但意外正派的江流深，一定不会像龙静那样把他当作商品利用，只要他脚踏实地工作，以他对江流深的认识，自己应该是会被善待的。

这就足够了。

想归想，可真要夏希艾拿起电话对江流深说“你签了我行吗”，他还是拉不下这个脸。

夏希艾犹犹豫豫了两三天该怎么开口，反倒是江流深先打来了电话。

“希艾，胆子很大啊。”

江流深一上来就是这么句没头没尾的嘲讽，夏希艾蒙了片刻：“什么？”

“还敢问我？你自己上访谈说了什么忘了吗，你和我有代沟？我们都是奔三的年纪，何必互相伤害。”

夏希艾这才反应过来他在说上次录制的《超级访客》，解释道："不是……是主持人这么问的啊。"

江流深划着手机屏幕看评论："你也太傻了吧，这么容易就被那姓范的带跑了，我上次怼了她年纪大，她利用你向我报仇呢，你被当靶子使了知道吗？现在网上我的粉丝都在骂你，我给你念几条听听。"

江流深捏着嗓子，语调夸张："呵呵，谁给这姓夏的勇气暗讽我深哥老？"

"我家深哥十二岁开始演戏，他十九岁才进选秀，到底谁才是大龄出道选手？"

"他这访谈真的找骂，本路人都看不下去了。"

江流深："听到没，路人都看不下去了！"他顺手用小号举报了以上评论。

夏希艾："你想怎样？"

"哇，语气还这么凶。告诉你，我的粉丝战斗力可强了，今晚第二期播出，要是他们看到你那天在店里打我的画面，肯定会骂得更狠。"

"我不在乎。"夏希艾从来不怕这些，"你那天本来就很欠打。"

江流深笑声低沉："你怎么总这么好玩？看在我们的交情上，哥教教你什么是顶级公关，助你化险为夷。今晚来我家一趟？还有几个朋友，介绍给你认识。"

夏希艾犹豫了一会儿，考虑到可以趁机谈一下签约的事，便答应了。

江流深刚挂电话，旁侧躺在沙发上敷面膜的江小芙就调侃："哟，趁我睡着跟谁打电话呢？"

"你最近喜欢的那个墙头。"

江小芙一愣，猛地从沙发上弹起来，面膜差点飞出去："夏希艾啊？！"

"嗯，你不是一直在单曲循环他的歌吗？"

"哥！你简直是我的亲哥！"江小芙立刻扯下面膜丢进垃圾桶，"你早说啊！我这就去敷'前男友'！争取把他变成我的现男友！"

"你比他大三岁，他还长得那么显小，在一起不怕被当作母子吗？"

"你妹妹我如此花容月貌，再说了，他这么可爱乖巧，就算有个这样的儿子我也乐意！"

“乖巧？得了吧，他可会顶嘴了。”

“胡说，我喜欢他大半年了，真是我见过的明星里最‘盐’最佛的，微博从来不超过二十个字，一点不会营业，能火到现在真的全凭实力，换个人早就凉了。”

“那你等着瞧吧。”江流深莫名有些得意，跷起了二郎腿，“他对我而言，就是个幼稚的三岁小朋友。”

既然要去江流深家，总不能两手空空，夏希艾对于第一次登门造访朋友家该带什么礼物毫无概念，只记得小时候去隔壁邻居家玩时，爷爷总会从自家果树上摘点水果让他带去。他心下一琢磨，便出门去附近的水果店买了些进口时令水果，让王师傅送到江流深家小区门口，他下了车正欲走进去，却被保安拦了下来。

“您好，先生，请问找哪位住户？”

“江流深，住A座36层，我是他的朋友，姓夏。”夏希艾礼貌地回答，以为保安不认识他。

“好的，您稍等。”保安拨了个号码，朝电话那头道，“您好，江先生，和您一起上《一路向西》的那位歌手夏希艾先生找您，请问要让他进来吗？”

夏希艾：“……”

保安挂了电话：“不好意思，让您久等了，我得确认下，找江先生的明星太多了，一大半他都不愿意见，我不能随便放行。”

“嗯，我理解。”

这里的安保确实很严格。

成功通行后，保安开着巡逻车送他到楼下。夏希艾步入观光电梯，在上升的过程中透过一尘不染的玻璃往外看，夕阳正斜，橘黄透绯的阳光映照在微波荡漾的江面上，折射出星星点点的粼光，甚是璀璨晃眼，美不胜收。

他总结出四个字：有钱真好。

电梯直达三十六层，电梯门一开，外头站着个迎接的人，却不是江流深。

“希艾，你好呀，深哥让我来接你。”江小芙开朗地笑着，“你认识我吗？

不认识我就自我介绍一下。”

介绍什么？介绍自己是江流深的女朋友？

夏希艾的脑海里莫名跳出来这两句话。

“你好，久仰大名，江小姐。”

江小芙惊喜道：“哇，你居然知道我，好开心！快进来吧，我们三缺一就等你啦！”

夏希艾跟着她进屋，他呆呆地往前走，差点撞上人。

“哪个不长眼的？”江流深踉跄了一下，促狭一笑，“还是故意的？”

夏希艾抬头看他，几天不见，江流深依然是那个开口就让人只想抡起拳头揍他的江流深。

“我要是有角，一定撞死你。”

江小芙惊愕地回头，眼睁睁看着心中乖巧的小天使木着脸回骂。

江流深依旧嬉皮笑脸的：“希艾就是刀子嘴豆腐心，和我一样心地善良，所以我欣赏你。”

夏希艾懒得理这自恋狂，绕过他直接往里走，到了客厅里，发现沙发上还坐着一个男人，正横拿着手机打游戏，乌黑的及肩长发随性地扎了个辫子。

“嗨，希艾，第一次见面，我是黎洛。”那人说完又马上低头打游戏，眉头深锁，目光专注，似乎正在激战中，无暇分心。

夏希艾当然知道他是谁。

黎洛，人称内地娱乐圈第一“美人”，大学毕业开始演戏，出演第一部古装戏就一炮而红，话题度一直居高不下，虽然由于长相太过美貌，外加不愿意剪去长发，导致戏路受限，难以进入一线演员的行列，可论起知名度，一点也不比一线演员低。

在夏希艾的印象里，黎洛应当如同古装电视里一样，是个玉树临风的翩翩佳公子，可现在这赤着脚盘腿坐在沙发上目露凶光打着游戏的人是谁？

“又输了！”黎洛恼火地把手机一扔，朝江流深抱怨，“什么破游戏？充了二十万元买装备都打不过人家没充钱的，设计者有毒吧？”

“承认自己菜很难吗？”江流深一侧头，堪堪躲过砸来的抱枕，对夏希艾介绍，“喏，这是我任性骄纵的‘大兄弟’。”又看向江小芙，“那是我愚蠢花痴的‘小老婆’。”

夏希艾有点蒙。

这是什么乱称呼。

夏希艾眉头一皱，觉得大事不妙：“你把这些事告诉了我，不会要封口费吧。”

此言一出，客厅内突然静得针落可闻，一秒后，另外三人爆笑出声。

黎洛连游戏都顾不上打了，捧腹大笑：“哈哈哈，他真的好有意思！”

江小芙捧着脸露出慈母般的目光：“希艾，你也太可爱了吧！”

江流深笑得快直不起腰来了，一条手臂搭上夏希艾的肩：“我就说他这人特单纯、特好玩吧？总能给人惊喜，哈哈哈。”

夏希艾这下知道自己误会了，窘迫难当，涨红了脸去扳开江流深的手。

“别躲啊，哥又不会对你怎么样。”江流深将人箍住，“重新正式介绍一下，黎洛是我从小玩到大的兄弟，小芙是我堂妹。而这位……”

他把夏希艾往前轻轻一推：“以后就是我罩着的小兄弟了。”

夏希艾一扭肩膀，挣脱开：“你才小兄弟，幼稚。”心下却莫名松了口气。

江流深也不恼，往沙发上一坐，冲他招手：“来，坐，跟大家聊聊，你看你出道一年多了，连个圈子里的朋友都没有，哥给你介绍介绍。”

“谁说我没有朋友了？”

“那你说一个比我还熟的。”

夏希艾一时语塞。

“说不出来了吧？我就知道。既然进了娱乐圈，就得多交几个圈内朋友，人脉广了也好办事，你那些圈外的朋友又不能给你资源。”

“没有也没关系。”夏希艾道，“我以前也没朋友，不是好好活到现在？我靠自己就行。”

他说完，又觉得自己这话太冲了，江流深毕竟是好心，于是补了句：“我不是不想和大家交朋友，我只是习惯了一个人待着。”

江小芙扯了扯黎洛的袖子，小声道：“一个朋友都没有，原来希艾这么可怜，我好心疼。”

黎洛：“我也……”

夏希艾：“我听到了。”

江流深沉默片刻，忽而勾唇一笑，站起身：“我给希艾开导开导去，你们先玩。”

夏希艾被抓住胳膊硬拉到书房，江流深力气大得他根本挣脱不开，一重获自由就逃离两米远，警惕地看向锁门的江流深。

“你干吗？我已经道歉了。”

“那么怕我干什么？”江流深走近了些，笑得挺痞，“我承认我们刚认识的时候是闹了点矛盾，可现在不已经是相亲相爱的一家人了吗？”

“谁和你一家人，我不需要你开导。”

夏希艾刚往门口迈出一步，就被一股大力拽了回来。

江流深的眼神如同锐箭般直直射来，仿佛能穿透他的心思。

“希艾，撒谎可不好哦。”

“我哪有？”

“要真不想交朋友，为什么特意去买了水果？你真是淳朴得让我无言以对，以前来我家的人，登门礼可都是几十万元打底。”

夏希艾脸色一僵，扭过头：“我不懂规矩，你不要的话我拿走就是。”

“谁说我不要了？送人的东西哪有拿回去的道理。”江流深歪头笑眼看他，“还是塑料袋散装的，你一个个亲自挑的吧？我都舍不得吃了，希艾对我好诚心哦，这么想跟我做朋友？”

“我都说了没有。”

“啧，你总是这样口是心非，面上好像很讨厌我，结果一喊你就来了。明明很想交朋友，嘴上却不肯承认。这算什么，自我保护的一种手段？是不是以前总被所谓的‘朋友’欺负，吃了很多苦？”

夏希艾的心脏猛地一刺，使劲推开他：“别以为很了解我，你是我的谁啊？”

“被戳到痛处咯，恼羞成怒咯。”江流深纹丝不动，“我确实不是你的谁，但如果你愿意，我可以做你的朋友，超真心的那种，不敢保证不欺负你，但绝对不伤害你，意下如何？”

夏希艾瞬间动作定格，怔怔地看向他。

江流深轻笑：“我知道你其实很信赖我，对吧？没办法，我这人就是有这种魅力，快说行不行。”

刚刚那番话，说毫无触动肯定是假的。

夏希艾以前刚被亲戚收养，去城里上学的时候，他也曾以为能够交到朋友，直到现实狠狠地抽了他一鞭子，他才知道，不要轻易付出真心相信别人。

但江流深应该是不一样的吧？他这种身份地位，没有必要大费周章骗自己，又捞不到任何好处。

他应该是真心想帮自己，想和自己做朋友。

夏希艾抿了抿唇，轻声开口：“其实我今天会答应来，主要是因为……”因为工作利益，想来谈签约的事，而非纯粹交朋友。这样不单纯的目的，与江流深真诚的坦言一对比，似乎显得有点卑劣功利。

谁知江流深却说：“来跟我这个新老板搞好关系是吧？没事，我懂，都是为了生活。”

夏希艾诧异：“你怎么知道我要离开龙行？”

江流深收回手，转身拉开两把椅子示意他坐。待两人面对面入座后，他一副老板架势：“我什么不知道？我早就告诉过你，你们公司的高层都不是好人，我这么尊老爱幼的绅士，才不会无缘无故喊别人大妈，还不是龙静那女人恶心事一堆？”

夏希艾不太相信：“可龙姐对我挺好的。”虽然有事瞒着他，但他对龙静还是感激居多。

“压榨你的价值也叫好？不过她现在确实比以前善良多了，龙行还是小公司的时候，基本上每个艺人都被她逼着去陪过酒，不去就雪藏，要么付违约金走人，有几个付得起那天价数字？大多数人只好委曲求全，骨气硬的就干耗几年等合约期满，平白被浪费大好青春，你说她这种做法恶不恶心？”

“是挺过分的……”

江流深看着他："现在知道为什么我说她恶心了吧？"

"可真要像你说的这样，那些人怎么不曝光？"

"曝光了又怎样？那时候网络不发达，能有多少人关注，还不是会被赵建华一手压下去。没被潜的拿不出证据，被潜的又不敢说，怕影响以后发展，这事只能不了了之。亏得你运气好，没经历过这种事。"

"也不是没经历过。"

江流深听闻这话，瞬间表情凝住，之前的吊儿郎当荡然无存，剑眉紧锁，眼皮一压，漆黑的眸色中迸发出狠戾来："龙静逼你的？"

夏希艾被他突如其来的转变吓着了："不是，应该说她帮了我，之前参加选秀的时候有个赞助商想……那样，但被我教训了，她帮我善的后。"

江流深的神色这才缓和了些。

也对，眼前的夏希艾虽然性格单纯，外冷内软，但骨子里可不是好惹的，逼急了估计连龙静都镇不住，他倒是多虑了。

"没事就好，以后出去报我名字，没人敢碰你一根手指头。"

"你当自己在演黑社会大哥吗？"

江流深差点脱口而出"论混社会我可没你有经验"，所幸及时住嘴，否则就暴露调查背景的事了。

"总之，别看龙静和赵建华表面上人模人样，背地里心眼坏着呢，还有些恶心事我就不跟你说了，反正等你解约之后也和你没关系，我会给你安排新的经纪人，但你不用听他的，只需要讨好我这个大老板就行。"

话都说到这份上了，也没什么好藏着掖着的了，夏希艾诚诚恳恳地道了声谢，问："那……什么时候和你签？"

"不着急，先放你一个月假，让你放松放松，写写新歌，补补我的电影。正好我也要去国外参加影展，等我回来了再说。怎么样，我这个新老板想得周到吧？"

何止是想得周到……夏希艾心道。

他过去一年几乎天天都在赶通告，经常连轴转，唱完这场去下场，大大小小的代言、广告、活动一个接一个。就这样公司还觉得没充分利用，一再见缝插针地加新行程，以至于他的专辑计划一拖再拖，如今要解约更是不可能弄了。

江流深的话，对他来说已经不仅仅是周到的程度了。

“嗯，谢谢。”夏希艾真挚道，“谢谢你签我，我不会让你失望的，深哥。”

他为人处世的原则向来简单，真心待他的人，他绝不会辜负。

江流深笑容一顿，看着面前人坚定的黑亮眼睛，平常信手拈来的调笑话语此时却一句都想不起来。

“不客气。”

奇了怪了，明明只是想随手拉一把而已，可如今，当眼前的夏希艾真的握住了他伸出的援手，他却似乎，有点不想放手了。

当他们回到外边餐厅时，江小芙和黎洛都已经吃上晚餐了。

“你们在里面说什么悄悄话呢？待那么久，菜都要凉了。”

夏希艾上前一看，满桌的豪华菜肴，跟摆宴席似的，诧异问：“这是你们做的吗？”

江小芙笑了：“怎么可能？让厨师上门做的，刚刚在厨房里你没看到，已经走了，快来尝尝米其林三星大厨的手艺。”

江流深先一步入座：“奶茶呢？没忘吧？”

黎洛：“这儿呢，多大的人了，还点名要喝奶茶。”

“不是我要喝，希艾喜欢。”江流深朝站着的夏希艾勾手，“过来尝尝。”

“也不是每顿都要喝……”江流深说得他好像一个讨食吃的小孩。他的耳朵泛红，面上却依旧维持高冷神色，走到江流深旁边的空位坐下。

餐桌上菜品的精致程度令人咋舌，就连盛放奶茶的骨瓷杯也如同古董般，图案华丽繁复，手感细腻平滑，一看就价格不菲。他捧着杯子浅浅地抿了一口，浓郁的奶味与红茶的香气在唇齿间四溢，融合得绝妙。

江流深：“好喝吗？”

“嗯。”夏希艾舔去上唇的奶渍，“就是不太甜。”

“你不是要喝无糖的吗？”他把空调调低了几度，“上回你自己说的，无糖健康。”

夏希艾微赧：“其实是加了糖的，许彤知道我爱喝甜的，总是偷偷给我加糖，让店员标签上写无糖，她还以为我不知道……”

江流深莞尔，突然觉得眼前的夏希艾很特别。

“好可爱哦！希艾，你的‘艾’应该改成可爱的爱。”江小芙道。

江流深回过神，不忘“训斥”自家未来的艺人：“知道你还喝？这叫自欺欺人懂不懂？以前我管不了你，但以后到了我手下，一周只准喝一杯，听到了没？”

原以为夏希艾会顶嘴，没想到他只是皱了皱眉：“听到了。”

吃完晚餐，四人又回到客厅，江流深家的电视占了半面墙，和家庭影院没什么区别。他们坐在柔软厚实的地毯上，背靠着沙发，等待《一路向西》第二期开播。

“这样好像高中女生开深夜茶话会哦。”江小芙笑着坐在夏希艾旁边。

黎洛挨着江流深坐，低头刷手机眼皮也不抬：“还不是你哥这个自恋狂要看，我从来不看自己的综艺。”

“怎么说话呢？”江流深轻揍了他一下，“又欠收拾了？”

“很痛，老子的冰肌雪肤也是你能弹的？”黎洛回怼道。

“我不仅能弹，我还能掐呢。”江流深一把将黎洛按在地毯上，掐他腰挠他痒。

“哈哈哈，你滚！”

江小芙一脸嫌弃：“两个智障，希艾，离他们远点，智障会传染的。”

夏希艾默默地看着地上滚作一团打闹的二人。

原来，江流深对朋友都会这样捉弄啊……

江流深出完一口恶气，正想靠回夏希艾身旁调侃两句，却发现对方正和自己妹妹聊得火热，理都不理他。

他有点不爽了，开始搭话：“聊什么呢？节目快开始了啊，做好被喷的准备了吗？”

夏希艾瞥他：“我为什么会被喷？”

“你忘了？那天在店里对我又打又捶，我还帮你接待客人，你一点事没干，肯定会被喷脾气大不尊重前辈，还偷懒不做事。”

“那是因为你捉弄我在先。”

“我捉弄你不要紧，反正在大家眼里我就是这样的形象，但你不一样，你可是乖巧的形象，怎么会打人呢？”

——我打过的架多了去了，打你那几下根本不痛不痒。

夏希艾很想这么说，可硬生生吞回了肚子里。

他不怕被别人知道过去，但就是不想让江流深知道他以前那些破事。

江流深说完，自己倒先想起夏希艾混过社会，立即补了一句：“当然，我本人对你打人的行为并没有任何意见，小天使怎么就不能打人了？战斗天使也很酷。”

这人脑回路真的匪夷所思。但他这么一说，似乎被他知道也没什么。

江流深大概真的有能让人信赖的魔力吧。

八点整，《一路向西》节目准时开始。

四人中就江小芙看得最起劲，江流深和夏希艾两位嘉宾早就知道节目内容，黎洛看得直打哈欠，偶尔毒舌点评。

“周雨萱卖傻白甜人设？这么简单的任务都做不来？”

“尤清讨好的意图还能更明显点吗？还想和你炒话题啊。”

江小芙也在一旁帮衬：“就是！怎么不懂及时收手呢？”

江流深奇了：“你不是之前挺喜欢把我和他凑一起的吗？”

“那都几百年前的事了，我当初是被他演的角色蒙蔽，现在越看他越油腻。”江小芙嫌弃的语气一转，突然变得谄媚，“嘿嘿，哥，我现在是你们的粉丝。”

夏希艾的心突地一跳。

江流深见身旁的人沉默无言，以为他不乐意听这话，开玩笑回了句：“别瞎说，他倒贴给钱我都不一定愿意呢。”

说完便想去拍夏希艾，等着他怒气冲冲地回怼。

可夏希艾只是侧了侧脸，没让他拍到。

“怎么了？生气了啊？我开玩笑的，不是真的说你不好。”

夏希艾摇头：“我知道，没生气。”

只是有点酸涩而已。某些扎心刺耳的陈年旧音不受控地再度涌入他的脑海。

“他爸妈都不要他了，我们家干吗收养他？一个土包子乡下人……”

“听说那个坐窗边的小孩没爹妈，我让我儿子别跟他讲话，肯定心理有问题，你们家也注意着点。”

“你们酒吧那个漂亮服务生哪儿来的？捡来的啊？那就是没人要咯，多少钱能带回家？”

明明都听过那么多恶毒嘲讽的话，怎么还会被江流深一句毫无恶意的无心之言打击到呢？

“想什么呢？”江流深见他出神，突然又伸手拍他，这回拍到了，手劲还不小，被拍过的地方浮起浅浅的红印。

“你干吗？”夏希艾微恼，不爽地瞪过去。

不知是受红印影响还是怎么的，江流深莫名觉得眼前的夏希艾从眼神到外表都不一样，让人不想再捉弄他。

“看你有趣。”

夏希艾刚才那点酸涩难受都被他气飞了，举起拳头往他肩上乱砸：“别拿我寻开心！”

江流深笑着躲开不痛不痒的拳头：“我说真的，你真的很有趣，我很少夸别人有趣。”

夏希艾只当他又拿自己开涮，节目也顾不得看了，决心要“翻身起义”，为长期受欺负的自己报仇雪恨，然而现实很残忍，他的力气根本敌不过，反被江流深挠脚心，脸涨得绯红，直到脖子根，憋着口硬气愣是没笑，赢得了黎洛和江小芙的一致敬佩仰视。

“这都能忍，是个狠人。”

节目播出到最后半小时，迎来了整期的大亮点，屏幕上江流深体贴地为他系上外套，一脸无奈地说：“唉，我真是操碎了心。”

而夏希艾则细声回：“谢谢你……”

夏希艾看着电视上自己，简直想找个地缝钻下去。

江流深则优哉游哉地拿出手机，一看网上，果然炸开了锅。

规模迅速壮大的“深艾”粉锣鼓欢天，鞭炮齐响。

“我720度旋转升天炸成灿烂烟花，今夜的天空亮着的不是星星，是粉丝晶莹闪烁的泪光。”

“姐妹们话题刷起来呀！美图安利起来呀！热搜第一冲呀！”

除了喜闻乐见的“深艾”粉，自然也有看不顺眼的“唯粉”。尽管节目组把他们打闹那段剪了，可争议还是不小——

“夏希艾自己是没手吗？还要我深哥给他系外套，架子那么大？”

“龙行出来的是不是都一个德行？好不容易忍过了尤清，居然又来一个，当我家没脾气的吗？”

“整天顶着张臭脸，以为自己多酷呢？别人帮你招待客人不会笑着说声‘谢谢’吗？”

“夏希艾除了选秀第一还拿过什么奖？有什么说得出的作品？天天吹天籁之音，我看除了声音好听之外根本没实力，唱的都什么口水歌。”

这下夏希艾的“妈妈粉”们也坐不住了，但碍于江流深确实是大前辈，而且背景雄厚，不敢得罪他，所以语气都比较委婉——

“我们希艾是新人，年纪还小，难免做事不够圆滑，有什么误会的地方还望前辈粉海涵，他是个很好的孩子。”

“他的歌都是公司选的，公司不给他自己出专辑的机会，其实他很有实力的，可以去微博听听他平时的即兴创作。”

“深哥是我们大家都很喜欢的演员，谢谢他这么照顾希艾，可以看出来他们的其实关系很融洽。”

看着对家粉丝态度诚恳，两家素来也无恩怨，大多数江流深的粉丝还算理智，发两句牢骚也就过去了，毕竟他们不瞎，能看出来自家深哥确实挺关心夏希艾的。

可再好言好语，还是有些嘴毒的粉丝不买账——

“深哥对谁不照顾？就他蹬鼻子上脸，真把自己当回事了。”

“关系融洽个屁，连微博都没互关，除了节目一点互动都没有。”

吵到后来越骂越难听，甚至连许彤都打来了紧急电话。

“希艾，你能不能联系到江流深，求他微博跟你互关一下？”

“Hello（你好），助理小姐姐。”刚抢过夏希艾手机强行互关完的江流深笑着说，“我办事你放心，看看微博，等着上热搜第一吧。”

“啊？你是……喂喂？”

被挂了电话的许彤一脸蒙，回过神来立刻打开微博，自家崽刚转发了一条新微博，铿锵有力的一个字：“滚。”

而原微博是江流深发的，显示时间一分钟前，配图是一张照片。

背景显然是在家中，客厅灯光明亮，看得一清二楚，江流深搭着夏希艾的肩。夏希艾恼火地皱着眉，噘起的嘴像金鱼似的鼓着。

配文只有一行字：“某位明星，表面上又盐又酷，实际上，不知道多有趣呢。”

## 第六章
## 小朋友

微博发出五分钟后，两人从热搜榜第二十五位直接登顶第一位，连带着《一路向西》第二期收视率一路攀升，在最后几分钟勇超第一期，打破自己创下的纪录。

热度直到第二天才从“爆”降为“沸”。

“讨论帖已经涨到了百万以上，点进去堪比狂欢节现场。

“江流深太刚了，看到希艾被骂直接发微博怼，太强势了！”

“你们看下期预告了吗？希艾居然是孤儿，天哪，真的希望深哥好好对他，看得出希艾对深哥的态度和对别人都不一样。”

江流深用小号阅览着微博，看到这条，心中一悦，顺手点了个赞。

“夏希艾对我和对你们的态度是不是不一样？”

正吃着早饭的江小芙：“哈？”

江流深细品着咖啡：“粉丝说的，我有点好奇。”

“大概是吧，他昨天对我和黎洛还挺客气礼貌的，对你就很不耐烦，说明你惹人嫌。”

“说明他在我面前放得开，愿意展示出真性情。”江流深颇为得意。

江小芙眼神古怪地盯了他一会儿，忽然说：“哥，你不觉得你对他的态度也很不一样吗？”

“嗯？此话怎讲？”

“除了黎洛，你头一回告诉圈子里的人我们的关系吧？而且认识才多久，你就要签他，你那么信任他？”

江流深摇晃咖啡杯的手一顿。

“还有啊，别说你的粉丝了，我都快被你的骚操作秀死了。”江小芙接着道，“亲自下场帮他炒热度？您还是我哥吗？我哥可从来不屑于干这种事，怎么就愿意为夏希艾干呢？”

江流深沉吟了会儿：“我看他性格单纯，以前还吃过那么多苦，有点同情他，能帮就帮了，反正只是举手之劳。”

江小芙抿了抿唇，终于还是忍不住问出了口：“哥，你没把他当作方茂吧？”

江流深的面色瞬间沉下去：“没有，你别胡说。”

“没有就好，他们身世那么像，我还以为你是因为这个才对他好呢……”

“只有身世像而已，我从来没把他们混淆过。”

夏希艾完全不一样，江流深心道。倘若他跌进了泥潭，定会想方设法拼尽全力逃离，哪怕落得一身脏污，被所有人抛弃远离，他也会踏着泥泞继续前行，而不是在泥潭中放弃挣扎，越陷越深，直至……

他小时候一定被保护得很好，心中满怀灿烂阳光，才能在面对阴霾时自行发光发热，驱散一切黑暗。即使一再遭遇不幸欺骗，也没有封锁内心，一被真心相待，就回以赤忱信赖。

单纯又勇敢。

这样珍贵如宝藏般的朋友，值得更好的保护。

江小芙松了一口气：“哥，事情都过去一年多了，你也该释怀了，说到底那不是你的错。”

“我已经释怀了，否则也不会答应参加这次的影展。”江流深起身，扣上衬衣袖扣，又想起什么，回头道，“对了，你真想追夏希艾吗？”

江小芙吐吐舌：“我就说说而已啦，他这么可爱我还是更乐意当‘妈妈粉’。”

“那正好。”江流深勾唇，“我突然觉得，暂时只有我能保护得了他。”

星期一上午，终于到了和龙行解约的日子。

夏希艾起了个大早，认认真真拾掇了一番，没有化妆，顶着一张干净的脸出了门。

两年前，他也是这样素面朝天、不加粉饰地去龙行签约。

那时候他什么都没有，自然也不怕失去什么，龙静给了他一个机会，他便奋力抓住了。哪怕后来察觉这个机会背后是压榨和利用，他也从来没有过怨言，因为除了龙行，他不知道还可以去哪里，也不知道其他公司会不会更糟糕，会不会接纳一个解约的艺人。

但现在他有了底气。底气来自万千支持他的粉丝，来自他辛苦赚来的积蓄，还有……江流深抛出的橄榄枝。

人与人之间的关系真是奇怪，有的人表面相敬如宾，背地里却互相猜忌，而有的人表面相看两厌，心里却分外信赖。

比如此刻，夏希艾尽管仍对江流深前几天发微博的事有所不满，但不得不承认，能遇到江流深，确实是他人生中的幸事。

夏希艾一到公司，进门遇着的人看他的目光都有些微妙，也难怪，毕竟他是全公司唯一一个趁机解约的“白眼狼”。

尤清也在公司，迎面便来了句：“哟，这不是希艾吗？我以为再也看不到你了呢。”

夏希艾漠然以对：“我是解约不是隐退，总会再相见的。”

“那可不一定，你都攀上高枝了，了不起啊，早知道你这么会讨人欢心，连影帝都为你撑腰，我当初就好好跟你学学。”尤清嫉妒狠了，连装都懒得装，讥笑道，“以后我要是想见你，是不是要和江流深预约啊？”

“可以，反正你有他的电话，预约一下也很方便。”夏希艾径直走过去，与尤清擦肩而过，落下后半句话，“但他会不会理你我就不知道了。”

尤清气急败坏地转身：“夏希艾！你别太嚣张！”

嚣张吗？好像是有点，他平时攻击性不会这么强，反正与尤清不和也不是一天两天了，他早就习惯了对方话里藏针的伪善面孔。但刚刚尤清嘲讽江流深，他实在不能忍。

虽然他对江流深发微博的事有点不满，但那是他们之间的事，别人有什么资格指责江流深，他又没恶意。

夏希艾到了办公区，没急着找赵建华，先去了趟龙静的办公室，进门时心里仍有些不平，胡思乱想间一抬眼，冷不防被龙静的样子吓了一跳。

“龙姐，你怎么了？”

龙静妆容厚重艳丽，似乎是想掩盖疲惫，可反而显得越发憔悴，身形比之前更为消瘦，一点神采都没有，眼中暗淡无光，勉强撑起一丝笑：“希艾，听说你要解约？太好了，姐没白疼你。”她和赵建华闹翻之后就没来过公司，可她毕竟还是龙行的管理层，这个大日子不得不出席，或许也是最后一次出席了，想也知道她此刻心情有多糟糕。

夏希艾并不想火上浇油，但他必须坦白：“龙姐，我今天来不仅是和龙行解约，也是想和你说一声，我想另寻发展，不跟你走了。”

“什么？！”龙静突然跳起来，歇斯底里地喊，“你有没有良心？没有我你还在睡大街！我怎么会养了你这么个白眼狼！”

夏希艾没想到龙静反应那么大，一时被骂蒙了：“对不起，龙姐，我不是要和你断绝往来的意思，以后你的新公司需要资金或者帮忙我都会尽力而为的……”

“呵，说得好听，我还以为你不一样，结果到头来和那姓赵的一个德行，有钱有名气了就想甩掉我！我算是看透了，你们男人没一个好东西！”

“龙姐，我……”

“别说了，滚出去！”

夏希艾无措地站了半晌，叹了一口气，朝门外走去。

“你别以为能置身事外。”

夏希艾回头，只见龙静冷笑着。

“赵建华才没那么好心放你走。”

话虽如此，可接下来的解约过程十分顺利，夏希艾没把她的话放在心上。

按照合同规定，就算是公司方面的原因提前解约，艺人也须支付一定的解约费，不过金额比擅自违约低了许多，以他的积蓄还是负担得起的。

离开前，赵建华笑着对他说：“祝你未来一帆风顺，希望以后还有机会合作。”

夏希艾礼貌地回：“谢谢，也祝龙行越来越好，我会一直记得龙行对我的栽培。”

走出龙行大厦时，夏希艾感觉空气都带着新生后的清新。

他终于重获自由了，在他迄今为止的人生中，第一次不是被迫离开，而是自己主动选择了新的开始。就目前来看，确实是一帆风顺。

但愿将来也如此。

解约后，龙行方面第一时间发布了官方微博，称双方因某些原因而和平解约。

一时间网上议论纷纷，夏希艾的粉丝大多拍手叫好——

“终于跟这吸血公司解约了！普天同庆！”

“签了一年多连张专辑都不给他发，天天让他跑商演，才华都被埋没了！这下我崽总算可以安心写歌了！”

“活得久了果然什么都能等到！宝贝，你下家公司一定要擦亮眼别再被坑了啊！或者自己开工作室吧！”

路人则都在猜测“某些原因”指的是什么，以及哪家公司能抢得这位目前人气最高的新人歌手。

夏希艾连续霸占了一个星期的热搜，把许彤乐得合不拢嘴。

“我可真有眼光，抱对了大腿，这两天各个公司快把我的手机打爆了，我一个小助理突然有了当经纪人的体验，可把我厉害坏了。”

夏希艾没答话，专心致志地看了会儿琴谱，十指平放在琴键上，一个音一个音地按下去，弹出的曲子断断续续不成调。

“哇，弟弟，不是我打击你，你真的要在华曲奖典礼上表演钢琴独唱啊？钢琴可不是一朝一夕能学会的。”许彤担心道。

三个礼拜后就是乐坛一年一度的盛典——华曲奖颁奖典礼，夏希艾受邀出席，并担任中场演出嘉宾，对于他这种出道没多久的新人歌手来说，堪称殊荣，而且不出意外的话，这年的最佳新人奖百分之百是他的。

若能遂愿，这将是他出道至今获得的分量最重的奖项。

“嗯，我知道。”夏希艾盯着琴谱，“以前在酒吧驻唱的时候老板教过我，也演出过，有点基础，练一练应该能捡起来。”

“希艾……”许彤凑过来，小心翼翼地问，“我们现在也算有难同当过了，你能不能说点你过去的事啊？这样万一被人扒出来，我也好提前做好公关准备。”

“龙姐没跟你说过？”

“我一个小助理哪能知道这些机密呀。”

“算不上什么机密。”夏希艾翻了一页琴谱，漫不经心地说，“我爷爷去世后，为了乡下那几亩可能会被征收的田，一个远房亲戚收养了我，带我去了城市读书生活。”

“后来呢？”

“亲戚家的小孩看我不顺眼，污蔑我，在学校到处说我坏话，我被排挤了呗，最后实在忍不下去，把他给揍了，家也不想待了，书也不想念了，毕业就辍学打工去了。”

他说得云淡风轻，仿佛在陈述一件稀松平常的陈年往事。可许彤知道事情没那么简单，否则以他的性格绝不会做出这种伤人害己的事，更不会放弃学业。

一个连放假都不休息苦学钢琴的勤奋艺人，得在多绝望的情况下才会辍学离家出走？

她的心揪疼：“那……后来呢？你怎么会……”怎么会流落街头。

这是龙行近乎公开的秘密，当初公司要推选内部艺人参加新生代歌手选秀，选上的几个都资质平平，某天龙静不知道从哪儿突然带回来一个陌生的少年，说是街边捡来的。

那时候的夏希艾严重营养不良，身形清瘦，脸上没几两肉，一双冷锐的黑眸满含戒备，可依然能看出极为俊俏清秀的面容，一开嗓更是惊艳四座，当场被赵建华敲定为送选的新人之一。

后来的故事粉丝都能说出来了，年仅十九岁的夏希艾在一堆强劲的竞争对手中凭借出众的外貌和过人的实力一路势如破竹，直至登顶。只花了短短三个月，从名不见经传到选秀结束粉丝突破一千万。

媒体对这位爆红少年歌手充满好奇，想挖根究底，可龙静手腕了得，外加打点到位，硬是把他的过去瞒得滴水不漏。只有孤儿这件事被粉丝们猜测到了，因为决赛时所有选手都收到了父母的加油 VCR（短片），而给夏希艾的 VCR 则是公司其他艺人。

“打工的酒吧不是什么正经酒吧。”夏希艾依旧低着头，看琴键，“老板也不是什么正经老板，我之前还以为他是真心待我好，虽然没工资，但教我弹钢琴，包我衣食住行，日子倒也过得去。直到我十八岁成年那天，才发现他吸毒，还对我……算了，不说了，你一个女孩子别听这些。”

“我要听，”许彤恳求，“说出来你可能会好受些，不过如果你不想说也没关系……”

“其实也没什么，他设计陷害我，我没让他得逞，用酒瓶砸破了他的头就跑了，什么都没顾得上拿，也不知道他怎么样了，应该没死，否则我早就被抓了。”

夏希艾停下动作，抬头看向窗外回忆了一会儿，忽然轻笑：“这么一想，我十八岁生日过得还挺酷。”

尽管生日之后的一年多时间都穷困潦倒。只有初中学历的他找不到像样的工作，只能上午去图书馆刻苦学习，下午和晚上去餐厅当洗碗工，为了省钱露宿在地下通道里。

但他从来没停止过唱歌，也没后悔过辍学离家或逃离酒吧。他不怕穷，也不怕苦，只怕被困于牢笼，难获自由。

在广阔田野上成长起来的自由灵魂，怎么会甘心被囚于城市的逼仄角落呢？

许彤刚想说两句安慰的话，钢琴上的手机突然振动了起来。

夏希艾看了一眼显示的人名，迟疑几秒还是接通了视频电话。

“什么事？”

“没事就不能找你？”那头的江流深穿着松松垮垮的浴袍，端着杯红酒，笑得轻佻，“大老板想让小明星汇报一下近期工作，看看小明星有没有偷懒。”

夏希艾面无表情：“小明星在刻苦学艺，大老板在花天酒地，汇报完毕。”

江流深一口红酒差点呛着。

许彤也在一旁笑出了声。

江流深顿时警觉：“谁？你和谁在一起？偶像不能谈恋爱知道吗？”

许彤忙道：“深哥，是我。那我先走了，你们慢慢聊哈。”

待她离开后，江流深又道：“就算是助理也得避避嫌，否则粉丝会吃醋的，你要有身为偶像的自觉，改天再给你配个男助理。”

“不需要，我不是偶像，别拿那套来管我。”

“还没签过来就不服管了？你这张脸好意思说自己不是偶像？”

“要这么说的话那你不也是……”夏希艾说到一半住了嘴。

可江流深已经反应过来，故意问：“是什么？觉得哥长得帅可以当偶像是不是？别不好意思说嘛。”

夏希艾不接话：“你到底有什么事，没事我挂了。”

“等等，有事，有事。”江流深凑近屏幕，“这次来影展，遇到了我第一部电影的导演，正好他的新剧本故事我很喜欢，就敲定了，等我回来差不多就要开始拍了。”

“这么快？那我是不是要开始写歌了？”

“你不急，拍摄时间要两三个月，到上映还有近一年呢。”

夏希艾松了口气，继而疑惑：“那你跟我说这事干吗？”

江流深神秘兮兮地笑了笑，说出一句让夏希艾瞬间呆若木鸡的话：“里面有个角色，我觉得很适合你，就凭借私人关系，黑幕给你，大老板厉不厉害？小明星感不感动？”

夏希艾呆怔了足足三秒才开口：“你太自作主张了吧？问过我的意见了吗？”

江流深不慌不忙：“你先听我说完，这是部偏喜剧的剧情片，导演是何安，里面有个歌手的角色，就几句台词，主要负责唱电影主题曲，不找你找谁？我立刻推荐了你。”

夏希艾听完都快停止呼吸了：“你让我这个从来没演过戏的人，演何安的电影？”

何安是谁，是国内乃至国际一流的大导演，拿过的奖项无数，更是国内最高电影奖金影奖的评委之一，对演员要求极为苛刻，连夏希艾这个不混演艺圈的都有所耳闻。以前龙行有个小有知名度的演员去试镜，被喷得狗血淋头，抑郁得差点放弃演艺生涯。

他一个毫无演戏经验的歌手，哪里配演何安的戏。

“你别紧张。”江流深道，“我都安排得明明白白，如果你演得不好，顶多就是被骂一顿换掉，歌还是你来唱。”

“……”

演不好就被换，确实是非常明白了。

夏希艾头痛：“等你回来再说，我先看剧本。”

“好，注意休息啊。”

江流深乐滋滋地挂了电话，坐在另一侧沙发椅上的人开口：“这就是你说的那个歌手？”

“是啊，声音好听吧？还请你多关照，何导。”

年近六十依然精神矍铄的何安颔首：“好听是好听，但他的歌我没什么印象，要不是你推荐，我真不敢冒这个险。”

“他之前是被他那破公司束缚了，唱的流行歌没什么辨识度，白费了一副好嗓子，等我把他签过来，他就自由了，一定会大放异彩的。”

“可我怎么觉得，你不是想给他自由，而是想把他放在自己的领地里培养呢？”何安意味深长地看了他一眼，“流深啊，歇影了一年，你还没从方茂的事里走出来吗？”

江流深握着红酒杯的手一紧，沉默以对。

何安叹气：“就算你还在为那件事内疚，也别把旁人当作替代品，你再护着他，已经走的人也不会回来。”

“为什么你们都觉得我把他当替代品？”江流深反问，“我就不能是真心想照顾他吗？

“何导，我没那么脆弱，虽然方茂的事确实对我打击很大，但歇影这一年，我已经看透很多了。

“当然，阴影还是有的，这我承认，不然我也不会先跑去参加综艺，大概有点逃避演戏的心态吧。

“不过，亏得我去参加了那节目，才熟悉了他。”

江流深沉缓道：“他的人生经历比方茂还惨，可他还是那么勇敢无畏，满怀希望。遇到他之后，我才真正从内疚的阴影里走出来，所以我推荐他和我一起演您的电影，其实很大一部分是出于私心。”

江流深停顿良久，得出了一个自己也才刚刚意识到的结论：“是他给了我勇气和信心继续演戏，所以我也想给他个机会。”

“希望他真的能让你重新振作起来。”何安道，“去年的金影奖你为了那件事让我把你排除在提名之外，说实话我是觉得很可惜的，在我看来，那是你至今为止塑造得最成功的角色。”

江流深笑了：“何导，我最成功的角色永远是下一个。”

何安欣慰地点头：“你这么想我就放心了，我等着下一次给你颁奖。”

“没问题，休息了这么久，也是时候活动活动筋骨了。”

电影展共持续十天，全世界知名的演员、导演都受邀出席，各家娱乐媒体纷纷派出精英记者前往追踪报道，相比之下，国内这边近期倒没多少引起关注的娱乐新闻，除了龙行被收购一事。

所有原龙行旗下的艺人几乎都选择了和新老板续签，夏希艾这个特例便成了媒体大肆八卦的对象。

舆论大致分为两派，以粉丝为首的支持派认为他是主动解约，而以营销号为首的贬低派则散播谣言说他是因为违反公司规定被炒了。路人两边吃瓜，信谁的都有，网上热火朝天地闹腾了几天。

“一看就是有人花钱黑你，这些营销号的文案都一模一样！”许彤气愤道。

夏希艾不甚在意，依旧专心练着琴，头也不抬：“其他人都续签了？那龙姐呢？”

“Sherry告诉我龙姐离职了，不知道是被赶走的还是自愿离开的。”

“她有什么打算吗？”

“不清楚，目前好像还没听说她找了新东家或者自立门户。”

“我拨了几次电话过去，她都没接。”夏希艾垂眸，“龙姐难道真的想和我断绝往来？是我太过分了吗？”

“不能怪你啊，你这两年对她的好我都看在眼里，说实话，你给她赚的钱早就够还她的恩情了，结果她怎么对你的？为了赚更多钱，逼着你往你不喜欢的那条路走。她都没在乎过你的意愿，你还惦记她干什么？”

“小彤，没想到你还有这么果断的一面。”

“哈哈，没点觉悟怎么能当大明星的小助理呢！”许彤笑嘻嘻的，“我的态度因人而异，对着下凡的仙子当然要善良一点咯。”

“打住。”夏希艾怕她又滔滔不绝地吹，适时地转了个话题，“这两天有其他公司的人联系你吗？”

“有，不要太多哦，我手机都快被打爆了，干脆设成了静音，反正你说了嘛，一概拒绝，对吧？”

“对，继续保持。”

“可是弟弟啊，这样一来就没退路了，万一江流深反悔怎么办？”许彤有点担忧。

“不会的。”

“说不准呢，他之前不是老捉弄你吗？”

“那是另一回事，在这种利害相关的大事上，他不会骗我的。”

“你这么相信他？龙姐带你两年你都不信任她，和他认识两个月就生死之交似的。”

夏希艾脸上一赧：“我……就是相信他。”

其实有时候他自己想想也发虚，万一江流深真的反悔怎么办？他不敢深想，只好找理由说服自己。

“他签了我，是双赢的事，没道理反悔。而且他那样的身家背景，骗我一个小歌手干什么？又捞不到好处。”

许彤琢磨了一会儿，觉得挺有道理：“行，那就等他一个星期后回来签约吧。”

夏希艾点点头，暗暗松了一口气。

他心里清楚得很，就算这其中没有任何利益关系，就算江流深不是那样的背景，他也会选择相信江流深。

这是一种毫无原因的甚至可以说是盲目的信赖。他仿佛被灌了迷魂汤，对方只不过给了句口头承诺，他就无条件地把全部筹码压了上去。

他好像总是做这种孤注一掷的冲动事，每次都落得狼狈潦倒的下场，但这次一定不会了。

夏希艾抿唇浅笑，心底没来由地雀跃期待，修长的手指按下琴键，弹奏出曲子的第一个音，琴声质朴生动，如未雕琢的碎玉落在盘里叮当响，虽谈不上技艺高超，但已然进步明显，不枉这些时日的昼夜练习。

江流深也会去颁奖典礼现场，他那样赏识自己，他可不想让他失望啊。

等他回来后，先弹给他听听好了，希望他会喜欢。

夏希艾在家埋头刻苦练习多日，多少有些闷了，决心第二天一早出去逛逛，呼吸一下外面的新鲜空气，散掉一身霉味。

闹钟定了八点、八点半、九点，夏希艾最后磨磨蹭蹭到十点才从被窝里挣扎出来，也怪不得他，入冬之后气温转低，他实在对寒风呼啸的外边望而生畏。

夏希艾好不容易穿戴整齐，斗志昂扬地开门大步走出去，一下楼，便被楼下蹲着的十几个“私生饭”堵住了。

“希艾！你好多天没发微博了！我们好想你啊！”

“你到底要签哪家啊？不会是要隐退了吧？？我们不答应！”

夏希艾被她们聒噪的声音吵得头疼，所幸都是女生。他抬臂一挡，拦住了意图贴近的“私生饭”，迅速穿了过去，拔腿便跑，凭借着长腿优势，片刻间就把她们甩在了身后。

以前这些“私生饭”还没这么疯狂……再下去岂不是要堵在家门口？必须赶紧搬走了。

逃离“私生饭”的视线范围后，他压低帽檐戴上口罩，进了附近的一家大型商场。头等大事自然是买奶茶喝，本打算再买点零食，随便逛一逛，可经过一家手表店时，视线却被店外代言人英气十足的海报吸引了。

“拍广告倒挺正经……”他嚼着珍珠小声自言自语。

海报上的江流深西装革履，一贯轻佻的笑容收了起来，嘴唇抿成一条直线，弧度微微向下，眉头一压，寒眸中射出两道锐光，让每个与他对上视线的过路人都心下一凛。

优雅绅士是他，风流潇洒是他，这般冷硬凌厉亦是他。江流深到底有几副面孔？难道这就是影帝的专业素养？那真正的他，到底是什么样的呢？

夏希艾漫无边际地思考着，回过神来时，步子已经不由自主地迈进店里，心下猛然一惊。好在店员训练有素，不像一些导购那样缠着人不放，见他进来，只微笑着招呼了句“欢迎光临”，便没再接近打扰，应该没认出戴着口罩和帽子的他。

玻璃柜中陈列着各式或奢华或低调的手表，夏希艾低头沿着柜台一路观赏过去，暗暗咋舌。这牌子最便宜的手表也要五万元，江流深海报上的新款要二十五万元。在名表里其实算不上多贵，但对于夏希艾这种近两年才刚有了点钱，消费观还没有彻底转变的人来说，这价格实在是高昂得离谱。

不就用来看个时间吗？谁还会买这么贵的表啊。他看了一圈空空无人的店内，更加笃定了自己的想法，但江流深这个近一亿粉丝的大影帝，要是代言的东西没人买，好像也挺可怜的……

夏希艾心中微动，悄悄拿出手机看了一眼自己账户的余额。付完违约金还剩一千多万，五百万元是准备拿出来给老家继续修路的，还有五百多万余钱，他暂时不买车也不买房，花不了那么多，况且之后签了工作室肯定还有赚钱的机会。

他踌躇片刻，磨蹭到柜台前，压低嗓音说：“你好。”

热情的柜姐立刻礼貌地回：“您好，先生，请问有什么需要吗？”

“我想买海报上那款表。”

“好的，您稍等，这就给您试戴。”

“不用戴了，我直接买。”夏希艾的耳根子泛着红，轻咳两声，“我……我是江流深的粉丝，因为他才买的，相信他代言的东西一定没问题。”

这样说应该没问题了吧？柜姐肯定会把他当成粉丝，然后觉得江流深的带货能力强，他们品牌没选错代言人，那样江流深就不会面上无光了……

柜姐的行动能力迅速，立刻取了货和收款机来，笑着道：“深哥的粉丝果然购买力很强啊，我们请对代言人了。”

目的达成。

夏希艾爽快地刷了卡，又听柜姐接着道：“自从他代言以来，我们店的销售额翻了好几倍，这款表今天上午已经卖出三块了，以前一个星期都不一定能卖出一块。”

现在退货还来得及吗？

夏希艾心痛到滴血，颤着手收回卡：“是吗？真厉害……”原来江流深根本不需要他支援，二十五万元啊！就这么白花了！

“嗯，还有好多粉丝想买深哥平时自己戴的那款，但那款是我们品牌设计师专门为他设计的，价值千万，全世界仅此一块，有钱也买不到。”

“这么贵……”

“哈哈，对我们来说肯定贵，但对深哥来说也还好啦。设计师很欣赏他，邀请了好几回他才同意当代言人，能被深哥代言，我们品牌面上也有光，当然要拿出点诚意咯。”

夏希艾愣了愣：“这样啊……”

他突然之间意识到了自己与江流深之间的差距。

在他眼里，代言是品牌方认可他，看中他的人气和带货能力，本质上他只是品牌花钱雇的宣传人员，要是销量不好，会影响后续代言。

但在江流深眼里，代言是他认可品牌方。

他不在乎销量，也不在乎人气，他自己本身就是块金字招牌，挂在天上的那种，只有别人奋力蹦上去够他的份，他才不会自降身份和普通偶像一起比拼带货能力和代言数量。

夏希艾以前没察觉，此刻从旁人口中说出来，才意识到，自己能当上江流深的朋友，进入他的工作室，确实像尤清说的那样，高攀了。

一个扎根在泥土里的新人歌手，却妄想着对站在云端的天之骄子伸出援助之手，说得好听点是天真无畏，就像江流深经常形容他的那样，说得难听点，大概是不识抬举。

他突然回想起中秋晚会的晚宴上，江流深唯一一次真正意义上对他黑脸。

“你也配得上我耍流氓？”

当时江流深说出这句话时，脸上的表情是轻蔑和嘲讽。

看来那次是真的误会了……

弄清楚了明明是件好事，可他觉得脚下好似陡然开了个口子，身体直往下坠，眼睁睁地看着两人之间的差距越来越远。

回到家，夏希艾没拆包装，把手表连同盒子一起放进抽屉深处。

如果拿出来戴上，可能会被江流深发现，江流深一定会调侃他怎么买了同款表，他不好意思解释其中缘由，更不能被粉丝看见，否则粉丝怕是要炸了。

所以二十五万元相当于打水漂了。

唉，就当作给自己买了个教训，以后不要太自以为是。

这几天许彤家里有事回去了，没人帮忙带饭。他在商场超市里买了些新鲜蔬菜和牛肉，准备自己炖一锅咖喱吃两天。他很久没自己做菜了，以前在农村时倒是天天帮着爷爷做。

夏希艾挽起袖子，将牛肉切成小块丢进冷水里焯去血水，冲洗干净后放入生姜和料酒煮至八分熟，同时将土豆胡萝卜和洋葱一并切块，为了省事直接一起下锅炒，看着火候差不多了，把牛肉和现成的咖喱块加进去，盖上盖子，炖至汤汁浓稠，一锅香气四溢的咖喱土豆牛肉便可以盛盘。

或许是自己做的东西吃起来特别有成就感，他一口气连吃了两大碗，肚子撑得鼓鼓的，洗完盘子一看时间都快八点了。

这天是周六，恰好是《一路向西》第四期的播出日期，按节目计划，这一期应该是他们在巴塞罗那海钓的内容。

他上期没看，前阵子专注练琴也不知道网上怎么评价的，突然有点好奇，便开了电视，坐在沙发上边等节目开始边用小号刷微博，顺手把拍的咖喱牛肉照也发了出去。

他的小号跟僵尸号似的，一串随机数字，没头像，平时很少登，就偶尔看看新闻用。毕竟他大号将近四千万粉，要是不小心点赞了什么不该点的，可能会惹来大麻烦。

搜索“一路向西 夏希艾”几个字，出来的几乎都是粉丝发的内容，好在粉丝截图了一些路人对于第三期的评价，以展示他的圈粉能力。

“夏希艾长得这么盐居然是个会做饭的居家暖男！突然觉得他好苏啊！”

“夏希艾的身世好可怜啊，我这个路人都心疼得不行了，以后你就是我的乖仔了，呜呜呜，妈妈爱你！”

“难怪他当年参加选秀决赛的时候没有父母发来的短片……当年算是半个墙头，今天看完节目，正式入粉了，谁不想要一个这么好看又乖巧的儿子啊。”

路人的关注点基本上都放在了上期他在餐桌上提到自己无父无母的事，粉丝看到这点可以圈粉，也顺势打了 手同情牌，圈了不少新粉，但他并不想以这种方式博关注。

世界上无父无母的人多了去了，比他身世可怜的人或许至今仍困窘潦倒，相比之下，他已经很幸运了，不仅有吃有住有工作，而且赚的钱普通人可能一辈子都赚不到，还有什么资格卖惨博同情？

但粉丝终归是好心，他不可能出言阻止，只能随他们去。

夏希艾删去搜索框里的字，想了想，输入“江流深”。

也不知道影展那边进行得顺不顺利。

跳出来的内容五花八门，很大一部分是媒体在影展拍摄的高清大图。即使无修直出，江流深的颜值和身材依然无可挑剔。最新一组红毯图中，他一身全黑搭配，看着却不单调沉闷，绸缎衬衫与西装外套的不同面料在闪光灯下反射出了不同程度的光线，显得他整个人高贵优雅且充满张力，宛如隐于夜色中闲庭踱步的黑豹。

这张脸确实俊美得足以当偶像，比起在舞台上唱歌跳舞的大众偶像，他更像是坐在宝座上享受万众膜拜的国王。

既然是影展，自然也有电影相关的内容。夏希艾接着往下翻，看到有位知名电影博主发了条微博："江流深回归后首次出席影展！很有可能在此期间确定下一部新片，不知道深哥会接下哪位导演抛来的橄榄枝？上一部影片《飞》错失金影奖最佳男主实在太可惜了，大家觉得深哥的新电影能让他重回巅峰吗？"

底下评论里捧的、黑的都有。

"我深哥一直在巅峰，谢谢，不吃饼，等官宣。"

"江流深演得那么绝，把抑郁症心理表现得淋漓尽致，居然没得奖，说没黑幕我都不信。"

"郑文彬演得也很好，好吗？最佳男主实至名归，凭什么江流深没得奖就是黑幕？"

"好奇江流深下部电影是什么，歇影这么久，估计演技都退步了吧？"

"我深哥歇影十年再复出演技也吊打所有同龄演员，不劳各位操心了。"

"听说江流深这次去影展和何安一起走了红毯？他们是又要合作了吗？"

"什么叫又？他们以前有合作过？"

"有啊，江流深第一部电影就是何导的《乡间路》，不过是个配角，没多少戏份，那时候演技也一般，估计没多少人看过。"

"何安不是金影奖的评委吗？江流深难道想走后门给自己扳回一城？"

夏希艾看到这条评论，登时恼火，飞快打字回了句："江流深他有实力，不需要用这种方式，别以小人之心度君子之腹。"

按下发送后，他才后知后觉自己做了什么，瞬间有些窘了。他为什么要这么生气？其实他没怎么看过江流深的电影，底气稍显不足。

为了让自己理直气壮些，夏希艾决定去补一下评论里提到的两部电影。

《飞》还挺好找的，毕竟是前年金影奖的热门候选影片，某家视频网站买断了网络播放版权，付费就可以观看。他瞥了一眼简介，讲的是一位抑郁症患者和心魔搏斗最后跳楼自杀的悲剧故事，海报上的江流深比现在消瘦憔悴许多，显然有特意减重，漆黑的眼眸透出深深的哀戚与无助，仿佛内心有无尽的悲凉，光是一张静态的海报就能让人代入角色。

这么过硬的演技，怎么会输给郑云彬？虽说郑云彬也是位很优秀的演员，但论起知名度和演技，不管问哪个路人，都会说是江流深更胜一筹。

夏希艾收藏完电影关了页面，接着搜《乡间路》。这部电影年代太久远，是江流深十四年前刚入行时拍的，网上几乎没什么资源，只有一些零星片段，画质粗糙模糊，夏希艾点开一个视频看了两分钟，恰好看到江流深为数不多的戏份。

十二岁的少年江流深演技还很青涩，身上富家子弟的贵气完全掩藏不住，偏偏还要演个农村小孩，怎么看怎么别扭，连夏希艾都被逗笑了。农村孩子哪会像他那样看着脚下的泥地走路啊，都是撒开光脚丫子到处乱奔的，根本不会小心翼翼地攥着裤腿走，一副生怕衣服被弄脏的样子。

电影里的农村环境倒是和老家很像，夏希艾看着分辨率不高却分外眼熟的乡间野地，不由得沉浸到了回忆中。

说起来，他以前在老家的时候遇到过一些来取景拍电影的，不过那时候年纪太小，才六七岁，早就忘得差不多了，就记得乌泱泱的一大群人，搬弄着他从未见过的器材，村里的小孩都围过去新奇地张望，有些比较凶的工作人员会呵斥赶人，但也有友好的。

夏希艾依稀记得剧组里有个年长几岁的哥哥对他很好，总给他漂亮糖纸包裹着的糖果吃，甜得他觍着脸要了一颗又一颗。

有次哥哥突然肚子疼，为了不耽误进度忍着没吭声。他看了出来，帮忙按摩了一会儿，泡了杯驱寒的茶，还真给治好了。哥哥为了感谢他，送了他一盒说是英国带回来的奶茶，盒子里有十来个长条小包装，这在当时的城市里也是稀罕物，更别说农村了。

那时的夏希艾根本不知道英国是哪里，只知道那奶茶特别香甜可口，与他从小喝到大的艾草茶完全不一样。可惜奶茶数量有限，哥哥走后，嘴馋的他半个月就喝完了，连包装袋都撕开舔得干干净净，每天跑到村口去，盼着哥哥什么时候再回来送他一盒。

然而之后的四五年他都没再喝过那种香甜的味道。

直到被亲戚接去城市，他才偷偷跑出去用攒了许久的十几块零花钱买了杯想念已久的奶茶。路边小店卖的劣质奶粉冲调出来的奶茶自然不如英国正宗的好喝，但他已经很满足了。

不管是莽撞离家出走，还是身无分文流落街头，只要有多出来的余钱，他都会去买一杯喝。

生活已经这么苦了，总要给自己点甜头才能继续过下去。

视频一共就四五分钟，很快结束了。夏希艾实在找不到完整的视频，只好暂时放弃补这部影片。眼看快八点了，他正准备收收心看节目，茶几上的手机突然响了起来。

来电人是尤清。

夏希艾皱眉接起，冷声道："喂，什么事？"

上次他们不欢而散，尤清此时的语气也很生硬："那什么，龙姐在铂光会所，好像喝醉了，没人接，你去接她一下。"

"你怎么不自己去？龙姐她……应该不想见我。"

"她不愿意见你难道还愿意见我？她连要走的事都没事先告诉我，就告诉了你。"尤清不爽道，"她带了我五年都信不过我，你一个新来的，凭什么？"

"凭她知道你肯定会跟赵总走，不是吗？"

"那不然呢？我是很感激龙姐，但我不像你一样还在上升期，换个新公司也不愁没资源。我冒不起这个风险，再说你不也抛弃她了吗，有什么资格说我？"

夏希艾一时语塞："好吧，我理亏，那你要跟我一起去向龙姐道个歉吗？"

尤清迟疑了一会儿："不了，我有个试镜要准备，而且我……还不太敢见她。"

"我也是。"夏希艾难得和尤清有共同语言，"不过早晚要面对，去就去吧。铂光会所是吗？我查一查地址，具体哪间包房？”

“302。”

夏希艾记下，突然有点疑惑：“你怎么知道她在那儿？我都跟她失联好久了。”

“赵总说的，龙姐的朋友还不知道他们闹掰了，看龙姐喝醉又没人送回去，就打电话给赵总。赵总说他不方便去，你和龙姐关系好，让你去接一下。”

“好，我知道了，这就去。”

夏希艾挂了电话，正要关电视时，节目恰好开始。

一开头是本期提要，画面中出现江流深抱着一条三四十斤的金枪鱼在海钓船上追他的一幕。两个人像三岁小孩似的打打闹闹，幼稚得没眼看，但在广阔大海和蔚蓝天空的映衬下，显得格外美好烂漫。

夏希艾兀自轻笑了一声。

苦了这么久，人生似乎总算开始有点甜味了。

夏希艾出了门，突破楼下围堵的“私生饭”，迅速钻入事先叫好的出租车。

解约后没了专属司机，出行不太方便，更糟的是他家楼下的“私生饭”数量越来越多，已经有点影响正常生活了。不过许彤正在找新公寓，估计过两天就能摆脱骚扰。

司机师傅被这混乱的场面惊到，透过后视镜打量了他几眼便认了出来。

“夏希艾是吧？我女儿可喜欢你了，手机屏保都是你，你真人比照片还水灵！”

“师傅，水灵一般是用来形容女孩子。”天知道他小时候被人用这词夸过多少遍，到现在还有阴影。

师傅憨笑：“哈哈，不好意思，那就帅气！潇洒！这趟车费给你免了，能给我签个名吗？”

“可以，您正常收费就行，能开得稍微快点吗？我比较急。”

“好好好，没问题。”司机满口答应，“铂光我熟，不过说实话那儿挺乱的，你一个大明星这么光明正大地去不太合适，被人看到了怎么办？”

“没事，我就进去接个喝醉的朋友，您在外面等我一下，花不了几分钟。”

“哟，朋友。”师傅揶揄道，“女朋友？”

“不是，是我前经纪人。”

“那就好，否则我女儿要伤心咯，她前阵子因为你离开那什么公司的事，难受了好一阵。”

“为什么？”

“因为她有些同学说你是因为品行不正被开除的，她气不过啊，一直在替你解释，回家饭都不想吃。”

夏希艾怔了怔。他不怎么和粉丝互动，解约的事也没发微博说明过，都是龙行方面发布的，没想到造成了误解，让自己的粉丝受委屈。

“麻烦您替我转达一下。”他温声道，“谢谢她帮我说话，我之后会在网上说明情况。另外，我也会努力配得上她这份喜欢和信赖，让她能够自信地对同学说她没喜欢错人。”

师傅目露赞赏：“凭你这话，我就知道我女儿为什么喜欢你了！”

闲谈间，出租车驶达目的地铂光会所。夏希艾伪装好自己，下车迅速走向会所大门，刚要迈进去，余光突然敏锐地察觉到一道视线。

他侧过头，正撞上一个黑衣男子的目光，那人立刻望向其他方向，方才的视线碰撞似乎只是凑巧。

怎么觉得那张脸有点眼熟？

他心里莫名生出一丝不安。

让他来接人的是尤清和赵建华，虽说之前解约的时候这两人并没有使绊子，这段日子也过得风平浪静、相安无事，但小心点总没错。

夏希艾进了会所大厅，没急着去包厢，而是先请前台的工作人员给 302 打了个电话。

接电话的是个陌生男性，声音醉醺醺的，扯着大嗓门问他：“你谁啊？”

“我是龙静的朋友，能让她接一下电话吗？”他得先确保人确实在里头。

电话那边很安静，像是聚会后散了场的样子。夏希艾听见那男人叫了龙静两声，龙静没回应，便直接把电话塞到她手里，说了句：“找你的。”

过了好几秒，那头才传来龙静的声音：“喂……谁啊？”

夏希艾听见这声音，心稍稍定了定，人在里面，而且看来是真的喝醉了。

“龙姐，是我，希艾，我来接你回去，你能来大厅找我吗？”

“不用你接，我们玩得正开心，你们这些……这些白眼狼，滚啊……”

夏希艾还想说两句，龙静已经把电话挂了。

他无奈，龙静和她的朋友都喝醉了，看来只能亲自上去走一趟。

应该没事吧，龙静和赵建华已经彻底闹掰，赵建华要真想对他不利，龙静不会帮着他设局，况且，好不容易才找到人，要是不趁此机会把话说开，好好道个别，下次不知道什么时候才能遇见。龙静好歹对他有恩，于情于理，他都不该弃之不顾。

夏希艾叹了一口气。

“小姐，麻烦带我去 302 包厢。”

服务生恭敬地指引着他上楼，到了三楼的 VIP（贵宾）包厢门前，走廊上静悄悄的一点声音都没有，可见隔音效果极佳。服务生通过门外的监控设施与里面的人联系，得到应允后，用卡刷开房门，便先行告退了。

夏希艾走进去打量了一圈，包厢是个套房，外间的 KTV 内没有人，只有一股浓重的酒味扑鼻而来。他皱眉，抬手挡住鼻子，隐约间闻到一股烧焦的臭味。

这气味他之前在龙静办公室也闻到过，和平常的烟草味似乎不大一样。

他没抽过烟，只当是什么外国牌子，没多想，看见里侧的门缝底下透出光亮，便迈开腿朝第二扇门走去。

这扇内门没有上锁，夏希艾将把手往下一按，打开房门的同时，也看清了包厢里的情形。

他瞬间浑身的血液冻结。

包厢里安静得近乎诡异，根本不像是正常聚会时的热闹样子。桌上放着锡纸和打火机，五六个男男女女横七竖八地躺在奢华的真皮卡座上，神态像是喝醉了一样，眼神无焦距，面露欣愉，周身被一层稀薄的白色烟雾所缭绕，鼻子里甚至还在呼出烟雾。

是个人都能看出来他们在做什么。

夏希艾一眼寻到龙静，半秒没迟疑，上去拉起她的胳膊往自己肩上一搭，把人扶了起来。

他的手在抖，差点没扶稳。

龙静居然吸毒。

仔细一想，她前段时间确实越来越憔悴，脾气也变得特别暴躁，原以为是龙行的事让她心烦意乱，谁知竟是这样。

他现在最明智的做法其实应该是转身就走，彻底和龙静断绝联系，不要惹祸上身，可他实在没办法眼睁睁看着龙静这样自甘堕落。

旁边躺着的一人还算清醒，应该是刚刚接电话的男子，见他架起龙静要往外走，出言阻止："干什么？我们正嗨呢，放……放她下来！"

夏希艾愤然回骂："滚开！要堕落你们自己堕落，别拉她下水！"

他骂完，忽然心头突突狂跳，涌上强烈的不安感。

这些人意识这么混乱，显然正沉迷毒瘾中，无人打算离开，谁会打电话告诉赵建华来接龙静？况且如果有外人来，不就发现这件事了吗？哪个吸毒的会这么明目张胆等人来发现？

除非，那个电话不是这些人打的。

夏希艾瞬间如坠冰窖，浑身发寒。

根本没有人让赵建华来接龙静，是赵建华让他来撞破这个现场，让他身处一群吸毒的人之中，仿佛是他们中的一员。

必须马上离开！

然而他晚了一步。

"警察！别动！"

包厢门被猛地踹开，十几名便衣民警以雷霆之速冲进来，迅速将现场包围，为首的警察见到包厢内的人，愣了一瞬。

"夏希艾？"

夏希艾的脸上失去血色，僵硬在原地。

之前说话那男子还想开溜，被警察当场抓住，脸朝下用力按在地板上，疼得嘴上骂骂咧咧个不停。旁边几个嗑嗨的人还没反应过来现在是什么情况，竟想去推搡警察，无一例外被制服，场面一时混乱不堪，尽是哭爹骂娘的叫喊声。

夏希艾的心跳都快停止了，只能迫使自己冷静下来。

没事的，他没有吸毒，检测一下就能证明清白，只要这事不被外界知道，完全可以压下去，不会影响他的名誉。

一旦被媒体添油加醋地报道出来，哪怕他是清白的，恐怕也难再翻身。

警察走到他面前，递上手铐："麻烦你跟我们走一趟。"

他听话地配合，将扶着的龙静交给警察，乖乖跟在后面，手铐被衣服盖住，一行人鱼贯下了楼，从外人角度看来并没有明显的异常之处，只当是一伙朋友的聚会散场。

夏希艾不断深呼吸，大脑飞速思考着可以找谁帮忙，脑子里第一个蹦出的就是江流深。应该可以找他吧？他一定不会袖手旁观的，一定能把这事隐瞒住的……

然而这种种美好的幻想在到达大门口时通通破碎幻灭。

会所外已经被闻讯而来的记者包围得水泄不通，闪光灯此起彼伏亮如白昼。他被灯光刺得狼狈地眯起眼，视觉和思维都变得缓慢迟钝，眼前的景象似乎被放慢了十倍，神经逐渐麻木。

夏希艾耳边是纷乱嘈杂的提问声，一句都听不清。他张了张嘴，想澄清些什么，可涩苦的喉咙发不出任何声音，身体僵硬得像被冻住了，举步维艰。

"别停，快走。"身后的警察推了他一把。

他脚下一个踉跄，差点摔倒，罩在手上的衣服滑落下来，露出被铐住的双手，记者们的镜头立即对准手铐狂拍，像是在享受一场以他狼狈难堪为食的盛宴。

穿过记者堆时，混乱的人群几乎将他挤扁，所有人都恨不得将镜头和话筒怼到他脸上。

警察护着他艰难地走到警车前，按下他的头，将他押进了后座。

车窗外闪光灯依旧不断，夏希艾吸了吸鼻子，竭力按住自己微微发抖的手，红着眼又看了圈围在车窗外张牙舞爪的记者们，最终选择闭上眼。阻挡住所有刺目的光线，眼前是一片即将吞噬他的黑暗。

## 第七章

### 真的扛不住了

影展的采访环节正进行到粉丝提问部分，台下几十位有幸入场的粉丝争先恐后地举手，有的甚至从位子上跳了起来，工作人员不得不维持秩序。

离得近的一位女生被主持人挑中，立即紧握住话筒，生怕被人抢走似的，紧张得满脸通红："深……深哥，请问你下一部电影什么时候拍呀？"

江流深坐在高脚椅上，长腿微屈，朝粉丝俊朗一笑，眼睛弯起来："你想什么时候看我就什么时候拍。"

女生差点激动到昏厥："啊啊啊，我……我什么时候都可以！"

又有一位粉丝喊："既然她可以，那我也可以！"

台下哄笑不止，江流深也忍俊不禁："别闹，我们这是正经场合。"

话题交接到另一位粉丝手里，这位女生大胆积极多了，开口便问："深哥，你喜欢什么样的女生啊？除了身材好还有没有别的要求啊？"

江流深笑笑："我说太具体你们就要伤心了。"

"不会的，"女生忙道，"我们都盼着你谈恋爱呢，看你戏长大的粉丝孩子都能打酱油了，你还是光棍一个，太惨了，你说清楚，我们也好给你找对象啊！"

台下笑作一团，粉丝纷纷附和，连主持人都八卦了："流深啊，你今天不说清楚粉丝怕是不会放你走了。"

"行吧，让我想想啊。"江流深托着下巴思考了两秒，"首先，肯定得好看，不然跟我这种颜值在一起会自卑。"

"噫……"粉丝拖长了音调表示受不了。

"还没说完呢，其次啊，话最好少点，我这人话多，你们也知道，要再来个跟我一样的，这日子太闹腾了过不下去啊。”

“哈哈哈，你也知道你话多啊？”

“那都是金玉良言。”江流深脸不红心不跳，“最后，我希望我的对象能用人格魅力征服我，能让我爱慕敬仰，徒有外表的话我是不会心动的。”

他说完，朝站在角落的徐阳抛去一个得意的眼神表示：怎么样，哥这回答不错吧？

徐阳方才捏了把汗，生怕他家太子爷又像成人礼上那样说出些劲爆的话来，好在江流深还是懂分寸的。

徐阳刚松了口气，兜里的手机突然一振，振得他心跟着一慌，连忙掏出来。响的不是他的，是江流深的，采访前放到他这里保管。

来电人是夏希艾，备注名很不友好。

估摸着是之前两人不和时因为工作不得不存的号码。

徐阳犹豫着该不该接，迟疑了一秒，电话挂断了。

难道打错了？还是不小心按掉了？

他摸不着头脑，握着手机等了几分钟，结果没等来电话，倒是等来一条新信息。

“我不签了，对不起，你不要再管我的事了。”

徐阳一惊，这两人吵架了吗？这么重要的大事说不签就不签了，当儿戏呢？

他抬头看了一眼仍在和粉丝互动交流的江流深，把手机先收起来，拿出自己的手机，打算去夏希艾微博里搜寻蛛丝马迹。当他按亮屏幕，恰巧弹出一条微博新闻推送，徐阳随意瞧了眼，登时犹如被当头浇了一盆冰水，从头冷至脚底。

江流深正在台上谈笑风生，余光一瞥，看见自己的助理脸色发白，神情异常惊慌，嘴张了又闭上，似乎急于言表，可碍于仍在采访，最终选择了沉默。

怎么了？江流深疑惑。

“天哪，你们看微博……”台下不知哪位粉丝惊呼了一声，没几秒，人群骚动起来。

江流深敏锐的耳力捕捉到“夏希艾”三个字，莫名生出一丝不祥的预感，完全忘了节目仍在录制中，脱口便问：“夏希艾怎么了？”

前排的一位粉丝看着手机屏幕，缓缓念出那条推送的内容——

“歌手夏希艾涉嫌吸毒贩毒，现已被警方逮捕审讯……”

狭小阴冷的审讯室内，负责此次案件的警官翻阅着检测结果，见对面人放下手机，关机拔掉了电话卡，好奇地问：“发完信息了？怎么不打电话了？”

夏希艾神色淡漠：“不想把别人牵扯进来。”

他被押进警局做完检测后，总算能够联系外界了。他刚跟许彤打完电话，不由自主就想打给江流深，可电话刚响了一下，他猛地惊醒，现在记者们怕是已经把这事报道出去了，再让江流深掺和进来，只会连累对方。

算了，最坏也就他退出娱乐圈，大不了从头再来，反正不是第一次了，他应该扛得住。

就算扛不住，也得扛住。

“检测报告呈阴性，你没吸毒啊，为什么怕牵扯别人？”警官眼神玩味，“还是说……你做了其他见不得人的事？”

夏希艾目光无畏：“我没有，你们尽管查。”

“我们接到举报说你非法从事毒品交易。”警官从文件袋中抽出一张照片，拍到他面前，“认识这人吗？”

夏希艾看了一眼，如实回答：“认识，我以前在他的酒吧打过工。”

“对，他是个酒吧老板，前阵子因为贩毒被抓了。”

“关我什么事？我早就跟他没联系了。”

“可根据我们的调查，今天你在的那个包厢里，他们吸的货源就来自他那儿，既然他被抓了，有没有可能找个人接手这些交易呢？”

夏希艾听明白了：“你们怀疑我帮他贩毒？我当个正经歌手月入上千万，为什么要冒这个风险？”

“你说得也有道理，所以我们现在仍在怀疑阶段，还会继续查证，只是想给你提个醒，现在坦白和之后被查出来，性质完全不一样，如果真做了什么违法违规的事，劝你现在就说，还能罚轻点。”

“没做的事我不会承认，也不怕你们查，如果没事，我是不是可以走了？”

“按法规来说，是的，你可以走了。不过之后可能随时需要你配合警方工作。”

夏希艾出了审讯室没急着离开警察局，而是去了拘留龙静等人的地方。他们几个吸毒确凿无疑，依法会被拘留十五天。

龙静此刻意识稍微清醒了些，颓丧不振地倚靠在拘留间的铁杆上，昔日艳若秋波的双眸变得灰暗空洞，出神地望着不远处，见他来了，长叹了一口气。

“希艾，这事是姐对不住你……”

夏希艾拉了个凳子，坐在铁栏外边，平静地说：“龙姐，我大概能猜到是谁要这么整我。你如果真觉得对不起我，能把之前没告诉我的事说一说吗？”

龙静看了他一眼，没有说话。

“如果你告诉我，我或许可以替你报复回去。”夏希艾补了一句。

这话其实是随口胡诌的，为了套话搞清事实罢了。他哪儿来那么大势力报复赵建华，现在自身都难保，就算警方能证明他没吸毒，舆论攻击也不会消停。他人气再高，如今也只是个没有靠山的艺人，凭赵建华在圈内的那点权势，要抹黑整垮他简直易如反掌。

可龙静现在意识恍惚，加上被仇恨蒙蔽了判断思维，还真上了当，咬牙切齿道：“行，我告诉你。

“赵建华那孙子，当初说好要把龙行百分之八十的股份让给我，结果说卖就卖了，商量都不跟我商量一声！他根本就忘了‘龙行’这名字里的‘龙’字是谁的！

“合伙开公司的时候还是以我的名义贷的款，我那时也是天真，以为他真的爱我，没想到他眼里只有钱。

“让我帮着做那些见不得人的烂事，自己坐享其成，发达了就想洗白，又怕我抖出去，偷偷在我的香烟里做手脚，让我沾上毒品，想让我堕落，控制我，他就可以找新的小情人了，哈哈！什么好事都让他占了！”

夏希艾没想到是这么一出狗血剧：“龙姐，你和赵总原来是夫妻？”

龙静冷哼：“他在老家有老婆儿子，儿子都二十几岁了。”

“赵总有老婆？那龙姐你……”

“他老婆就一农村人，没文化没见识，长得也土，哪个男人看得上？姓赵的每个月寄几千块回去她就感动流涕，还当自己老公在外打工有多辛苦呢，用不完的钱都寄回来，赵建华这畜生赚那么多，在乎这点钱？”

夏希艾的脸色和眼神渐渐冷下去。

“龙姐，如果他是畜生，那你也是。”

龙姐瞪大眼：“我哪里畜生？我是当了三，但我这三当得不苦吗？龙行是我辛辛苦苦发展起来的，你们也是我一手带火的，结果通通背叛我，我的大好青春全喂了白眼狼！”

夏希艾不愿再跟一个执迷不悟的人解释，站起身：“龙姐，我一直很感激你当初挖掘了我，所以我会请人帮你戒毒，赵建华的事我也会尽力收集证据扳倒他，但从今以后，我们就两不相欠了。”

龙静叫住转身欲离去的他：“等等！姓赵的以为你要跟我走，才设计害你，不想让我有资本东山再起，他之后可能还会盯着你，你赶紧签新公司吧，否则没了保护伞，你根本没能力跟他抗衡，还怎么替我报仇？”

夏希艾脚步顿住：“我不签新公司了。”

“啊？是因为出了这事，他们不要你了？”

“是我先提出来不签的。”夏希艾没有回头，背影挺拔如青松，像是说给自己听一样，重复了一遍，“是我先提出来的，不是他不要我。”

或许江流深看到新闻之后也后悔了，不准备跟他签了，但没关系，他手机关了机拔了卡，收不到对方的信息和电话。就算是自欺欺人吧，反正已经没什么可失去的了。

总得给自己留点最后的念想。

晚上九点，夏希艾涉嫌吸毒事件爆出，犹如一枚突如其来的重磅炸弹，震动全网，微博瘫痪了整整一小时，各种现场照片、视频铺天盖地，吃瓜群众皆瞠目结舌，表示三观崩塌，再也不相信明星人设了。

晚上十点，警方发布通告，证明夏希艾确实出现在聚众吸毒现场，但他本人检测结果正常。

同时，夏希艾发布新微博，寥寥四字："清者自清。"随后其助理发微博称，已与前东家毫无瓜葛，出现在现场纯属巧合，目前已在收集证据，禁止造谣。然而这苍白的解释自然无人会信，一夜之间冒出了无数黑粉大肆嘲讽。

"被抓的可不止他一个人，现场照片上还有好几个人，其中一个是夏希艾的前经纪人吧？经纪人吸毒，他在现场，就算他没吸，肯定也品行不端，这种人怎么能当偶像？"

"难怪前阵子龙行被收购的时候只有他一个人解约，果然是人品有问题被踹了，龙行真有先见之明啊。"

"小天使人设终于崩塌咯，早就看他不顺眼了，整天臭着张脸笑都不笑，装什么高冷啊？也不知道粉丝喜欢他什么。"

"别玷污'小天使'这个词了，初中就因为打架辍学，未成年就去地下酒吧打工的人，能有多干净清纯？当初选秀到底怎么上位的都存疑。"

"层主有猛料啊，求照片。"

"照片没有，但绝对不是乱说，×× 中学 ×× 届的应该都知道，那酒吧也还开着，问问就能证实了。"

这条评论被顶到了热评第一，回复过千条，吃瓜群众又迎来了新的八卦热潮，有几位证人现身说法表示确有其事，但真假就不得而知了。

夏希艾的粉丝反黑组一整夜片刻不停地忙着奔波澄清，声嘶力竭地反复强调："警方已经证明他没吸毒！你们这些黑子同样的微博发好几条，明显是水军！"

而另一边，江流深的微博也沦陷了。评论里大多是粉丝在求他出手相助，可这种高危时刻，谁敢和有吸毒嫌疑的人沾上边？评论通通被"唯粉"回骂举报，有些玻璃心的粉丝当场脱粉，哭喊着再也不要嗑 CP。

各种言论沸沸扬扬地闹腾了一宿，然而当第二天一早醒来时，网友们惊奇地发现，热搜和热门榜里造谣夏希艾吸毒的内容居然都消失了，连搜索都搜不出几条，只剩下澄清反黑博，带头造谣的几个营销号全被销了号。

CP 粉们瞬间满血复活：“啊啊啊，肯定是深哥出手了！”

部分路人——

“换别人我不相信，但江流深的话……我觉得他做得出来这种事，所以到底是不是他干的？”

“是不是他我不确定，我只知道他提前从影展飞回来了，昨晚凌晨一点的航班，什么事这么急？难道真是为了夏希艾？”

“你们想得也太多了吧，他们微博都双向取关了。”

……

“嘟——嘟——您好，您拨打的电话……”

江流深烦躁地把手机摔到了床上，站在落地窗前，咬着拇指颦眉沉思。

徐阳小心翼翼地道：“深哥，我觉得他应该是故意躲着你。”

“要你说？我会不知道吗！”江流深罕见地发了火，撒完气才察觉自己语气过重，撑着涨痛的额头，叹气道，“抱歉，你联系上他助理了吗？”

“没……没有，也一样关机，不过从媒体照片上来看，夏希艾出警察局的时候他助理来接了，现在应该还在一起……”

江流深颔首：“助理还算靠谱，不用担心他没地方去，网上的信息都处理干净了吗？钱不够管我要。”

一提到那天价公关费，徐阳的心就滴血，他这辈子都没花过那么大一笔钱，好在自家主子负担得起，也用不着他节省。

“嗯，热搜和热门都撤下去了，不过处理的人跟我说，转发和评论里水军的成分很大，到底是谁在背后黑他？”

“诬陷他吸毒的人。”江流深冷眼望着窗外。

徐阳一惊：“他是被人陷害的？我还以为是巧合，哥，你怎么知道？”

“我看了监控，他前脚进会所记者后脚就赶到，哪有那么巧的事？明显有人挖了坑等他跳。”

“我的天，这也太惨了，谁玩这么阴？”

“他和龙静离开公司另起门户的话，势必要分走龙行一大块人脉和资源，而且有他在，龙行的新人很难出头，你猜这种情形下谁损失最大？谁最急于闯出一番业绩证明给新老板看？”

“赵建华？”

江流深点头，眼里不含一丝温度：“他这招诬陷确实绝，一石二鸟。但他错算了一点，夏希艾没跟龙静走，签了我的公司。敢诬陷我想签的人，活腻了。”

徐阳在心里默默为赵建华点了根蜡。夏希艾要签约的事除了他们工作室内部，无人知晓，姓赵的老贼还以为夏希艾解约后没团队、没公关，无依无靠，就算被诬陷也无力抗衡，整垮起来易如反掌，熟料竟踢到了娱乐圈最硬的石头，估计这会儿还在郁闷热搜是谁撤的呢。

倘若他知道夏希艾如今背后的靠山是谁，恐怕会悔到肠子乌青。

“那现在怎么办？”徐阳问，“要不要派人查查夏希艾在哪儿？”

江流深沉思半晌：“不用，他不想见我，那就让他先清静一会儿。后天就是华曲奖了，他是演出嘉宾，我到时候再当面找他谈谈。”

“万一他不出席呢？现在这种情况他一出现就是个活靶子，说不定……”

“他会来的。”江流深笃定道，“他就是那样的人，天塌下来都能扛住，不会因为这点事就垮了，更何况今年的新人奖必然是他的，他怎么会不来领奖？这可是华曲奖，是他出道至今最权威的一份认可。”

江流深的眼神变得柔和：“之前我说让他来唱电影主题曲的时候，你不知道他有多高兴，眼里都亮了，情绪全写在脸上。这样一个打心眼里喜欢唱歌想得到认可的人，不会放弃领奖的。”

徐阳看着江流深神情的变化，突然觉得他家老板确实真心实意想帮他。

一听说出了事，立刻推了所有行程赶回来，花了天价公关费辟谣，甚至差点自己下场发微博维护，还是他好说歹说规劝，没充足证据前不要升级事态，这才住手。

徐阳不敢过多揣摩大老板的心思，当务之急是平息网上的不利谣言，争取先将事件的传播度减至最小。

这才一会儿工夫，网上又冒出了近百条造谣微博。他翻了翻，看见一条营销号发的内容——

“‘夏希艾吸毒’， 听说夏希艾是后天华曲奖颁奖典礼的表演嘉宾？还要走红毯？不怕被臭鸡蛋砸死吗？”

话虽难听，却是事实。连徐阳都替夏希艾捏一把汗，眼下这样全网喷的局面，换他自己估计都精神崩溃了，哪儿还敢出现在媒体面前？如果夏希艾真像江流深判断的那样，不仅敢出现，还无所畏惧，那他徐阳以后再也不跟着喊“夏小朋友”了，必须尊称一声“夏哥”。

坚韧如他，若能挺过这遭，恐怕没有任何事能阻挡他涅槃重生大放异彩了。

两天后，国内乐坛最高奖项华曲奖颁奖典礼如期举办，众星云集，星光璀璨。

下午六点整，红毯直播全网多平台放送，开场观看人数一举达到千万，待江流深出场时更是猛升至五千万，直播弹幕密集得连画面都看不见，全在刷：“啊啊啊！深哥又帅出了新高度！”

“深哥是颁奖嘉宾吧？！好期待他念出的是我的名字！想想他的声线就疯了！不知道哪位歌手这么幸运！”

江流深公式化地微笑着面对近百家媒体接连不断的闪光灯，故意在红毯上多逗留了一会儿，然而也没能如愿以偿地等到那个身影出现。

可能要晚点来吧，算了，反正一会儿典礼上总能碰见。

晚上七点五十分，离颁奖典礼开始还剩十分钟。

江流深让徐阳在后台和舞台下找了好几圈，也没找到贴着夏希艾名字的化妆间和座位，终于开始急躁了。

“苏芷，夏希艾被踢出邀请名单了吗？”他忍不住问，“我怎么没听说这事？段家是这次的赞助方，你清楚吗？”

被搭话的苏芷有些意外：“这次典礼赞助是段明炀负责的，不是我老公。但他应该没被踢吧，我刚还在后台碰见他了。”

江流深怔住。夏希艾来了，却没有找他。

“他跟你说什么了吗？”

“他问我段明炀在哪儿，我觉得他可能是想回龙行？那么好一孩子，出了这种事我也心疼他，就告诉他了。”

夏希艾想回龙行？开什么玩笑，就算新老板变成段明炀，不还是在赵建华手底下做事？他怎么天真到这种地步。更何况段明炀那渣滓他以前打过交道，根本不是好人，能平白无故答应？肯定得等价交换牺牲点什么。

为什么不来找他呢？

一出事就说不签了，难道在希艾心里，他就这么不靠谱吗？

江流深眉头紧皱：“行，我知道了，谢谢。”

八点整，颁奖典礼准时开始。

江流深被主办方安排在第一排，镜头时不时扫过，近亿的观众盯着，他没法中途离开去找人，场内也不允许闲杂人等随意走动，只好暂且吩咐保镖守住场馆的各个出入口，一见着人就拦下来。

他揉着太阳穴，勉强压下情绪看颁奖，可台上人的话他一个字都没听进去。

颁奖现场座无虚席，前半场的座位自然留给娱乐圈众位大腕以及各个奖项的热门候选人，后半场则坐着幕后技术人员和部分明星家属。

夏希艾坐在最后排的角落里，目光遥遥落在第一排那人的后脑勺上。

他的座位原本在江流深旁边，然而当到达现场时，却收到主办方临时通知，委婉地告诉他，为了让观众的焦点集中在颁奖典礼上，他不能走红毯，演出也取消了，甚至连座位都被调整到了最后排。

意思就是“你可以打道回府了”，但他还是厚着脸皮进来了。

哪怕只有万分之一的可能，他也不想放弃自己得奖的希望，况且还能再见江流深一面。

朋友一场，没有好好地道别，心里终究是有些遗憾。

夏希艾看见江流深与旁边的人说话，不禁自嘲地想，这样的安排也好，要是自己坐在江流深旁边，肯定会连累他被媒体、观众发散造谣。江流深大概也想要明哲保身吧，毕竟出事以来，他一条微博都没发，也没来找过自己。

那时候他先提出不签约真是太明智了，若是被江流深先提出，他得有多难堪。

颁奖典礼的舞台上，第三位演出嘉宾正表演着钢琴独唱，是一位并不出名的歌手，唱的是大众情歌，声线没什么辨识度，不过弹奏得倒是很流畅动听。

夏希艾望着江流深专心致志聆听的样子，出神了片刻，继而低下头，揉了揉酸胀的眼睛，轻轻捏着自己的手指。

本来应该是他上台弹奏……虽然他弹得或许没台上那位好，但在许彤家避风头期间他也刻苦练习了，应该还是能听的，而且他唱得一定比台上的歌手好。

但现在再想这些又有什么用呢。

表演结束，主持人上台不知讲了些什么，突然喊到江流深的名字，一下把夏希艾飘出去的思绪拉了回来。他抬头一看，江流深作为颁奖嘉宾上了台，两侧的大屏幕正播放着年度最佳新人奖的提名者。

四位提名者的 VCR（短片）播放完毕，没有他。

夏希艾深吸了一口寒浊的空气，冷意侵袭到了骨子里，心脏被冻得发颤。

台下有些骚动，不少人交头接耳小声讨论着什么，夏希艾没兴趣去猜测他们讨论的内容，眼睛紧盯着台上江流深的神情。

他会惊讶吗？还是失望？或是愤慨？

然而江流深什么表情都没有，从容自若地拆开手上的信封，看了一眼，也不卖关子，直接对着话筒朝全场人道："本届华曲奖最佳新人奖的得主是清纯可爱、甜美动人的新生代女歌手陶小桃！"

台下掌声热烈，灯光和镜头都对准前排的陶小桃，只见大屏幕上的她激动地从座位上跳起来，提着裙摆迅速走上舞台，给了江流深一个大大的拥抱："谢谢深哥！"

江流深笑着回："是你凭努力得到的，谢我干什么？"

这就是江流深所给的回应。

倘若夏希艾之前还怀着一丝侥幸和自嘲的话，此刻终于不得不承认，江流深是真的不想跟他做朋友了。

他回忆起那天在江流深家中，江流深所说的话：“如果你愿意，我可以做你的朋友。”

——可以做你的朋友。

现在想来，这话多么像施舍，可他当时被久违的友情砸昏了头，没仔细思考就接受了。其实江流深哪会缺朋友，只要他乐意，钩钩手指就有一大群赶着来做他朋友的人。

他可以拿任何人寻开心，可以和任何歌手、艺人签约……也不在乎任何人得奖与否。

自己对他来说根本不是什么特别的人，出了这种事，被抛弃也是理所当然的吧。

夏希艾西装的衣角不知何时被攥得尽是皱痕，绷起青色纹路的手背上一片湿漉。

在灯光照不到的昏暗角落，夏希艾抬起衣袖胡乱擦了擦脸，起身推开后方的侧门，低头疾步离开典礼大厅。

好像真的快扛不住了。

晚上十一点，颁奖典礼顺利结束，众嘉宾依次退场。江流深霍然起身，第一个离席，沉着脸疾步到厅外，打电话问徐阳：“找到人了吗？”

“没呢，不过肯定还在场馆里，保镖说前后大门没见着他出去，我去后台搜了一圈也没找到，或许刚刚就在礼厅里？我本来想去监控室盯着的，可是……”徐阳略显迟疑。

“可是什么？”

“段家那位在里头，不让我进。”徐阳说得小心翼翼。

段家二少段明炀与江流深早些年结过梁子，素来不和，但偏偏两家财力、势力都势均力敌，谁也扳不倒谁，只能这么僵持着。徐阳身为江流深的助理，自然也不受待见。

“他算什么东西？不让也得让。”

江流深挂了电话，沿着楼梯迅速奔至三楼总监控室，门口守着的工作人员认得他，不敢上前阻拦，看着印象里绅士优雅的江影帝狠狠一脚踹开了大门。

里面的人听见巨响陡然一惊，除了坐在后方沙发椅上的一位西装男人。

那男人面部轮廓硬朗，眉眼间透着一股若隐若现的戾气，见到江流深，眼中寒光毕现，不怒自威。

江流深视若无睹，先找了一位负责人：“帮我查一查夏希艾还在不在场内。”

负责人被他踹门的气势吓得战战兢兢：“我……我这就看，深哥，您……您稍等……”

江流深拍拍他的肩，继而朝沙发上的男人挑眉：“段明炀，我们谈谈？”

段明炀定定地看了他几秒，站起身，进了监控室里面的休息间。

江流深跟着走进去，关上门，周身气压猛地一降，照着段明炀的脸砸了一拳。

段明炀踉跄着退了一步，堪堪站定，神态却不显狼狈，寒声道：“这就是你所谓的谈谈？”

江流深冷笑：“你做出替换获奖人这种恶心事，还指望我心平气和跟你谈？我没废了你已经算仁慈了。”

“为了个小歌手大动肝火，你的风度、你的从容呢，江流深？”

江流深的额角绷起骇人的青筋，压抑了整晚的怒气终于爆发，一把攥起眼前人的衣领：“段明炀，你别以为你现在得了半个段家就能目中无人、为所欲为，搞清楚，你这个私生子还没拿到继承权呢，我要废你依然像当年一样易如反掌。警告你，别再动不该动的人！”

段明炀毫无怯色：“我不是因为跟你的私人恩怨才做出调整，换成其他任何一个为公司利益着想的老板，都不会乐意看见自己赞助的活动被一个负面新闻缠身的嘉宾影响。”

他扣住江流深的手腕施力："我要是真想害他，就不会给他机会找我谈判了。"

江流深听见这话，手微微一松，被段明炀趁机推开。

"他……找你谈判？谈什么？"

段明炀镇定地整理完衣领："这小歌手倒是有趣，本以为他是走投无路，想回龙行来向我求情，结果却是来跟我揭露赵建华这人有多卑鄙无能。

"他说赵建华靠着别人才把公司发展起来，说他并没有独立管理公司的能力。而且不给艺人正确定位，目光短浅只想着赚快钱，把艺人的潜力都埋没了。艺人要解约时不想着如何挽留，而是想着毁掉别人，这样无情无义还黑历史一堆的人早晚会拖累公司，劝我早日解雇他，及时止损。

"要不是他无意回龙行，凭这份口才和冷静的心态，我都想把他签回来。"

江流深一时愣怔语塞。

他怎么忘了，夏希艾不是一个任由自己沉入泥潭等待慢慢腐烂的人。

比起过去所遭受的伤痛，这次的事对他来说或许根本无足轻重，与奖项失之交臂可能反而是一种刺激他证明自己的动力。

江流深一直悬着的心稍稍定了定。自从得知最佳新人奖不是夏希艾，他整个人都处于极度暴躁的状态，差点在台上当着近亿人的面把信封撕了，但这样做只会引起更大范围的舆论热度，对夏希艾百害而无一利。

他正想着，刚才的负责人来敲门："深哥，查到了，夏希艾中途从礼厅出来后去了后台，可能在休息室里，那里没监控，不知道现在还在不在那儿……"

"谢了。"江流深暂且将个人恩怨搁置一旁，匆忙推门而出。

负责人直到他走了仍心有余悸："以前见深哥都和和气气的，今天这是怎么了……"

江流深出了监控室一路往后台狂奔。

已经深夜十二点多，嘉宾们基本已离场，只剩工作人员在整理贵重设备，其余琐碎的物品和垃圾留待第二天再收拾打扫，暖气关闭后，整个后台空旷冷清。

江流深进去时和几个工作人员打了个照面，把几人吓了一跳，见他一副搜寻什么东西的样子，问："深哥，你落下东西了？我们帮你找吧。"

"没事，你们忙你们的，我自己找，走之前记得给我留个门。"

工作人员连连答应，江流深顾不上再回，径直往休息室走去。站定在休息室门前，他没由来地紧张，脑海中只剩下一个念头：夏希艾在里面。

他没能保护好他，得先道歉，然后把人接回去，从此不让这个自己珍视的朋友再被人欺负。

江流深暗暗吸气，伸出手拧开门，按下照明灯，环视了一圈，一个人影都没有。

已经走了？

他一阵失落，却也无可奈何，只好关上灯，转身离开，想去其他地方搜寻。就在门即将关上之时，突然从休息室角落传来一声细微的响动。

江流深愣了愣，确定自己没听错后，重新打开灯，一步步慢慢绕到了沙发后。

这里的窗开了一道缝，冷风从外头灌进来，寒意沁骨，将窗帘吹得扬起些许。

窗帘下，一个穿着纯白色西装礼服的身影正抱着腿坐在地上，蜷缩成一团。

"希艾？"他轻轻喊了一声。

那身影颤了一下，头却埋得更深了，手攥紧衣袖，将原本笔挺的西装礼服攥得皱巴巴的。

江流深的心仿佛被那双手攥紧，揪作一团。

"希艾，是我。"他蹲下身，柔声道，"我来接你回去，回我家去，好不好？"

夏希艾摇了摇头，声音闷闷的，似乎还有些哑，却很平静："不用了，我有地方住，你回去吧，很晚了。"

"那我送你回家行吗？先起来吧。"

"不行，外面媒体还没走完，你会被拍到，我……我有点困，趴一下就回去，你不用管我。”

江流深站起身：“好吧，那我先回去了。”

夏希艾没说话，过了几秒，幅度很小地点了点头，攥着衣袖的手指微微发颤。

江流深果真毫不犹豫地转身离开，脚步声渐行渐远，休息室重归黑暗。

“砰”的一声，门被关上。

休息室内一片寂静，只剩下外头冷风吹进来的声响。

两分钟后，多了一道压抑的抽噎声。

“啪！”

顶灯骤然敞亮，夏希艾惊愕地抬头，根本没出去的江流深已然大步走到面前。

“别怕。我来解决。”

夏希艾身体发着颤，不知是冻着了还是什么原因，没有说话。

江流深轻叹：“希艾，在我面前逞什么强？有事就喊一句‘深哥’，什么都能给你解决，干吗憋在心里让自己受罪？”

夏希艾想忍，还是没忍住，哭了出来。

“深哥……”他哽咽着喊了一句，紧攥面前人的衬衫，像溺水的人抓住浮木，“你还……”

——你还要我这个朋友吗？还要和我签约吗？还信任我吗？

千言万语冲到了嘴边，最后只化为一句：“你还……签我吗？”

“签，我签，我怎么会不签你？”江流深拍了拍他的肩，“我来迟了，对不起。”

夏希艾摇了摇脑袋：“会给你添麻烦的，有你这话，我已经知足了，谢谢你，以后我的事你不用管了。”

“我怎么能不管？”江流深拢了拢大衣，“说了要罩着你的，你看，我这不是来罩着你了吗？”

夏希艾被他逗乐，抽噎着轻笑了声。

江流深长舒了一口气。

刚刚夏希艾抬头，小脸上布满泪痕，原本黑澄澄的大眼睛哭得又红又肿，眼里还有未退去的无助和痛苦，就这么惊慌失措地看向他。

江流深回忆起自己曾幻想过夏希艾哭的样子，发现他猜得还挺准——确实是在别人看不见的地方，蜷缩着身体，挡住脸，无声地流泪。

但他还是猜错了一点，夏希艾并不是天生意志力顽强，无所畏惧，只是为现实所迫不得不如此罢了，而他居然把这当成理所当然，擅自认为对方能够独自扛过这一切。

夏希艾笑完，打起了哭嗝，攥着江流深的衣服，渐渐止住了泪，这才意识到刚刚自己有多失态，登时窘迫难当。

江流深腾出一只手迅速把窗关了。

“江流深……”夏希艾抬起头，眼睛和鼻子红红的，却还想装出冷漠。

江流深压下心头躁动，低声道：“怎么不喊深哥了？”

江流深低沉的声音在这一小个角落环绕。

“我刚刚只是被你带跑了，现在没事了，你回去吧。”

“哇，翻脸也太快了吧？我的衣服被你攥成这样了，还赶我走？”

“我赔你就是了……”

江流深轻笑：“也行，反正你现在需要我帮忙，不在乎多欠一件衣服。”

“谁需要你帮忙……”

夏希艾话还没说完，休息室的大门突然被“咚咚”敲了两下。

“深哥，我们要走了，你找到东西了吗？”外头的工作人员喊。

夏希艾猛地钻到沙发后。

江流深朝外回喊：“找到了，我想再休息会儿，你们先走吧，我来关门。”

“好，你辛苦了，那我们不打扰了。”

待工作人员的脚步声听不见后，夏希艾才小心翼翼地抬起了头，警惕地张望着四周。

江流深被他的反应萌到。

“不需要我帮忙，嗯？”他故意调侃。

夏希艾咬着唇不说话。

江流深再接再厉，温声地哄劝：“跟我回去吧，我们一起处理这次的事，一定还你清白，把害你的人除掉，相信你的大老板，好吗？”

夏希艾沉默半晌，终于点了点头。

## 第八章
## 谁也不敢再动

一大早，徐阳跟个保姆似的，提拎着刚从超市买来的新鲜瓜果蔬菜，来到他那啥也不干等人伺候的江大爷家。输入密码解开门锁进去之后，将大袋小袋往厨房一搁，便如同往常一样大大咧咧地进了江流深的卧室，意外地发现他家大爷居然难得地早起了。

卧室内光线昏暗，江流深一身休闲居家服，正坐在床对面的沙发椅上看手机。

“哥，你昨晚后来去哪儿了？找到他了吗？”徐阳问。

江流深抬头，食指竖到嘴边嘘了声，指指大床：“有人，轻点声。”

“呵呵，又来这招，你以为我还会上第二次当吗？”徐阳上前一把掀开被子，“有什么人……”

他的话音和动作生生僵住。

床上还真的有人。

江流深迅速抢过被子，严严实实地盖了回去，床上的人迷迷糊糊地嘟囔了一声。

徐阳瞠目结舌，脑海炸裂。

江流深朝他抬了抬下巴，先一步走出卧室。徐阳只得跟上去，卧室门一关，他就忍不住问：“哥，什么情况？！”

“昨晚你们去哪里了？我不就一会儿没跟着吗？怎么就发展成这样了？”徐阳抓狂。

江流深悠闲地走去厨房倒了杯水，才娓娓道来：“本来是想带他回来谈事情的，结果他在车上睡着了。”

江流深端着杯子刚走到卧室门口，卧室门就开了。

夏希艾眯着眼，似乎还不是很清醒的样子，上身大一号的睡衣松松垮垮的，露出半截锁骨，裤腿稍长了些，垂在地上，盖住了一大半脚背，只露出圆润白皙的脚趾。

江流深看了看。

“被吵醒了？怎么不穿拖鞋就出来了，会着凉的。”

夏希艾听见这话，定睛看清了面前的两人，脑子里逐渐回想起昨晚的情形。

“愣着做什么，是不是想起来什么了？”江流深笑着走近，“快进去把拖鞋穿上，还是说，你想让我帮你回忆回忆？”

“砰——”卧室门被重重关上。

江流深朝里头喊：“衣服在柜子里，随便挑，穿好出来吃早饭。”

夏希艾最终穿了件看似普通的白 T 恤和运动裤出来。这两件似乎是衣柜里最便宜的衣服，估计就几百块，弄脏了应该没事。这身朴素的打扮让他一下子减龄好几岁。

“喜欢这两件？送你了。”

“不是，你其他衣服都不适合我。”夏希艾道。江流深体格比他强健，衣服几乎都大一码，能穿的又大多是奢贵的款式，与他素来简单清爽的风格完全不搭。

“先穿着，我下午叫人送几套衣服来。”

“不用，我让我助理送过来就好。”

“你助理可是个小姐姐，怎么？内裤也要她去买吗？多不合适啊。”

夏希艾想想也有道理，便点头：“那你不要买太贵的，到时候我转你钱。”

江流深拍胸脯保证：“没问题，我从来不买贵的，我这人可节俭了。”

徐阳看看夏希艾身上一万八千元的联名限定款 T 恤，再看看七千九百元的运动裤，又刷新了对江流深厚脸皮程度的认知。

吃过早饭，夏希艾给许彤打了电话，让她把留在家中的一些必用品带到江流深家来，他要暂住一段时间。

许彤直到开门见着江流深仍觉不可思议，差点跪下磕头：“深哥！您也太活菩萨了！以后我谁也不拜就拜您！”

她这段时间为了自家艺人的事奔波操劳，憔悴不堪，不过二十几多的一小姑娘，黑眼圈都快赶上熊猫了。

江流深笑笑：“别客气，谢谢你有难时不离不弃，这份忠心我看在眼里。我想提拔你为希艾的经纪人，你愿意吗？”

许彤一惊：“这……我没什么经验。”

“没关系，虽然担子很重，但我们工作室里有经验丰富的前辈会指导你，就看你想不想接受挑战了。哦，对，工资应该会是你原来的十倍。”

“想想想！”许彤立刻点头如捣蒜。

“那就一言为定。”江流深转过头，看向夏希艾，“你的经纪人已经被我招安了，你不签也得签咯。”

夏希艾嘀咕：“我本来就愿意签。”

“那你还给我发信息说不签了。”

“我……”夏希艾难以启齿。

许彤连忙替他说：“深哥，你别见怪，希艾是不想连累你，转发你的微博都删了，还把你双向取关了。”

江流深打开微博看了一眼，还真是。

“你这样会让大家以为是我主动取关的啊，肯定觉得我无情无义。”

夏希艾没想到这点，顿时紧张：“那我再关注回来？”

“先不用，等事情真相大白了再澄清吧，现在先把约给签了，让你定定心。”

江流深朝徐阳看了一眼，徐阳立刻将早已拟好的合约拿出来，恭恭敬敬地递给工作室未来的新台柱。

夏希艾看都没看，直接翻到最后一页签上自己的大名。

江流深阻止都来不及：“你这么信任我我是很高兴啦，但你真的不仔细读一读？”

“没必要，你这么帮我，不会坑我的，就算你多拿点分成也不要紧。”夏希艾顿了顿，“深哥，真的谢谢你。”

他很少说这种话，难免有些不好意思。

徐阳轻咳一声，道：“建议您还是看一下分成这块吧，刚刚深哥让我改了一下，和一般的艺人合约不太一样。”

夏希艾以为他说的是工作室分成会多一些，这也情有可原，发生了这种事，江流深愿意继续签他已经很仗义了。他不会计较这些，然而当他翻到收入分配这一页时，却赫然看见一行字：“本合约范围内，由乙方所产生的全部收益，皆归乙方所有。”

“这怎么行！”夏希艾急了，“我不能受你这么大的恩惠，分文不赚你还签我干什么？”

然而江流深已经把合约收了回去：“你签都签了，反悔不了咯。”

“你干吗这样……”干吗要对他那么好，让他连回报都做不到。

“我缺你这点钱吗？”江流深拍了拍他的肩，“我欣赏你才签的你，你尽情发挥潜力就行，别让我失望啊。”

夏希艾心下还是难以接受，可合约已签，无法更改了，只好闷闷地“嗯”了一声。

“好了，开心点。”江流深笑笑，然而笑意很快退下去，“接下来，该谈谈算账的事了。”

这一谈便谈了一小时。

夏希艾把那天事情发生的起因、经过和结果通通详细地复述了一遍，三人总算大致了解了来龙去脉。

徐阳沉思片刻，问：“尤清给你打的电话，他会不会是一伙的？我们要不要先从他那儿下手？”

江流深：“不会，他这人作是作了点，但最擅长保全自己，不敢蹚这种浑水，恐怕是被赵建华利用了。”

“那怎么办？我们没有通话录音，赵建华又没有直接参与的证据，就算尤清愿意协助我们说出实情，也是口说无凭啊。”

“重点不在于证据，而在于舆论。”江流深道，“赵建华利用营销水军掌控舆论，让大家先入为主觉得你肯定吸了毒，如果我们不改变大家对你的成见，摆出再多证据也没用。因为说实话，就算证明你确实是碰巧出现在那儿，也不能说明你以前私下没吸过毒，不是吗？大家总有刺可挑。”

“嗯，有道理。”

“所以，我们应该先引导舆论，一方面修复你受损的名誉，动摇路人的立场；另一方面揭露赵建华的恶劣品性和所作所为，让大家相信他是个会陷害艺人的黑心老板。这时候我们再甩出一条条证据证明你没吸毒，是被赵建华诬陷的，大家的接受度就高多了，谣言不攻自破。”

许彤点头：“深哥说得对。”

夏希艾问：“怎么揭露？我估计他已经销毁证据了，否则龙姐肯定会抓住把柄要挟他的，也不会被赶出公司。”

“小脑袋还挺灵光。”江流深见缝插针地夸赞，“不过你不用操心，在娱乐圈还没有你大老板摆不平的事，你只要像以前一样正常活动就行，其余的交给我。”

夏希艾皱眉：“我正常活动的话，媒体可能会扒我签了哪家新公司，牵连到你怎么办？”

江流深笑了，敲了敲桌上的签约合同，胸有成竹。

“不用他们扒，我们要掌握主动权。”

周六晚上，《一路向西》第五期照常播出，所有人包括粉丝都以为夏希艾的镜头会被“一剪没”，然而令所有人大跌眼镜的是，节目组不仅一刀没剪，还明显增加了夏希艾的镜头，比以往多出一倍，甚至播放了许多私下镜头。

节目中，夏希艾虽然不怎么爱笑，有时候甚至看着不太合群，可一直在努力认真地完成任务，任劳任怨，还经常协助其他嘉宾和工作人员，一点没大明星的架子。

在一个嘉宾私下休息时拍摄的片段中，陶小桃坐在夏希艾旁边，说：“希艾哥，你刚刚买菜居然还会讨价还价，好厉害啊。”

“能省一点是一点。”

“我就做不到你这么节俭，稍微赚了点钱就忍不住买买买，到现在都没存下多少，我应该向你学习，多存点钱养老。”

“我也没存多少，花起来都是几百万上千万的，你可别学我。”

陶小桃惊讶：“这么多？你是喜欢收集豪车吗？”

夏希艾吸着奶茶，含混道：“不是，就有一些需要花钱的地方。”

这个片段涉及嘉宾隐私，本不应该播放出来，然而节目组不知道出于什么原因，堂而皇之地剪进了正片里，勾起万千观众的好奇心，网上议论纷纷，多是些酸嘲的。

“一花就上千万，明星可真有钱，脑残粉还上赶着送钱，怎么不拿去孝敬父母呢？”

“这算是吸毒实锤了吧？不买豪车哪个兴趣爱好能一下花这么多钱？难不成是赌博？”

就在所有人众说纷纭之际，夏希艾官方后援会的一条微博一石激起千层浪，将舆论迅速反转。

微博附图九张，前六张列出了夏希艾这些年为老家修路和建设基础设施所花费的详细金额及凭证，少则几十万多则上千万；后三张图则是他这两年私下给各个公益组织的捐款。

文案写道：“我们本不想放出这些数据，因为希艾不想拿这些来博眼球，只想低调做善事，然而情势所逼，我们再不站出来澄清，这样一位善良、优秀、有才华的歌手就要被谣言毁了。希望大家看了这条微博之后，能对他有所改观，别再把莫须有的罪名强加在他身上，夏希艾全体粉丝致谢。”

此条微博一出，许多吃瓜路人的立场都动摇了。

“哇，这看着不像假的哎，之前就觉得弟弟人帅心善，不太相信他会吸毒，现在看来真的是被诬陷了啊。”

“人家才二十一岁就能赚这么多钱还热心公益……我自愧不如，不吃他的瓜了。”

“我觉得会花这么多钱建设老家的人不会吸毒，个人观点。”

当然，也不是人人看后都改观了，黑子和一些营销号依旧不遗余力地带头抹黑，什么恶毒难听的话都敢说。

许彤看得快气死了，指着自己手机骂：“这帮人绝对收钱了！不要脸！”

徐阳安慰：“再忍一忍，很快他们就不敢了。节目和后援会微博都只是铺垫，让舆论从一面倒的黑变成褒贬对半开，接下来如何翻盘深哥自有安排。”

许彤仍愤愤不平，往书房门看了一眼：“深哥和希艾怎么还不出来？聊什么呢？”

“大佬的事我们别参与，一会儿做好公关就行。”徐阳紧张地等待着，“这将是一场腥风血雨啊，他们也在严阵以待吧。”

书房内，一缕轻烟袅袅升起。

“这红茶是皇室才能喝到的，我去英国进修就带回来一包。”江流深将茶壶里的茶倒入杯中，再兑奶调匀，“这牛奶是新西兰牧场直运来的，两者搭配起来绝对是极品奶茶，你喝喝。”

夏希艾将信将疑地捧起杯子，先闻了闻，确实很香，接着几下吹走热气，对准杯沿抿了一小口。

“怎么样？”

“嗯，挺好喝的。”

“挺？不应该是宇宙无敌、霹雳爆炸好喝吗？”

“没我小时候喝过的一款好喝。”

江流深不服：“哪款？什么牌子？你说，我买回来尝尝，我就不信了，还能比我独家调制的奶茶更好喝？”

“我忘了什么牌子，是一个哥哥给我的，说是英国带回来的。”

“哥哥？别乱吃陌生人给的东西，什么英国带回来的，肯定是看你单纯，骗你的。”

“你这不也是英国带回来的吗？”

“那能一样吗！我是谁？是你敬仰的深哥，以后你只有我这一个正牌哥哥，其他都是杂牌，不作数的，听到没？”

夏希艾无语：“我们能办正事了吗？”

网上吵得昏天黑地，屋外助理们心急如焚，他们两个当事人却在这儿磨磨蹭蹭地泡了一个多小时的奶茶。

罪过，实在是罪过。

“行，舆论应该发酵得差不多了。”江流深拿出手机，开始之前插了句嘴，“说实话，我都没想到你做过那么多公益，我让人发给后援会的时候他们也惊呆了。”

夏希艾没觉得有多了不起：“没什么，要不是你替我整理出来，我都不知道我花了这么多，之前也没记账。”

“这说明好人有好报，上天还是眷顾你的，要没这茬，我们未必能这么顺利。”

“现在说这话还太早了吧？”

“不早，正好。”江流深扬了扬手中的手机，挑眉轻笑，“我这就让你逆风翻盘，直上云霄！”

星期日上午十点整，江流深工作室发布微博，宣布正式与夏希艾签约。

仅隔一秒，江流深亲自转发，附文：“以后就是一家人了，有难我扛，有福你享。”

夏希艾紧接着就这条转发：“谢谢深哥的信任与支持。”

官博发出一分钟后，全网震动，微博瘫痪。

一小时内，之前所有造谣抹黑过他的营销号火速将相关微博删除干净，加入转发恭喜行列，倒戈之迅速令人瞠目结舌。

一网友在评论底下质问营销号：“你上午还在黑呢，怎么变脸这么快？”

一热评回：“这不叫变脸这叫识时务，有点眼力见的都拎得清，惹不起的江太子爷第一次签艺人，第一次亲自下场力挺，你见过这阵仗吗？你知道这意味着什么吗？”

“意味着夏希艾这人，在娱乐圈内，谁也不敢再动了。”

龙行娱乐大厦最高层的董事长办公室内。

赵建华怒气冲天地砸下一沓文件，实木办公桌发出一声沉闷的巨响，纸张散落一地。

“江流深瞎掺和什么？！签谁不好偏偏要签那姓夏的小子！”

“爸，你别生气，我们想想对策。”赵诚劝慰道。

赵建华烦躁地踱步，脑子里一团乱，越想越心焦。

这次的计划原本完美无缺，既可以一脚踹掉意图将龙行纳为己有的龙静，又可以毁掉最当红却不服管的新人夏希艾，培养自己公司听话懂事的新人，可谓一箭双雕。而且全程他都没留下参与痕迹，举报电话是让儿子赵诚用公共电话打的，自家儿子当然不会背叛他。喊夏希艾去现场的电话则是尤清打的，尤清就算察觉了什么，为了继续留在龙行，也不会泄露出去。

最重要的是，夏希艾刚解约，还没找好下家靠山，出了这事，肯定没有公司愿意再收他，更别说帮他公关了。他一个刚涉足娱乐圈毫无势力的新人，怎么可能有反击的余地？

然而赵建华千算万算，却没算到夏希艾的新东家不仅没抛下他，来头还这么大。

“别说想对策了，我现在只希望江流深别查到什么。”赵建华的心吊在嗓子眼，“他既然敢签夏希艾，就说明他有把握洗白，说不定证据已经搜集齐了。你那天去会所真没被看见？万一把你搭进去可怎么办！”

赵诚回忆了会儿：“夏希艾看了我一眼，不过应该没认出我来，毕竟我们没见过。”

“那就好。唉，爸辛辛苦苦创立的公司，本来就是要留给你的，那姓龙的女人胡搅蛮缠，好不容易才甩掉她，谁知道又来了个大麻烦，万一江流深查到我头上，迁怒到龙行，那就真的完了……”

“爸，吸毒的事确实是我们设的局，没有实际证据，夏希艾迟早能澄清翻身，只不过提早了一点而已，但他以前做过的事是有真凭实据的啊。”

赵建华脚步停住：“你是说？”

“对。”赵诚眼中闪过一丝阴鸷，“打架、辍学、混地下酒吧，不管哪一条爆出来都够摧毁他，我就不信在这些实锤面前，他还能继续在这圈子混下去！”

赵建华眼神一亮，但又迟疑了：“这些料龙静知道得比较清楚，她以前给压下去了，我们去哪儿找证据？”

“放心吧，爸，他打工那酒吧的老板不是被抓了吗？我去走一趟，给点好处肯定能撬出话来，学校那边估计也留了档案，通通交给我去办吧。”

赵建华终于笑了：“不愧是我儿子，能干！”

赵诚颇为得意：“龙行将来是我的，我不会让人夺走它的。江流深有再大能耐，这回也得认栽！”

江家郊区的一处别墅内。

书房的地板上铺着一层厚重的毛绒地毯，空气间茶香四溢，气氛静谧，冷不防地响起电话铃声，打破了这片刻的安逸。

江流深正坐在沙发椅上，瞥了一眼来电人，将手中的资料暂且放下，接起来：“喂，希艾，什么事？”

夏希艾噎了半秒：“没什么事，你去哪儿了？”

“我在外面处理事情，一会儿回来，你已经到家了？今天的访谈顺利吗？”

“嗯，挺顺利的，我本来以为会问我一些尖锐的问题，结果一个都没有，都是些常规问题。”

江流深沉沉地笑了一声，用杯盖撇了撇茶沫：“他们问了，就等着被我请来喝茶吧。”

“你是社会大佬吗？”夏希艾嘀咕道。

“我只是为你保驾护航而已。这个访谈的目的是让大家知道你又开始工作了，而且是光明正大的，一点不虚，之后邀请你的人会越来越多。”

夏希艾明白他的用意，应了一声：“嗯，”突然又想起来，“对了，你之前不是让我回忆那天的情形吗？我刚刚想起来，进会所前我看到一个穿黑衣服的男的，很眼熟，就是想不起来在哪里见过。”

“嗯，知道了，我会调查的，都交给我就是。”

“江流深……”夏希艾不知道该怎么说了，只能再次表达谢意，“谢谢你，以后你有什么事，我都会尽全力帮忙的。”

江流深的笑声中带着点调侃：“一个没得奖就哭鼻子的你，能帮我什么？”

“我不是没得奖才那样的，是以为……”

“以为什么？”

——以为你不签我了，以为你不要我这个朋友了。

但夏希艾难以启齿。

“没什么，我确实没你厉害，但每个人都有扛不住的时候，你难道没有过吗？”夏希艾问完，又意识到像江流深这样含着金汤匙出生、从小备受保护的人，或许真的没经历过那种脆弱时刻。

谁料，江流深却回：“当然有过。我刚开玩笑呢，你比我厉害多了，遇到打击哭一场就完事了，我呢？自闭到歇影一年，你说我是不是特经不起打击？”

夏希艾始料未及：“你为什么自闭啊？”

“发生了一点事。”江流深的声音低沉下去，多了一份珍重，“现在已经没事了，多亏了你。”

“我做了什么吗？”

“你没做什么，只是我看到你的经历，就觉得有些事情可以释怀了。”

夏希艾察觉到江流深不想说出歇影的原委，便没再追问，转了个话题：“你说话怎么突然变得这么沉重？”

江流深不由得放柔音调：“我觉得这样能显出我是认真的。”

“认真什么？”

“你猜？”

夏希艾觉得最近的江流深怪怪的，话总说一半，让人捉摸不透。但他也不是好捉弄的。

“我不猜，你先猜猜明早吃什么吧。”

江流深又不正经了："你做什么我就吃什么，你干脆一直住我家吧？反正客房也空着，我不收你房租，你只要每天给我做饭就行。"

"你找别人吧，我过阵子就搬走。"夏希艾说完，突然想起什么，犹豫地问，"我住在你家，会不会影响其他人过来？我在不方便的话，那我尽早搬走。"

"没什么不方便的，我一般不会带外人回家。"江流深没多想，随口答。

电话那头沉默了几秒，才传来很轻的声音："你现在在外面见别人吗？"

"是啊。"江流深看了眼表，"估计一会儿就到了，我办完事十一点左右回来，你早点睡吧。"

夏希艾又不说话了，过了半晌终于开口："江流深，我想……"

书房门这时被敲响，江流深立刻道："人来了，有事等我回来再说吧。"

"嗯。"夏希艾没再说什么，先挂了电话。

江流深放下手机，脸上的笑意瞬间退去，目光冷沉，朝门外道："进来。"

两位壮实的保镖开门进来，恭敬地鞠了个躬，将押着的一人往地毯上一扔，负手而立："少爷，人给您带来了。"

江流深架起腿："怎么把赵公子搞得这么灰头土脸的？不是说了让你们'请'过来吗？给人家道歉。"

"他想逃，我们没办法。"保镖言简意赅，但也服从命令，"对不起，赵先生。"

赵诚惶恐不安地环视圈四周，发现自己插翅难飞后，以为要被杀人灭口，吓得魂不附体："深哥！我什么都没做啊，深哥！"

"什么都没做？那怎么事发当天监控里有你呢？这么巧啊？"

"我……我只是路过而已，根本没看见夏希艾。"

"哦？赵公子怎么知道我说的是夏希艾的事？我明明还没说啊。"

赵诚脸色登时煞白。

"而且这路过可真够久的。"江流深似笑非笑，"大冬天在寒风里站一个多小时的'路过'？赵公子，你脑子没被风吹坏吧？"

他将手上的一沓资料甩到瘫坐在地上的赵诚面前："三十六家媒体记者

给我的口供，接到的匿名电话来自同一个号码，赵诚，我该说你聪明还是傻呢？知道用公共电话打，却不知道躲着摄像头？是不是还觉得自己像演谍战片一样特酷啊？”

赵诚瞠目结舌，半晌吐不出一句有力的辩驳。地上的资料不仅贴了他在公共电话亭打匿名电话的照片，还有他在会所门口徘徊的照片。

赵诚仍在垂死挣扎：“深哥，我也不想这样的，但夏希艾他是真的人品有问题，我必须告发他，不然对不起良心，对不起那么多牺牲的缉毒警察啊。他没吸毒，但是他贩毒，你被他骗了，他以前就是个品行恶劣的小混混，打架、辍学，还在地下酒吧……”

“在地下酒吧打工，酒吧老板以前就贩毒，卖给过夏希艾的前经纪人龙静，前阵子被抓了，所以夏希艾帮着他继续贩毒，那天去会所是交易毒品的，对吧？”

“对对对！原来深哥你已经知道了啊！”赵诚总算敢笑了。

江流深也笑了：“对你个头。”

赵诚的笑容瞬间僵住。

“那天夏希艾是打出租车去的，司机可以做证，他身上什么都没带，而且说了是去接人的，一会儿就出来，要是交易毒品，总要试吸一下验货吧？怎么可能那么快？还带个吸了毒的人光明正大地出来，不怕被发现吗？”

江流深冷嗤：“看在你不是主犯的分上，本来想教训你一顿就完事，没想到你还留着后招呢？怎么，要是我没找上你，你是不是准备跟媒体曝光这些料了？”

江流深起身，踱步到哆哆嗦嗦的赵诚面前，居高临下地睥睨他：“都是从农村出来的，人与人之间的差距怎么这么大呢？赵诚，你和你爸能不能向希艾学学？别这么卑鄙无耻，做个单纯善良的人。”

“深哥，我错了！我不敢了！”赵诚自知这回彻底栽了，哭丧着脸，一副决心痛改前非的样子，“我和我爸只是为了公司利益才出此下策，都是一时鬼迷心窍，你就放过我们吧！”

“行啊，放过你们。”

赵诚还没来得及喜极而泣，就听江流深接着道："放你们先去牢里过两年，再放你们回农村改造改造，顺便陪陪你可怜的妈吧。"

保镖将哭天喊地的赵诚架走之后，江流深留在书房继续处理剩下的事务，数量比想象中还多。直到管家来询问是否要住下时，他才发觉已经快十一点了，连忙匆匆收尾，将一些琐碎事吩咐给下属，披上大衣往市中心的公寓赶。

若不是为了工作方便，他更愿意住郊区，空气新鲜，远离喧嚣。不过现在不一样了，就算深更半夜也要让司机开回市区。

车上播放着舒缓的音乐，江流深揉按了会儿太阳穴，紧绷多日的神经渐渐放松。

虽然处理这些事对他来说并没有多艰难，但要考虑得面面俱到，将夏希艾从这潭脏水中完完全全拽出来，确保他以后干干净净的，不留下任何被人诟病的把柄，着实费了不少心思。

没办法，谁让那是他认定的朋友。

车子驶到家的时候十二点多，江流深在感应灯的光照下打开门，轻手轻脚地换了鞋往里走，原以为迎接自己的会是一片黑暗，结果却发现客厅亮着光，传来微弱的声响。

他走到客厅，看见夏希艾正双手环抱着腿，蜷在沙发上，和那天在后台休息室里的姿态一模一样。据说人会摆出这种姿势是由于没安全感，才像刺猬一样缩成一团把自己保护起来。

"怎么还不睡？"江流深边问边走过去，定睛一看，意外地发现电视大屏上播放的竟是自己的上一部电影《飞》。剧情已到尾声，电影中饰演抑郁症患者的他站在天台边缘，脸上是即将解脱的向往神情，面带微笑，缓缓闭上眼，紧接着纵身一跃。

他立即拿起遥控器把电视关了。

夏希艾见江流深面色不太好，以为他生气了。

"我在电视柜下找到的影碟……对不起，不该乱动你的东西。"

"没事，你随便看。"江流深暗暗深呼吸，总算及时把心态调整过来，没闹出洋相。虽说过去的事已经差不多释怀了，但隔了许久突然又再看这段曾经令他痛苦悔恨的片段，心里还是有些震动。

好在情绪来得快去得也快，没一会儿那些陈年旧事就被他抛之脑后。

“你在等我吗？”

“嗯。”夏希艾其实已经很困了，眼皮都有打架的趋势

江流深随口说着，“之前电话里想说什么？我洗耳恭听。”

想说什么？似乎是想说“我想弹首曲子给你听”。

“想让你带份夜宵回来，但现在已经不饿了。”夏希艾随便想了个理由搪塞过去。

“嘴馋。”江流深笑笑，“明天带你去吃好吃的，现在快去睡觉，养精蓄锐，别忘了明天还有大事要做呢。”

“嗯，晚安。”夏希艾依言起身，往客房走，走到房门口时，又回头看了一眼。

江流深走到电视机处，将影碟取出来，盯着封面上的自己看了许久，最终长长地叹了一口气，将影碟放回原位。

等最近这些麻烦处理完，也该和他坦白自己过去的事情了……

第二天一早，在许多人尚未醒来之际，一则在一众明星自拍中看似不怎么起眼的娱乐新闻引起了热烈讨论，且消息迅速蔓延，愈演愈烈，快到中午的时候已然登上热搜榜第一位，关键词为“龙行董事长被开除”。

这条热搜本身并没有多夺人眼球，重点是龙行官博发布公告后，引起的一连串揭发和痛诉。

率先站出来的是一位龙行过去培养的女练习生，愤怒地痛斥赵建华在她当练习生期间对她的骚扰和过分要求，甩出了一堆聊天记录截图。

倘若说截图不足以为证，紧随其后的另一位艺人甩出的证据就十分有说服力了。作为目前龙行旗下小有名气的签约艺人，她爆出赵建华对艺人的压榨和剥削，不给艺人合理定位，只想赚快钱，公司里大红的艺人还算受照顾，像她这种半温不火的，根本没话语权，只能被安排去跑商演活动，有时还要

陪赞助商喝酒，赚到的钱少得可怜，被公司抽走了大部分分成不说，赵建华还偷税漏税，利欲熏心。

这位艺人砸下的锤相当硬，尽管也有人质疑为何她这样的小明星能拿到公司账目条款，但在事实真相面前，多数人都选择力挺维权。

或许是迫于舆论压力，龙行官博后续发表微博承认，赵建华是因偷税漏税以及品行不端被总公司开除的，现已与龙行无任何关系，还请大家不要对龙行抱有成见。

粉丝和吃瓜路人纷纷拍手叫好，称赞总公司大老板铁面无私，刚正不阿，是个狠人。

事情到这里，还只是桩劲爆但不算震惊的娱乐圈丑闻，多数人只是怀着八卦的心态看戏，然而接下来发生的事，让所有正要散场的群众瞠目结舌。

正午十二点整，拥有两千多万粉丝的演员尤清发布长微博——

“有件事埋在我心里很久了，今天终于有勇气说出口。

“大家都知道龙行被收购时我的好兄弟希艾选择了解约，我虽然感到很惋惜，但也明白他的苦衷，他想好好当个歌手，赵建华却把他当摇钱树。在龙行他得不到想要的发展，离开也是理所当然，不过我没想到赵建华会那么轻易放他走。

“这件事让我疑惑了很久，我曾见过龙行一位几百万粉丝的艺人想解约，被赵建华骂得狗血淋头，最后付了天价违约金才走成。对其他人尚且如此，何况是龙行现在最有价值的艺人？以我对赵建华的了解，就算他忌惮粉丝，不敢骂希艾，也不可能轻易忍痛割爱。

“除非他已经有了别的计划。

“11 月 25 日，我在赵建华办公室商量事情，他突然接到一个电话，说是希艾的前经纪人龙静在铂光会所喝醉了，让他去接。鉴于龙静当时刚和龙行闹掰，赵建华让我打电话给和龙静感情较好的希艾，我不疑有他，告诉了希艾这件事，希艾就去接了，后来的事，大家应该知道了。

“赵建华知道挽留不了希艾，也知道希艾的离开会给龙行带来巨大损失，为了不让竞争对手得利，所以出此毒计想毁了他。

“如果我早知道那通电话会给希艾造成如此可怕的伤害，说什么我都不会打的。后来了解到发生了什么之后，我又迫于赵建华的淫威，不敢把这件事公之于众，况且我也没有证据，口说无凭，大家未必会相信我，甚至可能葬送我自己的前程。说到底，还是我太自私、太懦弱。

“现在赵建华已经被撤职，我也终于有勇气把这件事说出来，不仅想还希艾一个清白，更是想道一声歉。对不起，希艾，你是我见过最善良正直的人，我却让你受了无妄之灾，我没有脸让你原谅我，只希望这条微博能让你彻底洗去这泼脏水，让大家都知道你是个多么无辜且优秀的人。

“本人为以上所说的每一个字负责。”

看到这条微博的人皆目瞪口呆。

五分钟后热搜榜更新，十几个相关新词蹦上榜，“尤清道歉”“尤清夏希艾”“夏希艾被诬陷”“龙行董事长设计诬陷”……

夏希艾的粉丝痛哭流涕，吃瓜路人愧疚不已。至此，轰轰烈烈上演了近一个月的夏希艾吸毒事件终于有了颠覆性的反转，全网为之震动哗然。

“弟弟这段日子到底受了多大委屈啊？我不敢想了，太心疼了。”

“因为这事弟弟被替换掉了新人奖，不让走红毯，座位被安排在最角落，居然这样都没崩溃，换我我都想死了。”

“从江流深签他起我就知道他肯定是清白的，但这黑暗的娱乐圈还是超乎了我的想象……”

“尤清和夏希艾不是一直不太对盘吗？他都站出来说这话，我觉得应该是真的。”

“我就知道，会给老家修路、热心公益的人怎么可能做出吸毒这种事！我当时这么说还被无脑黑骂，现在打脸了吧！”

“我跟风骂过，我深刻忏悔，以后我一定用爱来弥补弟弟受过的委屈。”

江流深刷到这条微博，顺手点了个举报。

——跟风黑还好意思站出来，谁稀罕你的爱。

夏希艾正专心吃着菜，没注意对面人的举动。江流深履行了昨晚的承诺，带他来了一家高级餐厅。餐厅内只有包厢雅座，均以竹门隔开，曲径通幽，私密性极强，隔音效果一流，不用担心对话会被听见。

他一抬头，看见江流深脸上嫌弃的表情，问："怎么了？网上又说什么了？"

"没说什么，一切都在我的计划内。"江流深把手机往旁边一搁，笑笑，"等会儿我再让警方把司机和服务生的证词视频放出去。热度拖得越久，知道你没吸毒的人就越多，虽然彻底澄清还需要点时间，但大家对你的风评基本上已经扭转过来，以后会慢慢好起来的。"

夏希艾点点头，又道："没想到你能说服段明炀，还找了尤清。"

"呵，我才没耐心说服他，我就告诉了他赵建华这人我绝不放过。他拎得清，知道保不住，也费不着保这么个没用还添乱的下属，干脆先我一步把人开除了，还给自己赚了个英明的好名声，真是够精的。至于尤清，是他主动找的我。我早就说过，他这人最擅长保全自己，一看我签了你，立刻明白自己那通电话的事兜不住，索性跟我坦白，洗清自己的嫌疑，以免我将来找他麻烦。"

"这样啊，他那条微博的内容倒是挺真诚的，不然我转发一下，就说原谅他了？"

"那条微博是我找人写了让他发的，不然怎么会这么声情并茂，凭他的双商能写得出来？"江流深无奈道，"希艾，你这么单纯好骗，我这个大老板真不放心啊，来，把你的微博账号、密码告诉我，以后我帮你打理。"

夏希艾如实报了出来，反正以前在龙行的时候，龙静也会监管他发的内容。一想到龙静，他稍有迟疑："龙姐她出来之后，我想……"

"不要再和她来往，我会安排人帮她戒毒的。"江流深难得语气强硬，"做人需要善良，但不能善良过头，何况在你身处的圈子里，善良可能反而是一种缺点，懂吗？"

"嗯，我知道了，对不起。"

"我不是在指责你，你不需要道歉。以后跟着我，你有什么想法都可以提，但我也会给你建议，希望你可以信任我。"

夏希艾看着他，抿了抿唇，终于下定决心："其实我还有些事没跟你说，我担心以后被人爆出来会给你添麻烦。我中学的时候……”

“你中学的时候品学兼优，乐于助人，没犯过任何错。”江流深专注地凝视着他，“就算打过架，揍的也是人渣，和你的品行一点关系都没有。学校没有记入档案，在我心里，也不会记入档案。”

夏希艾心下一热，感觉鼻子有点酸，连忙稳了稳自己动摇的情绪。

自从爷爷去世，这是他第一次重新感受到被人无条件包容的温暖。

江流深趁热打铁给自己刷好感：“另外，曾经陷害你的那个酒吧老板已经进警察局，我动了点关系，查出了他藏毒的仓库，十年内都不可能出来。那家酒吧也已经被查封，关于你的痕迹我全抹去了，应该不会再有人提起这事，就算有，也掀不起什么大风浪。”

夏希艾听得一愣一愣的：“你怎么什么都知道……”不仅知道，还偷偷地全帮他摆平了。

江流深坦白：“之前打算签你的时候调查过你的身家背景，抱歉。”

夏希艾摇头：“应该的，疑人不用。”

江流深莞尔，希艾果然是善解人意。

他言辞恳恳：“我不会逼你说什么，我知道那些对你来说是很痛苦的回忆，但如果你哪天想找个人倾诉，可以找我。”

多么感人肺腑！多么动人心弦！连他自己都想为这影帝级的台词功底点个赞。

夏希艾嘴巴一张一抿，连带着小小的唇珠也若隐若现，一副欲言又止的样子。

江流深盯着他看了许久，才听到他开口：“我被亲戚收养后，亲戚和亲戚家的小孩都不欢迎我。”

江流深心神一凝：“嗯，你说，我听着。”

“我知道自己是寄人篱下，所以一直很听话，但亲戚家的小孩还是看我这个陌生人不顺眼，总找我麻烦，我只能忍着。

“有一次我想买东西，没零花钱了，问他借，他跟我说放在储藏间的抽屉里，让我自己去拿，我刚找到，他就带着阿姨来了，说我偷家里钱，我才知道那是阿姨放钱的地方。”

江流深忍不住骂人：“后来呢？他们打你了吗？”

夏希艾点点头：“打完之后把我关在储藏间，正好放暑假，关了有一个月吧。”

“不是东西！”江流深快气炸了。

“对我来说最受伤的不是这个，而是回到学校后，同学都以为我真的偷了钱，跟着他一起排挤我，说我没人要……”夏希艾闭了闭眼，“确实是一段很难熬的时光。”

他省略了很多，但江流深可以想象，能让他这样坚韧的人说出“难熬”二字，足以见得当时被欺凌的严重程度。

“我知道了，我这就让人去查他现在在哪儿，一定好好教训他。”

“不用，我已经教训过他了。”夏希艾的脸上全是释然，“而且不管怎么说，他们家确实收养了我一段时间，就当抵消了吧。”

他说到这儿，才意识到江流深抓住他手臂的时间似乎久了点，于是往回轻轻抽了一下，结果反而被握得更紧。

“我刚刚跟你说什么来着？不要太善良，转眼就忘了？”江流深皱眉。

他不笑的时候有点凶冷，夏希艾被他一瞪就妥协了：“那随你吧，别太过就行。”

“我办事你放心。你只需要安心做你喜欢的，这些恶心人、恶心事通通交给我解决。”

他看重的朋友，自然要由他来保护。

“不过，我有个小问题。”江流深顿了顿，“你借钱想买的，是什么？”

哪怕是天上的星星，他也会想方设法摘下来送到他手里。

“就……奶茶。”

江流深失笑：“你是有多喜欢奶茶啊？”

“不是有多喜欢，就是那个哥哥送给我的奶茶喝完了，农村又买不到，好不容易去了大城市，我忍了几个月实在忍不住了，自己的钱又不够，只好借。”

江流深闻言，心下警铃大作。敢情重要的不是奶茶而是那份回忆？这个哥哥的地位好像比他想象中的要高，关键他还不知道对方是谁。

“以后你的奶茶，我买单。”他只能靠量取胜了。

夏希艾：“那我真的会变胖。”

“变胖怎么了？就算变胖，你依然是粉丝心里的小天使。”江流深浅笑。

两人吃完晚饭回了家，夏希艾不断回想江流深说的话。

他怎么忘了，就算江流深再厉害再可靠，本质上依然没脸没皮。

“看电影吗？我的第一部电影。”江流深挥了挥手里的《乡间路》影碟。

“好。”

江流深是个懂享受的，没在客厅的普通电视机上放，带着他进了里头的家庭影院，开启全套视听设备，沙发靠背调整至最佳视角，随后拍了拍身旁的位子：“来，坐。”

夏希艾想去坐旁边的单人座，被江流深一句“坐太远不方便探讨剧情”劝了回来。

“希艾，我们拍张自拍发微博好不好？”

“怎么突然想发自拍？”

“没什么，就是觉得这一个月来粉丝过得也不容易，现在事情终于结束了，发张自拍就当给他们的福利吧。”江流深一本正经地说着。

其实只是想让那个不知道身在何处的奶茶哥瞧瞧，夏希艾现在有大佬护着了，有新朋友了。

夏希艾犹豫了一会儿，颦眉道：“还是不要了吧，我怕粉丝反应太激烈。”

自从江流深把签约一事昭告天下，他们的粉丝陷入疯魔，狂喜乱舞，粉丝数量和相关微博数量急速上升，话题已霸占榜首多日，连不少原本立场坚定的“唯粉”也渐渐有所动摇。

粉丝的狂热固然能给明星带来流量和人气，但过于真情实感的投入对明星来说也是一把双刃剑。比如一些过度的言论，会让圈外人产生不适，夏希艾担心的正是这点。

江流深倒不以为意："让他们说去呗，这样也有利于更快修复大家对你的好感。"

"可是，他们写的一些文章，真的有点……"夏希艾抿了抿唇，"有点过分。"

江流深能不知道这点吗？他没对那些文发表意见，而是抓住了夏希艾话里隐藏的一条重要信息提问："你怎么知道过不过分？你是不是搜来看了？"

夏希艾一愣，有些不好意思。

"哇哦，没想到啊。"江流深促狭一笑。

"我没有！"夏希艾急于解释，差点咬到舌头。

"看就看了呗，反应这么大干什么？"

江流深还想继续捉弄他，突然听见"咔嗒"一声，房门被打开。

"哥！我在外头喊你半天了，没听见啊，我……"

江小芙脚步和话音瞬间刹住，目瞪口呆地看着电影屏幕："打扰了……"

夏希艾翻身下沙发："我……我不想看了。"说完先江小芙一步走了出去。

"哥，我是不是打扰你们看电影了？"江小芙忐忑地问。

江流深仰头长吐一口气，起身走过去，伸出手，语气还算平静："把备用钥匙还给我。"

江小芙只能交出去，跟着自家哥一起出了家庭影院，走到客厅，发现夏希艾已经倒好了饮料招待她。

"希艾，你太贴心了！"江小芙充分发挥主持人的专业口才，"我哥就不会干这种事，有你跟他一起住我放心多了，听说你之前想搬家？不如就一直住这儿啊！"

江流深给了她一个赞许的眼神，接着道："我也这么说来着，可他不愿意，可能是怕麻烦我。"

"我没有。"夏希艾忙道，继而音量低了下去，"倒是你，不会嫌我麻烦吗？"虽说江流深待他很好，可这儿毕竟是别人家，多个人住对江流深来说应该还是不太方便。

江流深反问："如果我说不麻烦，你愿意住吗？"

"愿意，可是……"

"那明天我就让人把你公寓的东西搬过来。"江流深当机立断，一点没给他反驳的余地，"你要是不答应，可就太不把我当朋友了。"

夏希艾想说的话噎在喉咙，半晌，只能点了点头。

江小芙在一旁看着，默默心疼，脑海中已经可以预想到将来夏希艾会被自家哥欺负得多惨了，脸皮薄的斗不过脸皮厚的。

三人在客厅坐下，江小芙道出来意。《一路向西》快要播最后一期了，她所在的综艺组想趁此时机邀请参与的六位嘉宾录一期娱乐性的综艺，庆贺节目完美收官。

"庆祝收官只是面上的说辞，主要还是你们这段时间的人气太高了，上哪个节目都能让收视率爆表，都想求着你们去，又都联系不到你们。这不，哥，肥水不流外人田，你们就来我的节目呗？"

"我都行，听深哥的。"夏希艾回。

江流深被这声"深哥"唤得飘飘然了，连声答应："来来来，带希艾放松玩乐去。"

"太好了！我们台长要是知道我邀到了你们，肯定给我发奖金，美滋滋。"江小芙激动道。

"你差那点奖金吗？我的大小姐。"江流深调侃，"你们台长要是知道你是他顶头上司的女儿，怕不是恨不得把自己的工资都上供给你。"

"那不一样，这是我靠自己赚的钱！"江小芙说完，突然灵机一动，"希艾，我跟你说哦，我和我哥的关系全娱乐圈只有你和黎洛知道，你可千万要保密哦！"

夏希艾一愣："只有我和黎洛知道？"

"是啊，黎洛是因为和我们从小一起玩才知道的，严格来说，你是唯一一个由我哥亲口透露这个秘密的人。"

夏希艾呆住。

"我很荣幸。"

江小芙说完事坐了一会儿便走了，屋内又只剩下他们两人。

“还看电影吗？”江流深问。

“不看了。”

这一晚，他们最终没有看成电影，而是在客厅闲谈，从过往谈到将来，直至深夜，困倦的夏希艾头一歪，靠在沙发上睡着了。

睡得正沉的夏希艾不知梦见了什么，皱眉小声嘟囔着：“别走……”

江流深无声地笑了笑。

希艾对他越来越信任了。

## 第九章
## 还给我吧

第二天下午，许彤带着江家一众保镖去了趟夏希艾之前住的公寓，将为数不多的物件搬了过来，进出时在门口遇到了蹲守多日的“私生饭”和狗仔，相机的“咔嚓”声不断，几分钟后照片被传上网，附带耐人寻味的文案：“夏希艾助理匆忙为其搬家，身旁人员疑似江家保镖，大老板连手下明星的衣食住行都要负责？”

CP 粉们立刻蜂拥而至展开分析。

“不用疑似，这个络腮胡男人确实是深哥的保镖，影展也同行了，见下图实锤。”

“我们早就怀疑希艾住在深哥那儿了，颁奖典礼之后希艾像销声匿迹了一样，连狗仔都找不到，除了深哥我想不出谁还有这本事把人藏得那么好。”

江流深一边看评论一边朝储物间走，顺便看看夏希艾整理得怎么样，走到储物间门口，恰好看到他正捧着个盒子出神。

“深哥，我们马上整理好啦！”许彤看见他，嚷了一声。

夏希艾立刻惊醒，慌忙把盒子扔进抽屉，迅速关上。

江流深好奇：“什么东西？”

“没什么。”

“给我看看。”

“不给。”

“你敢不给？”

“就不给。”

许彤听着他们宛如小学生的幼稚对话，嘴角一抽：“那什么，我先去整理外头的，你们慢慢聊……”

储藏间的门一关，只剩下他们。江流深直接上手。夏希艾按住他不让他开抽屉，江流深手腕一翻便挣脱，刚触上抽屉把手，又被按住。

“别看。”夏希艾涨红着脸，咬唇垂眸，抓着他的臂膀不松手。

激动成这样，难道是什么见不得人的东西？

“没事，我不会笑你。让我看看，好不好？”江流深耐心地劝着。

“真的不会笑我？”

“保证不会，否则罚我天天胃痛痛到死去活来。”

“别，我给你看就是。”夏希艾终究还是心软了，踌躇了一会儿，慢慢拉开抽屉。

江流深抻长脖子满心期待地张望——

竟然是一个印着他脸的手表盒。

他第一次觉得自己这张英俊潇洒的脸这么让人不舒服。

他仍不死心：“里面是什么？”

夏希艾莫名其妙地看他一眼：“手表啊。”说着打开盒子。

还真是手表。

要不是江流深太熟悉这款自己代言的手表，他或许还会继续追问：这手表没什么特殊功能吗？能不能发射特殊药剂，就像柯南里的催眠剂一样？

“怎么会买这个？”

“我那天路过，以为你代言的牌子卖不出去，就想帮你一下，”夏希艾越说声音越轻，“买完才发现自己多虑了……”

江流深快被他逗死：“哈哈哈，你也太小看你的大老板了吧。”

夏希艾气恼地看着他：“我已经知道了，不用你说！”

“这事我能笑一个月，也能开心一个月。哈哈哈——”

江流深的嘴角挂着笑，将自己手腕上设计师专门定制的手表解开来，套到他的手腕上，没让他看见表带内侧刻着的字。

“作为回礼，我的这块送你了。”

夏希艾隐约记得表店的店员说江流深这款独家设计的手表要上千万，连忙推拒："不用，太贵重了。"

江流深已经把盒子里的手表拿出来戴上："我手上没地方戴啦，不送给你的话只能放储藏间落灰，这么贵的表，多可惜啊。"

——知道贵你倒是自己戴啊。

不管夏希艾说什么江流深总能反驳回来，他只好收下了手表。

他的手腕比江流深细，定制款戴着有些空落落的。

"先戴着，改天我让设计师改小一点。"

"不用，这样挺好的，大一点舒服。"

周六晚上，《一路向西》最后一期播出，收视率一举突破巅峰，创造了破十亿的罕见纪录，之前嘲讽节目会因夏希艾事件而赔本的一众竞争电视台皆大跌眼镜，西瓜台笑而不理，赚得满钵金，尽收功与名。

周日，六位嘉宾均受邀前往录制江小芙等人主持的热门综艺《金牌秀》。

江流深与夏希艾搭乘同一辆车，车子刚驶到电视台大门，人山人海的粉丝已经包围得水泄不通，横幅漫天，呐喊声如雷，震得地动山摇。

六位嘉宾的粉丝基数都不小，尤其是他们二人，除了原有的庞大"唯粉"群，如今又多出了成倍的粉丝，光他们两人的粉丝加起来就能把电视台的屋顶喊掀。

好在工作人员事先设置了专属通道，车子顺利通行至门口。江流深率先下车，朝粉丝笑着挥了挥手，即使戴着墨镜挡了大半张脸，也不妨碍粉丝尖叫呐喊："深哥好帅！"

夏希艾紧随其后下车。他久未亮相，加上经历了一段坎坷风波，粉丝再度见到真人，一时情绪控制不住，这些日子以来的委屈、悲伤、激动和感慨尽数爆发，好几个都失声痛哭起来。

夏希艾也知道她们前段日子不好受，天天通宵反黑澄清，十几二十几岁的小姑娘本该是无忧无虑的年纪，却为了他遭了那么多罪。他心里实在是过意不去，因而这会儿拢手放在嘴前扩音，朝她们大喊："别哭！我没事了！"

他不喊还好，一喊，底下的粉丝更是乱作一团，尖叫声嘈杂混乱，此起彼伏，完全掩盖了他的声音。

江流深见状，把他往里带："先进去吧，你在这儿她们更想哭，看不见你情绪反而平静。"

夏希艾想想有道理，于是朝人群再次挥了挥手，随着江流深一起进了电视台大门，将粉丝们陡然拔高的声音阻隔在身后。

节目录制前的第一步是夏希艾最讨厌的化妆环节，却没想到遇见了老熟人。

"弟弟！"Sherry 上来就是个熊抱，"这段时间受了不少委屈吧？姐姐抱抱！姐姐可想死你了！离开你之后我化谁都不得劲！"

夏希艾差点窒息，好不容易才喘过气，问："Sherry，你怎么在这儿工作？"

"你和彤彤走了之后，公司把我分配给一个新人，唉，化过仙子实在化不来凡夫俗子。就让我闺密，跟你提过的那位，帮我在这儿找了份工作，起码能给不同的嘉宾化妆，还有点乐趣。"

"那今天就麻烦你了。"夏希艾坐下，"老样子，不要太浓。"

"我都记着呢！"Sherry 先挤出些许精华打底保湿，随口聊，"你今天是不是和江流深一起来的呀？他人呢？"

"他去找他妹……找江小芙了。"夏希艾及时刹住车，没泄露机密。

"哇，我就说嘛，江小芙肯定是江流深的正宫娘娘，现在你信了吧？"

"他们不是那种关系，只是好朋友。"

"嗯？弟弟你这么肯定，莫非知道江流深真正的女朋友？"Sherry 挤眼。

"他没女朋友，但是他应该有在意的人。"

江流深开门进来时恰好听见了后半句，问："什么在意的人？"

Sherry 眼冒桃心："深哥！我们刚聊到你呢！希艾觉得你有心上人了！"

夏希艾没来得及挡住她的嘴，拼命摇头："我没有，我没觉得，别胡说。"

"没胡说。"江流深拉了个旋转椅反着坐下，趴在椅背上，手臂垫着下巴，"我是有心上人啊，你怎么知道？"

夏希艾不敢看他："我……我猜的。"

“哦？那你说说看是谁？”

夏希艾大脑瞬间短路。

这时，化妆间的门开了，剩下的四位嘉宾走了进来。

尤清没说什么，心虚地打了声招呼，便径直走到自己的化妆椅前坐下。虽说夏希艾已经转发了他那条道歉微博，声明不追究，但事情闹那么大，多多少少挫了他的气焰，如今已不敢再嚣张。

陶小桃也颇为尴尬，她知道自己的华曲新人奖是捡漏来的，如今同时面对着颁奖人和奖项应得者，想搭话但又不知道怎么开口，化妆时频频张望。

江流深瞧见，笑道：“小桃，你有话就说吧，希艾不是那种斤斤计较的人。”

陶小桃打量了圈周围的人，没好意思说太直白：“希艾，抱歉……不过我觉得明年的新人奖一定是你的！”

夏希艾摇头：“不用道歉，就像深哥说的，你是凭实力得的奖。而且我明年也不准备拿新人奖了。”

陶小桃惊讶：“为什么呀？”

“因为我明年……”夏希艾腼腆却又坚定道，“想拿年度金曲奖。”

此话一出，连江流深都愣了愣。华曲奖的年度金曲，是国内分量最重的音乐奖，也是所有歌手梦寐以求的殊荣。那可不是光有人气就能获得的，必须结合词曲两大项的综合评判分数，再辅以传唱度。虽然夏希艾在新人歌手里无可匹敌，但金曲奖的追逐者囊括众多实力唱将和歌坛前辈，可谓强敌环伺，历来还没有哪位新人能夺得这个奖项。

江流深原先以为夏希艾的梦想只是开演唱会，这样他安排一下场馆档期就能替他实现。然而夏希艾的雄心抱负却比他想象的还要大。

苏芷闻言颔首：“我想要这个奖很多年了，可惜每年都陪跑，期待你一鸣惊人。”

夏希艾真诚地道了声谢。他知道自己这话听着很狂妄，不过梦想总要有的，否则怎么去实现呢？况且他心中已有一丝灵感，只待假以时日将其锤炼成形。

六人全部做好造型后，节目便开始录制。

观众席一共一百个位子，黄牛价炒到了上万元，结果还是一票难求。尽管电视台安检严格，粉丝还是通过各种奇奇怪怪的方式把自家偶像的灯牌标语带了进来，有的拿胶带缠在腰上，有的当作丝带扎在辫子上……主持人一报出嘉宾名字，通通掏了出来，兴奋地挥舞尖叫。

这其中百分之八十都是江流深和夏希艾的粉丝，当他们二人压轴出场时，满眼都是他们的灯牌。

夏希艾用余光悄悄瞥了一眼身旁的江流深，他脸上挂着笑，并没有任何不悦的神情。

电视台为了保证节目的收视率，吹完几位嘉宾和《一路向西》的火爆程度之后，一开始的问答环节重点围绕人气比较高的他们。

“希艾，流深，你们都是第一次参加真人秀吧？是什么触发了你们这个念头？”

江流深粲然一笑：“或许是机缘巧合吧。”

台下爆发出一阵震耳欲聋的尖叫，主持人不得不暂停提问先维持秩序，待粉丝情绪平复后，把问题抛给另一个看起来比较低调的：“希艾呢？”

夏希艾：“因为是前公司要求的，而且有钱赚。”

主持人哈哈大笑：“希艾，你太实诚了！我们原本还担心之前的事会影响你的心情，不敢提这事，现在看来你已经自己走出来啦，那我们和粉丝就放心了！”

“不是我自己走出来的。”夏希艾声音不大，清冽如泉，但通过麦克风传达得一清二楚，“是深哥拉我出来的。”

台下的粉丝又疯了，主持人也快疯了。

江小芙连忙帮衬着转移话题：“看得出你们感情真的很好，是不是通过这档节目结下了深厚的革命友谊？”

“当然。”江流深笑道，“希艾现在是我最好的朋友之一。”

夏希艾怔了怔。

江家兄妹又来回问答了几题，江小芙接着道：“昨晚播出的第八期里，大家彼此之间的气氛感觉真的很好，不过你们是怎么回事？走在前头说什么悄悄话呢？”

江小芙指的是他们最后一晚在东京街头散步时的片段，夏希艾回忆了会儿，当时他们说了什么来着？对了，江流深说要他帮忙，还说要请他唱电影主题曲作为报答。

反正哪个都不可能说出来，就看江流深怎么蒙混过去了。

“噢，那个啊，就新电影的事，我想请希艾唱主题曲。”

江流深居然就这么说了出来！

夏希艾难以置信地瞪大眼睛。

连江小芙都措手不及，不知道自己哥哥是不小心嘴快了，还是故意爆料这个本不该提前泄露的大新闻。台下的粉丝一时没反应过来，沉寂了半秒，才尖叫出声，激动到表情失控。

江流深时隔一年多再度回归银幕。夏希艾为其创作、献唱电影主题曲。

光这个就足以令全网沸腾。

粉丝仍在录制厅激烈地议论着刚才江流深曝出的大新闻，时不时爆出一阵兴奋的尖叫，嘉宾和主持人则已经回到后台化妆间，更换服装，为之后的游戏环节做准备。

周雨萱换上一身紧身运动服，更显得胸前波涛汹涌。她娇羞地走过来：“深哥，其实何导的那部电影，我也通过试镜了。”

“是吗？恭喜。”江流深随口道。

“谢谢深哥！我只知道自己的角色，其他的何导没说，没想到男主居然是你！太惊喜了！”周雨萱脸颊绯红，“有深哥在我就放心了，到时候可以指导指导我吗？我好怕被何导骂。”

江流深挂上营业式微笑：“剧组会有专门的老师指导你，好好跟着学吧，被骂不要紧，被换掉才惨。”

周雨萱闻言，脸色“唰”地一白：“好，我……我会努力的。”

江小芙见她神情恍惚地走了出去，化妆间只剩下他们兄妹二人：“哥，你太狠了，你对大胸妹子的热爱呢？”

“别提这茬，我得赶紧把这标签撕了。”

“还不是您给自己贴的。”江小芙嘲笑完，正经道，“你新电影的事真的能说吗？要不要剪掉？”

“就算剪掉也肯定会有人泄露出去，你当粉丝没长耳朵吗？”江流深气定神闲，“放心，何导不会在意这些，他只关心我能不能演好。”

“那你能吗？我担心你状态还没完全恢复，就去拍电影，心理压力太大。”

“当然能，你哥如果没十足把握，不会草率接戏。”江流深笑了，“况且我现在有动力。”

“怎么个动力法？”

“我想让希艾看到我认真拍戏的样子，想让他知道他老板的实力。”

江小芙恶寒：“劝您少混饭圈，这都什么说烂了的话。”

“我说的和别人说的能一样？”江流深将外套往肩上一甩，走向门口。

江小芙受不了地摇头，懒得理他，走进里面的更衣室换衣服，出来时，正好撞见夏希艾进来换衣服。

眼下化妆间里没别人，她当即热络地打招呼：“希艾！里边空着呢，快去吧。”

“嗯，谢谢。”

“谢什么呀？要谢也该是我谢你。”

夏希艾露出略显困惑的表情。

“多亏了你，我哥才……”江小芙正要说出缘由，化妆间又进来了几个人，“算了，改天再跟你说吧。”

夏希艾稍稍点头，没再逗留，进了更衣室，心里却还琢磨着刚刚江小芙未说完的话，想了半天也没想出来自己做过什么值得对方感谢的事，只好作罢。

休整过后，众人返回舞台，进行游戏环节。

六位嘉宾分别在腰间绑上弹力绳，地上铺设软垫赛道，嘉宾需要跑到对面的塑料筐那儿取出气球，再运回起点，扔进另一个塑料筐，最后筐内气球最多的人获胜，最少的人会有惩罚。

由于之前的问答环节爆出了令人振奋的猛料，此刻台下粉丝的情绪极度高涨，亢奋的加油助威声接连不断。

哨声一响，六人如同离弦之箭冲了出去，起初尚且势均力敌，然而几个来回下来，速度渐渐慢了，弹力绳的阻力跑得越远越大，而且为了公平起见，男嘉宾的脚上绑了铅块，更耗费体力。

尤清运了七八个就不行了，气喘吁吁的，像乌龟一样往前爬。夏希艾也渐渐开始觉得吃力，不过他身体素质尚可，加上顽强，尽管累，速度并没有减缓多少。

当他再次跑到自己的筐前时，瞥了一眼旁侧江流深的筐，里面气球的数量似乎和他差不多。

夏希艾有点高兴，又有点发愁。想起自己之前轻轻一撞就把江流深撞出了鼻血，又想起江流深胃痛的老毛病。

女嘉宾中周雨萱先败下阵来，坐在垫子上娇滴滴地喊："不行啦，跑不动啦。"

陶小桃也没力气了，但依然奋力向前冲刺；看似文雅的苏芷居然是女嘉宾里运动细胞最好的，筐里已有十三个气球，只比夏希艾少两个。

比赛进入白热化阶段，夏希艾的好胜心被激了出来，满头大汗地铆足力气向前冲，手臂极尽所能地伸长，减少跑步的距离。

终于，运到第十六个时，苏芷也跑不动了，场上只剩下夏希艾和江流深两个人，气球数量持平，都是十九个。

粉丝的呐喊声低下去，开始露出微妙的笑。

夏希艾还想多运几个气球，但已经筋疲力尽，手只能伸到离气球十几厘米的距离，实在够不着，脚下一滑，整个人摔倒在软垫上，还被弹力绳拽回了一米。

江流深看见这情形，忍不住"扑哧"笑出声，抛起手中的气球又接住："想要这个气球吗？"

在粉丝陡然爆发的尖叫声中，夏希艾趴在地上眼巴巴地望着他，目光中隐隐透出一丝感动。

江流深要在众目睽睽之下把气球拱手相让？

“啪！”

江流深一掌将气球拍出老远，勾着迷人痞笑：“扔掉也不给你。”

夏希艾：“……”

粉丝笑到捶地。

“哈哈哈，深哥，你怎么可以欺负希艾！”

“我就知道不会这么简单，哈哈哈。”

夏希艾气冲冲地爬起来，斗志昂扬，使出最后一点力气奔向自己的塑料筐，想出一口恶气，谁料江流深动作更快，像阵风似的转眼就超过了他，直接抱起他的筐往回奔。

夏希艾呆了呆，立刻转身追过去，可身体太疲惫，跑了几步脚下一软，又摔在了垫子上，只来得及抱住江流深的腿，硬是不让他走，台下的粉丝和主持人看见这情景乐翻了天。

江流深也笑得停不下来，就这么拖着个“腿部挂件”一步步挪到自己筐前，一股脑把夏希艾筐里的气球全倒了进去，紧接着弯腰一捞，趁夏希艾还没反应过来，将人丢进了堆满气球的大筐里。

台下彻底沸腾，夏希艾被震耳欲聋的尖叫声吼得发蒙，不明白自己怎么就坐在筐里了，呆呆地看着弹起的气球在眼前缓缓落下，宛如身处神圣又热闹的庆典现场。

罪魁祸首江流深蹲下身来，盖住耳麦，用只有他们能听见的音量说：“怎么样，还是深哥厉害吧。”

后台化妆间内，工作人员与化妆师们忙得不可开交，为下一个环节做准备。在刚刚的游戏中嘉宾们耗费了不少体力，脸上冒出的汗把底妆弄花了，需要重新补。

趁 Sherry 去取定妆粉的间隙，夏希艾用余光悄悄瞄了一眼身旁的江流深。

江流深不仅是史上最年轻的影帝，家里还有钱有势。这么厉害的人，居然愿意当自己的朋友……

夏希艾按上自己腕上的手表，摩挲着表带，又偷瞥了一眼旁边江流深手上自己买的手表。

十分钟后，嘉宾补完妆换完衣服再度返场，进入才艺表演环节。

上一轮结束得轰轰烈烈，若不是节目组要求粉丝不能剧透，此刻网上怕是已经讨论得热火朝天。

第一个表演是苏芷与陶小桃的合唱，她们一个高冷一个活泼，凑成组合倒是十分新鲜，立刻炒热了场子。接下来是周雨萱和尤清的模仿秀，节目组选了段电视剧经典片段让他们表演，尤清演富家小公子，周雨萱则饰演贫穷女学生。

演完之后掌声热烈，尤清自谦道："我不太适合这种角色，其实让深哥演更好。"

江流深淡淡地笑了笑："好演员要不断挑战自己，我也不是一出生就会演戏，也遇到过很多挫折。"

夏希艾闻言，心里有些好奇，回想起上次江流深说自己曾遭受过打击，自闭到歇影一年，那时候到底发生了什么事？

然而没时间容他多想，主持人已经报出他要表演的歌曲名。

这是他的上一首单曲，也是在龙行制作的最后一首单曲。上一次演唱这首歌时，活动现场下起了小雨，他淋雨淋到进医院，结果没去成中秋晚宴的彩排，被江流深误以为耍大牌……现在想来，这些似乎都是很久以前的事了。

工作人员把钢琴搬上舞台，夏希艾从容入座。这首歌原本是流行曲风，他将其改编成抒情风格，比原版多出几分似水柔情。

没能在华曲奖的颁奖典礼上弹奏这首歌，一直是他的遗憾，现在终于能唱给江流深听了，也算是圆了一个小小的心愿。

夏希艾将手平放到琴键上，所有粉丝屏息以待。他心中暗暗吸气，手正欲落下，却被人打断。

“等等，还有我。”

夏希艾错愕地看着突然坐到身旁的人：“你干吗？”

“和你一起表演啊，节目组没告诉你吗？”

休息区的江小芙翻了个白眼——明明是你自己让保密的，又甩锅。

台下粉丝录到现在嗓子都快喊哑了，见此情景还是忍不住尖叫连连。

夏希艾仍一脸蒙：“你会弹钢琴？”

“也不看看我妈是谁，能不逼着我学吗？”江流深笑道，“钢琴是最基础的了，我还会小提琴、萨克斯、民谣吉他、架子鼓……哦，对，还吹过唢呐，你敢信吗？我妈以前的歌里缺一段唢呐伴奏，让我现学现吹，服了。”

夏希艾呆呆地听着，一时不知该如何作答。

他刻苦学了很久想作为特色展示的钢琴，江流深居然早就会了……

他们之间的差距，怎么这么大呢？

买手表那次他就意识到了，只不过江流深总是一再放低身份与他相处，从来没摆过架子，这才令他有了他们“平等”的错觉。

虽然现在他也算是个明星，可与江流深相比，从出身到成就，他平凡得不能更平凡，江流深到底为什么……会愿意跟他做朋友？

“嘿，观众都等着呢，发什么呆？”

眼前有只手晃了晃，夏希艾陡然回神，将纷乱的思绪暂且搁置一旁：“啊，那就开始吧。”

“嗯，我来倒数，三、二、一。”

四只修长的手同时落下，触及黑白琴键，动听优美的乐声倾泻而出。夏希艾弹奏着主旋律，江流深辅以即兴伴奏，明明是第一次合奏，却分外流畅自然，默契十足。

开口演唱前，夏希艾偷偷瞥了一眼江流深，结果却被抓个正着。

“专心点。”江流深勾着笑，张了张嘴，却没有发出声音，在摄像机捕捉不到的角度，朝他做了个口型。

“唱吧，唱给所有人听。”

待节目全部录制完，已是深夜，离场的粉丝们成群结队地走出电视台，仍在兴奋地谈论这晚的狂欢现场，直到她们渐渐远去，叽叽喳喳的声音才消散在微暖的晚风中。

嘉宾们这会儿也各自回家休息，江小芙搭她哥的顺风车，非要挤在后座。

“希艾，今天唱得超棒，我觉得这是你现场演唱最好的一次！”

夏希艾谦虚道：“谢谢，主要是有深哥帮我。”

江流深侧头一笑：“没我或许唱得更好，我好久没弹了，没影响你的节奏吧？”

“没有，你弹得很好。”夏希艾微仰头，难得浅笑，“特别好。”

江流深先是愣了愣，继而笑开：“你喜欢就好。”

江小芙：“……”

这两人是在商业尬吹吗？

对话仍在继续，江流深轻声道：“今天累坏了吧？先睡会儿。”

“嗯。”夏希艾闭着眼。

江流深察觉到他歪着头睡着了，侧头看了眼。夏希艾纤长的睫毛纹丝不动，发出均匀的呼吸声。

“真睡着了？”江小芙打量了一眼，轻声问。

江小芙思考了一会儿，严肃道：“哥，我觉得希艾估计是今天　　”车子突然颠簸了下，或许是开过了一个小坑。

江流深看了一眼夏希艾，见他仍闭着眼没醒，便接着道，“估计是玩游戏的时候累着了”。

“我觉得他越来越信任你了，我有点担心……”

她没说完，可江流深听懂了：“担心他像方茂一样，过度依赖我，是吗？”

“嗯。”

“其实我也有点矛盾，一方面希望他信任我这个朋友，一方面又不希望他的世界只有我，迷失了自己。”江流深道，“方茂他……就是太崇拜我了，而我却没意识到自己的一言一行会给他带来那么大的影响，结果害了他。”

“哥，那不是你的错，你是一个演员，你的本职就是演戏。如果因为一个粉丝有抑郁症就不接这种题材的戏，那下回有个粉丝说自己有恋爱恐惧症，难道你就不接所有感情戏了？那你还当什么演员。”

“道理我都懂，但我总觉得亏欠他什么，要是当时我开导他几句，或许他就不会自杀……”江流深轻轻地叹了口气。

“歇影了一年，都没减轻多少罪恶感，倒是回了国，遇上个身世这么像的希艾，帮我走了出来。”

“我也觉得，上天可真眷顾你，还给你一个将功补过的机会。”江小芙道，“这回可别再让自己遗憾了。”

“不用你说，我早就行动了。”江流深淡笑，“希艾拯救了我一次，所以无论发生什么，我都会帮他。”

回家路上十分安稳，没遇到追车的“私生饭”，司机先把江小芙送到家门口，接着才送二人回市中心的公寓。

江流深见夏希艾睡得沉，没舍得叫醒，将他扶正倚靠在后座上，自己先下了车，走到另一侧开门，却见他双眼一睁，突然醒了。

“吵醒你了？”江流深问，“要不要缓缓？你困得都走不动路了。”

“不用。”夏希艾下车，低头垂眸，“走吧。”

江流深没再坚持，两人一起乘电梯上楼。进了家门，江流深正寻思着说点什么，却听夏希艾说：“我先去睡了。”

“等一下。”江流深叫住他，“我有话对你说。”

夏希艾转身的动作顿住，脸色在顶灯的映照下有些苍白，咬着唇，眼神移向别处。

“有什么事明天再说吧，我现在……很累。”

江流深有点意外：“那么累吗？”

夏希艾轻轻地“嗯”了一声，转身进了自己房间。

关上门之后，他没有开灯，背靠着门板，在黑暗中静静聆听外头的声音。

他听见江流深的脚步声渐行渐远，去到卧室门前，打开房门，走进去，关上门。

屋外陷入一片寂静，悄无声息。

屋内亦然。

夏希艾像座冰冷僵硬的雕像伫立着，不知过了多久，才后背贴着门板，一点点往下滑，直到颓然地坐在地上，屈腿环抱住自己，把头一埋，蜷缩成了一团。

他听见了。

并不是故意偷听，只是他睡得浅，刚刚车一颠，醒了大半。迷迷糊糊听见江流深在说什么，还没来得及完全清醒发出声音，就听见了江小芙之后的话。

方茂，他第一次听到这个名字，不知道对方是谁，但他不笨，从他们口中提到的“抑郁症”“跳楼”“粉丝”几个词，稍加联想，就大致猜到了其中的故事。

几个月前，在雅典的第一晚，江流深也曾说过类似的话。

“我只是想到了另一个和你遭遇类似的人。”

“自杀了。”

那天晚上江流深说出这两句话时语气罕见地沉重。他对此一直心有疑惑，不过后来江流深再也没流露过那种情绪，便渐渐忘了这回事。

直到他听了他们的对话。

寂静的房间只剩下艰涩的呼吸声。

夏希艾的大脑混沌一片，塞满了那些话，涨得快要炸裂。如果可以，他想将车上那段记忆从脑海中抽离，碾碎丢弃，再也不要回想起一个字；然而他无法控制地反复想起，渴望弄明白事实是否真如自己猜测的那般。

在被黑暗彻底吞噬前，他终于抬起头，胡乱揉了揉酸胀的眼睛，拿出手机点开，忍受着刺目的光线，发白的指尖轻点屏幕，在搜索框里输入“江流深方茂”。

没搜出任何结果。

接着又把“茂”字替换成其他同音字，依然一无所获。

看来有人处理过网上的消息。夏希艾想了想，转换思路，输入“江流深”“粉丝”“自杀”几个词。

这回有结果了。

在一个八卦论坛里，有条一年多以前的帖子，提到某地发生了一起抑郁症患者跳楼自杀事件。该患者无父无母，一人独居。网友们对此深表同情，有些人找到了当事人的微博，想表示悼念，无意间发现跳楼的男性是江流深的粉丝，粉龄有十年之久，跳楼前几天正好是江流深的新片《飞》上映。

由于《飞》中江流深饰演的男主就是一位抑郁症患者，最后也是以跳楼终结了生命。因而网友们猜测这名男粉丝是看了电影后受其影响，想效仿自己的偶像，挣脱病魔，获得永久的自由。

眼看这事就要引发大范围讨论，忽然之间，男粉丝的微博账号不知为何被注销，所有内容一清而空，关于这件事的讨论微博也纷纷消失。

帖主在最后总结道："是江夫人给压下去了，证据都已经没了，我说的这些，大家爱信不信吧。"

底下回帖里质疑的占多数，还有不少人回："就算真有这事，又关江流深什么事？又不是他的错。"

确实不是江流深的错。夏希艾心想。但江流深一定认识那个名叫方茂的粉丝，否则不会因为对方自杀而深受打击，出国歇影一年，不会后悔当初没开导对方几句。

更不会……把一个身世相似的人，当作将功补过的对象。

手机从夏希艾发颤的指间滑落，"啪"的一声重重摔在地上，屏幕暗下去，屋内重归于漆黑。

夏希艾环抱着自己屈起的双腿，蜷缩得更紧。

江流深对他的照顾，原来都是出自对另一人的亏欠。

或许从知道他身世的那晚起，江流深就已经把他和那位已故粉丝的身影重叠。这才帮他涨人气、给他唱电影主题曲的机会、买草莓大福、介绍朋友，帮他澄清谣言、逗他开心……这一切的一切，都是因为，江流深把对别人的愧疚，转移到了他身上。

江流深在赎罪，他却以为江流深只是单纯地把他当朋友。

夏希艾后脑勺抵着门板，呆呆地仰着头，无神的目光落于黑暗中，一眨不眨，渐渐酸涩，溢出温热湿意，从脸上滑过，他却很想笑。

笑自己自作多情，笑自己不自量力。

明明已经数次意识到了彼此之间的巨大鸿沟，他却被对方的保护迷了眼，妄想着他们是真心实意的好朋友。

他哪有什么地方值得江流深特别对待。

一个乡下出身的新人歌手，没出过厉害的歌，没得过有分量的奖，高不成低不就的，还有一堆狼藉不堪的黑历史。论人气、地位比江流深差好几个等级，论家境和能力，更是天差地别，遥不可及。

他活这么大，哪怕在街头流浪的时候，也没觉得自己有多差；可现在和江流深一比，突然觉得自己简直一无是处。

如果不是因为他的身世和那个名叫方茂的粉丝相像，江流深或许至今仍只把他当作一个“好玩有趣的新人”，仅仅用来捉弄逗乐罢了，不会给他资源，不会和他做朋友，不会签下他，更不会在他陷入绝境时救他于水火。

从头到尾都不会把他当回事。

他现在理应觉得感激，别人求都求不来的运气，降临到了他身上，只要装作不知情，继续维持现状，江流深依然会接着帮助他。

可这样掺杂着其他因素的友情，他不想要。

清晨第一缕和煦温暖的阳光照在眼皮上，江流深微眯着眼，皱起眉头，适应这扰人的光亮，打了个大大的哈欠，仍觉困顿异常。

他这一晚不知为何，睡得特别不安稳，好几次从梦中惊醒，没由来地心慌意乱，仿佛失去了什么重要的东西，心头一阵空落落的，直到后半夜才勉强睡着。

正想再睡个回笼觉，忽然听见房间外有细碎的动静，似乎是从厨房传来的。

他脑海中一个激灵，瞬间清醒。

肯定是夏希艾在给他做早餐。

他立刻翻身下床，迅速洗漱完毕，赤着脚轻手轻脚地摸到厨房，尽量不发出声响，正准备一个箭步冲进去吓他一跳。

厨房门从里边被拉开了，出来的不是夏希艾，而是一脸倦容、胡楂都没刮的徐阳。

“吓死我了！”徐阳向后猛退一步，差点打翻盘子里的三明治，“你躲这儿干吗呢？我的祖宗。”

江流深没看到想看的人，一肚子火：“我还想问你呢，你不是没备用钥匙了吗，怎么溜进来的？”

“我哪有溜？夏希艾放我进来的。”

听见“夏希艾”几个字，江流深的气才算消了些：“他人呢？”

“我来的时候他正要出门，说是去工作室练歌。”

“你几点来的？”

“六点半左右吧。”

“这么早？”江流深略感诧异。不过想想夏希艾向来勤奋上进，一大早去练歌也正常。

“你给我们工作室的声乐老师打个电话，让他去陪着练。”

徐阳以为听错了：“我们工作室有声乐老师？”

“没有不会去请吗？”江流深怒眉一竖，指指墙上的挂钟，“他一个人在工作室待了一个小时了，没有吃没有喝，无依无靠、孤苦伶仃，而你居然还在这优哉游哉地做早餐？”

“我这不是做给你吃的吗？大老板！”徐阳喊冤。

“谁主谁次你搞搞清楚。”江流深一脸“孺子不可教也”式嫌弃，手指用力地戳在徐阳身上，一词一顿，“夏希艾的事更重要。”

工作室坐落于江岸，三层独栋，被一众写字高楼包围着，彰显出其主人的财大气粗。

江流深平时忙着外出拍戏、参加活动，一年到头都去不了几次自己的工作室，这天为了送早餐，上班时间还没到，就出现在了练歌室前。

他开门走进去：“希艾，起得真早啊，也不跟我说一声，喏，给你带了早饭。”

正坐在地上看谱子的夏希艾吓了一跳，睁大着眼望过来，眼眶周围一圈红红的，像只惊慌的兔子。

“昨晚没睡好吗？”江流深走到他跟前蹲下，正欲伸手，夏希艾却将头一偏，躲开了他的手。

江流深的手在半空中定格了半秒。

“躲什么？给我看看脸，怎么感觉你整个人惨兮兮的。”

“我吃过早饭了。”夏希艾的声音淡淡的，“我要专心练歌，你去其他地方坐吧。”

江流深一愣，看他的样子不像在说笑：“好好好，我出去，练完来我办公室找我，我们一起去吃中饭，我预订了一家口味偏甜的餐厅，你应该会喜……”

“我不出去吃了，点外卖就好。”夏希艾打断他，“你没事就先回去吧，不用陪我，我要练到很晚才回去。”

江流深直觉哪儿不太对劲。

昨天还愿意一起上节目的他，怎么这会儿又像刚认识的时候那样拒人于千里之外了？

“你练到多晚，我就等到多晚。”他敛起笑意，脸色沉了下去，“不许吃乱七八糟的外卖，我中午给你送进来。”

夏希艾瑟缩了一下，似乎被他强硬的语气唬住了，倔强的神情有所动摇，他竟然怕他真的生气，最终抿着唇轻轻“嗯”了一声，算是妥协。

江流深终究舍不得太凶，叹了口气：“不要太拼，身体是本钱。我知道你想被大家认可，但这事急不来。这段时间经历了这么多，我担心你压力太大，先放松放松，给自己点时间沉淀学习，才能有灵感写出好歌。声乐老师我已经让徐阳去找了，保证给你最好的资源支持。”

“我很急……”夏希艾的声音微不可闻。

江流深没听清，凑近了问：“什么？”

夏希艾垂着眼：“没什么，谢谢深哥。”

平淡疏离的一声“深哥”，仿佛普通后辈和前辈间的客套对话。江流深不由得纳闷：他们的关系怎么生疏成这样了？

江流深原以为夏希艾只是起太早，心情不好，可接下来一连两三天竟都如此。

“他又去工作室了？”江流深刚从何安导演那儿回来，一坐上车就问徐阳。

“是啊。”徐阳从副驾驶座转过头，如实汇报，“声乐老师都跟我感叹，没见过这么勤奋的艺人，早上七点到晚上十点，除了吃饭、上厕所就没出过工作室。”

江流深皱眉：“你觉没觉得他最近不太对劲？这也太拼了吧？”

徐阳寻思着：“他是不是想抓紧时间出新专辑？上一首单曲都是半年前的，担心隔太久粉丝会忘记他？”

“怎么可能？虽然没出新歌，但这半年，哪个明星的曝光度比他高？”江流深道，“而且他也不是在乎曝光度的人。我就是不明白他为什么这么急，就算他想拿下华曲奖，可华曲奖还有一年呢，有的是时间打磨一首好歌。”

“那我就不知道了，说实话，我一直都看不太透夏哥。”

“他那么单纯你都看不透？一眼就能望到底好吗？”

“那是对你啊！对我们虽然也客客气气的，但几乎没表情，距离感明显，不然你当他‘盐系小天使’的外号怎么来的？”

换作平时，江流深听了这话肯定高兴。夏希艾对他与众不同，可近来夏希艾对他似乎和对别人没什么区别，甚至还更冷淡些，也就是说他的地位降级了？

江流深回到家时已是深夜，公寓里静悄悄的，毫无声响，清冷的月光铺在地板上，显出几分寂寥。江流深没往自己房间走，站定在客房前，抬手敲敲房门。

几秒的静谧等待后，房门从里边打开。

夏希艾只开了一道缝，手扒着门框，探出半个脑袋，用目光询问他什么事。

江流深笑了笑，提起手里的袋子："回来路上顺道买了奶茶，把门开开好不好？"

"太晚了，喝了会胖。"夏希艾的眼神直勾勾地盯着奶茶，却说，"不用了，谢谢。"

"胖点好，你太瘦了。"江流深看着他清减了不少的小脸，感觉都没几两肉了，"干吗把自己搞得这么疲惫？在我的公司，你不需要那么拼。"

夏希艾扒着门框的手指用力收紧，指腹泛白："就是因为在你的公司，我才要拼……"

"嗯？为什么？"江流深不明白。

夏希艾抬眼，目光灼灼地注视着他，声音却很轻，仿佛毫无底气，却依旧奋不顾身："我想尽快追赶上你，让你知道签我不亏……"

他忽然抿住唇，止了声。

江流深失笑："追赶我干什么？我们又不是一个行当。"

"我有我的理由，没事的话，我继续写歌了。"

"等等。"江流深撑住门不让他关，"明天的活动还记得吧？"

"记得，你新片的主创直播，我会准时出席的。"

"嗯。"

门在面前关上。

江流深提着冷掉的奶茶，呆站在原地。

第二天的直播于下午三点开始，中午时，所有电影主创已经到齐。

这部大制作的剧情片《入戏》汇集了多位近年来备受欢迎的影星和众位实力派老戏骨，还没开拍就造足了势头，尤其是在江流深和夏希艾也将参与制作的消息不胫而走之后，话题度更是一路飙升。

何安一进后台就"责怪"道："流深啊流深，我本来想把你们放到最后再揭晓的，你倒好，先替我曝了出去。"

江流深笑笑："那综艺节目今晚才播呢，先让现场观众放出点小道消息，吊吊大家胃口，这样一来，看您直播的人数保证破纪录，您面上也有光，不挺好吗？”

“巧舌如簧。”何安笑着摇摇头，看向江流深旁边的夏希艾，“希艾，小江为了捧你，真是煞费苦心。”

夏希艾恭敬道：“谢谢何导和深哥。”

又来了，又是这种语气，江流深听着甚感不爽：“你是我签的人，当然捧你，客气什么？”

夏希艾微颔首，没再说话。待化完妆后，他就先去了外边休息室候场。江流深通过化妆镜看见他离开的背影，揉着眉心叹气。

“深哥，你昨晚没睡好吗？看着很累的样子。”周雨萱在一旁关切道。她难得接到这样大牌云集的剧本，虽然这部戏是大男主戏，男主与傻白甜女主的感情部分不多，但她也兴奋得不行，抓住一切机会套近乎。

江流深放下手，懒洋洋地：“嗯，有点。”

何止没睡好，几乎一夜没睡，要不是早上起来发现桌上的奶茶不见了，他的起床气能延续到现在。

“我之前拍戏也累，就去学了点按摩手法，还挺有效的，不然，我一会儿给你按按？”周雨萱试探地问。

江流深睨她一眼：“不劳烦了，我有按摩师。”

“哇，深哥你有自己的按摩师啊，他一定手法很好，可不可以介绍给我呀？我最近正好肩颈不太舒服。”

“不好意思，不外借。”

周雨萱一愣，没想到江流深这么不给面子。她尴尬地笑了笑：“那我就不夺人所爱了。”说完不敢再搭话。

江流深乐得清静，却又担心夏希艾一个人在休息室太无聊，于是催促着造型师迅速搞好发型，便匆忙前往休息室。结果一到那儿，发现夏希艾正和别人聊得火热。

他敲了两下敞开的房门，挑眉：“聊什么呢？文彬。”

郑文彬看见来人是他，客气又热络地回：“流深，等你好久了，快来坐会儿。”

郑文彬是去年的金影奖最佳男主，论年纪比江流深大几岁，可论资历、咖位就差一截，故而在这部电影里是男二的角色。江流深知道他心里有点不服，但何安的邀请，没几个演员拒绝得了。

郑文彬此刻和夏希艾坐得很近，江流深眼睛一眯，径直走了过去，不动声色地坐在夏希艾的另一侧。

郑云彬接着刚才的话说："我们在聊演戏的事，希艾正向我讨教呢。"

"是吗。"江流深看似漫不经心，周身散发的气压却相当低沉。

郑云彬是个擅长察言观色的，立刻道："你来了正好，希艾啊，演戏你还是跟深哥学吧，他可比我厉害多了。"

"过奖。"江流深总算笑了笑，突然转了个话题，"文彬，之前希艾的事你没说出去吧？"

"你特意叮嘱的，我哪儿敢啊。"

夏希艾困惑地看过来："什么事？"

夏希艾总算主动搭理他了，江流深心中一悦，面上却仍云淡风轻："没什么，就你之前中秋晚宴上泼我一身可乐的事，文彬跟我们同桌，看见了，我让他别说出去。"

郑文彬："不只是我，深哥跟当时同桌的人都说了。说你只是一时冲动，犯不着因为这么点小事毁了一个新人的前途。不过希艾，你可真够刚猛的，当时把我都吓傻眼了。"

夏希艾听得一愣一愣的："原来你真的帮我善后了啊……"

曾经江流深提过帮他善后的事，但他当时有所误解，以为江流深要流氓，活该被泼，就算替他善了后，那也是理所应当，没觉得多感激。现在重提一遍，却又是另一种复杂心情。

江流深确实有颗温柔的心啊，对一个行为出格的陌生新人尚且如此宽容大度，难怪成为朋友后，对他更为尽心。

可这份尽心，究竟有几分是给他的，又有几分是给故人的呢？

"那当然，我都说过多少遍了，我这人刀子嘴豆腐心。"江流深厚着脸皮自夸，末了还谦虚道，“不过你也别太感激我，举手之劳而已，况且我们现在已经是朋友了，对吧？”

夏希艾却没露出多少感动的神色，也没像平日那样怼回来，只沉默地低下面，按着自己腕上的手表，轻轻摩挲，也不知道在想什么。

江流深微皱眉，心下又开始烦躁，碍着郑文彬的面才没表现出来。

“时间差不多了吧？我们是不是该进直播间了？”郑文彬问。

“嗯，应该是。”江流深看了一眼自己腕上的表，突然说，“咦？我这表好像时间不太对，希艾，你的借我看一眼。”说着就去拽夏希艾。

夏希艾躲了躲，还是被抓住，小声道：“你这表新买的，怎么可能会坏？”

“可能是昨晚摘了，机械表嘛，不戴就容易慢。”

夏希艾垂着睫毛，抿了抿唇，还是没忍住：“你昨晚去哪里了？”

江流深动作一顿。昨晚他去何安那儿讨论剧本，利用私人交情磨了半天才让何安给夏希艾加了一场戏，这话自然是不能当着郑云彬的面说，否则传出去对何安的名声不利。

“见了个朋友。”

夏希艾一顿。

郑云彬看他们看手表看了半天，觉得奇怪：“流深，你要看时间吗？我也戴表了。”

江流深这才回想起自己要做什么，装模作样地凑过去看夏希艾手上的镶钻白金表：“不用，我看希艾的就行，让我看看……两点四十，嗯，差不多了。”

他这么一番动作，郑云彬也注意到了夏希艾手上的奢贵名表，诧异道：“希艾，你这表是定制的吗？我怎么没见过这牌子有这款式。”

“这是……”

“是定制的。”江流深截断了夏希艾的话，炫耀似的展示着那块腕表，“你看这表盘，又闪又圆，多华贵，多精美，再看这表带，材质坚固不留划痕，是不是跟希艾特别配？”

夏希艾：“……”

郑云彬没见过这么夸人的，硬着头皮附和：“是很配。”

“不光表面这些相配，设计师还留了个隐藏的小玄机。”

“哦？哪儿呢？”

“这个小玄机啊，只有在摘下表的时候才会发现。”江流深看着夏希艾露出迷惑的神色，“如果戴上后没摘下来过，肯定是不知道的。”

夏希艾闻言一怔。

江流深给他戴上之后，他确实没摘下来过，因而根本不知道对方所说的玄机是什么。

“设计师在搭扣的里边刻了字，很有纪念意义。”

夏希艾预感到了什么，眼睛缓缓睁大。

“那应该就是名字咯？”郑云彬以为刻了夏希艾的名字。

江流深笑笑：“嗯，是名字。”

夏希艾在表带旁侧轻轻一按，解开手表的搭扣，以一个郑云彬看不见的角度，看了一眼里边隐藏的内容。

再熟悉不过的一个名字。

“这个名字怎么样？”江流深眼含笑意，声音低沉。

夏希艾呆怔住，目光从表扣缓缓转移到江流深脸上。

“咔嗒。”休息室的门突然开了。夏希艾猛地一惊，立刻扭过头，收回手。

工作人员恭敬道：“各位请去直播室吧，其他人已经化完妆直接过去了。”

郑文彬应了声，转头问：“那我们也走吧？”

“行。”江流深无奈，看着旁边又陷入沉默的夏希艾，只得把这事暂且搁一搁。

直播下午三点整准时开始，加上导演共六位嘉宾并排而坐，主持人的开场白热情洋溢：“各位观众朋友们好！这里是何安导演新片《入戏》的主创直播现场。哇，一开场观看直播的人数就已经突破八百万！各位主创来给观众们打声招呼吧！”

几人齐声问候了一声，旁侧大屏幕上的弹幕疯狂刷过。

“有生之年居然能看到我的小天使演电影，啊啊啊！”

“两大帅哥电影也要一起演，呜呜呜，简直是粉丝的福利！”

弹幕刷得太快太密集，人脸都看不清了，工作人员只好暂时关了弹幕。主持人按照惯例先向导演提问：“何导，您以往都是以发布会的形式公布主创，这回怎么想到来直播？”

何安乐呵呵道：“时代在变化，我孙女爱看直播，她说‘这是现在年轻人的潮流，您不懂’。我听了不服气，所以这回也赶一赶潮流，迎合一下年轻人的口味。”

主持人又问了几个问题，紧接着把话题引到演员身上，首先自然是男主江流深。

“深哥，你可真是让你的影迷等很久了，还不快说说，要怎么补偿？”

江流深笑笑：“抱歉，确实久了点，不过我觉得经历了这一年多的沉淀学习，我的状态比以前更好了，一定会用更优秀的作品回报大家的等待。”

“那我们就拭目以待咯。”主持人看了一眼问题卡，又问，“话说回来，为什么当初突然决定歇影一年去进修呢？粉丝们都很好奇。”

夏希艾闻言心中一动。直播的问题都是经由嘉宾确认过的，不能问的会删掉，也就是说，江流深愿意回答这个问题，他准备怎么说呢？

“这个问题在以前采访中也被问过，我当时没正经说，还让节目导演剪了。”江流深保持着官方微笑，神色间却多了份认真，“但现在，我想我可以正儿八经地回答了。”

夏希艾诧异地转头，连一旁的何安都看了过来。

“自从十二岁踏入这行以来，我自认是一个敬业上进的演员，一心投身事业，力求突破自我，可有时候太过专注于眼前，未必是好事。”江流深沉缓道，“当我为自己再一次挑战成功而沾沾自喜的时候，转头却发现，丢失了重要的东西。

“我当时很受打击，一度迷惘自己还该不该继续演戏，所以选择了暂时歇影，出国进修的同时调整心态，但现在已经没事了。”江流深侧头看向夏希艾，浅笑，“希艾在这段时间里帮了我很多，否则我不可能这么快恢复过来。”

弹幕顿时刷过一片“心疼深哥”“希艾果然是小天使！！！”……

夏希艾心里却苦得发涩。

丢失了重要的东西，而他只是个帮忙的人。

主持人和江流深都等着他接话，但他脑子里空荡荡的，声音哽在喉咙里，一句话都说不出来。

眼看就要变成直播事故了，主持人连忙打破沉默：“没想到是这么回事，看来当演员有很多我们旁人体会不到的辛酸苦辣，听说深哥你有时候胃痛还支撑着演完一幕戏，真的太敬业了！”

“各行都有各行的不易，这点小事算不了什么，况且我身边的人都很照顾我。”江流深回答着主持人的问题，目光却仍盯着夏希艾，再次把话题抛了过去，“之前录《一路向西》的时候，有天晚上我胃疼发作，希艾帮我按摩按好了，对不对？”

众人的目光再次聚焦到夏希艾身上，周雨萱突然想到了什么，开玩笑道：“深哥刚刚还跟我说有自己的按摩师，不会就是希艾吧？哈哈。”

她这么一问，夏希艾便不好答了。据他所知江流深并没有什么按摩师，但倘若如实回答“是”，也不妥。

他这一迟疑，就错过了回答的最佳时机，气氛顿时又陷入尴尬。

好在主持人够机灵，迅速打哈哈圆了过去，算是有惊无险。

只不过，之后的问答，江流深再也没抛话题给他。

夏希艾微低着头，抿了抿唇，在其他人接受采访的时候，偷偷用余光瞥了身侧的人一眼。

江流深的表情说不上冷淡，但双手抱臂坐在那儿，隐隐透出一股阴郁的低气压，而且这低气压似乎定向施加到了他身上，像缓缓落下的大石般，压得他胸闷。

他又惹江流深生气了……

夏希艾不安地蜷起手指，抠着沙发表面的布料。

这是肯定的吧，他不仅这几天一直躲着江流深，还在直播中无视他，就算江流深再照顾他，肯定也觉得不耐烦了。

可他又能怎么办呢。

那天晚上他坐在卧室门口想了一夜，几度自暴自弃，甚至有一瞬间想立刻收拾东西走人，到一个江流深找不到的地方，什么娱乐圈、华曲奖都不管了。反正他只是喜欢唱歌，小时候能在淳朴的乡间溪边唱，少年时能在鱼龙混杂的酒吧唱，成年后能在肮脏恶浊的地下通道唱。

以后，也可以在没有江流深的地方唱。

但是，他又不甘心。

不甘心自己什么都没做就放弃，像个未战先降的逃兵。

或许可以再努力一下，变成更优秀更厉害的人。那样的话，江流深也许会重新审视他，而不是像现在这样，通过对他好来弥补曾经的遗憾。

说到底，他还是无法放弃。

下决心容易，真正做起来……他根本不知道从哪儿开始，也不知道要花费多少时间，只能尽力利用一切时间提升自己，朝着看不见尽头的前方拼命奔跑。

哪怕结果可能只是徒劳。

但再不济，起码凭着这份与故人的相似，江流深不会放弃他。

这样的想法，令他觉得自己悲哀又卑鄙，难以面对江流深关切的目光。因此这几天一直避而不见，能躲则躲，怕自己露出端倪，也怕江流深的关切使他一再记起自己不过是鸠占鹊巢而已。

提问完几位主要演员后，主持人突然将话头一转，转到正在出神的夏希艾身上："希艾，听你的粉丝控诉说，你已经好几天没出现了，忙什么呢？是在创作新电影主题曲吗？"

夏希艾听见自己的名字怔了怔，旋即回神，连忙回答："嗯，主题曲只是一部分工作，还有其他很多事要做，这阵子会很忙，先跟大家说声抱歉。"

"哇，小小年纪就这么努力打拼事业，难怪大家都夸你勤奋上进。"主持人吹完，挤了挤眼，"不过打拼事业的同时也别忘了感情生活哦，你这个年纪可以开始谈恋爱啦。"

这话瞬间引来一片密集的弹幕。

“妈妈不允许！我宝宝还小！”

……

主持人只是想调动气氛，没期待听到回答。她看了一眼问答卡，正欲继续往下提问，忽然听见夏希艾开口。

“感情当然很重要，比如爱情、友情，但我现在……不想把重心放在这些上面。”

他笔直地注视着前方的摄像头，看着似乎很坚定，其实只是怕触到江流深的目光。

“我的事业刚起步，还有很大的进步空间，只有当我变得足够优秀，才有资格去追寻感情。”

“呵。”旁侧的江流深冷不防地发出一声冷笑，“谁说的？”

夏希艾一愣，原本的勇气迅速流失，声音低下去了几分：“是我自己这么觉得。”

“行，你要是觉得事业比感情重要，那就好好加油。”江流深抛下这么句话，便不再言语。

直播中场休息时，众人回到后台补妆。

夏希艾闭着眼睛，任由化妆师轻扫定妆粉，薄薄的眼皮微微颤着。

他能感觉到，旁边的江流深正透过镜子看他。

江流深好像更生气了……是他刚刚直播的时候说错话了吗？

化妆间气氛异常地紧张，其他人都察觉到了他们之间状况不对劲，目光频频投来，却谁都不敢开口，只因江流深脸色太过吓人。

僵硬的气氛持续了好久，直到江流深噌地站起身，冷冷地丢下一句话：“你跟我出来。”

夏希艾心下一沉，刚睁开眼，就被巨大的摔门声震得猛眨了一下眼，心脏都跟着抖了抖。

在其他人担忧探究的目光中，他默不作声地缓缓起身，跟着走了出去，站定在半开的休息室门前，深呼吸一口气，做足了被痛骂一顿的准备，推开门走进休息室。

江流深正斜靠在沙发椅边上，插着兜，不带笑意的面容有些冷漠，听见声响，睨了他一眼：“回答我刚才问你的问题。”

抿唇不笑的江流深与平日里完全是两个人，只要一个眼神，便能让人从头凉到脚底。

“什么问题？”夏希艾努力挺直脊背，不想让自己看起来太惶惶不安。

“你表带背后刻的名字……”江流深一步步靠近，站定在他面前，深邃的双眸紧盯着他，“怎么样？”

夏希艾没想到是这个问题，心中压抑多日的情绪瞬间翻涌上来，喉间涩苦，没有说话。

江流深沉默地审视着面前人脸上的神色，眼里的温度逐渐下降，直至凝结成冰霜。

“沉默就是回答吗？”他终于笑了，却是嘲讽的嗤笑，紧接着朝夏希艾摊开手。

“既然这样，就别戴着了，还给我吧。”

# 第十章
## 天籁之音

夏希艾的脸上“唰”地失去了血色，苍白一片，难以置信地瞪大眼，呆立在原地。

“给我啊。”江流深冷漠地看着他，手依旧摊在他面前。

“你送给我了，怎么可以再要回去？”

如果手表可以要回去，那是不是意味着，江流深给他的照顾，也通通能随时收回？

一念及此，他的心像灌了冷铅似的直往下坠。

江流深走近了些，望入他慌乱不安的眼底：“你既然觉得背后刻的名字不怎么样，还留着我的东西干什么？”

夏希艾愣了愣，明白过来：“没有，我是说……”

“别解释了。”江流深打断他的话，一脸不耐烦的倦色，“你从一开始就瞧不起我，我知道。我还以为经过这些日子，你已经对我改观了，没想到仍旧是我想多了。行了，还给我吧，不给我要抢了。”

夏希艾立即把手往身后藏：“不是的，我没有瞧不起你，我……”

江流深根本不听他的辩解，伸手去抢他背后的手表。

眼看着手表就要被取下来了，夏希艾急得红了眼，闷声喊：“不……不行！你已经给我了！”

“这是我的表，上面刻着我的名字，我有权利收回。”

“那……那我买下来！你说多少钱，我买！”

“不卖。”

“你别拿走，好不好，别拿走……”夏希艾的语气弱了下去，几乎是在恳求了。

可江流深语气依旧冷硬："不好。"

"你不能这样，江流深，你不能说话不算话。"夏希艾好不容易才抬起头，挣扎间发型全乱了，"你说过送给我的，你反悔了吗？"

江流深眼底的冰冷一目了然。

"如果我说是呢？"

夏希艾神色一滞，讷讷地看着面前人，似是不可思议，又似是意料之中。

"我给你。"沉默地对视了许久后，夏希艾垂下微颤的睫毛，忽然开始絮絮叨叨地自言自语，"本来就是你的，你拿回去正常，我也没想一直留着，这么贵重的东西，早晚要还给你的，只是手表而已，没什么的……"

江流深看着面前人开启自我安慰模式，狠狠心，往他坚厚的心房刺入了最后一把利剑，逼他袒露脆弱的内在。

"你要是还给我，我也会把我手上的还给你。"江流深松开了桎梏，紧盯着他越来越红的眼睛。

"你知道这意味着什么吗？夏希艾。"

哪怕是他们第一次见面的时候，江流深也没这样严肃冷漠地喊过他全名。

夏希艾的脸色彻底僵住，死咬住唇，泛出惨白，几乎破皮出血。

"你……不要我这个朋友了吗？"

他站得很直，眼神很倔，像一棵不会被任何暴风压垮的树苗，垂在身侧的手却在抖，已然红透了眼。他吸了吸鼻子，哽着声又问了一遍："你也不要我这个朋友了吗？"

江流深反问："是你先不要我这个朋友的吧？你说我你不怎么样。"

"没有，我不是那个意思……"

江流深依然冷眼看着他，不说话。

夏希艾的眼睛涨得发酸，视线开始变得模糊。他知道自己又要出丑了，连忙用衣袖胡乱擦了擦脸，袖子口立刻湿了一片。

他上次这样丢脸还是在颁奖典礼的后台，误以为江流深不要他这个朋友了，但后来江流深找到了他，说"有事就喊一句深哥，什么都能给你解决了"，令他所有的不安与害怕都消散。

然而现在，江流深真的打算不要他这个朋友了。

夏希艾一念及此，眼泪终究没能止住，从通红的眼眶里溢出来，不断滑过脸颊，怎么擦都擦不完，可夏希艾已经顾不得那么多了。

他鼓起勇气，扯住江流深的衣角，用力攥紧，像攥住了一根救命稻草，仰起满是泪痕的脸看过去，将自己最狼狈不堪的模样展露在江流深面前。

“我想当你的朋友……”

这短短几个字几乎耗尽了他所有勇气与力气，接下来声音便低了下去：“深哥……现在喊还有用吗，深哥……”

喊了十几遍，也没有得到任何回应。

夏希艾的泣声越来越轻，到最后咬唇止了声，不再恳求，将所有懦弱的声音压抑住，只有肩膀一耸一耸的，安安静静地站在原地。

沉默的空气侵蚀着脆弱的神经，他终于绝望，松开了江流深的衣角，抬起手臂，颤着手指开始解手表搭扣。

江流深没说话，只凝视着面前人。分明抽噎得气都有些喘不上来，却仍想装出镇定坚强的样子，抑制不住的眼泪“啪嗒啪嗒”地坠落到手表盘面。

可怜兮兮的，再欺负就不是人了。

于是他伸手，按住夏希艾解表带的手。

夏希艾一愣，呆呆地望着他：“你干吗？”

“我怎么会不要你这个朋友。”

夏希艾被他突如其来的态度转变整蒙了，有点搞不清状况。

“你什么意思？”

江流深恢复了往常的样子：“继续当你的朋友，还能为什么？”

“可是，你刚刚……”

“刚刚只是想罚一罚你，谁让你瞧不起我，说我不怎么样。”江流深相当识相。

夏希艾微怔，消化了一会儿才明白了情况，出乎意料地没生气，然而也没有表现出开心，似乎在意的重点不是这个。

“我不知道……你是不是把对别人的愧疚转移到了我身上。”

这回换江流深愣了：“什么意思？”

“你明明知道我在说谁。”夏希艾抽了抽鼻子，“我不要被你这样对待，我不要你因为自己的遗憾而对我好。

“我可以自己照顾自己，可以靠自己克服困难，变得很厉害，和你一样厉害。

“你现在这样帮我，是不是因为那个叫方茂的粉丝？是不是看我可怜，怕我像他一样走上不归路？可我不是他，江流深，你明白吗？我不是他，不要把对他的愧疚强加给我。”

他的声音再度哽咽。

“如果你不是真心拿我当朋友……就不要再做这种让我误会的事了。”

他一口气将心底积压已久的情绪全宣泄出来，登时像泄了气的气球，迅速丧失力气和勇气。

“你是不是误会了什么？怎么扯到方茂了？”江流深听得一头雾水。

“你不承认就算了，我想说的都说了，也不想再多说什么了。”夏希艾转身就要走。

“别走，离直播再开就几分钟了。”江流深拦住他，“在这之前你必须给我句准话，到底当不当我是朋友？过了这村可就没这……算了，我再开家分店在前头等你，不过你最好现在回答。”

夏希艾抿唇不言。江流深这反应不像是在骗他，可他还没搞清楚事情原委，这么快就回答的话，显得他好像很没原则似的。

“不说话？那就是当咯。”江流深含笑看他，“至于你到底误会了什么，等直播结束了，我们再好好谈一谈，行吗？”

夏希艾思索片刻，没有提出反驳。

直播再开后，先是导演何安的单独访谈。江流深趁这间隙，找来冰袋，敷在夏希艾红彤彤的眼睛上，让他消肿。

“平时看着挺硬气，怎么这样就哭了？”这个罪魁祸首还在嘴贫，“我本来想装得再冷酷点，结果你眼泪一涌出来，我就破功了。”

夏希艾方才脑子里光顾虑着其他的，没精力计较他演戏骗自己，这会儿回忆起刚刚自己的丢脸样子，越想越觉得他可恶，没好气道：“你以后再那样捉弄我，我就真的不要你这个朋友了。”

“绝对不会了，我保证。”江流深举手发誓，“我没想到还有误会在里头，难怪你之前对我爱搭不理，我还当你瞧不起我呢。”

导演的单独访谈结束后，几位主创又聚到了一起，进行最后一轮直播。尽管敷完冰袋，夏希艾的眼睛已经几乎看不出多少红肿了，可细心的显微镜粉丝还是立刻发现了异常，弹幕瞬间如同打了鸡血，飞过一连串问号。

“上一段直播他们俩像冷战似的，现在感觉又兄弟情深了！”

眼见着弹幕快被他们的粉丝全盘占领，一些“唯粉”坐不住了，纷纷加入战场控评——

“脑补请适度，要说几遍你们这些粉丝才能听进去？”

争吵的弹幕并未在直播室的大屏幕投放，嘉宾依然照常互动。

“下面是粉丝福利环节！我们选取了一些粉丝呼声很高的留言，嘉宾需要回答问题或者满足粉丝要求，各位做好心理准备了吗？”主持人问。

夏希艾的心思还沉浸在方才的事之中，出神地跟着大家一起点了点头，结果下一秒就被点名。

“希艾，有粉丝说好久没看见你笑，想看你笑一笑，可以吗？”

夏希艾愣了愣，正琢磨着怎么笑才不会显得假时，突然被旁边的人戳了一下。他素来怕痒，登时一个激灵，条件反射地“扑哧”笑出了声。

“喏，笑了。”江流深对着镜头面不改色道。

碍于正在直播，夏希艾只能把这口恶气忍下去，已经在心里怒捶江流深八百拳。

“哈哈哈，深哥又欺负希艾！”主持人接着道，“希艾，你这次客串演出让大家都很惊喜，不过更惊喜的是你即将献唱主题曲，粉丝想让你透露一下曲风，可以吗？”

总算来了个正经问题，夏希艾也正经回答：“可以，是一首偏民谣的抒情歌，我这几天已经在尝试创作。这将是我第一首独立原创歌曲，希望届时大家会喜欢。”

江流深闻言诧异地看了他一眼。这几天创作的？原来他每天早出晚归不是为了躲自己，而是真的在努力追赶啊……

“下一题是问深哥的，哇，这题可不好对付，深哥，我不知道能不能问。”主持人故意卖关子。

江流深此刻心情甚好，展颜一笑：“放马过来吧！”

“好！那我就替粉丝大胆问了，深哥，你打算什么时候成家啊？”

夏希艾忍俊不禁，假装捂嘴咳嗽掩盖了过去。江流深把他的反应看得一清二楚，磨了磨牙：“你们老问我有意思吗？不如问问从来没回答过这种问题的人？比如说，希艾？”

夏希艾这回真的呛到咳嗽，咳完不甘示弱地回：“粉丝问的是你，我也很想知道，你什么时候成家？”

不得了，天使变恶魔了。

“你什么时候成我就什么时候成。”江流深笑得蔫坏，“哥哥我总要把你安排妥当了才能放心成家啊。”

本以为夏希艾听了这话会一脸无言，谁知夏希艾竟坦然望着他，黑亮的眼睛中三分天真，七分赤诚：“那就这么说定了，你要说话算话。”

两个小时后，直播顺利结束，最高观看人数突破三千万，刷新了该平台的历史纪录。各大官媒和营销号纷纷发布电影相关新闻通稿，粉丝借着热搜纷纷安利。

何安高兴之下，大手一挥，说要做东请客，江流深原本想拒绝，结果夏希艾第一个应承了下来。

他连忙把人拉到一旁，悄悄说：“别去吃饭了，我们得赶紧回去。”

夏希艾困惑：“有什么急事吗？”

“当然有，我刚刚捉弄你还没捉弄够呢。”江流深大言不惭。

“呃……”夏希艾当即朝何安喊，“何导！我们吃完饭再去唱个歌吧！”

“好啊！希艾愿意唱那再好不过了。”

江流深："……"

结果这顿饭从傍晚一直吃到晚上九点多。席间夏希艾只象征性地喝了一小杯酒，可脸蛋立刻就红扑扑的。

何安后面还有事要处理，吃完饭众人便散了，没有接着去唱歌。江流深舒了一口气，正想把人拐走开溜，却被何安叫住了。

"流深，你过来一下。"何安带他走到其他人听不见的地方，开门见山地问，"希艾对你是不是很重要？"

江流深竖起大拇指："何导，您可真是火眼金睛、明察秋毫、慧眼识人，那看在我们兄弟情深的分上，要不，您再给他加段戏？"

"别给我贫啊，剧本都定了。"何安笑骂。

江流深收起玩笑，正色道："谢谢您答应让希艾唱主题曲。"

何安宽慰道："你的第一部电影就是我拍的，我也算看着你长大了，你的朋友我应该照顾。"

"谢谢，我真的很珍惜这个朋友，在遇到他之前，我的人生一团乱。"江流深望了一眼远处正仰着头看夜空的夏希艾，"最开始我以为我是那个拽他一把的人，没想到他才是。"

何安拍了拍他的肩："能遇到这么好的朋友不容易，好好珍惜吧，你们都这么优秀，未来可期。"

"谢谢您了。"江流深语调忽而一扬，"您看我们兄弟情深至此，不如再加一场我们的对手戏？"

"没门！"

夏希艾正数着天上明亮闪烁的星星，余光瞥见江流深与何安道完别走了过来，扭过头，丢下一句"上车吧"便先行钻进了车里，也不提自己为何在车外站了那么久。

可江流深心里一清二楚，夏希艾这是在担心他。

他一上车便温声责备："外边这么冷，风又大，不知道躲一躲吗？"

"车子里闷，想出去透透气……何导对你说什么了？没事吧？"

"能有什么事？"

"就我通过你的关系，走后门。"

江流深笑着拍了拍他的肩："放心，何导向来关心我，除了我家里人，他是我最亲近的长辈，连我歇影的真正原因他都知道。我的事就是他的事，我想捧的人他绝对会帮忙。"

夏希艾稍感安心，继而又想起来："我还不知道你歇影的原因呢。"

"回家就告诉你，你想知道什么都行，包括方茂的事，我知无不言。"

夏希艾点点头。江流深虽然大多数时候都挺浑，但在关键的时刻，还是分得清轻重。

然而一回到家刚进门，"分得清轻重"的江流深就忘了这回事，说要开瓶酒庆祝他俩重新和好。

夏希艾气恼地瞪他："你说过回来跟我解释的。"

江流深缴械投降，面对面而坐："你想知道什么，快问。"

夏希艾："先把方茂的事说清楚。"

一提这个江流深就来气："到底是哪个浑蛋跟你瞎说？我从来没把你当成过他！"

"那天录完节目回来的路上，我听见你跟你妹说的。"

江流深怒容凝滞，半晌，一脸悲愤沉痛道："江流深这个浑蛋！"

夏希艾忍不住笑了。

江流深愣了愣："你的粉丝要是看到你现在这样，肯定不会再说你盐了。"

"不要岔开话题，你还没解释呢。"

"好好好，我说，我说。"江流深总算端出正经的态度，"其实也不是多复杂的故事。"

他娓娓道来。

"就我刚开始拍电影那几年，粉丝不多，有粉丝来信基本都会回，方茂是其中最热情的一个。

“我们在最初的两三年里写了近百封信吧，他在信里说了很多关于他自己的事，说他比我小一岁，很羡慕我可以拍戏当明星，自己却只能在学校里过平凡人的生活。

“还提到自己父母前几年去世了，现在由亲戚收养着，虽然也像普通孩子一样上学念书，但在学校里过得并不好。

“有些家长知道他是孤儿之后，不让自己的孩子跟他来往，怕他心理有问题。”

江流深叹气：“他本来是没问题的，就因为别人那样对他，反而慢慢地产生了问题，也就是所谓的抑郁症。

“我能察觉到他字里行间越来越压抑，就想帮帮他，可他不愿意透露真名，地址又是学校，我没有办法，只能在信里尽量多安慰他。

“安慰归安慰，我不可能把全部心思放在他身上，加上我的知名度越来越高，工作越来越忙，回信就渐渐少了。他可能也察觉到了这点，来信频率慢慢变低了，说是为了不打扰我。

“但每次我的电影上映后，他都会发来观后感，一直在关注着我。可我那时专注拍戏，只顾着揣摩角色提升演技，没注意到他的抑郁症日渐严重。

“后来，我接到了《飞》这部戏，当时我挺兴奋，觉得这是个能突破自我的角色。我一心想把戏演好，一连几个月都跟着剧组闭关拍戏，拍完才回他信，告诉他拍这部戏时的感受，希望能给患有抑郁症的他一点鼓励。

“他那次回我的内容特别简洁，不像以前那样洋洋洒洒上千字，在信的末尾他问我‘结局是好的吗’。因为有保密协议，我不能剧透，只能跟他说‘对这个角色来说，或许是好的吧。但对我们来说，或许是糟糕的。看你怎么看待’。

“再后来，电影上映了。三天后，我又收到了他的来信，也是最后一封。”

江流深说到这停顿了一会儿，神色有些沉重：“我去拿来给你看。”

他进了书房，没一会儿拿着个信封出来，递给夏希艾。

这是一个普普通通的牛皮纸信封，保存得相当完好。夏希艾小心地打开信封，抽出里边的信纸，上面的字迹端正清秀，像是一个心平气和的人在和煦温暖的阳光下写下的词句。

“深哥，我去看了你的新电影，演得太完美了，挑不出一丝毛病。从十年前给你写第一封信开始，我就知道你会变成很优秀的演员。哪怕已经得了两届金影奖，你还是在不断突破自我，向前迈进，我特别佩服你这种沉稳和勇气。

“我却不行，我的人生好像一直在倒退。

“父母去世后，我好像失去了所有热情和希望，每一天都是生命的倒计时。我也想过重新振作起来，可我实在扛不住那些人的冷眼和恶意，一个人活着太辛苦了，也只有对你写下这些话的时候才觉得心里轻松些。

“还记得我说过很羡慕你能当演员吗？其实我从小的梦想也是当演员，但在你面前我怎么好意思说呢。对于我这种平凡人，能和你书信往来已经非常荣幸了。

“不过在看你的电影时，我还是会稍微幻想一下，幻想自己是你，幻想自己是那个角色，然后就会再次意识到，你果然很厉害，换成我肯定演不出来。

“但这次你演的那位抑郁症患者，我觉得我肯定能和你一样演得很完美，因为我是本色出演嘛，哈哈。

“在这部电影之前，我从来没觉得自己离你这么近过，或者说，你离我这么近过。

“一直以来，我感觉自己像被枷锁束缚住的囚徒，只能通过地牢的缝隙仰望站在神坛遥不可及的你，向你传递自己的悲欢哀乐，但看完这部电影，你仿佛从神坛上走了下来，解开我的枷锁，帮助我重获自由。

“电影的结局，让我这么多年来第一次感到释然解脱，或许这不是你的本意，但我相信冥冥之中，这是你给我指明的方向。

“对我来说，这应该就是最好的结局。

“谢谢你。”

信的最后落款人是“方茂”。

“这是我第一次知道他的真名。”江流深涩笑，“第二次看到，就是在新闻里，说他跳楼自杀了。”

夏希艾想出言安慰，却又不知从何说起。

江流深看出了他的犹豫：“没事，我现在已经差不多放下了。虽然当初确实很受打击，我妈为了把这新闻压下去，还把他的微博给封了，我跟她大吵了一架，就歇影出国了。”

“伯母应该也是担心你。”

“嗯，我知道，只是当时情绪有点崩溃。认识了十年的人，因为看了我的电影，突然说没就没了，还因为我，连存在过的痕迹都被抹去，我实在不能接受。那段时间我一直想，我演戏到底是为了什么？一心沉浸在事业中真的正确吗？如果以后还发生这种事，我是不是干脆不演了比较好？”

夏希艾忙道：“这不是你的错。”

“这句话家里人对我说过很多遍，但我依然觉得自责悔恨，直到……”江流深浅笑，“听说了你的经历。”

夏希艾愣了愣：“我？”

“对，你。我没有把你当成他来照顾，对你好也不是为了弥补遗憾，因为从我知道你身世的那一刻起，我就觉得你们完全不一样。

“在雅典的那个晚上，你对我说的话让我彻底清醒了，也是从那个时候起，我开始思考，为什么你的人生经历比他还糟糕，你却能靠自己顽强地生存下来，一直不放弃希望？在这个过程中，我渐渐被你救赎。”

江流深说：“要不是遇见你，我不知道还要多久才能走出来。”

“我没做什么……我还误会了你，误会了他，抱歉。”夏希艾内疚道，“我不知道他是一个这么可怜的人。”

江流深摇头：“他不可怜，如果他还在世，肯定不乐意被这么评价，因为他也曾努力对抗过心里的病魔，最后战胜了它，只不过是以一种同归于尽的方式。换个角度看，他也是勇敢顽强的，倘若他觉得那是最好的结局，我们旁人没权利评判好与坏。”

“嗯，你能这么想，说明你确实放下了。”

“放不下也得放下啊，我不能活在过去止步不前，否则岂不是像你曾经说的那样，辜负了他对我的期许？”江流深伸了个懒腰，长吐一口气，笑了笑，“其实愧疚还是有的，如果我当初再细心一点，再多关注他一点，这事或许就不会发生。

“但或许，我做什么都改变不了他最终的结局，谁知道呢。

“我已经挽回不了他离去的事实，与其在愧疚中惶惶度日，不如背负着他的心愿继续前行，成为更优秀的演员，帮助和他一样的人。

“最重要的是，事业已经不再是我执着的全部，我开始学会珍惜身边真正重要的东西，比如亲情，比如友情。”

夏希艾脸上微红：“听完你的故事，我突然觉得我也该警醒一下，以后要对粉丝再好一点。”

“这个只能尽力而为，毕竟你的粉丝那么多，你不可能照顾到每个人。”江流深笑了笑，对他说，“但你的人生知己只有一个，你可以先对他好点。”

夏希艾瞪了他一眼：“我在说正经的呢。”

“正经的说完了，该说不正经的了。”江流深眨眨眼，“不是刚说过吗，不要活在过去。”

“你这话题转移得也太快了。”

“发生过的事已经改变不了，我能做的就是享受当下，你是我最重要的朋友，我当然要尽快把话题转移到你身上。”

“说话一套一套的。”夏希艾嘟囔，“不愧是大影帝。”

“啧，我可听见了啊，大影帝是背过不少台词，但刚刚这些保证都是原创。”

“你有对别的朋友这么好过吗？”

江流深立刻并拢五指对天发誓：“天地良心，没有。”

夏希艾将信将疑：“真的没有过？”

“真没有，我……”江流深的话语一滞，似乎想起了什么，原本坚定的语气突然变得支支吾吾，“呃……就算有过，也是很小的时候了。”

夏希艾看见他这副遮遮掩掩的样子，脸色一沉：“说说。”

“那什么……”江流深难得心虚，“就我拍第一部电影的时候，去了农村，那里有个小丫头还挺水灵的，但那时候我才十二岁，拍完电影就再也没见过了。”

夏希艾面无表情：“哦，小丫头，就那个告诉你艾草用处的小丫头吧？”

江流深一惊：“你怎么还记得？”

“你当时语气太肉麻，我才有印象的。”

“哪有肉麻，我坦荡得很。现在我们所有误会都说清了吧？”

“嗯。”夏希艾竭力装冷脸，却被眼中映出的笑意出卖。

那封信仍捏在他手里，薄薄的一张纸，却沉甸甸的。

——我也会背负着你的心愿前行的，方茂。我会替你看着这个人变得越来越优秀。

“发什么呆呢？”江流深见他出神，手在面前晃了晃，“节目开始了，看不看？”

“嗯，看。”

夏希艾将信纸小心折起，按原样重新放回牛皮纸信封里，递还给江流深：“既然我们是朋友，那以后你的责任就是我的责任，有什么事你别一个人担着，有我在，我可以帮你分担。”

江流深的心像系上了气球，直往高处飘，嘴上却说：“你帮我分担？可你年纪比我小，赚得比我少。”

“那又怎样？以后万一反超你呢。”

“名气没我大，粉丝没我多。”

“……”

“实力没我强，获奖比我少。”

“……”

“我是坐拥亿万家产的江家大少爷、娱乐圈太子爷，你是哪位？”

夏希艾额角青筋一绷：“江流深，你……”

“你是受尽磨难却依旧坚强上进的好学生。”江流深的语气变得认真，“你是迅速蹿红却不忘初心的小歌手，你是用努力和真诚回报粉丝的优质偶像，你是哪怕被连累也要救助别人的善良小天使，你是明知我比你年长比你厉害，却还要用自己力量保护我，让我感动得一塌糊涂……

“我最珍贵的朋友。

“夏希艾。”

夏希艾总算明白为什么何安说江流深“巧舌如簧”。

可这番真挚的夸奖和这份珍重的情谊确实令人动容，当他从江流深方才的彩虹屁中清醒过来时，电视中的节目已经过半了。

正逢中间广告，夏希艾立即定了定神，假装无事发生。

江流深看着他暗笑，拿出了手机用小号刷微博。

《金牌秀》节目的前半段问答环节和游戏环节果然在网上炸开了锅，他们当时的互动堪称十级强震，震动了三家粉圈，甚至连路人都热烈地参与讨论，好几个动图和视频转发上万，红出粉圈。

“江流深把夏希艾扔进筐里的时候我真的惊呆了，一刀未剪的节目组也太刚了。”

“你们深爱组，真的，太可怕了，我这个隔壁冷圈的瑟瑟发抖。”

“我觉得他是为了捧自己公司的艺人才故意炒 CP 吧。”

“说江流深炒 CP 的，大概是不知道他的背景吧，娱乐圈太子爷，需要自降身份干这事？”

“肯定是夏希艾为了热度，故意巴结深哥，谁知道使了什么手段？”

……

江流深看见最后那句，眉头不易察觉地皱了皱，给徐阳发信息，让他处理掉网上某些激进“唯粉”不和谐的声音，紧接着把好话都赞了一遍。

夏希艾余光瞥见他的动作，忍不住转过头来提醒：“你没用大号吧？”

“放心，小号。”江流深把账号的个人页面在夏希艾眼前挥了挥。

ID（账号）是明目张胆的四个大字——深哥最帅，外加一串乱码般的数字字母，宛如水军账号。

“叫‘深哥最帅’的人太多了，我只能在后面瞎打一串字符，唉。人气太高、长得太帅真是令人烦恼……你这表情什么意思？怎么一脸嫌弃？难道我说得不对吗？”

“只是对你的自恋程度有了新的认知。”夏希艾一言难尽。

“行，那我改。”

江流深狗腿地当着他的面，把小号 ID 改成了“艾艾最可爱”，结果一按确认，却被系统提示此用户名已存在。

“谁敢抢我 ID？我去让管理员销了他账号！”

“你要不加个生日之类的？”

“不行，太俗。”江流深一顿操作，终于抢到了个没被注册的 ID，夏希艾凑过去一看——艾艾真可爱深哥超级帅。

“……”

江流深还挺得意：“你看，这 ID，表意清晰明了，多好！”

夏希艾一时竟不知从何开始吐槽，纠结半晌，还是决定不打击他了。往好处想，这种 ID……肯定不会被粉丝认出来。

“你小号呢？快跟我互关一下。”江流深说。

夏希艾只好切出小号跟他互关，江流深竟然还嫌弃他 ID 像僵尸号，非得让他改成“深哥超级帅艾艾真可爱”。

夏希艾看着自己的新 ID 无语凝噎。

《金牌秀》播放完中场广告，进入下一个才艺表演环节。他们都想看对方的表演，对其他人的部分兴致缺缺，两人闲靠在沙发上有一句没一句地聊着天。

江流深环顾了一圈家里的摆设，突然说：“明天让人送一架钢琴来。”

夏希艾推拒：“不用了，我需要的时候去工作室就行了。”

“还是家里摆一架方便。”江流深支着头，“这样你想弹就弹，我想听就听。”

这时，节目正好开始播放他们的四手联弹，夏希艾看着电视机里江流深跃动的修长手指，听着从他指尖如行云流水般倾泻而出的优美旋律，有点崇拜又有点失落。

“你弹得那么好，想听自己弹不就行了……”

“我想听的不是钢琴，是你的歌声。而且我只是会弹而已，没有感情在里边，你才是赋予曲子灵魂的人。”

江流深拍了拍他：“别失落，你之前还觉得我们差距悬殊，根本没有的事。这么说吧，我们的起跑线差了十万八千里，我花二十多年只走了五公里，你却狂奔了十万八千里，就算现在离我还有五公里的差距，又怎么样？你实际上已经比我厉害很多了，我才是那个该担心被你拉开差距的人。”

夏希艾决定收回刚才的想法，江流深就算有时候行为很幼稚任性，也依旧是个很会说话的人。

世人都道江影帝风流潇洒，他却觉得江流深总能在最关键的时候，给予他帮助。

看完节目，已是晚上十点，平常他们不会这么早睡，但这天实在经历了太多，心不累身体也累了。夏希艾打了个哈欠，眼皮耷拉下来，站起身，回了房间。

江流深昨晚说要让人送架钢琴来，夏希艾没想到那么快。他一大早醒来，惺忪着眼走出卧室，在公寓里四处转悠，结果在一处空置房间里看到了江流深。

江流深正端着杯咖啡，倚靠在刚搬来的钢琴旁试音，身穿家居服，扣子没扣几颗，发型随性凌乱，换成旁人或许会显得不修边幅，放在他身上，却平添了几分慵懒、恣意的调调。

“醒了？来试试。”江流深招呼他。

夏希艾困惑地环顾着空荡荡的房间：“这儿以前是放什么的？”他印象中江流深公寓里没有这间空房间。

“是我的健身房，我让人把器械搬走了，给你腾出地方摆钢琴。”

“那……你的器械怎么办？”

江流深不以为意：“放楼下呗。”

“楼下？”

“对啊，楼下也是我的公寓，我没说过吗？”

夏希艾怀疑自己睡蒙了，出现了幻听。

江流深家所在的A座只有六百平方米的户型，一平方米二十五万，买下一户就已经令他咋舌，然而江流深却说有两套。

他第一次对江流深的有钱程度有了切实认知。

“眼睛瞪那么大干吗？很惊讶？”

夏希艾呆呆地点了点头：“我没想到你那么有钱。”

“两套房子就把你给唬住了？你对我了解得也太少了吧。”江流深笑了，“我在市郊还有套别墅，里面有架古董钢琴，不过年代太久了，不方便搬过来，改天带你去试试。”

“这架已经很好了。”夏希艾走过去，抚上洁白的琴键，触感光滑细腻，他随手试了几个音，琴键极为灵敏，音色饱满且柔和圆润，“这很贵吧？我把钱转你。”

江流深哪能让他这么做。

“你非要跟我把账算这么清楚的话，那好，按你的出场费，你为我弹两三次我就赚回本了，以后我再想请你为我弹，就得付你钱了，你愿意这样的话我就把卡号给你。”

“可是，我不想平白无故收你这么贵重的礼物。”夏希艾抬手露出腕上的手表，“这手表已经很贵了，我送你的才二十五万元。”

“那这样好了，手表的差价算一千万元，钢琴算一百万元，你主动对我笑一下算一万元。”江流深嘿嘿一笑，“你对我笑一千一百次，就算还清了。”

“又捉弄我……”

好在这时许彤打来电话救了他。许彤这阵子晋升成了经纪人，要学的东西很多，忙得不可开交，不过还是劳心劳力地兼职着助理的工作，活动行程照旧安排。这通电话的来意就是关于后几天的行程。

“下周六的慈善晚宴你想穿哪个品牌的衣服？他们问我好久了，也该定下来了。”许彤说。

夏希艾平时的私服很随意，就出席活动时会认真打扮一下，之前倒也收到过大牌寄来的赞助服装，不过自从他卷入丑闻，品牌方就没再联系过。

这次晚宴是他澄清后参加的第一个大型活动，能被各大品牌竞相争抢，自然是个人气回升的好兆头。

此次晚宴众星云集，不少顶级大咖、前辈都会出席，媒体也虎视眈眈，穿搭稍有不慎就会被大肆报道嘲讽，不得不小心。夏希艾对时尚向来没什么概念，还好有位资深时尚影帝在旁边出谋划策，也用不着他发愁。

“选D牌吧。”江流深看了品牌名单后，说，“你平常穿得太素了，其实你这张清秀干净的脸，穿花纹复杂、设计大胆点的衣服会更抢眼。尤其这种活动，吸睛是最重要的，这个牌子很适合你。”

江流深又仔细看了看赞助内容，发现只有服装没其他配饰，想了想说：“手表就戴我送你的好了，鞋子穿J牌的，可以再别个H牌的钻石胸针。”

“会不会太花哨了？”夏希艾问。

“不会，你撑得起。而且这是你第一次参加时尚界的晚宴，又是演出嘉宾，不隆重点怎么行？听老板的，包你惊艳四座。”

夏希艾相信他的选择，便任凭他做主。

江流深见他这么听话，忍不住笑了笑：“这次晚宴之后我就要进组了，可能有好几个月不能跟你一起参加活动，不过别担心，我会让工作室的人帮你都打点好。”

“没关系，我能照顾好自己。”夏希艾顿了下，低声补了句，“你早点回来。”

“嗯，我尽力。”

之后几天江流深在做进组前的准备工作，忙得跟陀螺似的。

夏希艾这边倒是轻松许多，没了安排得满满的商演活动，空闲时间多出大把，没事就往工作室跑，跟着声乐老师系统地学习。回到家就待在钢琴室写歌作曲，为电影曲和下一张专辑做准备。

有一次江流深大半夜回来，看见他趴在琴盖上睡着了，江流深放了一次狠话，严令禁止之后，他再也没晚睡过。

悠闲的日子没过几天，一转眼到了慈善晚宴当天，开场照例是走红毯，三十多家媒体在线直播，微博上各家粉丝早已带话题刷了一天屏。

红毯下午六点准时开始，最近春寒料峭，晚风还带着些许凉意，夏希艾从车上下来时瑟缩了一下，脑海却先想起了江流深。

不过没有时间容他想太多，媒体镜头已纷纷对准他，闪光灯应接不暇。

夏希艾只好暂且收起担心，踏上红毯。

他这天罕见地穿了颇为正式的西装三件套，西装上是相当大胆的金色复古花卉图案，在闪光灯的照映下反射出华贵的光彩，堪称星光熠熠，在一众黑西装中相当显眼出挑。

这样繁复的图案穿在别人身上或许过于累赘，可他清俊素净的脸中和了衣服的雍容元素，倒显得他像个不谙世事的贵族少爷，单纯又高贵。

观看直播的粉丝已然疯了一片，“唯粉”花式尖叫狂夸服装师厉害。

夏希艾此刻看不见网上的评价，但从现场粉丝的高分贝尖叫声可以判断，江流深给他挑的衣服很合适。

他接受完采访，又被媒体留在红毯上拍了近一分钟的照，实在不好意思继续停留，准备离开，突然被后边的人喊了声名字。他转头望去，看到刚踏上红毯的黎洛正招着手走过来。

“希艾，好久不见。”黎洛熟稔地揽过他的肩，大大方方地当着上百个镜头的面，在他耳边低语，“听说你住在了江流深家。”

夏希艾一愣，有些没反应过来。。

黎洛正儿八经的时候和电视里一样风度翩翩，星眸含笑，俊美张扬，标志性的长发扎成一个随性的马尾。面容轮廓没江流深利落硬朗，不过潇洒恣意的气质倒是十分相似，难怪是一起玩到大的兄弟。

他一出现，直播弹幕又迎来了新的高潮。

“这是什么神仙画面？这两个人怎么会认识？看起来还很熟？”

“黎洛是江流深的好兄弟，小天使认识很正常啊！”

“江流深和黎洛的兄弟情那么好嗑，曾几何时也是粉丝的心头好啊，结果一夜之间粉头几乎全被封号，就渐渐没人敢讨论了，到现在还不知道怎么回事。”

……

夏希艾还不知道这会儿自己又被硬凑了一对 CP，黎洛却将观众的反应猜得八九不离十，故意将手搭在夏希艾肩上往前走，继续低声细语："深哥不放心你，非让我过来照看你。我倒不是不愿意，就是嫌弃他那大爷一样的口气，敢使唤我？呵，看我怎么整他。"

夏希艾立即警惕："你要怎么整他？"

对话间他们走到红毯尽头，黎洛松开手，得意地勾唇一笑："已经整完了。"

夏希艾听得云里雾里，搞不懂他葫芦里卖什么药。

黎洛说是要照看他，结果到后台将他交给许彤之后就不见人影了。算上这次，他们其实只见过两次，算不上多熟，也不好过问人家的去向。

许彤依旧贴心地买了奶茶，夏希艾趁江流深还没来，赶紧吸了几大口。签约时他答应了江流深一周只喝一杯，也知道多喝确实不利于身体健康，可有时候还是忍不住。

只多喝一杯而已，应该不会变胖吧？

然而这天的他很不幸，偷喝的奶茶还没来得及收起来，就被突然推门而入的江流深看见了。

夏希艾差点被没咽下去的珍珠呛到。

江流深似乎不怎么生气，笑眯眯地对许彤说："许小姐，你去看一下外边舞台准备得怎么样了吧。"

许彤连声答应，接着走了出去。

门一关，江流深拧上锁，转过头，瞬间变了个人，一脸凶神恶煞："好啊，我就一会儿不在，就抓到你偷喝奶茶。"

夏希艾把嘴里的珍珠咽下去，怯怯地举起奶茶："就喝了三分之一。"

"多喝一口也是违约。"江流深这天不知为何格外地凶，"还要不要在我工作室待下去了？这么不遵循约定？"

虽然夏希艾觉得江流深不会为了这么点事开除他，可听见这话，还是慌了神："对不起，以后不喝了。"

“除了这个呢？”江流深一想到在来的路上看到的直播画面就来气，“别人把手搭在你肩上，不知道避开一下吗？就这么乖乖被搭着？你被利用了，知道吗？”

“可那是黎洛，你的朋友。”

“那又怎样？那小子我一会儿再去找他算账，先来找你算账。”

江流深一把夺过夏希艾的奶茶，重重地敲在桌上，奶茶溅出来几滴，一副要干架的架势。

夏希艾一抖：“我真知错了，你这么凶干吗……”

他语气一缓，江流深的语气也变了：“开个玩笑，别慌。”

夏希艾嘟囔：“你又捉弄我。”

“跟你关系好才捉弄你。”江流深拍了拍他的肩，“走吧，晚宴快开始了，今晚你一定会是全场的焦点。”

晚宴现场布置完毕后，嘉宾们陆陆续续入场。由于主题是慈善，所以现场的布置并不走极致豪华路线，而是力求亲民自然；不过鉴于来的都是名流大咖，该有的排面还是得有，装饰的鲜花和烹饪的食材都是空运过来的，新鲜又精致。

江流深和夏希艾坐第一排的主桌，足以见得主办方的优待。想起上次参加这种大型活动被安排在最角落的事，夏希艾仍有些感慨：“我自以为能做到宠辱不惊，结果还是在你面前丢脸了。”

“没什么丢脸的，谁经历了那样的事情都会扛不住。”江流深知道那次夏希艾受委屈了，安慰道，“属于你的终究是属于你的，一个新人奖而已，有什么了不起，你可是要冲刺金曲奖的人。”

一提到上次的新人奖，江流深的脸色就冷了几分：“都是那个姓段的，黑了你的新人奖，放心，我已经替你教训过他了。”

夏希艾诧异：“你是说段总吗？你把他怎么了？”

“别喊这么客气，他在我这儿不配拥有姓名。就揍了他一拳而已，没多大事。”

“你怎么能揍他？”夏希艾急了，“他人很好的啊！”

江流深觉得不可思议：“他人好？他不让你走红毯，把你安排在最后排，还黑掉了你的奖，这还叫好？”

“虽然是这样没错，但他也是为了顾全大局。我去找他控诉赵建华的时候，他很认真地听我说完了，还说如果我实在没地方去，可以回龙行继续发展，他相信我没吸毒。”

江流深不屑一哼：“他那都是装出来的，道貌岸然的伪君子，你要是知道他当年对黎洛做了什么，肯定不会再为他说话。”

“他做了什么？”

江流深却又不说了：“算了，不提了，总之你别在黎洛面前提这人，看到他离远点。”

“我应该也不会再跟他有往来了，但你揍了他真的没事吗？我听说段家很厉害。”

“没事，我家也很厉害，而且没他们家那么多幺蛾子，什么私生子、亲生子，我家就我一个独生子，我爸妈感情和睦，相敬如宾，将来有机会带你去我家玩……”

夏希艾还没说话，就有人来打招呼。

“嗨，流深，好久不见啊。”来人端着一个高脚杯，里头晃荡的红酒与她那对被暗红色晚礼服裹住，走路时晃荡不止的身材倒是十分相配。

夏希艾认得她，苏曼妮，御姐系女演员，常演身材火辣的性感角色，称不上多大牌，不过由于出演的影视剧数量众多，实力也不错，知名度颇高。

她演过最红的一部戏是前几年与江流深搭档的姐弟恋爱情片，感情线甜蜜又热烈，还有不少江流深罕见的借位吻戏镜头，爆火了一阵子。她借机炒了一阵绯闻，身价“噌噌”往上涨，如今也是片酬过千万的女演员了。

江流深见到她，敷衍地扯了扯嘴角：“嗯，好久不见。”

苏曼妮也不忸怩，径自坐在江流深旁边，笑得风情万种：“哟，这不是希艾吗？久仰大名。”说着她伸出手来。

夏希艾与她握手，听见江流深在一旁冷漠地问：“苏小姐有何贵干？”

“这不是听说你要拍新电影了吗，来恭喜一下。”

“我拍电影很新奇吗？苏小姐真幽默。”

苏曼妮被呛了也不恼：“我就是看你重回银幕替你高兴而已，在你歇影的那一年里，我有好几个剧本的男主角都想推荐你，可惜啊。”

“有劳苏小姐挂念，我那儿寄来的剧本快堆成山了，你要是不嫌弃，我也可以给你推荐些角色。”

夏希艾听不懂这些弯弯绕绕、话里藏针的话，一时分不清江流深是真的好心推荐还是在嘲讽对方多此一举。

苏曼妮笑盈盈地接话：“去你家看剧本吗？可以啊，我今晚就有空。”说罢眨了一下眼睛，似是在传递什么暧昧信息。

江流深淡漠一笑，对苏曼妮说：“我恐怕不方便接待苏小姐。”

“怎么，难道你家里有其他人？”苏曼妮调笑。

“是啊。”江流深面不改色，“烦请苏小姐替我保密。”

夏希艾讶然地看向他。

苏曼妮脸上的笑渐渐冻结，眼睛缓缓睁大，难以置信道：“流深，你开玩笑的吧？”

“你看我像开玩笑的样子吗？”江流深神色冷漠，“还有，苏小姐，如果我没记错，我之前跟你说过，别入戏太深，戏演完了，我们也就散了，再纠缠没什么意思。你找我聊天可以，但如果让我看到有人拿我们今晚聊天的照片做文章，我可能要公开发律师函了。”

苏曼妮的脸色一僵，知道这次注定蹭不上江流深的热度了，只得悻悻然作罢，又客套了几句便匆匆离开。

“你对她说那些话……不要紧吗？”夏希艾担忧地问。

江流深喝了口红酒：“没事，她估计当我找借口拒绝她呢，不会信的，就算她真信了，也没事，反正住在我家的是你。”

他们旁若无人地聊了半天，这桌的嘉宾才姗姗来迟，除了之前见过一面的郑云彬，还有几位业内资深前辈都是第一次见。江流深带着夏希艾客客气气地打了招呼，一圈下来，感觉人脉扩了一倍。

八点整，晚宴直播正式开始。

消失了许久的黎洛又冒了出来，往江流深边上的位子一坐，目光无聚焦地落在餐桌上，心却似乎不在这里，模样有些出神。

江流深刚准备找他算账，突然听见主持人报出了段明炀的名字。

作为晚宴的主办单位领导之一，段明炀坐在第一排最中间的主桌，此时正站起来接受大家的掌声，坐下时有意无意地朝他们这桌瞟了眼。

江流深暂时把私人恩怨放置一边，拍了拍黎洛的肩，安抚道："没事，有兄弟我在。"

"能不能别这么恶心，我自己可以解决。"黎洛回神笑骂。

夏希艾不清楚他们和段明炀的过节，旁边又有外人在，不方便问，只好暂时压下心头疑惑，听主持人继续晚宴流程。

本次晚宴设有十大奖项，用以表彰这一年对慈善事业有过突出贡献的明星，其间穿插嘉宾表演，最后是主题募捐。

夏希艾的表演排在第三个，内容是献唱一首他的抒情歌曲，配以改编的钢琴伴奏。

开始演奏前，他朝台下看了一眼。

夏希艾稍稍提起袖口，暗暗深呼吸，在按下琴键的同时，对准话筒，用清冽的嗓音唱出了第一句歌词。

江流深在台下凝神倾听，手跟着节奏在腿上打拍子。不知是"自己朋友"滤镜太厚，还是夏希艾这阵子刻苦训练确实有了成效，这歌声的穿透力比去年中秋晚宴时上升了不是一星半点。

他曾抽时间听过夏希艾的所有单曲和翻唱，发现龙行给他制作的多是些情情爱爱的流行歌曲，歌词往往无病呻吟。

相比之下，夏希艾在选秀比赛中所翻唱的那些自选曲更打动人。

江流深记得，他决赛选的是一首描绘底层人物生活的民谣，歌声如同讲故事般娓娓道来，从轻缓低吟到嘹亮高亢，最后一句超长高音震撼全场，不是因为技巧有多华丽，而是歌声中蕴含的力量令人不得不折服。

然而这种力量却在签约龙行后消失了，好在他的潜质没有丢失。

江流深不由得浅笑，有种把璞玉打磨出了光灿般的成就感。

这么好的歌手，以后是他工作室的艺人了。

“他真的是宝藏。”黎洛的夸赞将他的思绪拉回，“明明遭过那么多罪，怎么看起来还像个从小被保护得很好，没吃过一点苦的小少爷？”

江流深淡淡开口：“以后会更像。”

一曲表演完毕，台下响起热烈的掌声。夏希艾起身鞠了个躬，回到座位上，好奇地问江流深：“我唱得还行吧？”

“何止还行？简直是天籁之音。”

“别吹，说实话。”

“就是实话啊，不信你看网上评价。”江流深点开微博，搜索“夏希艾”三个字的实时内容，果然一片嚎叫。

“我的妈，夏希艾原来真的是天籁之音！我还以为粉丝瞎吹的呢！”

“崽崽终于又唱歌了，呜呜呜，怎么这么好听！比以前还好听！”

“这才是那年选秀时人见人爱的夏希艾嘛！千万别再走流量路线了！”

“这首歌是夏希艾自己改编的吗？刮目相看了！路转粉！”

夏希艾看着满屏夸他的微博，稍稍安心了些，但也不敢太自满：“刚刚有个地方调子慢了半拍，还是不够熟练，今晚回去再练练。”

“行。”江流深笑道，“有你这么勤奋上进的艺人，我这个当老板的真是赚了。”

夏希艾瞪他一眼，继续看台上其他嘉宾的表演。

奖项颁到了第七个——年度慈善新星奖。主持人照例先邀请颁奖嘉宾上台，这回轮到段明炀。他一身纯黑挺阔的奢侈西装，高大威严，眉目冷峻，颜值丝毫不输台下的男星。夏希艾听见周围不少人在小声议论，同桌对商界稍有了解的郑云彬也八卦道：“听说台上这位很厉害，回国没多久就把段家大公子给挤下去了，现在快成段氏一把手了，还这么年轻，简直像小说里面的人物。”

江流深冷哼：“可这是现实，不是小说，能把段兴烨挤下去的人，绝对心狠手辣。”

夏希艾刚想问个清楚，突然听到段明炀低沉冷淡的嗓音喊出了他的名字。

“年度慈善新星奖的得主是……夏希艾。”

江流深瞬间脸一黑：“你别上去，我替你去，就说你肚子痛。”

夏希艾当然不可能由着他胡来，趁江流深没来得及抓住他，立刻大步迈上舞台，把江流深气得牙痒。

这个奖项的分量虽然不如音乐奖来得重，但能在慈善方面得到认可，夏希艾还是很开心的。获奖 VCR 播放了他这两年为家乡修路、帮助家乡建设的内容和款项，主持人天花乱坠地夸，他有些不好意思。

“谢谢评委给我颁发这个奖。”他捧着奖杯道，“说来惭愧，我最开始做这些只是出于个人原因，并不像那些真正的慈善家一样，怀抱着救济世人的想法，但以后我会努力争取配得上这个奖。”

主持人追问：“可以跟我们分享一下是什么个人原因吗？”

“嗯，其实是因为我父母。”夏希艾深呼吸一口气，有了回忆过往的勇气，“我出生在农村，在我很小的时候，父母因为上山劳作，回来得晚了，天太黑，不小心跌下山崖……从此就只剩我和爷爷了。

“不止我父母，村里每年都有人因为崎岖不平的山路而发生意外，所以我一直希望能给老家修路。

“经过这一年多的努力，终于在山上修成了一条平坦的石板路。但这还不够，我今明两年的计划是给比较陡峭危险的区域加上护栏，再修一条从村里直通城镇的马路，这样我老家的经济就可以发展得更快些。

“所以，我想我还要多赚点钱。”

他难得地开了个玩笑，说完后，台下却鸦雀无声。

是玩笑太冷了吗？夏希艾忐忑地想。连向来捧场的江流深都毫无反应。

“啪啪”两声从身侧传来，竟是一旁的段明炀带头鼓起了掌。

紧接着，台下众位嘉宾才回过神来，掌声纷纷响起，从稀疏到密集，经久不息。

夏希艾在热烈的掌声中转头，向段明炀道了声谢。

段明炀微微颔首，说："这个奖，你实至名归。"

夏希艾微怔。

段明炀看起来真不像个坏人啊，为什么江流深这么讨厌他呢？

夏希艾回到座位上之后，好几个别桌的人过来安慰。娱乐圈多数人都戴着伪善面具，难得见到个这么质朴善良的，难免有些动容。

夏希艾一一道谢，回过头却发现江流深的脸色不怎么好看。

"怎么了？"

"居然让那姓段的抢先鼓掌了。"江流深耿耿于怀，"他肯定没认真听你说的话，我就是听得太投入了，一时没反应过来。"

夏希艾觉得好笑又无奈："你几岁了，还计较这个。"

"我不管几岁都要计较谁是第一个为你鼓掌的人，就算以后我们七老八十了，去跳广场舞，音乐结束的时候我也要当第一个鼓掌的老大爷！"

江流深的"金句"总能让夏希艾哑口无言。

晚宴热热闹闹地进行到最后一轮环节——慈善募捐。此次的主题是"慈善创造未来"，嘉宾们有的开始现场捐款，有的则上台宣布将来的慈善计划。

江流深会上台是夏希艾没想到的，主持人报出名字时他还愣了一秒。

江流深有要宣布的计划？他怎么事先一点消息都不知道？

江流深在他讶然的注视下上了台。

江流深一登台，原本有些嘈杂的台下立刻安静了，人人都竖起耳朵仔细聆听。

"希艾刚刚分享了他的过往，我也有一段过往要分享。"江流深收起平日里散漫的态度，正色道，"在座的各位朋友或许知道，我上一部电影《飞》的剧情。"

夏希艾心下一凛，黎洛也面露诧异，显然没想到江流深会突然当众说出这件事。

"在电影里，我饰演一位抑郁症患者，在揣摩角色心理的过程中，我或多或少被角色的情绪影响，一度怀疑自己是不是也得了抑郁症。

"但事实证明，我只是庸人自扰。真正被抑郁症折磨的人，情况比我想象中严重很多。”

江流深看着台下众人，沉缓道：“比如我的一位粉丝。

“他被这种病夺去了生命，我本有机会挽回他，可由于我对抑郁症了解得不充分，没意识到他病情的严重，错失了机会，对此，我一直很内疚。

“逝者已逝，即便我再努力也改变不了过去，但我想，我或许能做些什么改变未来。”

舞台大屏幕一亮，投放出一个巨大的标题——风华正茂基金会。

“未来我将拿出我每一部电影的百分之五十收入投入该基金会，用于帮助抑郁症患者，在此，我也呼吁大家积极参与进来，让世界变得更美好，谢谢大家。”

江流深简短利落地陈述完，退后一步，弯腰，九十度鞠躬。

台下的人何时见过江太子爷如此恭恭敬敬地鞠躬，有的人差点想站起来说——别别别，您请起，我们捐还不行吗？

他这一号召，基金会近几年的资金估计都不用愁。不过他本意只是想公布这个消息，顺便呼吁一下大家多关注抑郁症。以他的个人收入，完全能撑起基金会的运作。

江流深在掌声中下台，得意地问夏希艾：“大老板是不是帅气又阔气？”

夏希艾却颦眉：“百分之五十会不会太多了？会影响你生活质量吧？不然你出百分之三十，我出百分之三十？”

“一点都不多。”江流深压低声音，“你以为我就靠拍电影赚钱吗？放心，就算捐百分之百，我的公司也养得起你。”

“谁要你公司养……”

“那行，你给我发工资。夏老板，我英俊帅气，高大威猛，演技一流，赏我一口饭吃呗？”

夏希艾无视他的话，面无表情地转过头。

江流深不依不饶地追问：“怎么，夏老板对我哪儿不满意？难道我刚刚表现得不够好吗？一口饭也不愿意赏？”

“你不需要我赏饭。”

夏希艾回想起刚刚站在台上的江流深，明明舞台上打的不是聚光灯，却有种整个会场所有光芒都汇聚到他身上的感觉。

江流深天生就是当巨星的料，老天都愿意赏饭吃，哪儿轮得到他来赏饭？

晚宴一直持续到晚上十一点，整整三个小时的热搜都被江流深和夏希艾所讲述的个人故事包揽，粉丝们不仅两边都要心疼夸奖，还要努力挖糖。

“小天使太惨了，但这么一想又觉得小天使遇到深哥这事更幸运了……”

“这粉丝的故事就是上次新片主创会上深哥说的那个打击吧？唉，深哥，你不需要内疚啊，这不是你的错……”

“他们真的是互相救赎了。”

“深哥今天惊艳到我了，除了拍电影之外第一次看到他这么严肃认真，帅出了另一种新高度。”

“今天的故事有点虐，你一个故事我一个故事，你们俩说好的吗？”

“镜头每次扫过他们几乎都在聊天，到底哪来这么多话可聊？让我们也听听呗？”

“姐妹们，我好像发现了一个惊天秘密……但首页这沉重的气氛貌似不太合适……我，我，我还是憋到明天吧……”

夏希艾没忘记自己说过的话，回到家后直接钻进了琴房练习。江流深洗完澡出来一看时间，都过十二点了，走到琴房门口敲了敲门：“希艾，可以睡啦，不然长不高。”

“我都二十几岁了，本来就不会长……”

他走近，站到夏希艾身后，问：“练得怎么样？”

“不怎么样。”

江流深露出一个无害的微笑：“早点睡吧，我也……”

他的话音戛然而止，突然眉头一皱，紧接着整张脸迅速扭曲起来，捂着肚子跌坐到地上。

夏希艾被吓到了，立刻蹲下去扶他："怎么了？哪儿不舒服？"

"胃疼。"江流深艰难地挤出几个字，"给我……拿件衣服……有点冷……"

夏希艾："……"

胃病复发的江大影帝郁闷又痛苦地被搀扶到床上。直到喝完热水吃完药片，吹着暖空调，被夏希艾按摩，才缓过来一些。

"这儿，嗯，对，再往上面一点。"刚恢复了点，他又开始造作，肆无忌惮地发号施令。

夏希艾心里默念三遍病患为大，忍气吞声地听他指挥。

可江流深本质就是个得寸进尺的。

"希艾，你力气太小了，要不换个方式按？"

"换个方式？"

"对啊，按摩店的专业按摩师不是还用脚踩吗。"

夏希艾一个拳头砸下去，让江流深这一晚上都没胆再说什么。

## 第十一章 没什么可怕的了

江流深悲伤欲绝地捂着肚子痛诉了他一晚上，结果第二天起床后，又嬉皮笑脸地迎过来：“早安，希艾。”

夏希艾面无表情地看了他一眼：“离我远点。”

“哇，希艾好凶，我好怕哦。”江流深假模假样，“我不就开了个玩笑吗，别生气了。”

夏希艾起了一身鸡皮疙瘩，刚准备再给他一拳，手机突然响了。

许彤火急火燎地打来电话：“希艾！不得了啦！你们的唯粉和“深艾”粉吵起来了。”

“什么？”夏希艾一愣。

“撕得那叫一个昏天黑地、暗无天日，你们不会还没起吧？”

“没有，醒了，你说说清楚，怎么回事？”

“我传链接给你，你自己看吧，我和徐阳还有其他人正在群里商量应对方案呢，你们看完也赶紧说说该怎么公关。”

“行，我先看看。”

夏希艾挂了电话，把事情和江流深说了一遍，便打开许彤发来的链接，是一条微博。

这条微博内容不多，就两张图，一张是他昨晚弹钢琴时的手部特写，一张是江流深的活动照，焦点也是在手上，发微博的似乎是个“深艾”粉，情绪掩饰不住地激动。

“深哥全球独一无二的手表为什么会戴在夏希艾手上？”

夏希艾定睛看了看自己那张图片。昨晚他演奏前为了让手指更灵活、不受缚，特意把袖子往上提了提，腕上的手表露了出来，加上镜头高清特写，手表的细节看得一清二楚。

“这是设计师给我赠表那天的活动图。”江流深指着另一张图道，“我粉丝都知道这只手表独一无二，我也没想瞒着，发现就发现了吧。”

“但现在粉丝关注的焦点好像已经不在手表上。”夏希艾阅览着转发和评论，眉头越皱越深。

此条微博转发已过五万，多数是“深艾”粉的高呼，还有外圈前来吃瓜的路人，然而也有忍无可忍终于爆发的“唯粉”激进分子。

“够了吧？我家已经忍很久了，要不是看在我们深哥的分上早就手撕夏希艾这个废物了，上综艺要深哥照顾，出了事要深哥澄清，现在连手表都买不起，也要蹭深哥的？要不要脸？”

“我家偶像从无到有白手起家，而江流深呢？真当大家都敬他大影帝啊？还不是因为家里有点钱，要没钱他能有现在的地位？到底谁是废物搞搞清楚！”

“弹钢琴前还特意提了提袖子，唯恐摄像机拍不到吧？想蹭我家热度就直说，反正都让你蹭那么久了，还装什么单纯善良。”

“明明是你家过气影帝天天倒贴我家当红偶像，自己蹭热度蹭到这种程度的，放眼整个娱乐圈也就你家影帝一位。”

许多“深艾”粉甚至两家“唯粉”都试图劝架，可积怨已久的偏激“唯粉”根本不买账，劝架的人反而被两边同时破口大骂，最终变成了混战。

夏希艾看得心里着急：“就说那块表是你借我戴的吧，现在就澄清。”

江流深皱着眉，同样刷着微博，思考的却是另一个问题：“你说为什么撕得这么声势浩大，却一条热搜都没上？”

“或许是徐阳他们花钱帮我们撤了？”

“应该不是，他不会自作主张，肯定会跟我说的。”江流深陡然生出一个可怕的猜想，“该不会是……”

像是要印证他的猜测，门铃在这时突然响起。

“谁？”夏希艾正要去开门，却被江流深一把拉了回来。

“别去，我有种不祥的预感。”

夏希艾困惑地看着他，江流深家的小区安保这么严，应该不会有陌生人登门拜访才对。

然而尽管无人开门，门锁却“嘀嘀”两声自己开了，显然外头的人有钥匙。

江流深重重叹了口气，终于认命。

他第一个动作就是上前一步将夏希艾挡在身后，紧接着朝打开家门走进来的人喊了声：“妈。”

夏希艾被江流深高大的身形挡在后边，探出头望过去，看见一位仪态端庄、气质高雅的妇人跨进家门，身后紧跟着四个壮实的保镖。妇人一抬眸，眼底尽是风情流转，明艳动人。

夏希艾总算知道江流深那双多情迷人的眼睛是遗传谁的了。

江流深的母亲宋美莺，是上个世纪末大红大紫的国宝级女歌星，一副剔透清亮的“夜莺嗓”无人能及，属于老一辈众所周知，年轻人只知其歌不知其容貌的老牌歌星。

嫁入江家之后，她依旧活跃在歌坛，不过以她的身份地位，自然不可能参加商演，也就偶尔在大型晚会上作为特邀嘉宾献唱，平时主要还是在世界各地举办音乐会。

“妈，您回来了也不说一声，我好去机场接您啊，音乐会还顺利吗？”江流深临危不乱，自然地挂上笑。

宋美莺没接话，摆了摆手，保镖们立刻退到门外，恭敬地关上门。她往沙发上一坐，拢了拢真丝披肩，架起腿，凌厉的目光射过来，威严十足，气势逼人。

夏希艾向旁边跨了步，从江流深背后走出来，礼貌地喊了声：“阿姨好。”

江流深拼命朝他使眼色：“你先回房去。”

然而夏希艾摇了摇头，径直走向沙发，竟然在江母对面坐下了。

江流深惊了。

他果然刚猛。

宋美莺冷着脸上下打量了一遍眼前的青年，话却是朝自己儿子说的：“他比你有种，哪像你，出了事提都不敢跟我提。”

“我这不是看您忙，想等您回国再提嘛。”江流深听了她的语气，就知道她没真生气，登时心里的大石头落下了，不过还不能掉以轻心。

他也走过去坐下，恭维道：“他确实比我有种比我优秀，您眼光真厉害，不愧是我亲爱的好妈妈。”

“少跟我嬉皮笑脸的，我看我以前就是太宠你了，你才会像现在这样胡来。热搜我已经替你撤了，你们赶紧发个微博澄清，以后当做不认识。”

夏希艾心下一沉，刚想开口说点什么，却被江流深按住。

“不可能。”江流深嘴角的笑意退去了些。

宋美莺怔了怔，似乎没料到自家儿子态度会这么强硬。

“我阻止不了？等我停了你所有卡之后，看你还有没有底气说这话。”

“妈，您先问问自己有底气说这话吗？我这几年早就不靠家里了，您又不是不知道，拿这威胁我，没用。”江流深道，“您生气我理解，我慢慢跟您解释，但让我们当做不认识是不可能的，对吧？”

夏希艾沉默了片刻，看着宋美莺，问：“阿姨，我能听听您不让我们成为朋友的理由吗？”

江流深：“……”

宋美莺被自己儿子呛着了，正在气头上，说出的话也不好听：“我查过你，农村出身，初中辍学，你们两个从学历到家境相差悬殊，你的经历太复杂，不适合跟我儿子这种家世的人扯上关系。”

夏希艾的目光迎着她，不卑不亢道：“出身我没办法改变，但倒退一百年，谁不是农村出身呢？

“我是初中学历，但我的文化水平不差，阿姨要是觉得不够，我可以再去读大学，读研究生。

“至于家境……我没有家人，我自己就代表自己的家境吧，我现在收入还挺高的，虽然不如他，但努努力将来一定可以不比他差。

“要是我做不到，不用您说，我自己离开他的工作室。”

江流深在一旁听愣了。

夏希艾张开了尚未丰满的羽翼，挡在他面前，铿锵有力地与他母亲谈判。

江流深见他妈迟疑了，也说道："妈，要不是他，您儿子可能这辈子对拍电影都有阴影，甚至直接放弃了。"

宋美莺愣住。江流深当初和她大吵一架负气出国的事她还记忆犹新，那件事对他影响有多大她再清楚不过。

身为最了解他的母亲，她尚且没有能力帮助儿子解开心结，面前这个年纪轻轻、素昧平生的小歌手却做到了。

江流深见她迟疑，趁热打铁道："况且这事还没严重到不能当朋友的地步，您可以暂时静观其变，要真出了什么问题，您儿子也能解决，绝不给家里添麻烦。"

"说得好听，要是解决不了怎么办？"

江流深道："大不了我自己拍电影，不能上映也没关系，反正我想拿的奖都拿完了，大家对我的演技也有目共睹，只剩下突破自我那点追求了，这是我自己的事，用不着别人来认可。"

"这样你不会不甘心吗？拍电影可是你从小到大最在乎的事。"

江流深展颜一笑。

"已经不是最在乎的了。那件事之后我思考了很久，事业对我来说固然重要，但如果因为事业而忽视了身边重要的人和事，才是得不偿失。"

"所以你想说他是你身边重要的人？"江母看了一眼夏希艾。

"不只是他，还有您。"

江流深难得正色。

"小时候我不懂事，用着家里的资源，却觉得自己特别厉害，能接到大导演的戏。您为我牵线搭桥疏通人脉，耗费了那么多精力、财力，我每次捅娄子都是您来收拾烂摊子，我却还罔顾您的好意，赌气出国，让您担心了那么久。

"实在对不起，妈，我以后不会再那样了。以前是您保护我，将来，换我保护您吧。"

宋美莺满腹劝词被这番话堵了回去。

虽然江流深已经回国，但他们谁也没忘记当年激烈的吵架，缄口不提只是因为怕尴尬，也怕再次引发冲突。如今自家儿子能够坦诚道歉，说明他确实醒悟了。

她守护了这么多年的孩子，长大了，成熟了，要反过来守护她了。

任何一位母亲听了这话，都不可能不动容。

宋美莺转过头掩饰情绪："你知道就好，妈妈总是为孩子着想的。"

"那您能不干涉我们吗？您就当多了个儿子，养一送一，双倍呵护，您血赚啊。"

宋美莺怒嗔："我血亏还差不多！养你这么大费了我多少心思？还处处不让我省心！"

"以后绝对让您省心！"

江母装了半天的威严神色终于破功："我怎么会生出你这种儿子？没个正经，看看人家多有礼貌。"

"既然您这么喜欢他，那就把他当成您的第二个儿子呗。"

"你别高兴得太早，以后我不会再给你善后，这回手表的事你们自己解决。"

江流深连声答应："好好好，我就知道您通情达理、心胸开阔、不拘小节、深明大义……"

"行了，别花言巧语拍马屁。"江母一脸嫌弃，"你爸那儿我去解释，我还有安排，先走了。"

二人这才松了一口气，忙不迭地起身送她到门口。

夏希艾关上门，忙问："我刚才……表现得还好吧？"

江流深回想起他刚刚挺身而出的神情，不禁微笑："好，特别好，希艾宇宙无敌超级棒，为你高呼！"

夏希艾当他又在开玩笑，眼睛一眯，再度抡拳。

江流深四处逃窜，不忘回头挑衅。

夏希艾奋力追杀，最终跑得筋疲力尽，被江流深一顿揍。

这种家伙都能当影帝，究竟是人性的泯灭还是道德的沦丧……

手表事件发酵到后面，最终以冷处理的方式告终。

“现在网络消息更新很快，大家忘性很大，过几天就没人提了，我们要是出面解释，反而会加剧粉丝间的矛盾，新闻通稿也会满天飞，倒不如不搭理。”江流深如此分析。

事实也确如他所料，当两天后《入戏》剧组正式开机，几家粉圈都在刷屏安利，已经没几个粉丝讨论手表的事了。

夏希艾佩服他总能做出最佳预判，江流深厚着脸皮收下赞美，并表示自己能这么妥善应对纯属经历得多。

“要是每次粉丝互撕我都出面劝架，那我微博数量可能已经过万了。”

提到微博，江流深突然想起来：“我们好久没发合影了？要不趁今天给粉丝个福利？”

他们现在正在剧组搭设的摄影棚内，外头围着大批前来蹲守的粉丝，因为保姆车直接开了进来，所以粉丝并不知道夏希艾也一起来参加开机仪式。

“不好吧，前几天刚发生那样的事，我们现在还发合影，会不会有种打粉丝脸的感觉？”

“不会，我让人算过数据了，撕的也就那几个比较激进的，大多数粉丝没什么敌意，我们不该为了避免得罪一小部分人而忽视其他粉丝的喜爱和关心吧？这样对他们也不太公平，凭什么质疑者的需求能得到满足，爱护者的心情却不被尊重？”

夏希艾听得似懂非懂：“你说得是没错，可那些也是我的粉丝啊……”

江流深摇头：“你太善良了，但这个世界可没那么善良。我以前也像你一样，觉得对所有粉丝都要包容宽厚，结果却是有些粉丝为了满足一己私欲而变本加厉，就像上次追车的那些人，不追究责任是我对她们最后的包容。在我心里，她们已经不是我的粉丝，真正喜欢我的人不会让我置于危险之中。”

“嗯，那样的确太过分了。”

“不只是追车，那些在你公寓楼下蹲点的‘私生饭’也是。”

江流深道："所有粉丝都想看到自己偶像私底下的模样，和偶像近距离接触，这情有可原，但大多数粉丝都不会去做'私生饭'，因为他们尊重你的隐私。如果你包容'私生饭'，对那些乖乖听话不打扰你的粉丝公平吗？凭什么听话懂事的粉丝见不到你，而自私胡来的粉丝反倒能天天和你相见？"

夏希艾听完这一席话，幡然醒悟："我以前没考虑过这些……"

"所以啊，在做明星这条路上，你还得跟你深哥多学学。"

江流深又开始自卖自夸，不过这次夏希艾没反驳，思索了一会儿，说："我突然发现你和你的名字挺相符的。"

"嗯？"

"流深……静水流深，虽然表面看不出来，但实际上很厉害、很有智慧。"

"怎么说话呢？我明明表面也散发着睿智的光辉。"

"……"

这人果然经不起夸，一夸尾巴就翘到天上去了。

到最后他们没发合影，不是因为粉丝，而是考虑到江夫人刚为他们的事头疼过一回，暂时还是低调做人为妥。不过他们倒是跟着剧组一块拍了开机典礼照，一发到电影官博上，眼尖的粉丝立刻在人堆里寻到了自家偶像。

"C位男主超帅气！是我风流倜傥、举世无双的深哥没错了！"

"啊啊啊，我家希艾居然也去了！妈妈期待你的表现！"

"呜呜呜，同框了！"

……

正式开机后，江流深这个大男主比夏希艾想象中还忙，所有人几乎都围着他转，一会儿服装师找他试衣服，一会儿导演找他讲戏，好不容易得了会儿闲，立刻抽空给夏希艾点了杯奶茶，让他在一边乖乖坐着，听自己和何安说戏。

夏希艾除了小时候在老家围观过拍摄，从来没到过电影拍摄现场，对摄影棚里的一切都感到新奇。他捧着奶茶边吸边打量四周，张望了一圈注意力才重新回到手中的剧本上。

《入戏》这部电影的剧情并不复杂，讲述的是一位恃才傲物的演员得罪商业大佬后事业受挫，四处碰壁，往日狐朋狗友纷纷断绝往来，他只好放下自尊去跑龙套，其间认识了同样蹲守在影视基地的一男一女，三人惺惺相惜，彼此鼓励，从头开始拼搏，男主也在此过程中演技大增，体会到了演戏的真正快乐。

在经历了重重磨难和各种啼笑皆非的事件后，他们终于迎来希望的曙光——有一部电影找上了男主当主演。三人为此举杯庆祝，隔天男主却收到制片方的要求，说为了挽回他之前的形象，重新进入上层社交圈，他需要和那些跑龙套的人断绝来往。

男主对两位朋友说出要求后，朋友们选择成全他，转身离开，但男主在最后一刻幡然醒悟，寻回了初心，最终和朋友们成立了自己的电影公司，自己拍自己想拍的电影，做到了真正的"入戏"。

影片是何安一贯的温馨深刻风格，剧情算不上多跌宕起伏，因此需要演员用极为细致生动的演技将平凡人演出不平凡的感觉来。对男主的要求则更高，从一开始的才高气傲到后来的隐忍卑微，再到最后的大彻大悟，在这个心理转变过程中，倘若某个表情或某段话的语气没把控好，很可能会使整部影片的立意和深度大打折扣。

何安找江流深出演男主的理由很实在："一、你演技够好，交给你我放心；二、你长得够帅，演这么个婆婆妈妈的男主，观众也不会太讨厌你，差评率能低点。"

夏希艾差点被奶茶呛到，咳嗽了好几声。

何导也是真性情。

江流深拍了拍他的背，对何安说："那是，我们都认识多少年了，我演戏您放心。"

何安笑了："你这几年确实没什么可指摘的，但你还记得你第一次演我电影的时候什么样吗？希艾，你想不想听？"

夏希艾闻言，立即点了点头，竖起耳朵听故事。

何安简短道来："那是十多年前吧，我当时还只是个刚拿了奖的导演，准备拍新电影，正为资金发愁，突然听说江家大少爷想来客串个角色，江家会提供赞助，我当然诚惶诚恐地答应下来，心想反正只是个配角，再差能差到哪里去？

“可谁知啊，这江大少爷根本没演过戏，明明一身富家公子哥的气质，偏要一上来就挑战高难度，演个农村孩子。要不是看在他吃苦耐劳、勤奋聪明的分上，我宁可不要赞助资金也得把他赶走，以免毁了我的电影。”

江流深做受伤状：“您这么说就伤感情了啊，我也就几分钟的镜头而已，哪有那么大的杀伤力。”

“别说几分钟了，你一秒就能让人出戏，整段拍摄因为你重来了多少次，你说说？”

夏希艾听笑了，问：“是那部《乡间路》吗？”

“咦，你已经看过了？”江流深问。

“只看了一点点，网上没完整版。”上次本来有机会看完整版，可惜被江小芙打断了，之后他们很忙，也没想起来这事。

“改天我再把碟找出来，让你欣赏一下你哥当年的英姿。”

这时，不远处的场务挥手示意场地已经搭建好，江流深嘱咐了他几句，便随何安一起离开了，夏希艾则坐在原地围观拍摄。

“其实我下一部打算再拍乡村题材。”何安边走边继续刚才的话题，“听说希艾是农村出身？不知道他有没有兴趣来客串。”

“别了，这次找他来客串纯属我的私心，以后还是让他专注唱歌吧，那才是他喜欢做的事。”

何安遗憾道：“行吧，那我再选选角，反正也不急于这一时，拍摄地都还没选好。”

“嗯，现在山清水秀的农村不好找了。”

“是啊，以前我们拍戏的安和村，现在都已经发展成小城镇了，没那种感觉了。”

江流深脚步猛地刹住。

“您说什么？”

何安莫名："我说没那种感觉……"

"不是，前面那句，什么村？我们拍《乡间路》那个村叫什么？"江流深的语气似乎很急。

"安和村啊，你忘了吗，×× 县的。"

"怎么写？"

"安静的安，和平的和。"何安疑惑地看着他，"你问这个干什么？"

江流深深吸一口气。

"这么巧合！"

他转身就要往回走，却被何安一把拉住："干什么去？大家都等着你呢。"

夏希艾正坐在原位，冷不防地对上江流深的视线，惊得一个哆嗦，递到嘴边的奶茶都忘了喝。

江流深这是怎么了？

他困惑，欲起身上前询问，江流深却已经转过身。

何安见他情绪不对劲，关切道："流深，你没事吧？"

"没事。"江流深极力按捺住冲动，看向何安，"何导，我真的……谢谢您！谢谢您全家了！"

"……"

拍摄工作持续了一上午，夏希艾没想到第一天拍摄就这么忙碌。何安又是个拍起电影来就翻脸不认人的较真导演，连江流深都有几个镜头重来了一两遍，更别提其他演员了。

周雨萱差点被导演批评哭，她向来演的都是要求不高的电视剧，第一次遇到这么严格的导演，演技上的缺陷被一再放大，委屈地红着眼睛挨批评。

何安也不是真的想为难她，批评完又安慰："再磨炼磨炼，拍完这部戏希望你有所收获。流深，拿纸巾过来。"

江流深随手抽了两张纸递给她："别哭了，一会儿还要拍你的镜头呢。我相信你可以做好的。"

——做不好可就影响我的镜头了，我是来陪你浪费时间的吗？

周雨萱忍着泪看他，脸色红了些：“谢谢深哥……”

夏希艾听不清他们的对话，只远远看见江流深给周雨萱递纸巾。周雨萱擦去脸上的泪，仍旧抽噎着，胸口一起一伏，一副楚楚可怜的样子。

果然是我见犹怜的宅男女神啊……

到了午饭的点，江流深没能来跟他一起吃，倒是特意让徐阳去附近的高档餐厅打包了饭菜，没让他跟着一起吃剧组的盒饭。

“这样会不会不太好，像搞特殊一样……”夏希艾担心道。

“深哥就知道你会这么说，所以托我带话——你本来就和他们不一样。”

夏希艾看着铺了满桌子的精致菜肴，只好承了这份情。

徐阳匆匆扒了几口饭，又忙着给江流深处理事务去了。夏希艾一个人吃饭有点无聊，便打开微博小号漫无目的地刷着，往下一翻，突然看到江流深的小号一小时前发了条新微博。

艾艾真可爱深哥超级帅：“感谢天！感谢地！感谢命运！让我们相遇！”

夏希艾：“……”

江流深又在发什么疯？没时间吃饭倒是有时间发这种无聊的微博。

他在下面评论了句：“快来吃饭吧，已经一点多了。”

结果江流深一直忙到傍晚才吃上口饭。

敬业如斯，难怪胃病总是反反复复好不了。夏希艾本想等他吃完饭一起回酒店，无奈何安临时加了场戏，不拍到十点不可能回去。

“你先回酒店吧，别睡着了。”江流深这天不知为何，总感觉有什么话想说。

夏希艾不明所以，但还是听从他的话，先行回了酒店。

剧组的演员和工作人员都住在附近的酒店，条件还不错，不过拍摄基地在外市，不可能每天往返，江流深这几个月没其他活动的话会常住在这里。夏希艾这天只是被带来参观，第二天就要回去，毕竟他还有自己的工作要做。

到了酒店，洗完澡，他无事可做，便鼓捣起了手机里的编曲软件。他打算年底发一张新专辑，把电影主题曲包含在内，正好可以为第二年年初即将上映的电影造势宣传。曲子他已经写得差不多了，歌词仍在斟酌中。

这首歌，他想给江流深一个惊喜。

夏希艾一直鼓捣到十点多，江流深还没回来。他记着他的话，努力撑起眼皮不睡着，可还是架不住困倦侵袭，头一点一点的，最终一歪脑袋，靠在枕头上沉入了梦乡。

江流深十一点多回到酒店时看到的就是这幅画面。

夏希艾全然忘了他的叮嘱，手里握着手机，仰着脑袋睡得相当香甜。他嘴巴微张着，发出轻微的鼾声。

江流深脱下外套，轻手轻脚地去浴室快速地洗了个澡。

夏希艾听到声响，渐渐从睡意中清醒过来。

江流深低声问："你小时候是不是总被当作傻丫头？"

"我才不傻……"夏希艾嘟囔，"但我小时候确实总被当成女孩子，你怎么知道？"

他小时候被夸最多的词就是"水灵"，被认错成女孩子也是常有的事，直到十几岁长开了才渐渐有了男孩子的特征，没再被错认。

江流深心里更笃定了之前的猜测："我猜的，希艾，你为什么名字里有艾啊？"

夏希艾不知道他为什么突然问这个，但还是如实说了："我家以前种艾草为生的……"

江流深这下完全确定了。

白天何安说出"安和村"时，他心里就有了大概想法。

之前签约前派人调查夏希艾背景时，家庭那一页的出生地也是这个地方。

就算他们那时候没见过，这样的巧合已经堪称奇迹。可他隐隐觉得不只这么简单，似乎抓住了什么显而易见却被忽略许久的线索，心里总有一种莫名的猜疑。

他们很可能十四年前就见过，在他拍第一部电影的时候。

尘封在记忆深处快被遗忘的某些画面缓缓浮现，那年眨着大眼睛跟在他后面的"小丫头"，那年他胃痛如刀割时帮他按摩的小手，那年如对待珍宝般捧着奶茶含着泪与他挥别的……七岁小朋友。

兜兜转转，原来竟是同一人。

如此不可思议，又如此妙不可言。

或许真应了他曾说过的那个词。

机缘巧合。

“希艾，我……”

江流深难得失语。他白天听了何安的话之后一时心潮澎湃，当即就想冲到夏希艾面前确认自己的猜测，告诉他，他们以前见过。

可现在真的确认了，反而不想说了。

原因一是他自己之前鄙夷了那么多回“奶茶哥”，结果发现那抠门精就是自己，要是被夏希艾知道了，自己的脸往哪儿搁？

原因二是不挑个良辰吉日，锣鼓喧天在全世界投放广告宣布“夏希艾和我小时候就认识”都对不起他们这段奇迹般的友情。

“没事。”

江流深说完，走进浴室，掏出手机用小号发了条微博：“希艾从小到大都很会照顾人。@夏希艾”

夏希艾在第二天回程的路上才看见那条微博，登时恼得想让许彤立刻开回摄影基地暴打江流深一顿。

好在他的小号根本没人关注，只有一个粉丝随手评论了一句：“希艾超盐，哈哈，不过我好想看他照顾人的样子哦。”

江流深居然还回了那位粉丝：“你看不到的。”

夏希艾气鼓鼓地用自己小号回评：“你也看不到的！”

回到公寓，偌大的房子空荡荡的，一想到后面几天甚至十几天都是一个人住，他突然有点不习惯。

他只好给自己找点事做，先收拾了行李，待思绪平复下来后，才换上衣服，出门去工作室。

江流深给他配了专门的司机，是一位稳重的中年大叔，开车平稳，一路上都没开口说话，担心打扰他休息。然而到达工作室后，司机的神色却有些迟疑。

“怎么了？”夏希艾问。

司机摇头：“没什么，我刚刚看到门口有两个像‘私生饭’的人，但只看到一眼，可能是我看错了。”

“大概是来蹲流深的吧。”

“嗯，或许吧，夏先生，您最好也注意一下。”

夏希艾记下叮嘱，道了声谢，不过没多往心里去，毕竟江流深工作室的安保和他的公寓一样严格，不相干的人是不可能进来的。

夏希艾进了练歌房，声乐老师已经在了。夏希艾先跟着伴奏开了开嗓，接着练了几首歌。虽然商演活动少了，但练习绝不能落下。况且一周后苏芷要在本市开演唱会，特邀他作为惊喜嘉宾登台献唱，他必须抓紧时间多练练，不能把惊喜变成惊吓。

“希艾，你进步很大，以前偶尔会拖拍子，现在基本上没有了。”声乐老师夸奖道。

夏希艾谦虚地回：“是老师教得好，我以前没系统学过，还以为自己唱得挺好，跟老师学习后才发现自己缺陷很多。”

“你的音色条件很好，又有天赋，就算不学也已经碾压一大批人，现在是越来越完美，我看啊，过不久就要超越我咯。”

“不会不会，老师您客气了。”

听到老师的肯定，他心里自然高兴，连带着中饭都多吃了不少，本想再点杯奶茶长点精神，可想到江流深昨天已经让他多喝了一次，便忍住了诱惑，乖乖遵守规定。

谁料，江流深却主动打电话来提起这事。

“希艾，吃饭了吗？在哪儿呢？”

“嗯，吃了，现在在工作室，你呢？”

“我还没呢，你又不是不知道，何导这人拍起电影来有多冷漠。”江流深痛诉完，突然说，“你在工作室啊？正好，我办公室里有盒奶茶，你可以尝尝。”

夏希艾心下警铃大作：“我不想喝。”

江流深很少这么殷勤地请他喝奶茶，上次偷喝被抓住后被凶，这要是喝了，谁知道又会被凶成什么样？

“为什么不想呀？你不是最喜欢喝奶茶吗？那盒是从英国带回来的。”江流深故意加重“英国”二字，试图唤起夏希艾的童年记忆。但夏希艾此刻满脑子警惕，根本没注意到这个细节。

江流深这么坚持让他喝，一定有诈。

“我今天吃得太撑了，改天吧。”

江流深遗憾地叹了口气：“好吧，那等我回来再喝。”

夏希艾好奇地问：“你什么时候回来？”

“不好说，可能要十天后。”江流深轻笑，“怎么，一个人住无聊？”

夏希艾抿了抿唇，没说话。

江流深立刻明白了这沉默的意思，可偏要故意使坏：“要不你夸我几句？我立刻风驰电掣赶回来。”

夏希艾恼道：“你做梦吧！”

挂了电话，他还有点愤愤不平，走到了江流深的办公室。

江流深的办公室不常用，因而装修得很简洁，几乎没多少摆设，墙角立着一个透明玻璃柜，摆放了不少奖牌奖杯，两座金光闪闪的金影奖奖杯就放在最上层，底下是大大小小各类影视剧的奖项，可见江流深这些年的努力与演技广受认可。

夏希艾参观到最下层，发现居然有江流深学生时代的奖状。

他干脆坐在地上，拿出奖状仔细观看，可惜上面大多是英文，他只能认出几个单词。

“London（伦敦）……violin（小提琴）……”

看起来好像是在伦敦举办的小提琴比赛，依照底下的年份来看，应该是江流深十一二岁的时候参加的，还得了个一等奖。

厉害的人果然做什么都很厉害。夏希艾不由得想，就算江流深没当演员，从事其他行业，一定也会成为佼佼者。

他站起身拍拍裤子，接着打量四周，一转身，还真在办公桌的角落发现了一盒奶茶。

夏希艾走近查看，只见奶茶下面压着张便签，上头写着：“特别提供给嘴馋的希艾。”

日期写的是今天。

江流深没有分身术，不可能连夜从剧组飞过来留下这张便签，或许是让下属送过来的，又或许用了其他什么方法，但这些无关紧要。

夏希艾只知道，自己此刻确实觉得有些无聊。

傍晚回去的时候，仍是白天的那位司机来接。

夏希艾下楼时，司机正靠在车边发信息，见到他下来了，立即站直身子打招呼：“夏先生好。”

“你好。”夏希艾见他神色紧张，问，“发生什么事了？”

“我……”司机朝某个方向看了一眼，“我刚刚来的时候又看到白天的‘私生饭’了，这回我应该没看错，肯定是她们。”

夏希艾对“私生饭”并不陌生，没太在意：“没关系，反正她们也进不来。”

司机皱眉：“那几个‘私生饭’……可能会给您带来麻烦。”

夏希艾刚要坐进车里，听见这话，动作停顿：“什么意思？”

“我以前是给江少爷开车的，那几个‘私生饭’经常追车，所以我觉得很眼熟。”司机说，“她们对少爷的行程了如指掌，肯定知道他现在在剧组拍戏，怎么会跑到工作室来？我担心她们是来蹲您的。”

“不会吧……难道她们也是我的粉丝？”

“这点我不清楚，但这群‘私生饭’很会来事，以前少爷和苏曼妮小姐传绯闻的时候……”

司机突然意识到自己似乎说了什么不该说的，立刻住了嘴。

“没事，这些我都知道，你继续说吧。”夏希艾示意无妨。

司机这才敢接着往下说：“少爷的某些粉丝见不得他和别人捆绑在一起，

这群‘私生饭’就是其中比较……比较激进的，和少爷有关的人都因此受过一些困扰。”

“什么困扰？”

“苏小姐走红毯的时候被泼了水，摔了一跤，不雅照被传到网上。尤先生是出演的角色被恶意P图，有些黑历史还被她们挖了出来。这些‘私生饭’很擅长挖人黑历史。”

夏希艾记得以前在龙行的时候，尤清确实被黑过一次，最后是公司花钱摆平的，他还当是同类演员之间的争斗，原来与江流深有关。

“行，我知道了，我会注意的。”夏希艾顿了顿，“这事你先不要和深哥说，别影响他拍戏。”

司机一脸为难的样子。

“你不会已经说了吧？”

司机坦言：“江少爷让我把关于你的事都第一时间告诉他，刚刚已经给他发过信息了。”

“好吧，他说什么？”

“少爷说他会处理。”

夏希艾点点头。既然江流深会处理，那他就不需要操心什么了，反正“私生饭”再猖狂，一般也不敢真的怎么样，只要他谨慎一点，应该无妨。

回到家之后，他接着练琴，经过这阵子的刻苦练习和老师的指点，他的琴艺进步很快，现在基本看着谱子就能弹出来。

琴声回荡在空旷的房间内，虽流畅动听，却也透出几分寂寥。夏希艾练到一半停了下来，想了会儿，把手机立在旁边，拍了一小段弹唱视频，分享到微博。

转发和评论瞬间过万。

“啊啊啊，第一次看到希艾发这种视频！”

“这是五千万粉福利吗？！你的四千万粉福利呢？不准赖哦，我们都要！”

“您是什么神仙？怎么能越唱越好听，没个极限啊，呜呜呜……”

夏希艾随手翻了翻评论，大致也猜到是一些夸奖的话，心下微暖。虽然现在他有江流深庇护，但粉丝对他来说，依旧是重要的存在。以前他觉得没必要说太多，只要把努力后的成果展示给他们看就好，现在心态却有点变了。

分享自己成长的过程，或许也是一种表达对他们的感激的方式吧，而且，他自己也能在这过程中收获动力与慰藉。

顶灯暖光洒在白玉般的琴键上，驱散了方才的冷清。夏希艾继续往下翻，转发和评论越来越多，粉丝都跟打了鸡血似的。也难怪，他以前的微博都以风景照为主，很少发自拍，更别说这种私下的视频，总觉得有自恋嫌疑，实在做不到像江流深那样隔三岔五就发一张“搔首弄姿”的自拍。

夏希艾正欲切出微博转到其他软件，突然看到一条很突兀的热评。

“废物还敢戴手表呢？不倒贴你爸爸会死吗？”

这条评论点赞数就几十个，但由于回骂的人太多，被送上了热评。夏希艾点进头像一看，是个小号，里头内容几乎全是在骂他，言语不堪入目。

他确实戴着江流深送的手表，发视频的时候根本没意识到有什么问题，也没刻意遮挡，孰料引起了之前那些偏激“唯粉”的不满。毕竟上次是冷处理的，并没有发表声明澄清，这些“唯粉”恐怕心里还积着怨气。

夏希艾犹豫着要不要删除那条引战评论，然而当他刷新页面后，发现那条评论已经不见了。

取而代之引起热议的是江流深的新回复。

“希艾唱歌真好听，钢琴也好看，不过最好看的还是我送的手表。”最后加上一个微笑的表情。

底下粉丝疯了一片。

“终于再次等到微博互动了，啊啊啊！我死了！”

“看到没！深哥送的！实锤了！他根本不在乎希艾戴着他的表！

江流深的回复迅速转移了粉丝的焦点，不出五分钟，他们互动的事就上了热搜。“深艾”粉狂欢庆祝，“唯粉”多数已经见怪不怪。

夏希艾缓了一会儿才反应过来，立刻给江流深发信息：“是你把那条评论删了？”

他想起自己曾给过江流深微博账号和密码，虽然许彤也有，但结合时间来看，应该是江流深删的。

果不其然，江流深很快回了个电话，开口便道：“对，是我删的。”

夏希艾怕他乱想：“我没生气，你专心拍戏，我会处理的。”

“你才应该专心写歌，别管这些破事。”江流深的声音罕见地带上了怒气，“那号我早就知道，是那几个追车的‘私生饭’之一，以前我们刚认识的时候，你坐我车上那回，就是她们撞的。听说她们今天还去工作室蹲你了？不警告警告她们真是无法无天了。”

夏希艾对那次事故记忆犹新，虽然没受伤，但那些追车者的疯狂行为确实很可怕。

“你要怎么警告？”

“我派人去约谈了，光凭追车的事我就能送她们进警察局，她们应该不敢再出现了。”

夏希艾闻言稍稍放宽心：“谢谢你，深哥。”

江流深听见这声称呼，心情立刻阴转晴，声音都带上了笑意：“不说这个了，后天活动的衣服挑好了没？”

“还没呢，我有点选择困难。”夏希艾回。

后天他要参加D牌的走秀活动，将在头排看秀。能得到这样一个大牌的青睐，还得归功于上次慈善晚宴江流深替他选了D牌的赞助服，由于粉丝反响十分热烈，品牌赚足了话题度，故而才有了这次后续合作。

品牌方早早送来了一衣柜的套装，任他挑选，每套都很好看，他实在难以抉择。

江流深在电话那头笑了笑，神神秘秘道：“不要紧，我给你找了两个服装助理，马上就到。”

他话音刚落，夏希艾就听见了门铃声。

服装助理？难道是江流深新招的员工？

他穿着拖鞋几步跑到门口，一开门，只听“砰”的一声巨响，头顶无数彩带飘落。

“Surprise（惊喜）!”

竟是江小芙和黎洛。

夏希艾呆呆地看着他们：“你们怎么来了？”

黎洛边换鞋边说：“因为江流深求我来照顾你，唉，看他可怜。”

“别听他胡说，我才没求他。”江流深在电话里嫌弃道，“这小子坏得很，上次敢当众把手搭在你肩上引发舆论，这回在家指不定怎么捉弄你，所以我把我妹也叫来了，让她防着这小子一点。”

夏希艾无语，小声说：“那就别喊他来啊，多麻烦人家……”

“他虽然坏，但衣品还不错，仅次于我，我没时间帮你挑，只能找他了。”

黎洛有心灵感应似的凑过来：“在跟谁打电话？是不是姓江的？他是不是在说我坏话？”

夏希艾飞快地说了声“拜拜”就把电话挂了，用真诚的眼神看着黎洛：“他夸你衣品好。”

黎洛将信将疑。他和江流深当了这么多年朋友，没听他夸过几句好话，可夏希艾纯真的脸实在让人难以产生怀疑。

“是吗？这倒稀奇了。”他没再计较这事，大大咧咧地走进屋。

夏希艾松了口气，可紧接着江小芙又热络地凑上来，嘿嘿笑了两声：“希艾，我哥不在，是不是很无聊？”

江流深找这两人来其实是为了折磨他吧？

好在黎洛和江小芙没忘记此行的目的，进了门就开始忙活。夏希艾被他们推进衣帽间试衣服，穿上一套出来后，发现两人红酒都喝上了。

“这套西装不行，设计太累赘，像签不出单被扣工资，打电话给老婆还被臭骂一顿的落魄保险员。”

夏希艾：“……”

黎洛这毒舌程度比江流深还要更胜一筹。

“我进去给你挑两套。”黎洛放下酒杯站起来，身高腿长，气质卓然。

夏希艾跟着他进了衣帽间，见他随手翻了翻，挑出两套西装礼服。一套是白色，表面带有低调的银丝条纹；一套是黑色，领口是高调的印花加镶钻。

“这次走秀走的是奢华贵族路线，这套黑的挺适合，但估计现场穿这种风格的人会很多，不出挑，而且你上次已经穿过印花西装了。”

黎洛举起另一套白西装：“这套相对简洁清爽，很衬你的气质，就是有点不符合主题，让我想想里边搭什么。”

黎洛撑着下巴思索了一会儿，突然问：“江流深的衣柜在哪儿？”

“在另一个房间，怎么了？”

“走，我们去看看。”

夏希艾一头雾水，跟着他来到江流深的衣帽间。黎洛挑挑拣拣，竟然选了一件江流深的衬衫给他。他对这件灰蓝色丝质衬衫有点印象，似乎是他们第一次在机场相遇时江流深身上穿的。

“D 家的经典款，永不过时。”黎洛递给他，“试试看，说不定会有意想不到的效果。”

夏希艾对此持怀疑态度，但还是进里头换上。

出来时，黎洛眼前一亮：“我简直是穿搭天才。”

“……”

“领口这儿太拘束了。”黎洛上前，将他领口最上边的两颗纽扣解开，又搭了条璀璨的双层碎钻项链，颔首赞许自己的成果，“完美！”

夏希艾站在试衣镜前一看，有点认不出自己了。

如果说上次的打扮是高贵矜持的贵族小少爷，那这回便是恣意张扬、打破陈规的潇洒小王子，他从没想过自己还能驾驭这种风格。

“怎么样？我的眼光不错吧？”黎洛邀功道。

“嗯，和我往常穿的完全不一样，粉丝一定会觉得惊喜。”

“关键是你自己喜欢吗？”

“喜欢。”夏希艾点点头，又重复了一遍，“特别喜欢。”

黎洛看着他因为一套新衣服就欢欣雀跃的样子，不禁笑了：“江流深那家伙走了什么狗屎运，能有你这样单纯的朋友。”

夏希艾闻言一顿，为江流深辩解：“深哥他人很好，遇到他是我的幸运才对。”

“是是是，你们都幸运。”

夏希艾有点想问黎洛关于段明炀的事，可又觉得他们还没熟到能谈论这种个人隐私的地步，正迟疑间，衣帽间的门被“咚咚”敲响。

“希艾？你们怎么进去那么久啊，黎洛没欺负你吧？”江小芙作为江流深安插的眼线，可谓相当尽责。

“我这么正人君子，能欺负他？马上出来。”

黎洛走到试衣镜前拍了拍夏希艾的肩：“别看江流深一天到晚没个正经，其实在这个娱乐圈啊，没几个人比他更正派、更真心。我这个兄弟重视你这个朋友。”

“嗯。”夏希艾坚定点头，“他帮了我很多。”

黎洛为他挑选的这身衣服果然在走秀活动当天引起了热烈反响，从进秀场开始，就被媒体一路追着跟拍，网上无修直出图一批接一批。工作室也专门派了摄影师随同拍摄，高清大图一上传，粉丝再度鬼哭狼嚎着要给新任服装师加工资。

“什么神仙搭配！官博君快告诉我们服装师的微博号！我们要去打钱！”

“又帅又有气质，我不行了，我快缺氧窒息了……”

“你们别说，这身看起来还真有点江流深的影子，虽然是不同感觉的潇洒，一个成熟雅痞，一个年少张扬。”

“等等？里头这件衬衫深哥在机场穿过啊！是同款还是同一件？！”

夏希艾看见转发迅速破万的“同款衬衫实锤对比照”微博，微窘。

黎洛只是给他配了衣服而已，他完全可以去买件新的同款衬衫，他却穿了江流深那件出来参加活动……

走秀的过程很快，大约也就十几分钟，夏希艾对时尚圈一知半解，其实没看懂多少设计理念，只觉得模特身上的每件衣服都很华丽精致，想必一定花了设计师不少心血。

走秀过后是一场私人派对，特邀嘉宾、模特以及设计师都会参与。设计师端着香槟前来搭话，夏希艾听不懂多少，只能靠随同的许彤翻译。

“他说你今天这身穿搭很惊艳，希望以后能为你设计更多适合的款式。”

夏希艾礼貌地回：“谢谢您，我非常期待。”

设计师高兴地要与他碰杯。他不好驳了对方的热情，只好象征性地抿了一口。

可设计师很嗨，不停地说这酒非常好喝，是他特意从国外空运过来的。夏希艾犹豫了片刻，最终没能禁住劝，仰头一饮而尽。

“没事吧？”许彤担心地问。

“还行，就是喉咙有点热。”他没怎么喝过酒，不过听说香槟度数低，应该没什么关系。

设计师似乎特别喜欢他，与他攀谈了许久才离开。

夏希艾陪他喝了三杯酒，脑袋已经开始有点晕，勉强还算清醒，努力支撑到派对结束。

一坐上车，他长吐一口浊气，又松开一粒纽扣，脑子晕晕乎乎的，想起了小时候的事，恍惚间记忆中某个遥远的身影渐渐和江流深重叠，自己都觉得荒唐。

到家后，许彤扶他进了卧室，脱掉外套和鞋子，再三确认他只是有点晕，并无呕吐预兆后，便倒好醒酒茶，先行离开了。毕竟孤男寡女共处一室不太方便。

夏希艾躺在床上盯着天花板发呆，意识逐渐游离，眼皮越来越重，迷迷糊糊快要睡着时，却收到了江流深打来的视频通话。

他甩甩头想让自己清醒些，结果却把自己甩得更晕了，返上来的酒劲彻底占据他的思考能力。

他滑稽地伸直手臂，高举起手机，按下接通，一脸傻笑：“深哥……”

江流深原本想说的话瞬间全吞回了肚子。

屏幕中的夏希艾仰躺着。

夏希艾觉得手臂举酸了，便侧过了身，把手机支在一旁，脸颊贴着枕头：“你什么时候回来？”

“我下个星期能回来一趟。你喝醉了？”

“我没有醉，只喝了一点点。”夏希艾强自辩解。

可早已得到司机线报的江流深半个字都不信：“不仅喝醉了，还撒谎。”

夏希艾一颤：“你知道了？”

“那你承不承认自己撒谎？”

“承认。”

“说，还有没有其他事情瞒着我？”

喝醉的夏希艾被的语气吓到了，眼神慌乱无措：“我穿了你的衣服。”

“什么？”江流深没料到他承认的会是这桩事。他仔细看了一眼他身上穿的，一时记不起来哪件是自己的，毕竟他大多数衣服只穿一次就束之高阁了。

夏希艾拉了拉衬衣领子，示意是这件衣服。

江流深刚想说话，夏希艾却困倦地闭上眼，自觉卷起被子把自己裹成一团，沉沉地睡去了。

“……”

江流深在心里强烈谴责完他这种聊到一半就睡的不负责行为后，将手机放在一旁，直到夏希艾的手机没电关机，视频才中断。

第二天一大早，太阳洒在眼皮上，夏希艾被门铃声吵醒，揉着眼睛去摸手机，想看看几点了，结果发现手机没电了。

昨晚好像没用多久啊……只依稀记得江流深打来视频电话，但说了些什么内容他已经完全不记得了。

夏希艾坐起身，迷蒙地打了个哈欠，低头一看，身上还穿着昨天的衬衫，被压得全是皱痕，头发乱糟糟的，门铃声催得急，他来不及拾掇自己，趿着拖鞋匆匆走到玄关处，看见监控屏幕里是许彤，便放心地打开门。

许彤一副火急火燎的样子，进了门就问：“你手机怎么关机了？”

“没……咳咳！”夏希艾感觉嗓子不太舒服，不知道什么时候着了凉，

“没电了，你找我有事？”

“来看看你昨晚睡得好不好。”许彤边说边拿出手机，“还有，网上又出现了一些关于你的不利言论，我已经压下去了，但得让你知道一下，最近防范着点，有人在针对你。”

夏希艾从她的表情中判断出这次事态有点严重，立即接过手机，查看许彤存的截图。

从时间顺序来看，一开始只是有粉丝发现昨晚他穿了江流深的同款衬衫，猜测是不是同一件，粉丝们都在快乐地吹捧，没对此发表不满，结果突然冒出几个抱团小号带头辱骂他。深夜，趁大多数粉丝在睡觉的时候狂发上千条，把他大名广场搞得乌烟瘴气。

早上发现这事的粉丝立刻开始净化，由于对方人数不多，发得再频繁也敌不过成千上万人的力量，很快就被压了下去。

可紧接着，这些小号却将矛头转向另一件事。

“他们怎么知道我以前干过什么？”

夏希艾困惑地看着截图。江流深之前明明已经替他把在酒吧打工的痕迹抹去了，学校打架的事也没留下档案，这些人是怎么挖出来的？

“抹黑和人肉是他们最擅长干的事。”许彤道，“徐阳说这些号肯定是之前被他约谈的那几个人的，贼心不死，还想着搞事呢。”

夏希艾皱眉：“我和江流深关系好，就这么让她们嫉恨吗？”

“不是因为你，你可千万别擅自背锅啊。她们就是自私自利，追星追得已经病态了。”

夏希艾点点头，思虑了一会儿，突然想到什么，问：“我的粉丝里有这样的吗？会不会给江流深带来麻烦？”

“你的粉丝之前确实有些不满，不过你才出道多久啊，粉丝其实对你还没有特别深厚的感情。不像深哥，有些粉丝十几年了，很容易代入角色太深。你的粉丝还好，顶多撕一撕再脱粉，一般来说不会这么死缠烂打。

“而且我不是说过吗，深哥对你的人气很有帮助，这小半年你的粉丝增加了快三千万，比以前一年还多。”

夏希艾一脸认真：“那就好，这事你怎么处理的？”

“直接封号。她们没证据，造谣你品行不端也没几个人信。我们都知道你那时候什么情况，但封号只能暂时压下去，她们肯定会卷土重来。我和工作室的公关团队商量了一下，你过去的经历确实容易被人当作把柄，所以我们决定自己把这事先说出来，主导舆论，杜绝后患。”

夏希艾一听要对公众坦白自己的过往，顿时有些紧张：“那让我整理一下思路，想想该怎么说。”

他倒不怕被人知道那些不堪的过去，只担心自己说不清楚，再次被误会。

曾经百口莫辩的痛苦境地，他不想再经历一遍。

许彤笑了：“不用你亲自来，你现在有我们，有深哥，有爱你支持你的粉丝，我们都会好好保护你的。”

夏希艾闻言微愣，过了半秒才反应过来。

是啊，他现在不是一个人了。

曾几何时，他流落异乡无依无靠，被亲戚家的小孩诬陷偷钱，同学们瞧不起农村出身的他，一致认为是他在撒谎。他毫无反驳余地，梗着脖子坚决否认，反被当作集体排挤、孤立的对象，导致在学校的三年都是独来独往。

他一忍再忍，终于还是在压力沉重的初三爆发了。起因不过是同学又一次嘲笑他没人要，那些刺人的话语成了压垮他的最后一根稻草，令他从隐忍沉默的好学生瞬间变成愤而暴起的不良少年。

他离开学校在酒吧打工时，也是形单影只，除了老板没人对他上心，谁料最后发现连看似照顾他的老板都心怀鬼胎。

流浪街头那段时间，他仿佛一个孤苦伶仃的游魂，几度怀疑自己这辈子是不是就这样了，就算再努力、再拼命，也不会遇到关心、爱护他的人。

但现在，他身边有了很多这样的人。

光用“感动”已不足以形容，或许“感恩”才是他如今的心情写照。

“谢谢你们。”夏希艾由衷地道谢，“不要太辛苦，有问题我可以帮忙。”

“跟我们还客气什么，傻弟弟。”许彤拍拍他的肩，“别小看我，你努力练歌的这段时间，我也在努力学习怎么当经纪人，让你看看我的进步！这事保证给你办得妥妥帖帖的！”

夏希艾含笑答应。

未来的日子，有这么多人陪伴他前行，没什么可怕的了。

许彤行动雷厉风行，隔天微博上就出现了一段引起热议的视频，即便夏希艾事先知情，也被内容惊到了。

视频里接受采访的居然是他的初中班主任。

班主任和几年前相比没什么变化，推了推老花镜，一脸严肃地娓娓道来：“希艾一直是个好学生，品学兼优，助人为乐。可我那时候粗心大意，没注意到他长期受人欺负，才导致他后来辍学……”

视频由第三方八卦自媒体制作，一经发布，立刻吸引了无数吃瓜群众前来围观评论——

“前阵子吸毒事件的时候听说过夏希艾打架辍学的事，后来好像被压下去了，还以为是黑历史呢，没想到有反转。”

“为什么善良可爱的弟弟要遭受这些？那么小就成了孤儿已经够可怜了，还要这么对他……”

“要是让我知道当年欺负弟弟的人现在在哪里，我一定冲过去暴打他们一顿！”

“我为以前嘲过夏希艾学历低道歉，其实从节目里看得出他很有素养。”

“以前觉得弟弟太盐，都不怎么笑，还以为是装酷，现在才知道是怎么回事，我要是和他人生对换，能不能坚强活下去都不好说，弟弟太厉害了。”

……

都不需要粉丝控评，评论一面倒偏向夏希艾。

到下午时，又有人爆料，曾在某地下通道见过形似夏希艾的人唱歌，当时觉得这个流浪少年长得很清秀，就录了段视频。

视频中，一个穿着破旧但不肮脏的消瘦少年正唱着歌，地下通道自带的回响效果令他的歌声更为悠扬空灵。拍摄视频的人走近了一些，去拍他的脸。

少年的头发似乎很久没剪了，长长的刘海挡住大眼睛，但挡不住眼里映出的光。他见镜头靠近，立刻不唱了，眼神戒备地往后退了几步，干燥起皮的嘴唇动了动，说：“先生，不要拍了。”

拍摄者听见此话，便终止了录制。

粉丝们何等眼力，一看视频，立刻辨认出是自家偶像，登时心疼得无以复加，整个粉圈哭倒一大片。

这个情况许彤没有料到，他们只委托人发布了第一个视频，第二个视频纯属意外之喜，一下子将舆论带向了最高潮，相关热搜和话题一整天居高不下，轰动圈内外。

于是工作室再接再厉，第三天用官博发布了最后一条爆料，或者说是声明。

声明中承认了近期网上流传的故事，夏希艾确实曾因打架辍学，也曾流浪街头，其中原因想必大家已了解，不再赘述。另有一点，夏希艾先生委托工作室发表声明致歉，称自己未成年时曾迫于生计在酒吧打过工，不符合法律规定，给社会造成了一定的负面影响，特此致歉，希望大家不要效仿。

声明一出，多家媒体与知名营销号纷纷转发，粉丝们被虐了一天情绪正激动，卖力地轮番发微博，半小时内转发过百万。

几乎没人指责夏希艾过去的所作所为，一致表示同情和佩服，连不少之前脱粉的“唯粉”都被圈了回来。

至此，这段曾经被当作定时炸弹一样的“黑历史”，终于成了真正的陈年旧事，再也不用担心它被别人利用。

用许彤的话来说，是“卸掉负担，一身轻松”。

在夏希艾心里，却是另一番形容。

这些曾经令他狼狈、令他不堪、令他憎恶的残酷往事，不知不觉间，已经变成回忆起来也不会产生一丝波澜的过眼云烟。

他心中的阴霾被温暖驱散，浮现出很久以前爷爷对他说过的话——

“希艾是个好孩子，就算哪天爷爷不在了，也会有人替爷爷疼你、爱你。”

这句曾被他怀疑过无数次的话，现在，他终于相信了。

经此一事，夏希艾的路人好感度直线攀升，连带着以前做过的慈善项目也被重新转了出来，一时间风头无两。有路人戏称，夏希艾恐怕是当下黑子最不敢喷的明星，因为说他一句坏话，就会被充满正义感的网友群起而撕之。

夏希艾看得正认真，突然江流深的电话打了过来。

江流深一边看评论，一边说："要什么网友，你以前出事的时候他们在哪儿？还是哥哥我最靠谱。"

他最近总爱自称"哥哥"，夏希艾对此倍感无语："你能正常称呼自己吗？"

"怎么，难道我不比你大吗？"江流深在电话里嘿嘿笑了两声，"还是说，'哥哥'是那个送你奶茶的人的专属称呼？"

"也不算专属称呼，只是我叫他叫习惯了，你突然这么自称，我会有种搞混的错觉。"

他故意套话："你还记得他长什么样吗？"

夏希艾想了想："好像个子挺高的，其他的想不起来了。"

江流深乐开了花："那你还想再见到他吗？如果见到，你会对他说什么？"

夏希艾正欲答话，突然警觉。江流深问他这个干什么？肯定有诈。

"应该不会再见了，也没什么想说的。"他含混过去。

江流深却不依不饶："怎么会没话说呢？他在你心里那么重要，给你喝的奶茶让你惦记到现在，为你的童年带去那么多美好的珍贵回忆……"

夏希艾听他越扯越慷慨激昂，莫名道："我爱喝奶茶又不是因为他，是因为奶茶好喝。"

江流深："……"

原来他只是一个促成夏希艾和奶茶之间姻缘的介绍人。

"不说以前的事了。"夏希艾抿抿唇，问，"你哪天回来？"

江流深的声音冷下去："剧组太忙，这一个月大概都回不来。"

夏希艾心里一堵，追问："我明晚去苏芷姐的演唱会做嘉宾，九点左右出场，你有时间看直播吗？"

话都说得这么明白了，他本以为江流深肯定会满口答应，结果江流深却说：“那个时间我有场戏要拍，之后看网上视频吧。”

夏希艾张了张嘴，最终把话咽回肚子里。

江流深在认真工作，他应该支持，而不是让对方中断工作来听他唱歌。

只是他免不得有些失落。

虽然这次是别人的演唱会，但也算是他第一次体验在演唱会上唱歌的感觉，心里自然期待又激动。

如果这种心情能和朋友分享，该多好……

唉，等有朝一日，自己开演唱会的时候，一定要挑个江流深有空的时间，弥补这次的遗憾。

即便夏希艾得知江流深不会看直播，也丝毫没有放松对自己要求。演唱会当天，苏芷与他彩排完最后一轮，笑道：“希艾，你这个客串嘉宾比我这个主角还卖力，让我怎么办啊？”

“应该的，这场演唱会你花了很多精力，我也希望它完美，所以我不能出一点差错。”

“谢谢你，我也祝你早日举办自己的演唱会，到时候我一定来听。”

夏希艾回谢，不禁又想到了正在剧组拍戏的江流深。

到他自己办演唱会的那天，江流深可一定要在啊，否则他可能会沮丧到歌声都失去灵魂。

晚上八点，演唱会准时开始，全场一万多个座位，座无虚席，不少粉丝早已听到风声夏希艾会来，因而本就被黄牛炒得颇高的票价一再上涨，最前排价格已上万，仍旧一票难求。

在后台等待时夏希艾也没闲着，他坐在转播屏幕前看舞台上的苏芷演唱。苏芷作为创作型女歌手，以抒情歌见长。此刻的她正抱着木吉他，坐在高脚椅上，一束光打下来，显得她清冷出尘，颇有几分冰山美人的感觉。

她正在演唱的是她上张专辑里的主打歌，下一首就是他们的合唱。

夏希艾平时上舞台基本上不紧张，就连当年参加选秀决赛也能保持冷静，这天却不知怎么的，手心不停冒汗，眼皮直跳，在他老家这是不吉利的预兆。他免不得有些胡思乱想，难道一会儿自己会突然破音或者摔一跤出洋相吗？

然而紧迫的时间已不容他多思考，工作人员很快来邀请他候场。

夏希艾站上升降台，长吐一口气，暗暗给自己打气。

都准备得这么充分了，不会出差错的。

他听见舞台上苏芷的声音通过麦克风传来："接下来有一位惊喜嘉宾，他是我的好朋友，也是我特别看好的一位年轻歌手。"

升降台缓缓升起，伴随着震耳欲聋的欢呼声和尖叫声，显然台下的粉丝已经猜到是谁。

夏希艾的视野渐渐扩大，粉丝挥舞的荧光棒犹如万千萤火，映入他眼帘，分贝极高的尖叫声令他的心情也跟着澎湃起来。当他站定在舞台上，粉丝狂热的呐喊已经掩盖住他耳返的声音。

夏希艾朝粉丝挥挥手，将食指抵在唇边做了个"嘘"的手势，浅浅地笑了笑，结果反而引起又一阵激动的尖叫声。

等到粉丝安静下来，苏芷开口问："希艾，站在这舞台上感觉怎么样？"

夏希艾回："非常壮观，谢谢苏芷姐的邀请，让我体验了一把开演唱会的感觉。"

两人又客气地寒暄了几句之后，便进入正题。

苏芷："既然来了，那可不能空手来。"

夏希艾轻笑一声："我知道，所以带了点小礼物给大家。"

他掏了掏口袋，摸出事先准备好的一把糖，出其不意地往前小跑两步，挥臂撒向离得较近的观众，顿时被台下的粉丝疯抢一空，连一个男粉丝都争先恐后地去捡，毫不谦让小姑娘。

"发几颗糖就想走了？"苏芷朝台下喊话，"你们答应吗？"

"不答应！"粉丝声嘶力竭地狂喊。

夏希艾做苦恼状："如果几颗糖还不够甜，那我就给大家唱首甜甜的歌吧。苏芷姐，你陪我？"

“好啊。”

乐队立刻演奏轻快、跳跃的前奏，尖叫的粉丝自觉闭嘴，挥舞着荧光棒跟着节拍左右摇晃。

夏希艾和苏芷边唱边走向舞台的两端，朝粉丝打招呼，接着在舞台中央会合，走上伸展台，各自面向一边，与粉丝近距离接触。

这种感觉实在太美妙，所有人的目光都集中在他身上，所有人都在认真聆听他的歌声。他在生活中并不喜欢引人注目，唯有在舞台上，这样充满热情的视线令他分外畅快。

夏希艾又往粉丝聚集处靠近了些，想和拼命伸长手朝他挥舞的粉丝击个掌。忽然，余光不经意间瞥到一个略高的身影，他下意识地往那个方向看去，发现是刚刚抢糖果的男粉丝。那粉丝身形高挑，穿着件普通的白 T 恤，戴着渔夫帽和口罩，低头跟大家一起挥舞荧光棒。

明明是来看演唱会，怎么低着头？

虽然夏希艾感觉这位粉丝的行为有点奇怪，但他也没多在意，正要移开目光，那个男粉丝突然抬起头，眼神看向他。

帽檐底下是一双微微上挑的眼眸。

夏希艾愣住，耳边粉丝的尖叫声像潮水般迅速退去，眼里只剩下那个熟悉的身影，以至轮到他唱下一句歌词时，他差点忘了开口。

所幸他练过无数遍，听到音乐本能地张嘴唱了出来，否则真的要像之前预感的一样出洋相了。

底下的粉丝见他眼睛一动不动地盯着某处，也顺着他的视线朝那个方向望去。

夏希艾立刻反应过来，连忙转过头，朝前走了几步，继续和粉丝互动，瞬间又把粉丝们的焦点吸引了过来。

他握着话筒的手激动得轻颤，努力掩饰才没被发现。

一曲毕，合唱结束，夏希艾按照流程与苏芷互动完，把舞台交还给她。

一下升降台，他匆忙往观众席通道跑去，在拐弯的时候由于奔跑得太快，没刹住车，直直和一个人撞在了一起。

“嘶……希艾，你练过铁头功吧？”江流深捂着胸口倒吸一口气，“上次你跟我撞，我鼻血横流，你一点事都没有，这次也是，你师承哪一派啊？”

夏希艾没工夫跟他扯嘴皮子，一把拽着他往后台走。

返回后台时，江流深口罩和帽子都没戴，一路把工作人员惊吓了个遍。

他倒是一脸轻松地打招呼：“晚上好，辛苦了。”

“深……深哥好。”工作人员皆目瞪口呆，“您怎么会？”

“来视察我家艺人的工作。”江流深回答得一本正经。

等到进了转播室，四下无人，夏希艾忍不住说：“你这样光明正大地出现，肯定会被爆到网上，有些粉丝可能又要吵了。”

“还记得我说过什么吗？不要想着取悦极少数无理质疑者，而是应该珍惜真正关心你的人。”

江流深道：“那些吵架的人，明知道我和你关系好，还造谣诋毁你，害其他爱你的粉丝难过，如果你考虑她们的心情，你让那些维护你、崇拜你的粉丝怎么想？是不是间接辜负了其他粉丝对你的爱呢？”

夏希艾点头，正准备说话，转播室的门突然被打开。

“夏希艾在……吗……”

一个二十来岁的女粉丝呆若木鸡地站在门口，惊愕地张大嘴。

夏希艾登时有些尴尬，仓促间想不出该怎么解释江流深的出现。

江流深倒是很从容，却也很冷漠：“这里是后台，请你出去。”

“不要脸……”

“什么？”夏希艾以为自己听错了。

女生的脸色由最初的震惊顷刻间转青，眼神异常阴郁，手握成拳，整个人因激动而颤抖着，咬牙切齿地重复了一遍：“不要脸！”

夏希艾微愣，这句话的语气怎么和之前网上那些激进小号一模一样？他心头突然涌上一股强烈的不安感，眼皮不受控地狂跳，他还没来得及采取行动，那女生就冲了过来。

扬起的手中握着一把美工刀。

夏希艾瞳孔剧缩，一脸震惊，下意识地往后躲，紧接着眼前一黑，一个身影迅速挡在他面前。

他听见江流深发出一声闷哼。

紧接着“砰”的一声，那女生被推倒在地，美工刀在空中划过一道弧度，被甩到角落。

这场猝不及防的意外发生在电光石火之间，夏希艾的心脏还没恢复跳动，江流深已经转过身。

“没事吧？”

分明挡在他面前，却还问他有没有事。

“我没事，你……”夏希艾目光下移，登时倒吸了一口凉气。

江流深的右手臂被划了一道长长的口子，约有七八厘米，正往外渗着鲜红的血，逐渐汇聚扩大，顺着手臂流淌而下，滴落在地板上，触目惊心。

“快……快止血！”夏希艾急得话都说不利索，手忙脚乱地脱下衣服，迅速给他包扎，血色映入眼底，刺得他手都在发抖。

“没事，没事。”江流深柔声安抚，“皮外伤，放心。”

可当江流深转回去面对那女生时，瞬间变了副面孔，脸色乌云密布，阴沉得骇人。

“你想干什么？”

女生一哆嗦，含着泪颤声说：“流深，你怎么可以……怎么让他蹭你热度？你以前不是这样的！”

“那我以前是怎样的？”

女生的脸上浮现出向往的神色：“你从来不会和别人捆绑在一起，就算有绯闻，也都是那些人倒贴你，故意炒作，我都知道的……因为你最爱粉丝了，粉丝才是你最重要的人……”

“放屁。”

这铿锵有力的一声爆粗把夏希艾都惊着了，更别提那女生。

“你……你以前从来不会这么说话，你那么温柔……肯定是他！”女生情绪激动，指着夏希艾骂，“肯定是这个不要脸的带坏了你！”

江流深冷笑：“你值得我温柔对待吗？擅自把妄想强加在我身上，伤害我力捧的人，你也配称我的粉丝？”

他伸手搭在夏希艾肩上。

“不要脸的是我，带坏人的是我。”江流深冷声道，“我从来就不是你想象中的样子。”

女生闻言彻底崩溃，放声大哭：“你……你怎么可以这么对我？”

江流深直接无视她，拽着夏希艾往外走去，出门前丢下最后一句话：“收着点眼泪，一会儿去警察局，有的是时间让你哭。”

出了门，江流深迅速拿了件外套把染红了衣服的伤口挡住，打电话叫来保镖押走了那个女生，随后回到来时的车上，取出急救箱进行简单的包扎。

“我还是去后台找人来帮你吧，应该有医生在。”夏希艾转身想去喊人，却被江流深拉住。

“别喊其他人来，不然我受伤的事立刻就会上热搜，我妈和粉丝会担心。而且要是被人知道我在苏芷的演唱会上受了伤，会牵连到她，你也不想这样吧？”

“可你的伤不尽快处理的话……”

“我的私人医生已经赶去公寓，我们快点回去吧。”

所幸演唱会场馆位于市中心，司机一路飙车避开拥堵，二十分钟不到就将他们送回了公寓。家庭医生来得很快，一进门就娴熟地拿出工具处理伤口。

“会留疤吗？”夏希艾担心地问医生。

“伤口不深，后续注意修复的话，一般来说不会留疤。”

夏希艾松了口气，江流深见他一副如释重负的样子，笑了笑：“我就说没事吧。”

夏希艾一脸认真，严肃道：“下次再发生这种事，不准替我挡。”

“你还想要有下一次？我可不敢想了。”江流深笑着。

“不要笑，我很认真的。”夏希艾板起脸。

但论装样子，江流深这个大影帝更擅长。他立刻捂着脑袋，蹙眉道：“哎哟，我的头好晕，是不是失血过多，医生，你给我看看。”

医生：“……”

这出血量还不够献一次血呢，哪来的失血过多。

碍于医生在场，夏希艾才没对这个欠打的病患“下毒手”。

警察局那边的保镖很快来了消息，说根据之前掌握的证据和女生的口供，她确实是那些追车和开小号骂人的“私生饭”之一，被夏希艾的手表和衬衫事件刺激，一直怀恨在心，无奈工作室和公寓进不去，只好趁演唱会让黄牛带进了后台，偷拿了工作人员的美工刀，原本只是想划烂夏希艾的手表，却看见了夏希艾和江流深在一起，瞬间恨意涌上心头，冲动之下做出了不计后果的事。

“把证据和口供发给徐阳一份，整理清楚始末，拟好律师函，明天下午发。”江流深朝电话里道，“还有其他跟她一伙的，名字通通写出来，一个都别想跑。”

“她会被定罪吗？”夏希艾问。

江流深挂了电话：“定不了多大罪，但也足够杀鸡儆猴。”

夏希艾点点头，突然想到：“你明天要回剧组吗？”

“回，当然得回，就这么点皮外伤，比起以前拍戏受的伤，这不算什么，要是当作理由旷工，我还不得被何导骂死。”江流深唉声叹气。

虽然他这么说，但夏希艾知道，就算何导不骂人，江流深肯定也会赶回去完成自己的工作，若非如此敬业，他也不会年纪轻轻就得了两次影帝。

“我跟你一起回剧组吧，反正我后面没什么活动，况且也快到我的戏份了吧？”

“对对对，你跟我回去再好不过，那就这么说定了！”

由于伤口不能碰水，江流深费了一番功夫才洗漱完。出浴室时，夏希艾已经睡着了，睡颜香甜，岁月静好。

他坐到床边，看着夏希艾戴着手表的那只手，无声地笑了笑。回忆起今日与过往种种，感慨万千。

甘也一同尝过了，苦也一起吃过了，人生得此友情是他莫大的幸运。

一念及此，江流深心里已经做出了决定。

他拿起手机，俯身靠近，按下拍摄键，记录下夏希艾恬静的模样，接着把照片贴到网上，编辑文字，按下发送——

“风雨兼程，你我同在。@夏希艾 ”

## 第十二章 我就是相信你

天刚刚亮的时候，夏希艾就被江流深弄醒了，只好到车上再补觉。

江流深看着夏希艾坐上后座，关上车门，转头问面无表情的保镖：“行李都带走了？”

“是的，少爷，已经让司机开着您常开的车从大门走了，等媒体散了之后，会给您送到剧组去。”

“来了多少家？”

“门口大约有一百来家，剧组那边可能有两三百家。”

“都安排好了吗？”

“嗯，已经派人隔离起来，不会影响剧组正常拍摄。”

“行，开车吧。”

到外市的路途中有段路崎岖不平，车子一颠一颠的，把在车上睡着的夏希艾给颠醒了。

“到哪里了？”他揉着眼问。

江流深看了看他乱糟糟的头发，回：“才开了一半，还有两个小时，再睡会儿。”

“嗯……”夏希艾看了一眼手表，才七点不到，想去摸自己的手机，却发现不在口袋里。

“我的手机呢？”

“替你关机收着了，以免吵醒你。”

夏希艾点点头，等这段颠簸的路开过去后，没一会儿又睡着了。

再次醒来时，他们已经到达剧组。江流深叫醒他，带他到自己的休息室洗漱换衣服，顺便还叫造型师来给他做发型。

夏希艾透过镜子看，总觉得造型师神色古怪，似乎有很多话想说，脸憋得通红，却不敢开口。他以为对方是觉得他高冷不好搭话，便主动友好地询问：“有什么事吗？”

造型师感受到背后射来一束寒光，立刻说：“没事没事，觉得您太好看了而已。”

夏希艾被当面这么夸有些不好意思，正欲道谢，休息室的门突然被推开。

何安朗声笑着走进来，拍了拍江流深的肩膀：“流深啊！你这次动静闹得可真够大啊！连我的微博都被你们的粉丝挤炸了，都来问什么情况。”

夏希艾迷茫：“粉丝问什么？”

“希艾，我错了。”江流深迅速走到他面前，“我趁你睡着的时候干了件事，你能原谅我吗？”

夏希艾一脸好奇：“你干什么了？”

江流深：“你看下微博就知道了。”

夏希艾刷了半个小时微博后还是想暴打江流深。

“你怎么又发微博！粉丝风波才刚平息！”他这辈子第一次这么大声吼人。

江流深：“对不起，你生气了？”

“我不是生气，就是你昨天为我受了伤，今天还赶回来拍戏，忙得焦头烂额。还在凌晨发微博，把一切都安排好……我却像个局外人一样，什么也没帮上……”

江流深明白了。

“谁说没帮上忙了？你的出现，就是给我的人生帮大忙了。”江流深笑道：“你要是没生气，那你能不能转发一下？我都发出去一晚上了，你一直没有说话，别人还以为我巴结你呢。”

夏希艾瞪他：“就该现在发，害人家微博程序员抢修了一晚上的服务器，人家估计都恨死你了，以后都不让你上热搜。”

“不能吧，我给他们贡献了这么高的热度，一晚上一千万的转发，他们上哪儿去找我们这样慷慨的顶流？”

夏希艾永远说不过他：“知道了，我先想想措辞。”

他看着那条转发已超千万的微博，越看越头大。转发、评论和点赞仍在不断上升，评论里十条能有七八条带一长串“啊”，他都快不认识“啊”这个字了。

别说江流深的微博，他自己的微博也早已被兴奋的粉丝攻占，最新评论里说什么的都有。

夏希艾斟酌许久，才下定决心要回什么。

江流深抻长脖子凑过来看他打字的内容：“你要发什么？”

“走开，你不告诉我，我也不告诉你。”夏希艾挡住不让他看。

但江流深很快便知道了。

夏希艾的最新转评刚发出去，便迅速被顶上第一的位置，明晃晃地挂在他首页，言简意赅地写着八个字：“有你支持，我很幸运。”

这条转评发出去的结果当然是微博又炸了一回，刚松了口气准备回去补眠的微博程序员再度含泪上岗，声泪俱下地控诉：“您二位就不能一起发完吗。”

五分钟后，连这句话都上了热搜，令程序员们无语凝噎。

江流深拍戏的间隙反复翻看夏希艾那条回复下的热评，笑得合不拢嘴。

“文彬，你看，希艾回我的这条评论，下面回复的人已经超五万了。”

“刚刚超四万的时候你已经跟我说过了。”郑文彬又补了句，“超三万的时候也说过了。”

江流深笑呵呵：“好，那超六万的时候再告诉你。”

郑文彬：“……”

江流深又去骚扰周雨萱，头一回喊了她的名字：“雨萱。”

周雨萱一抖：“什么事啊？深哥……”

“你看看这些朴实无华的评论……”

周雨萱被强迫着看了几百条“彩虹屁”满天飞的评论后，已经忘记了自己曾经为何会觉得江流深高冷酷帅。

“阿嚏！”正在休息室的夏希艾打了个喷嚏，揉了揉鼻子，寻思着是不是着凉了。

许彤连忙夺过他手里的冰奶茶，放到桌上：“不要喝了，都打喷嚏了。”

“没事的。”夏希艾伸手想去拿。

许彤却不让他拿：“你看你最近脸上都长肉了，少喝点。”

夏希艾登时缩回手，摸摸自己的脸，紧张地问：“有吗？”

许彤吓唬他：“当然有，脸颊肉嘟嘟的，小心再胖下去深哥说你。”

谁知夏希艾听了这话反倒不担心了：“他不会的。”

许彤十分郁闷：“他真是仗义，但我们可就惨了，你们一发微博，现在我的手机、我妈的手机还有我七大姑八大姨的手机都关机了，不然怕是要和微博一样瘫痪。”

“抱歉，给你和你家人添麻烦了。”

“哎呀，我开玩笑的，弟弟，你别这么认真啦！”许彤笑道，“你们能够得到这么多人的喜欢我们也很开心呀！”

“嗯，我也没想到这么多人帮我们说话，之前发生过那些事，我还以为肯定又有不少偏激的粉丝。”

“那些人确实现在还在蹦跶，我们密切关注着呢。他们居然说深哥被你下降头了。”许彤无语，“不过没关系，徐阳马上就发律师函，看这些人到时候还敢不敢猖狂。”

下午三点，当粉丝们的狂欢还未结束时，江流深工作室又发布了一条激起千层浪的微博。

文案中称有部分“私生饭”长期线上造谣诽谤，线下追车蹲点，严重影响工作室名下艺人的隐私、名誉以及人身安全，即使被约谈了也毫不收敛，昨晚甚至有一位“私生饭”拿刀冲到了两位艺人面前，所幸防卫及时，并无大碍。现已将其送公安局，其余“私生饭”的实名信息也已掌握，倘若再有恶性事件发生立即报警处理。

尽管江流深刻意隐瞒了地点和自己受伤的事，不想让粉丝担心，可得知自家偶像经历了如此可怕的事，粉丝怎么可能不愤慨。

“这些‘私生饭’脑子是不是有毛病？！都警告过多少次了还敢出现！”

“我的妈！这已经构成犯罪了吧？”

“怪不得深哥发博力挺希艾，怕不是因为这件事！”

“楼上一说我也明白了，深哥这是担心希艾再次遇到危险，所以挺身而出揽下所有子弹啊！”

两家“唯粉”和“深艾”粉难得在意见上达成一致，立刻顺着微博中公布的“私生饭”ID到达战场，群起而骂之。不出多时，被曝光的“私生饭”们惧于实名信息被掌握的压力，纷纷发布道歉微博，忏悔曾经的所作所为，并承诺再也不会出现。

经此一事，两家团结奋战的“唯粉”算是彻底没了隔阂，毕竟没有什么比自家偶像的人身安全更重要了，哪怕还有少部分不甘心的粉丝在抱怨，也已阻挡不了三家携手并进其乐融融的大势所趋。

有网友戏称，这三大粉圈一合并，“深艾”二人恐怕在娱乐圈再无敌手了。

直至三天后，微博的热度才稍稍降下去。

在此期间，江夫人也曾打来电话，她到底还是担心自己儿子，但鉴于之前已经放出狠话说不会再管，眼下也拉不下脸叮嘱什么。

倒是江流深的父亲先找上他们。

“我爸很开明，不在乎这些。”江流深宽慰夏希艾，“他年轻时遭遇过一场空难，大难不死，什么都看开了，我当初说要当演员不继承家业，他一点没反对。”

可夏希艾还是有点忐忑：“听说你爸很厉害，是商界大佬。”

“那当然，我都不敢告诉你他多有钱，怕把你吓傻。”

事实证明江流深说的确实没错，江父很开明，对于网络上的事情表现得很平静。

“我不懂你们娱乐圈那些条条框框，就听秘书说，最近网友都在聊你们，你们是娱乐圈难得的真心朋友，要彼此帮助，彼此珍惜。”

江父的目光转向夏希艾：“我刚从国外谈生意回来，也没来得及准备礼物，小夏，你喜欢什么？对车感兴趣吗？”

夏希艾连忙摆手："不用不用，我已经有了，车对我来说只是代步工具。"

"节俭，这孩子跟我很像。"江父笑了笑，又问，"那代步的游艇有吗？"

"……"

江流深看不下去了："爸，这些我来送就可以了。您没事就回公司去吧，几百亿的生意等着您呢。"

"难得来一趟，怎么就要赶我跑？"

江流深拍了拍夏希艾的肩："你再不跑，就把他吓跑了。"

夏希艾："……"

这父子俩让他一句话都插不上。

最后江父又寒暄了半个多小时，才姗姗离去，夏希艾总算松了口气。

"我爸就是有点唠叨。"江流深说。

夏希艾摇头："叔叔很平易近人，你爸妈人都特别好，我还以为他们会介意网上的事……现在感觉顺利得都有点不太真实。"

"神仙友情都是这样的。"江流深毫不羞臊地说。

夏希艾浅笑，有些羡慕，"看到你爸妈对你这么好，我也想起我爸妈了，可惜那时候年纪太小，已经记不得和他们相处的时光了。"

"没关系，我可以把我爸妈的爱分给你一点。"

江流深笑意温柔。

"你以后，肯定也会有一个美满的家。"

夏希艾又在剧组待了两天，终于迎来自己在《入戏》中的第一场戏。尽管镜头很少，但他前一天晚上仍旧打起十二万分精神演练。

剧本中他饰演一位流浪歌手，在街头遇到了江流深饰演的演员，彼时演员已落魄到只能跑龙套，穿着脏兮兮的戏服在街边吃剧组的盒饭，歌手误以为他是乞丐，把自己刚刚街边演出赚的钱分给了他，并对他说了几句鼓励的话。

"这场戏你绝对没问题。"江流深躺在酒店的床上，得意地说，"我跟何导磨了半天，他才给加了这场戏，落魄演员被善良歌手救赎，我们这就是本色出演啊。”

夏希艾不同意：“明明是我们角色颠倒。”

曾经落魄的人是他，被救赎的也是他，江流深从未从神坛上跌下来过，即便颓丧过一阵子，本质上也依旧是那个站在云端的天之骄子。

“你总是不知道你的出现对我的人生影响有多大，看来我有空要学一学粉丝的‘彩虹屁’。”江流深一脸无奈。

尽管江影帝有时候很不正经，但演练过程中倒是一派正经，认真指导了许久。第二天正式拍摄时，第一遍过完，连何安都有些意外。

“希艾，没想到你演戏也不错啊。”

“是流深昨晚教了我。”夏希艾在外人面前还是很给江流深面子的，“他很有耐心。”

何安又看了一遍刚才拍的录像，说：“已经很好了，我们再拍一条，做个对比，你可以多加入一点自己的情绪。”

“自己的情绪？”

“对，就当你在街头偶遇了正在拍戏的江流深，想对他说些鼓励的话，用你们平时相处的感觉来演。”

夏希艾听得一知半解。用自己的情绪，不就没有剧本里同情、可怜的成分了吗？但何安肯定有自己的想法，他只好照做。

“啪！”打板器拍响。

江流深穿着满是灰尘、泥土的外套，头发乱得像鸟窝，下巴刻意蓄出的青灰胡茬。他端着盒饭，随便找了个马路边坐下，拆开一次性筷子，随便扒了两口简陋的饭菜便停了筷子，颓丧的目光呆呆地凝视着不远处的电视台，长长地叹了声气，一副怀才不遇的失意模样。

“您好，先生？”夏希艾路过他时停下脚步，“坐在这里很危险，去那边的便利店坐吧。”

江流深苦涩一笑：“穿成这样会被赶出来的。”

夏希艾想了想，从口袋中掏出一部分刚刚街头唱歌得来的钱，蹲下身，平视着江流深，递给他，勾起嘴角，眼睛弯弯，笑得纯真又可爱，仿佛未染一丝俗世烟火气的天使。

江流深第一次在拍戏途中出了一刹那神。

“来，给你。”夏希艾把他的手掌摊开，把钱放上去，“去买杯咖啡坐一会儿，打起精神。日子总会好起来的，梦想总是要有的，万一实现了呢？”

他站起身，说出最后一句台词：“希望再见时，我们都已经实现自己的梦想。祝你好运，拜拜。”

江流深愣愣地看着他走远。

“Cut（停）！”何安大喊，“非常好！比之前那版还好，没有刻意的同情和怜悯，而是充满了希望与爱，我就知道希艾你很适合演这种角色。”

“您过奖了。”得到导演的肯定夏希艾自然高兴，转而对江流深说，“演戏真的很有趣，难怪你这么喜欢。”

江流深站起身，微笑。

“如果你喜欢，以后我帮你多接点戏。”

夏希艾的戏份暂时告一段落，也就意味着，他得离开剧组回去工作了。

回归正常工作后的每一个活动现场，都围着无数高举“深艾”灯牌的粉丝；每一天打开微博，粉丝都在慰问他。

难道大家觉得江流深不在，他就会受欺负？

夏希艾郁闷之下，用小号发了条吐槽微博——

深哥超级帅艾艾真可爱：夏希艾一点儿都不需要江流深的帮助。

原本只是想让他唯一的粉丝江大影帝看见，可谁知当他参加完又一场活动从许彤手里拿回手机时，竟发现自己那这条微博下多了几十条评论，几乎全是骂的。

“艾艾哪儿不需要了？没听到主持人提到深哥的时候艾艾眼里都是感动吗？”

“原博肯定自己没朋友羡慕嫉妒恨吧？他们关系就是那么好，气死你，略略略！”

“一看博主就偏心，爱要两个一起爱知道吗？不能厚此薄彼！”

“……”夏希艾估摸着是自己带了大名，不小心被粉丝看见了，这倒没什么，令他最气闷的是，往下翻了翻，某位大影帝居然混在粉丝里一起骂他——

艾艾真可爱深哥超级帅：“就是！这个博主太坏了，深哥不会允许你这样说希艾的！”

夏希艾怒而回之：“滚，江流深最好别回来，不然夏希艾一定暴打他。”

孰料，由于先前粉丝的回复给了一定热度，这条微博竟不经意间上了大名广场，阅读量一下上去了，自然也就有许多粉丝看见了他回江流深的评论，纷纷怒了。

“希艾那么善良怎么会暴打深哥？！原博别造谣！”

“深哥要是知道你这么说希艾，被暴打的指不定是谁呢！”

“说这种话怎么还好意思顶着“深艾”粉 ID！自己开除粉籍吧！”

然而，很快就有细心的粉丝发现了不对劲：“这两个人的 ID……怎么这么相似？”

“我点进去看了下他俩的主页，是我想多了吗？”

夏希艾一惊，粉丝这第六感也太敏锐了。他立刻删了那条微博，心道好险好险，差点就被发现了。

然而当他晚上在家做饭时，接到许彤来电话说，被告知他和江流深的小号上热搜了。

晴天霹雳。

夏希艾颤着手点开小号，粉丝已经涨到百万。

“能不能把这事压下去？”他绝望地问许彤。

许彤莫名其妙：“干吗要压？小号上又没什么见不得人的东西。”

“……”他总不能说因为这个 ID 让他的形象彻底崩塌了吧。

为了搞清楚事情的始末，夏希艾点开相关热搜，看了半天总算明白了，原来是感到疑惑的粉丝翻看了他们小号里的所有内容，终于从一张照片中发现了实锤。

他曾发过一张照片，是他自己做的咖喱牛肉，菜本身没什么，可装菜的盘子露出了一角，是个挺特别的花纹图案，他曾在大号发过厨房一角，其中就有这个盘子。

这群“显微镜”粉丝实在太可怕了……

夏希艾在热搜里不可避免地看到了粉丝们的心情状态。

“这两位私下互动也太可爱了吧！”

“盐系小天使人设彻底崩塌，这个‘深哥超级帅艾艾真可爱’是谁？我不认识他，我的偶像才不会取这样的名字！”

“可别错怪艾艾，我赌五毛这两个 ID 是深哥想的。”

“深爱组真的太刺激了，每天都像坐过山车……你们还有什么小秘密是我们不知道吗？”

……

——没有了，已经全被你们知道了。

夏希艾悲哀地想，以后都不可能挽回昔日的高冷形象了。

二十天后，去伦敦的飞机上。

空姐走进头等舱，看见几位乘客都调低座椅在睡觉，便把客舱的灯调暗，轻手轻脚地拉上帘子才走了出去。

夏希艾正戴着眼罩补觉，将睡未睡之际，突然察觉有人在捉弄自己。

他拉下眼罩，冷冷地瞪着旁边的人，用口型说：“我要睡觉。”

这天《入戏》剧组杀青，他一大早赶去剧组拍摄自己最后一点客串戏份，并带去了自己辛辛苦苦创作的主题曲。紧接着受设计师邀请，飞伦敦参加江流深所代言手表品牌的活动。一整天忙下来，片刻的休息时间都没有。

江流深只好作罢：“行，你好好休息。”

到达伦敦之后，他们先去入住的酒店，行程很赶没时间多休息，放下东西就开始做造型。

酒店门口围了许多粉丝，有些是当地留学生，有些甚至是从国内特意赶来应援的。

夏希艾正对着全身镜微调领结，突然听见楼下粉丝狂热的尖叫声，回头一看，江流深正在阳台上探出身和粉丝打招呼。

他刚想过去说“别扰民”，就见江流深食指抵在唇边做了个“嘘”的手势。

粉丝看到后果然立刻安静下来。

为了不引起更大轰动，夏希艾忍住走到阳台给他脑袋来一拳的冲动。

下午的活动不算累，他们在手表展出会上露了面，满足了无数粉丝期待的心情，之后便随同设计师一起前往摄影棚拍摄新一季的手表广告。

这对江大影帝来说小菜一碟，不过夏希艾却觉得新奇，尤其是江流深穿着一身商业精英般的西装亮相的时候。

他平时的穿搭风格比较大胆，娱乐圈没几个男演员像他一样，这么敢穿而且还穿得那么潇洒、帅气，故而很少见他打扮得这么一本正经。深灰的西装上一点花纹都没有，里头的衬衫也是规规矩矩的纯白，脖子上更是干干净净，毫无装饰品，只有高挺的鼻梁上架着一副金丝边框眼镜。

俨然一副禁欲、高冷的精英形象。

“怎么样，帅吗？”江流深问。

夏希艾轻咳了一声，半掩住脸：“凑合吧。”

江流深走近，推了推金丝边框眼镜：“这样穿帅还是平时那样穿帅？”

夏希艾往后退了一步：“差不多吧。”

“觉得帅就直说，你大老板已经习惯被夸奖了，不会不好意思的。”

在被捶打之前，江流深一个闪身躲进了工作人员堆里，甚至还朝他得意地扬了扬眉。

夏希艾咬牙切齿，吞下一口恶气。

拍摄完成得很顺利，新一季的海报和广告将在全世界铺设，想必会使销量再创新高。

事后，设计师私下邀请他们共进晚餐。

夏希艾对英国美食略有耳闻，已经做好了不管怎样都要吃完，给设计师面子的决定，结果贴心的设计师居然带他们去了一家雅致高端的中餐馆，令他松了口气。

更意外的是，设计师会讲中文。

“我以前在中国生活过。”设计师吐字清晰，“所以现在看流深的电影都不用看字幕。”

江流深调侃：“不但看我的电影，还看我的八卦吧？”

设计师笑了：“那当然，你可是我们品牌的形象代言人。我一看到你把手表给他戴的新闻，立刻就知道他是你诚心相交的人。”

夏希艾有点迷惑：“为什么？”

“因为当初我送给流深这块表的时候，他说这手表好看是好看，但秀气了些，以后要送给诚心相交的人。”

夏希艾瞪大眼睛。

原来那时江流深送他手表，是这个意思。

席间，设计师与江流深许久未见，相谈甚欢，还提起了当年相遇的事：“我先在国内认识的他妈妈，宋小姐是位非常厉害的歌唱家，那年她带儿子来伦敦参加小提琴比赛，找我叙旧，我就认识了流深。”

“那时候他才十一二岁吧？明明得了奖，却说不想再练乐器，想尝试演戏。后来听说他回去就拍了戏。

“没想到他在这方面很有天赋，宋小姐应该也很吃惊吧？哈哈。”设计师爽朗地笑道，“我现在是流深的忠实影迷，所以要请手表代言人的时候我第一个就推荐了他。”

夏希艾想起在江流深办公室看到的奖状，原来那是他人生的转折点啊……

他突然很想知道，当时年幼的江流深是以怎样的口吻说出“我想当演员”的，又是以怎样的心态拍摄人生中的第一部电影《乡间路》。

从小养尊处优的江家大少爷，刚在世界级小提琴比赛上得了奖，便前往条件落差巨大的偏远农村，放下身份，放下傲气，脱下锃亮的皮鞋，赤脚踏入泥地里，以谦虚努力的态度开始人生的新旅程。

并且在从业十四年、摘得荣誉无数后，依旧秉持初心，刻苦敬业。

除了得天独厚的资源优势，江流深本身的性格、品质也是他成功的原因之一。

难怪连何安那样严苛的导演都对他赞赏有加。

他在江流深事业辉煌、星光正耀的时候成为他朋友，未能见证他前十几年在事业中一点点打磨出光华的艰难过程。

哪怕年少的江流深足够强大，不需要别人协助就能坚持下去，他还是想回到过去，给那个意气风发、义无反顾的少年一点点鼓励。

吃完这顿饭，他们与设计师道完别，便乘车返回酒店。

回程路上，江流深侧头看见夏希艾一副若有所思的样子，问："在想什么？"

"我在想，你拍第一部电影的时候一定吃了很多苦吧？"十几年前的农村条件有多糟糕，他最清楚不过，可以想象当时江流深肯定很不适应。

"是啊，可苦了，拍摄的农村连个厕所都没有，晚上只能睡帐篷，好多蚊子和小虫子。"江流深惨兮兮道，"有一次我眼皮还被毒蚊子叮了，肿了特别大一个包，差点失明。"

夏希艾伸手拍了拍他的肩："辛苦你了。"

"唉，别提了，蚊子包还算轻的呢，最要命的是我的胃病，一着凉就复发，有次痛得死去活来，还好当地人帮我缓解了。"

"嗯，农村人比较淳朴善良。"

"是的。"江流深察觉到夏希艾的手一顿，继续道，"帮我按摩那'小丫头'，按摩手法好，懂得也多，给我泡的艾草茶，嗯，那叫一个香啊。"

夏希艾好奇地问："你好像还挺想再见到她？"

"那当然，真后悔没留个联系方式。"

江流深故意使坏，又开始担心自己是不是捉弄过头了。回到酒店洗完澡后，看见夏希艾呆呆地站在落地窗前，刚想上前解释清楚，他突然转过身来。

"你们以后还会见面吗？"

江流深勾唇："我们已经见面了。"

夏希艾难以置信："真的？"

"真的，我一开始没认出他来，因为隔的时间太久了，而且他完全变样了。

“可就是这么巧合，阔别十四年我们又相遇了。他或许真是上天派来拯救我的，十四年前治疗我身痛，十四年后治愈我心伤。”

夏希艾的眼睛缓缓瞪大。

江流深接着道：“我好后悔当年没有留下联系方式，这样他在失去亲人、孤苦无依的时候，我就能帮助他，而不是在他一个人经历了那么多苦难后与我重逢。

“我特别生自己的气，但也有点生他的气。

“我暗示得这么明显了还没发现，你是不是故意针对你的‘奶茶哥’？”

夏希艾彻底呆愣住，一时难以消化自己听到的。

江流深的意思是……他就是小时候送自己奶茶的那个哥哥？

仔细一想，记忆中的画面确实与江流深说的片段隐隐重合……但天底下哪有这么巧的事？

“你……除了奶茶，还给过我什么？”

江流深哭笑不得：“希艾，你居然怀疑我的话？”

“太巧了，我合理怀疑你是想冒充送我奶茶的哥哥。”

“我冒充你的‘奶茶哥’有什么好处？第二杯半价吗？”

夏希艾望着他：“如果你是送我奶茶的哥哥，那就意味着，我这些年来赖以支撑、给我慰藉的东西都是你给我的。”

夏希艾见他怔怔地看着自己不说话，催促道：“快说，你说得出来我就相信你。”

江流深拼了老命回忆：“我想想，我还给了你……洋娃娃？”

“不对。”夏希艾的目光警惕起来，仿佛在看一个大骗子，“再给你一次机会。”

“再给十次机会好不好？隔了这么久我哪里还记得。”

夏希艾看着他焦急的样子，心里已经相信，但还是觉得不可思议，喃喃道：“真有这么巧的事吗……”

原来在不知情的情况下，他已经见证了、陪伴了、参与了江流深人生与事业的新起点。

仿佛刚刚许下的心愿，立刻就实现了一样。

夏希艾突然想起另一个问题：“你什么时候发现的？”

“开机那天，何导说起以前我拍第一部戏的地方，我才想起来。”

“你那么早就知道了？为什么不告诉我？”

“想找个机会戏弄你，顺便也想看看，你还记不记得我的好，结果你就记得奶茶。”

“我没有，我记得你的。”夏希艾嘟囔，“但我现在还有点难以置信，送我奶茶的哥哥怎么就成了你……”

江流深听出点不对味来：“我怎么觉得你挺不情愿？”

“我印象中他应该是很温柔的。”夏希艾瞥了他一眼，那眼神明显在说“你一点儿都不像”。

江流深不乐意了：“我哪里不温柔？就算十二岁的江流深比我温柔，他能在你被诬陷的时候帮助你吗？”

夏希艾：“说得倒好听，连给过我什么都不记得了。”

江流深噎住：“我到底还给过你什么东西？”

“没什么……就几颗糖而已。”夏希艾看着他，“糖纸很漂亮，我一直收着，但后来离开老家的时候没带上，现在估计已经没有了……”

他有点难过地扁了扁嘴。

江流深被他的样子逗乐，微笑道：“以后你要多少糖都可以。”

夜色渐浓，亮着路灯的街道上已无多少行人，商店多数关了门，然而酒店外还蹲守着不少娱记和狗仔，从国内追至伦敦，从白天拍到晚上，深更半夜坚守岗位，只为拍到一手独家照片。住在同家酒店的粉丝们发现这一情况，立即赶下来阻止他们偷窥自家偶像的隐私。

“要是被深哥知道你们在楼底下偷拍，后果你们自己承担哦。”

几个娱记和狗仔听见这句话，心下一抖，琢磨了会儿，觉得还是小命要紧，反正白天拍的素材也够交差了。

酒店房间内，关于幼年的回忆仍在继续。

夏希艾感慨万千，低声说：“小时候，你走的那天，说‘我肯定会回来的，等着我’。

“可你再也没回来过……

“我总是安慰自己，你肯定是太忙，或者找不到地方了，毕竟这些年老家变化很大。

“今天才知道，原来你根本没想过回来找我。要不是重新遇见，你现在连我是男是女都不知道。”

江流深愣住：“我……我……”

他“我”了半天，也没能想出个好理由，最终只能承认：“当时确实随口说的，没太当真……”

夏希艾别过脸：“你在我这儿，已经有说话不算话的前科了。”

要命了，还留档了。

江流深连忙认罪：“我错了，对不起，那我这前科怎么才能销档？”

他问完，注意到夏希艾微不可闻地笑了笑。

江流深愣了愣，脑中瞬间闪过一丝违和感，登时反应过来。

“希艾……”他的语调陡然下沉，“捉弄我呢，是不是？”

夏希艾眼神飘忽：“你说什么……”

“可以啊，演技突飞猛进啊，好的不学尽跟我学坏的，我都差点被你骗了。”江流深冷笑一声，“看来是我平时对你太好了，连我都敢捉弄。”

夏希艾对上他要吃人一样的凶恶神情，心下一慌：“你捉弄了我那么多回，我捉弄一回而已，不可以吗？”

江流深一见他这副样子就没辙：“可以可以，哎，真是败给你了。”

天气入冬转凉的时候，《入戏》终于在国内各大院线上映。

作为江影帝回归银幕后的第一部电影，加上“深艾”热度加持，根本无须宣传，仅预售票房就迅速破亿。粉丝组织的包场观影活动高达千场，影院排片率突破百分之七十，相关话题在热搜居高不下。

夏希艾为其演唱的原创主题曲更是居各大榜单之首。就连最犀利的乐评人也中肯评价："出道不过两年多，就能自作词曲，创作出这样一首歌，真是后生可畏。"

当然，最受粉丝关注的还是两人在电影中的对手戏。他们两个同框的镜头虽然不多，却被粉丝嗑出了万千种花样，调色修图一批又一批。多了新素材的剪辑手们更是纷纷发挥想象，各类混剪层出不穷，一时间整个饭圈犹如过年般热闹，每秒刷新两人的话题，都有几十条新内容。

"这个对视太有感觉了！强烈申请两人多合作！"

"讲真，这部电影真的很棒啊！温情、深刻又搞笑，我已经三刷了，好像是深哥第一次演这种类型的片子吧？"

"主题曲真的听哭我了，呜呜呜，艾艾写的词感觉像在说主角，感觉又像是他自己的心路历程，太好哭了，哭掉一包纸巾，呜呜呜……"

"马上就要华曲奖了！姐妹们多多推荐啊！去年希艾没得新人奖，今年一定不能再让他留下遗憾啦！"

……

华曲奖当天，江流深特意定制的两套礼服送到了，一套深蓝一套浅蓝。夏希艾提着浅蓝色那套在身上比画了一下，好看是好看，配色款式清新又大方，可在这么正式庄重的场合穿同款衣服会不会……

"一定要穿成这样吗？"他无奈地问。

江流深已经换好衣服，深邃如海的蓝色倒是显得他很沉稳。

"不好吗？这么素的颜色，很安全啊，我本来还想搞点印花上去，怕你不喜欢。"

"不是，我是觉得……"

但为了不驳江流深的面子和兴致，他把这话默默吞回了肚里。

结果有人替他说了出来。

"你们穿同款衣服去？"黎洛一见面就开嘲，摆了摆手，"丢人，我找其他位子坐去，不能让粉丝看见我和你坐一起，降低我的格调。"

江流深一把将他拽回来，按在位子上，揪住他的辫子，冷冷一笑："再说一句试试？头发给你剃光。"

"希艾……"黎洛拖长了音，眨了眨眼，瞬间变了副面孔，可怜巴巴地求救，"救我！"

夏希艾对这两个活宝束手无策。

"咯咯。"

旁边突然传来一声轻咳。夏希艾转头看去，竟是许久未见的段明炀。他此刻脸色有点冷，身后站着两个保镖，架势十足，令人敬而远之。

江流深松开黎洛的头发，带着玩味的笑站到一旁，看着面前人。

"嗨，刚想去找你。"黎洛稀松平常地打了声招呼，仿佛老朋友一样。

夏希艾有点惊讶，江流深不是说这两人不对付吗？

段明炀的目光稍稍下移，落到坐着的黎洛身上，漠然地吐出三字："真的吗？"

黎洛冲他笑了笑："假的，你滚回监控室行不行？影响我心情。"

段明炀竟然没生气，只淡淡地说："你也很碍眼。"

这是什么情况？

夏希艾小心翼翼地往后退了几步，想躲到江流深身后去，避开这剑拔弩张的两人。

谁知他这一动，反而引来了段明炀的视线。

"夏希艾。"这次段明炀的声音不像刚才那样冷硬，带了点人气，"上次的事，抱歉。"

夏希艾反应一会儿才明白他指的是什么，刚想回话，却被江流深挡住。

"然后呢？道个歉就过去了？你给希艾造成心理阴影了，怎么赔？"

夏希艾轻拍了一下江流深，小声说："你别乱说话。"

在段明炀这么严肃的人面前说这种话，怎么看都不合适，或许还会惹对方更生气。

"那希艾想要我怎么赔呢？"

"不……不用赔。"夏希艾拼命斟酌字句，"段总那么做无可厚非，我没有怪你。”

“你很善解人意，谢谢谅解。”段明炀的眼里似乎有了几分温度，“祝你今晚有所收获。”

说完，便转身离开，也不知道这趟是来做什么的。

“你完了。”黎洛朝江流深道，“希艾被他盯上了。”

“他敢？他斗不过我。真是，吃错药了吧，谁允许他叫‘希艾’了？我公司的艺人跟他熟吗？”

黎洛笑了一声，没再说什么。

夏希艾好奇的目光追随段明炀而去，被江流深掰着脑袋转了回来。

“看两眼得了啊，再看某个人要生气了。”

夏希艾歪了歪头：“你吗？”

“不是。”他压低了声音，“某个口是心非的家伙。”

颁奖典礼准时开始，规模比去年更盛大，直播观看人数创历史新高。夏希艾去年坐在角落，没感受到被聚焦的大阵仗，如今坐在第一排，体会到了万众瞩目的感觉。

投映大屏幕的摄像机时不时往他们这边扫，每秒他都得坐得规规矩矩的，毕竟是庄重场合，不能像平时直播那样随意，坐得久了，免不得有些疲倦。

“困了就休息一下。”江流深低声说。

结果这时，大荧幕好巧不巧投放出夏希艾的脸。

台下一阵尖叫，听得夏希艾一脸蒙。

这群明星怎么跟粉丝一样，一点都不矜持。

所幸大屏幕只停留了两三秒，便切到其他明星身上去了。

颁奖典礼过半，即将来到年度最佳新人奖的颁奖环节，江流深侧过头问他紧不紧张，夏希艾摇了摇头。

他来之前还有点紧张，但现在真正坐在这儿，倒没什么感觉了。能拿奖说明他的付出没白费，拿不到奖……在没有去年那样的外界阻碍的情况下，只能说明他还不够资格。毕竟这个奖项是专家评委团根据多项因素选择出来的，并非靠粉丝人气就能获得，落选也只能承认自己仍需努力。

主持人开始宣布入选新人奖的名单，大屏幕上照例播放起了 VCR，依旧是四位提名者。

宣布完毕，依旧没有他。

“扑哧。”夏希艾仿佛没听见周围人又一次响起的骚动，竟然还笑出了声，转过头看向江流深，眼中映着舞台照射过来的光，像撒了一把璀璨的碎钻。

“我觉得我可能真的要拿金曲奖了。”

江流深欣赏他此刻的自信。

“拿不到怎么办？”他故意说，“前两个月发歌的那位前辈实力也不容小觑。”

“拿不到就明年再拿，我不会放弃的。”夏希艾嘴角带笑，反问，“如果我今晚拿到了怎么办？”

“那我就完了。”江流深笑道，“我花了十几年才拿到影帝，你花两年就拿到了金曲奖，我以后在你面前要抬不起头了。”

夏希艾笑意越深，轻声说：“不会的，你一直都是最优秀的。”

黎洛上台颁完新人奖下来，一脸嫌弃：“你俩能不能别说悄悄话？我在台上都看到了。”

“我都来了好几届了，用得着你这个第一次来的指点？”江流深扬眉，“我好歹还和音乐沾点边，你是怎么混进来的？走后门的吧？”

“说明我比你有门道。”

黎洛得意地架起腿，无视江流深，朝夏希艾眨了一下眼：“希艾，加油，我看好你，后面一定有大奖等着你。”

夏希艾点点头，由衷道：“谢谢。”

颁奖典礼继续进行，穿插着几轮表演。夏希艾这次没有收到主办方的演出邀请，虽然有些遗憾，但胜在轻松自在，就坐在台下看着，也没多少压力。其间江流深上去颁了次奖，回来后看了圈前几排坐着的嘉宾，有些困惑。

“怎么了？”夏希艾问。

“不对啊，”江流深寻思着，“还没颁过奖的嘉宾里，好像没有咖位高到可以颁金曲奖的了，难道要二线给你这个一线颁奖？”

“你说得好像金曲奖已经是我的了一样。”

“八九不离十了。”江流深比他还自信，“我就担心段明炀又给你使绊子。”

“他不会吧？”

“那可说不准，不过现在也没办法去找他，先看看再说吧，说不定让我颁两次，以前也不是没有过。”

“嗯。”夏希艾稍稍放宽心。

终于，最后一轮中场表演结束。主持人换了一身隆重的礼服，再度走上舞台，激昂道：“接下来，我们即将颁发本届华曲奖的年度金曲奖，想必大家都期待已久了，那么事不宜迟，让我们先来看看，这一年中，有哪几首优秀的歌曲入围本奖项提名？”

大屏幕一亮，首先出现的是苏芷的一首大热单曲，去年传唱度相当高，确实是强有力的竞争对手。

第二位便是江流深之前所提的那位歌坛前辈，曾获过一次金曲奖，近些年来没怎么发歌，这次一发，就入围了提名名单，可谓宝刀未老。

夏希艾盯着大屏幕，一秒都没错过，他到底紧张了。虽然曾扬言要拿金曲奖，并且这次单曲的反响也远超想象，可他资历尚浅，作词、作曲还有些不成熟，歌曲的传唱度和认可度很大一部分是沾了电影的光，评委团或许会将这点纳入考虑，最终究竟能不能获奖，谁也不能百分百确定。

倘若今夜空手而归……免不得有些遗憾。

第二位的VCR播放完，紧接着出来第三位提名者，依旧不是他。

“你是下一个。”江流深忽然说。

“你怎么知道？你看过名单了？”

“那倒没有，我就是相信你。”江流深笑了笑，“如果不是，那‘下一个’也可以指明年的下一个，反正永远有下一个，你总会得奖的。”

夏希艾服了他这种时候还要开玩笑，但心情倒是放松了些。

正在这时，第四段 VCR 出来了。

屏幕上过场动画闪过，首先投放出来的……居然是江流深的脸。

夏希艾毫无防备，愣了一下。脑中第一反应：江流深背着他偷偷去唱歌了？

直到耳旁传来周围人的掌声，看清了大屏幕上是电影中的场景后，他才意识到，他为电影创作的主题曲，他的第一首原创单曲，真的入围了国内最高奖项的提名。

“深哥……”他的声音激动得有点不稳。

“在呢。”江流深安抚他，“我就说你是下一个吧？先别激动，后面肯定还有更激动的时候。”

“嗯。”夏希艾深呼吸几口气，暂时把情绪压了下去，静静地等待获奖名单揭晓。

按标准流程来说，这时该轮到主持人请颁奖嘉宾上台了，然而这次的介绍词却与之前有差异。

“这次的金曲奖，我们很荣幸地邀请到了一位惊喜嘉宾为我们颁奖！大家一定想不到，我也不卖关子了，接下来，让我们有请……”

众人皆朝两侧的上台通道望去，并没有见到任何人上台。而此时，舞台上作为背景板的落地大屏却缓缓分开。

“有请我们的国宝级女歌手，宋美莺老师！”

江流深差点一口气没提上来。

宋美莺身穿一席优雅的长摆礼裙亮相，缓步走到话筒前，端庄又高贵，引来台下一阵哗然。虽说华曲奖地位很高，但像宋美莺这种级别的歌手，按常理来说，不会屈尊来当个颁奖嘉宾。

江流深头痛般地扶着额：“是你了，希艾，肯定是你了。要不是你，他们绝对不敢请我妈来。”

夏希艾此刻完全是蒙的，脑子里飘过一串问号：江妈妈怎么就出现在现场了？好不容易满心紧张地等到了揭晓结局的最后一刻，怎么就莫名其妙被剧透一脸了？

正茫然无措之际，突然听见台上的江妈妈喊了他的名字。

耳边陡然爆发出一阵热烈欢呼，吓了他一跳。他尚未反应过来发生了什么，霎时间，周围所有人都拥过来对他道贺，说着“恭喜恭喜”之类的话。他迷迷糊糊地握了几个人的手，但完全不知道是谁的手。

“还愣着干什么？快上去啊。”江流深说。

夏希艾就这样蒙蒙地上了台。

直到站定在舞台上，望下去，看见所有人的目光都聚集在他身上，所有的聚光灯都打在他身上，晃得睁不开眼时，他才逐渐回过神。

他得奖了，真的得奖了。

他之前压下去的情绪不受控地燃烧升温，平静的心湖底下热浪翻涌，冒出一个个滚烫的气泡，“砰”一下爆开，水花四溅，荡开涟漪，终于沸腾而起。

江流深在台下拢手对他夸张地做着口型：别哭！

夏希艾鼻子一酸，真有点想哭。

“谢谢……”他接过奖杯，吸了吸气，红着眼睛看着颁奖人，“谢谢阿……谢谢宋老师。”

“没事。”宋美莺拍拍他的手背，接着对他做了个“请”的手势，示意他去话筒前说获奖感言。

夏希艾点点头，捧着奖杯走到麦前，握住话筒，拼命回忆想说的话。他来时其实在心里拟过草稿，可现在真得奖了，面对着现场以及观看直播的千万人，脑子里却一片空白，毫无头绪，眼看着就要出洋相了，只能先挑些官方话来讲。

“谢谢，我知道我还有很多不足，拿到这个奖，是对我的肯定，也是对我的鼓励，我非常感谢我的粉丝，感谢我的公司和经纪人，感谢导演给我机会，感谢评审团的青睐，感谢……”

他的话哽住，停顿了一秒，忽然仰起头，深深地吸了口气，像是鼓起了莫大的勇气，接着低头直视前方，眼中的细微水光衬得他的眼睛明亮而剔透。

“感谢深哥。”

他沐浴在光辉耀眼的聚光灯下，亲吻了金光灿烂的奖杯，弯下腰，谦逊地鞠躬，继而直起身，高举起奖杯，朗声道：“感谢坚持到现在的自己！谢谢！”

每个字都铿锵有力破空而去，回音震荡。

他终于对得起曾经的自己，也对得起现在的自己。

江流深这回没落于人后，在他话音落下的时候，立刻第一个带头鼓起了掌。摄影师将大屏幕镜头精准地切到他身上，所有人都看见向来高高在上的江影帝笑着朝台上的人喊：“不客气！应该的！”

掌声过于热烈，夏希艾没听清江流深的声音，倒是看见了一旁的宋美莺嫌弃的眼神。

他忽然很想笑，也实实在在地笑了出来，越笑越难以自抑，一直到主持人提醒他去后台做准备，接下来现场献唱获奖曲目，都没能放下扬起的嘴角。

他仿佛回到了小时候，赤着脚奔跑在田野里那般，自在开怀。

舞台灯光再度亮起的时候，夏希艾已经端正地坐在钢琴前，浅蓝色的礼服在深蓝色光线的映照下反射出莹白润泽的光芒，宛如夜色中微微发光的珍珠。

他目之所及，是黑暗中一排排看不清模样的人。

他调了一下麦克风的位置，抵在唇边，轻柔而平稳地说：“很荣幸能为大家演唱这首歌，希望大家喜欢。”

他朝舞台下笑了笑，转过头，稍稍提起袖口，表盘光芒一闪而过，缓缓弹出第一个音符。

烂熟于心的曲子流泻而出，夏希艾的思绪却开了小差。

回忆倒流，浮现起在东京街头的那个夜晚，走在身后的江流深对他说：“你要是帮我这次，我的下部电影就由你来演唱主题曲。”

那时的他获得这个机会，已经相当知足；可现在，他却又贪心了。

不仅这一次、下一次、再下一次……如果可以，他想为支持他、鼓励他的人……一直唱下去。

台下的黎洛静静地聆听着，忽然开口，“你签了他，真是签到了宝。”

江流深笑了：“是啊，曾经我以为，是我赐予他机会，没想到，现在却是他为我镀上荣光。”

“以后有什么打算？”

“没什么打算。”江流深目光落在舞台上那个耀眼的身影上，“无非就是看着他成长，看着他发光，看着他超越我。”

“你就这么自信他会超过你？”

江流深侧头扬眉：“你没听过这首歌吧？听完你就知道，我的自信从哪里来的。”

台上传来的乐声前奏渐歇，黎洛抬头，看见夏希艾张口，垂着眼帘，低缓沉郁地唱出了第一句歌词——

“记忆里的风景已不再，我像一粒微小的尘埃

飘摇在茫茫人海，跌跌撞撞的失败

醒来时抬头见夜色如深海，谁又能将我从泥沼里拉出来

我的呐喊像独白，没有人理睬

世界是一片阴霾，我不愿睁开……”

他唱完这段，闭上了眼，似是沉入了不愿回忆的往事，睫毛微颤，再睁开时，眼中一片清明，流淌深蓝色的波光，曲调忽而悠扬起来——

“直到你张开了胸怀，施与我星海

治愈我心冷已久的伤怀，拨开我眼前的层层雾霭

世人皆笑我活该，你笑我太乖，把我宠坏

这份青睐，我剪不断，理还乱，逃不开

迫不及待，陷入你的流光溢彩，情深似海

你拥我入怀，我将你崇拜

没有谁可以阻碍，没有该不该

我要有你鼓掌的舞台

我要有你陪伴的未来……”

副歌重复一遍，即将到达尾声，夏希艾的视线朝他们的方向投来，光线将他的身形勾勒了一圈白边，宛如落入尘世间的天使。他轻启唇，纯净的嗓音伴随着最后一段钢琴声，缓缓低诉——

“云是天的两小无猜，你是我的无可替代

是我不信赖中的信赖，是我不坦率下的坦率

别使坏，趁现在，让我成为你的……专属深爱……”

## 番外一
### 一路向“希”

入了冬，气温便陡然直下，过年前更是降到了最低点，待在温暖的室内看着窗外被北风吹得摇曳的树都觉得冷，更别提出门赶通告了，必须得备着厚厚的羽绒服，从头到脚包裹住，才能保证冷风不灌进去。

夏希艾前阵子刚得了金曲奖，这段时间忙得不可开交，一会儿被这家拉去采访，一会儿被那家请去献唱，江流深刚开始由着他，愿意去哪家就去哪家，反正是高兴事，多点曝光度对他以后的事业也有利。

然而当夏希艾在某次直播采访中面色酡红地连打了三个喷嚏之后，江流深的眉头一皱，立刻将他裹进羽绒服打包带回家，威逼利诱他停了后面几天的活动。

“小感冒而已，吃点药就好了。”夏希艾捂在被窝里，吸了吸不太通畅的鼻子，“明天活动的宣传已经发出去了，不好让粉丝空欢喜一场。”

“延后几天没关系，粉丝会体谅的。”江流深替他掖了掖被角，“你不信可以发条微博说一声，保证都是让你先好好休息。”

夏希艾微皱着眉：“延后多少天啊？”

“过年后吧。”江流深不想让他再惦记工作，转了个话题，“唉，本来想让你过年去我家玩，现在看来不行了。”

夏希艾连忙说：“我可以去。”

“不行，你感冒了身体不舒服，而且很可能传染给我爸妈。”

“那……那我这两天尽快好起来，哪儿也不去。”

江流深笑了笑：“好。”

等到夏希艾隐隐约约意识到自己又着了江流深的道时，他的感冒在江流深的悉心照料下已经好得差不多了。

但江流深还是不放心，出发去父母家前，严严实实地将他裹了好几层，到了父母家，又立刻让用人熬了姜汤驱寒。

夏希艾怪他小题大做，江流深笑回了一句："谁让你金贵呢？"

"我不金贵，就是有点怕冷而已。"

江流深闻言："嗯，你吃苦了。"

夏希艾没明白他此话从何而来，疑惑地问："吃什么苦？"

江流深笑了笑，没说什么。接着让用人拿来毛毯，让他冷了就盖，不用拘谨，就当在自己家一样，想了想又觉得不对，改了嘴："这儿就是你家。"

夏希艾还没披上毛毯，就觉得暖和了。

年夜饭是米其林大厨烹饪的，江爸爸为此还道了歉："小夏啊，我们实在不会做菜，可能少了点年味，你别见怪。"

江妈妈斜他一眼："就你不会做，别把我搭进去，这道色拉不是我做的？"

江流深："妈，您就挤了包色拉酱拌了拌，也好意思说？"

"……"

夏希艾忍不住笑了："没事的，我觉得这样就很好，一家子团团圆圆，年味就足了。"

他知道江流深的爸妈怕他不适应，也为了和他更亲近些，特意单独留在家里吃年夜饭，而不是像往年那样搞家族聚会。面对如此贴心的关怀，他还能有什么不满？

吃完晚饭，夏希艾本想主动洗盘子，却被江流深拽了回来。他振振有词："我家需要你洗碗？"

夏希艾无法反驳，只好跟他去了客厅，陪江父江母聊家常。

在座的四人有三人是了解娱乐圈的，自然有话可聊，只有江爸爸完全不懂，堂堂董事长像个门外汉不停地应着"是吗""这样啊""头回听说"……

江妈妈看不下去了："金曲奖你都不知道？亏你还天天看新闻。"

“我就看金融时政类嘛。”江爸爸不懂便问，“金曲奖算什么级别？很厉害吗？”

“就好比新闻界的普利策、化学界的诺贝尔，虽然不是全球的，却是国内歌手界最顶尖的奖项。”江妈妈道，“小夏是举办以来最年轻的获奖人，你说厉不厉害？”

江爸爸豁然开朗：“那是真厉害！”

夏希艾被夸得不好意思：“还行，主要是运气好……”

江爸爸摸着下巴思忖了会儿：“这奖需要赞助商吗？明年我投资，可不可以让小夏再多拿几个奖？”

夏希艾：“……”

“爸，不要用你肮脏的金钱观玷污希艾神圣的奖杯。”江流深正义凛然，义正词严，“他这个奖是凭自己努力得来的，是金钱买不到的。”

夏希艾头一回觉得他的形象这么高大。

“如果金钱能买到，我早就给他包下所有奖了。”

“……”

信了他的邪。

这时，江流深放在一旁的手机响了，来电人是徐阳，想必是工作上的事。大过年的，手下员工这么兢兢业业，江流深这个当老板的只好奉陪，所幸不是什么要紧事，他接通之后简短地聊了几句便挂了。

“什么事？”夏希艾问。

“没什么，就《一路向西》第二季下个月开录，又想邀请我们当嘉宾，我觉得天太冷了，跟他说再考虑考虑。”

“下个月天气应该回暖了吧……”

江流深侧头：“怎么，你想去？”

夏希艾不加掩饰地点点头。这阵子都是些重复疲乏的工作，有机会出去看他自然是乐意，而且最主要的是，当初他和江流深就是在这档节目里熟悉起来的，多少有点怀念。

“刚刚不是还说怕冷？到时候感冒了鼻涕乱流，又得难受了。”江流深道。

夏希艾声音细若蚊蚋："我没那么虚弱……你才要当心，别又着凉犯胃病。"

他抬眼悄悄瞥了一眼江爸和江妈，还好他们神情无异，不然在长辈面前这样说话……有点不妥。

聊了半天家常，夜色越深，江家夫妇困倦了，便先行回房休息。江流深陪着他在客厅又坐了会儿，到底还是担心大理石地砖凉寒，便提早带着人回了卧室，顺便让用人端了杯热牛奶来。

夏希艾尝了一口，蹙了蹙眉："不甜。"

"脱脂的，晚上不能喝太甜。"江流深的手自然地搭在他肩上，"牛奶助眠，我怕你第一次来我家，不习惯这床，会睡不着。"

夏希艾"咕咚咕咚"喝完一杯，舔了一圈唇边的奶渍："我不认床的，以前住地下通道的时候铺个毯子就能睡了。"

江流深接过杯子，又说："你吃苦了。"

夏希艾这天第二次听见他说这话，必须得问出个所以然来："你指的是什么？"

江流深收回手臂，似在呢喃："你这么怕冷，以前冬天都是怎么熬过来的……"

夏希艾怔了怔。

"我……"

江流深让他噤声："你别说，也别回忆，让我一个人难受就好。"

夏希艾："我回忆起来也不会很难受，毕竟都过去了，现在我过得很知足。"

江流深又翘起尾巴了："那主要是有我罩着你。"

夏希艾轻哼了一声，但没反驳。

江流深微笑："如果哪天我需要你罩着，你会罩着我吗？"

夏希艾抿了抿唇："当然……。"

外边的寒风依旧凛冽，呼呼地吹，里边的温度却如冬日的和煦阳光。

过完年，便开始新一轮工作，江流深年后有一部新戏要拍，档期本就很赶，但还是见缝插针地把《一路向西》第二季的行程安插了进去。夏希艾说了几次“算了我们不去了”，通通被无效驳回。

江流深不管是帮助他还是捉弄他，都有点霸道成分在里面。

第二季节目的模式大体和第一季相同，只不过换了四个新城市：威尼斯、苏黎世、温哥华和北海道。嘉宾也有所变动，除了他们两个，苏芷和周雨萱也重返节目，陶小桃要开演唱会，抽不出时间。至于尤清，节目组既然选择了夏希艾，显然不可能再请他来。

于是又重新选了两位新嘉宾，一位是最近小有人气的新人偶像林澄，一位则是出演过不少经典影视剧的老牌女演员谭梦。

林澄一来，夏希艾就不是原先六人组里年纪最小的了。他们年纪相仿，林澄又是乖巧活泼型，在前往威尼斯的飞机上，聊了会儿便混熟了。

“希艾哥，你今年要发新专辑吗？”

“嗯，应该会发。”

“那什么时候办演唱会呀？我一定抢票去听！”

“还没定，你要想来我送你票啊。”

“好啊好啊，谢谢希艾哥！”

“不客气。”

“对了，我一直想问，希艾哥，你是怎么练声的呀？”

夏希艾刚要回答，身后伸出一只手将他拽了回去。

“小林同学，希艾昨晚没睡好，他需要休息。”江流深道。

林澄愣了愣，随即关切道：“希艾哥，你为什么没睡好啊？失眠吗？我这儿有助眠的精油……”

“不劳烦了，我这儿也有安神的东西。”江流深提醒道，“你也休息一会儿吧，落地后还要倒时差，睡不了多久。”

林澄点头：“好的，谢谢深哥！”

江流深满意地看他戴上降噪耳机，闭眼休息，继而看着夏希艾，问：“还不睡？要我给你唱摇篮曲吗？”

夏希艾瞪他一眼，懒得搭理他，扭过头调低椅背，蒙上眼罩休息。

江流深没再说什么，就偶尔替他盖上滑落的毯子。

飞机落地后，照例是先去酒店办理入住。

江流深却趁人不注意，悄悄把导演朱志明拉到角落，问：“明天的分组是抽签？”

朱志明莫名道：“嗯，对啊，安排表上不是写了吗？”

江流深扬眉，又重复了一遍：“还是抽签？”

朱志明：“……”

第二天，分组完毕后，夏希艾疑惑道：“安排表上不是说抽签分组吗？”

江流深已经将节目组发放的背包和物品都整理好了，连同夏希艾的那份一起背到身上，不以为意道：“节目嘛，总会有些变动的。来，把帽子戴好。”

夏希艾伸手去接，江流深却躲了躲，自顾自地戴在他头上。厚实的毛绒帽也不知道是从哪家儿童服饰店买的，两旁居然还垂着两个毛线球。

自认外在形象非常酷的夏希艾：“没有别的帽子了吗？”

“没了，怎么，不喜欢？”江流深还顺手在他下巴处打了个蝴蝶结，两个毛茸茸的球衬得夏希艾白皙的小脸更加帅气了，就是不知道为何，他的精神状态似乎不佳。

“昨晚没睡好吗？”他问。

夏希艾不答，冷眼一扫：“解开。”

“解就解嘛，这么凶干什么？”

江流深故作委屈，边解边对一旁的摄像大哥说：“这段别剪啊，让粉丝看看，他们眼里纯良无害的小天使平常都是怎么凶我的。”

夏希艾哭笑不得，任由他去。

六位嘉宾共分成三组，他们一组，林澄和苏芷一组，周雨萱和谭梦一组。任务一开始，江流深便拽着夏希艾大步迈了出去，在前面开路，摄影师忙不迭地跟上去。

冬日的威尼斯气温在零度左右，地中海气候，算不上多彻骨严寒，但降水量相当惊人，这会儿刚下过一场雨，是故空气中有些潮湿阴凉，若不做好防寒准备，冷风一吹，寒意侵入皮骨，免不得要得一场感冒。

本来这样寒冷的时期行人应该稀少，这阵子正逢威尼斯狂欢节开幕，街上尽是身穿奇装异服、头戴面具的庆祝者。许多游客慕名而来，大街小巷和水道河面上到处是一派热闹景象。而他们这次的任务，便是要在这熙熙攘攘的人群中找到节目组给的线索，得到最后的拼图。

"跟着我，别走散。"江流深转头叮嘱。

周围还有些粉丝跟他们一起行动，虽然离得比较远，但长焦镜头在手，有什么拍不到的？

他关切地问："你背包重吗？还是分我一点吧。"

江流深笑了笑："不重。"

夏希艾伸手掂量了一下，确实不太重。

江流深做任务的速度确实不简单，他凭借初始线索立刻就在一位船夫那儿寻到了下一条线索，可船夫示意他们上船的时候，江流深却摆摆手，用英语道："我们先去逛逛，下午再来。"

船夫："？？？"

夏希艾："？？？"

节目组头一回遇到这种情况，嘉宾没做完任务要去闲逛。几个随行工作人员面面相觑，忍不住提醒："深哥，我们在录节目呢……"

"节目没规定不能逛啊，反正最后能完成不就行了？"

江流深理直气壮，说完和夏希艾往热闹的商业街走："希艾，来吧，深哥带你玩去。"

夏希艾被他轻轻一拽，就带跑了。

工作人员无语凝噎，无奈地互看一眼，只得跟上。

毗邻水道的商业街上各式商店繁多，卖的东西五花八门，琳琅满目。江流深像是有确切的目标，慢悠悠地逛逛走走，买了些纪念的小玩意，还接着往前，直到来到一家卖面具的店。

这家店的门面看起来十分高档，故而里面静雅，客人不多，陈列的都是些精美华丽的手工面具，标价比沿街叫卖的那些成品自然高昂得多。

“明天的行程是参加化装舞会，得买个面具。”江流深说。

夏希艾犯了难：“可我有点选择困难……”

“就知道你会这样，所以我提前预订好了。”

江流深径直走向柜台，说了一堆英文后，店员取来一个长方形实木盒子，在他们面前打开。静卧在柔软绸缎间的是一个白色半脸面具，造型简单，雕饰却繁复别致，变换角度可见光泽微闪，显然是上好的材质制作而成。

“本来想做个金的，又怕你觉得太高调。”江流深拿起来，“试试合不合适。”

夏希艾这回很听话，乖乖脱下帽子，戴上了面具。

夏希艾戴上后江流深却“扑哧”一笑。

夏希艾问：“怎么了？我戴着不好看？”

“不是不好看，就是搞笑。”江流深替他摘下来，端详一番，“嗯，还是露整张脸好。不然把这面具退了吧？也不是非要戴面具才能参加化装舞会。”

夏希艾的神情明显有些不舍得，可迟疑片刻，还是说：“好吧，不合适就算了……”

江流深大笑：“逗你玩的，合适合适，你就算套个塑料袋也合适！”

待玩笑够了，他们才拿着盒子离开。

江流深定制时就已经结账，却怎么也不愿说究竟花了多少钱，只道：“为员工买单，是老板的职责。”

中午，享受完当地的美食后，他们才重返任务主线，乘上威尼斯著名的贡多拉，一行三条船浩浩荡荡出发，行至途中，遇到了从另一条水道上驶来的林澄和苏芷。

林澄大老远就热情地挥手打招呼：“希艾！深哥！”

江流深眼睛一眯，才一天过去，就把“哥”这个辈分去掉了？

两组人聊了几句，发现要去的是同一个地方，便让两艘船的船夫并列而驶。林澄没怎么出过国，对周遭一切都觉得新奇，话头止不住，问东问西，偶尔几句天真漫语令人忍俊不禁，给节目增加了不少效果，倒也不会觉得烦扰。

“希艾，你会跳舞吗？”林澄问，“明天舞会上要跳舞吧？”

经他一提醒，夏希艾才想来还有这桩事：“我不会，你会吗？”

“唔，我以前当练习生的时候天天练跳舞，有基础，学一下应该能学会。”

“那很厉害呀。”夏希艾由衷地夸奖。他是歌手选秀出道的，没当过练习生，自然也没上过舞蹈课程。

林澄挠头嘿嘿一笑：“还好啦，你不会的话我可以教你呀。”

“我会教他的。”

江流深忽然插话，说着看向夏希艾：“我们之前不是说好了吗，希艾？”

“有吗？”

“没有吗？你再想想？”

夏希艾看着他期盼的眼神，艰难道：“好像有吧……”

江流深高兴了：“是吧！”

林澄看不懂他们之间的眼色，只当夏希艾确实有人教跳舞了，没再执念于此，很快便换了个话题。

“这里冬天要是水面结冰了怎么办？船夫不就没生意做了，怎么赚钱？”

一旁的苏芷淡淡道：“这里因为气候关系，很少结冰。”

林澄点点头：“苏芷姐好博学。”

他伸手拨弄了一下船边的水流，又立刻缩了回来，道：“好冷好冷，这要是落水了得冻死吧？”

苏芷：“好好坐着谁会落水啊？”

她的话音刚落，前方交叉的水道突然横穿出另一条贡多拉，速度很快，眼看着就要撞上，所幸两位船夫经验丰富，立刻调转船头，堪堪避过。

可面对危险时人本能就会往后躲，苏芷和林澄同时歪向右侧，船的重心一偏，下一秒就即将倾覆。

夏希艾坐在离林澄不到一米的地方，立刻伸长手臂猛推了他后背一把，帮助他保持平衡，自己却半个身子露在船外，摇摇欲坠，最终没能把控住平衡，一头栽倒下去，他连忙慌乱地闭上眼。

周围有那么多人在，倒不用担心人身安全，就怕落水之后冻出病来，影响之后的行程……

就在他的脸即将贴到冰冷的水面之时，手臂突然被一股大力狠狠一拽，硬是将他整个人拽了上来。

夏希艾诧异地回头，只听“扑通”一声，冰凉的湖水飞溅上脸，而拽他回来的江流深，已经因重心不稳落入水中。

周围的粉丝担忧得尖叫连连，后头的工作人员见状也大惊失色，立刻要下去救，但这时，江流深自己先了浮起来。

他划了两三下迅速游到船边，扒着船舷，抹去满脸的冰水，平静地说：“先靠岸。”

一靠岸，所有陪同人员立即七手八脚地帮他脱去湿衣服，披上防风大衣，就近找了家酒店让他进房间吹暖气，洗个热水澡，找来医生量体温，谁都不敢让他有一丝闪失。

直到见他无恙之后，众人一颗吊着的心才落下来。接着去通知导演发博公关，因为拍摄时周围有不少粉丝跟着，这会儿江流深落水的事可能已经传到网上，不解释清楚是意外的话粉丝估计要炸了节目组。

夏希艾没工夫考虑这些。

江流深除了嘴唇冻得有些发白，看起来精神还可以。但夏希艾知道，他有胃病，天生就畏寒，平时很少着凉，这受了这么严重的冻，就算面上不显，身体肯定很不舒服。

“都怪我不好。”夏希艾有些内疚，“早知道就不来了……”

“没多严重，我这不是好好的吗？”

他虽然这么说，夏希艾还是没办法放心。

傍晚时，其他两组嘉宾顺利完成了任务，先行回了入住的酒店。节目组料想一下午时间应该够休息了，便去临时安置江流深这组的酒店探望情况，无碍的话就可以一同返回。

候在外头大厅的同组人员一起上楼，走到房间前敲了敲门，原以为来开门的会是夏希艾，结果前来的却是江流深。

“要回去了吗？”他问。

工作人员呆呆地点头。

“行，我去叫醒他。”江流深又折了回去。

“……”

十分钟后，睡得迷迷糊糊的夏希艾才跟着一起出来，头发尚有些毛躁，扑棱着几根。

夏希艾缓了缓，便问：“你舒服了吗？”

江流深勾唇一笑：“不能更舒服了。”

工作人员：“……”

回了酒店，导演朱志明立刻带了医生赶来二次检查。他虽然不想拖延拍摄进度，但也知道嘉宾安全必须放在第一位，何况是江太子爷，不好好伺候着，别说江家，光粉丝的责问就够他喝一壶。

“流深啊，你的体温量出来有点发烧，要不明天的行程别去了，好好休息一天。”

“这怎么行？行程都安排好了，这不是失信于粉丝吗？我睡一晚就好了。”

这时，夏希艾突然开口：“没关系，粉丝会体谅的，你不信可以发条微博说一声，保证都是让你先好好休息。”

江流深失笑，难得被呛住：“你……”

“你什么？这不是你自己说的吗？”夏希艾替他做了决定，对朱志明说，“我明天也不去了，待在酒店照顾他。”

朱志明面露难色，少了一个人气嘉宾就够为难了，少两个的话这期节目播出来收视率估计会大跌。

夏希艾明白他的顾虑，接着说：“我们在酒店录，反正去化装舞会也是分组行动，我们就在房间里录点日常和跳舞片段，这样可以吗？”

这个想法倒是挺新鲜，既可以拍到当地特色的化装舞会，又可以拍到两位人气嘉宾的日常镜头，观众肯定爱看。

朱志明思虑片刻，当即拍板：“行！”

商议完具体安排后，江流深便发了条微博向粉丝说明情况，顺带着安抚了粉丝，更顺带着，拿过夏希艾的手机，转发且评论道：“好好休息，我照顾你。”

语句朴实真挚，毫不浮夸，显然认真分析过夏希艾平日发微博的风格，连最铁杆的粉丝都没察觉出任何异样，在下头真情实感地吼——

“艾艾好棒！江流氓何其有幸！好期待明天的拍摄内容，快给我播！”

“看到今天的前线粉丝录制的视频真的吓一跳，还好没事，也对，毕竟深哥这么浪，水性一定很好。”

“艾艾，你照顾归照顾，没事离他远一点。”

自从他们的小号曝光，江流深在粉丝间的风评似乎越来越歪了。

江流深颇感郁闷，他这么一本正经的内容，哪里没安好心？

“发完了吧？”夏希艾朝他摊手。

江流深把手机还回去，笑嘻嘻道：“希艾，今晚留在这里照顾我吗？”

夏希艾微皱眉，考虑了几秒钟，竟然同意了：“好吧。”

这倒是出乎江流深的意料。

“开玩笑的，我可不想传染给你，去自己房间睡吧。”

夏希艾狐疑地看他一眼，仿佛不太相信。

“真不用我照顾你？”

“不用。”江流深笑了笑。

夏希艾当即站起身：“那我回房去了。”

江流深抓都来不及抓他，就被他逃走了。

夏希艾出门后并没回房，而是去了酒店的露天阳台，一踏进去发现林澄也在看夜景，见了他立刻笑着打招呼：“希艾！这边！”

他走过去，扶着栏杆眺望远处，却没什么心思赏夜景，只叹了口气，呼出的白雾消散于冬日的空气里。

“怎么了？是不是担心深哥？”林澄立刻看出他心情不佳，“我看到你们的微博啦，你不是说要照顾他吗，怎么出来了？”

夏希艾垂下眼：“他说怕传染给我。”

“嗯，那倒也是。”

“可我不怕传染。”

“那你告诉他呀。”

夏希艾摇摇头：“说了他也不会让我照顾的。”

“这可说不定，你不说他怎么知道你的想法？”林澄突然化身人生导师，“有些话，就算再不好意思，也得说出来。”

“你说得好像很有道理。”

“那可不，这都是我的经验之谈呀。”

“嗯……”夏希艾抬眼，望向灯火阑珊的远处，迎面而来的晚风微凉，“我试试吧。”

第二天一大早，其他两组嘉宾便出门了，走之前林澄特意去了夏希艾的房间一趟，把昨天完成任务的小奖励给他带了一份。

夏希艾顺手带去了江流深房里，江流深得知是谁给的之后，说：“他还真喜欢你。”

夏希艾无语：“你不喜欢他？他那么活泼。”

“活泼是活泼，但毕竟是段明炀送进来的人。”

“是吗？”夏希艾有些惊讶。

“对啊，不然他这个刚出道才一两百万粉丝的小偶像，怎么有这么好的资源？”江流深道，“怕不是段明炀派来笼络你的。”

夏希艾拿他没办法，只好身体力行地表明了自己绝不会跟着段明炀跑的坚定立场，这一天都对他寸步不离。

白天节目组进房间录了点采访和日常，顺便让医生重新来量了体温。江流深烧得不算严重，但一直退不下去，除了头晕，胃病也偶尔发作，实在不宜去人多的地方凑热闹。于是晚上便按照原先的计划，在套房内多装了几处摄像机，朱志明亲自坐在隔壁房间的监控屏幕前，信誓旦旦要拍出一段绝美的双人舞。

结果一开场，江流深便带着夏希艾到餐厅喝酒去了。

朱志明差点喷出一口老血。餐厅没装摄像机，只能隔老远拍，声音也听不太清。

江流深只倒了小半杯红酒，递给夏希艾，让他尝尝味道，自己喝的却是热白开水。

夏希艾见他谨遵医生叮嘱，稍感欣慰，没想太多接过酒杯喝了。放下酒杯过了一小会儿，脸上便浮起浅浅的绯色，谈不上醉，但神态已经比刚刚松懈了许多，他伸手覆在江流深的额头上。

“好像还有点烫……”

江流深不接话，拂开他的手，问：“我们去客厅跳舞吧？”

“可是我还没学，不会跳……怎么办？”他本来打算昨晚现学，结果江流深生了病，他忙着照顾，哪儿还有空学。

“没关系，我教你。”

江流深带着他往客厅走，站定后一转身，跳舞的架势便摆好了。

客厅内播放着事先预备好的柔缓音乐，夏希艾仔细一听，发现竟是他那首《专属深爱》的慢速钢琴纯乐版，节目组也真是用心。

夏希艾考虑到江流深还生着病，不忍心让他那么累，拒绝了跳舞的提议。

江流深见他犹豫，转身回到房间，取来那个定制面具，给夏希艾戴上，顿时大半张脸被严严实实地挡住。

朱志明：“……”

工作人员：“深哥这是干吗？”

众人皆愣了愣。

夏希艾毫无察觉，刚刚喝的酒后劲上来了，令他脸颊发热，思维不太清明。

“你不戴吗？”他问。

江流深勾唇笑了笑，摇了摇头。

摄像机后的一干人等脸都快贴到镜头上了，还是听不清客厅里的两位在说什么。

朱志明痛心疾首："我就知道不该听他的把麦克风撤了！"

说归说，但他也知道，要是江流深再让他撤走麦克风，他也只能乖乖照做。

好在江太子爷还算给面子，讲了会儿悄悄话后，便开始用正常音量交谈。

"时间过得真快，一眨眼都一年过去了，上次和你参加这节目感觉还在昨天。"江流深回忆着，突然"扑哧"笑了一声，说，"当时天天看你讨厌我又拿我没办法的样子，真的有趣。"

夏希艾瞪他一眼："你也知道你讨人厌？"

"那你可错怪我了，我平常对人都不那样，觉得你有趣才逗你。对了，除了这节目组安排的四个地方，还想去哪里玩吗？我带你去。"

"你先把病养好再说吧。"夏希艾一只手搭着他的肩，掌心下的皮肤微微发烫，"发着烧，能去哪里？后面的行程说不定都不能去了。"

"不可能，我就算发烧发到四十二摄氏度也要坚持下去，努力向上的偶像都是这样的。"江流深毫不脸红。

夏希艾无语："别忘了你录完这个还要去拍戏，也没时间出去玩吧？"

"那可以约以后。"江流深轻笑，"等你有空我也有空的时候。"

后面录制的十几天，去的地方都是同纬度的寒冷地区。他们几乎都是户外活动，为完成任务不断奔波，导致江流深的这场烧断断续续、时好时坏，好不容易压下去几天，看似无恙了，又担心病菌没消灭干净，不敢离夏希艾太近，结果过了两天受了点寒，又发起了低烧，连带着胃痛一起复发，直到最后几天都没彻底恢复，堪称他最痛苦艰难的一次录制体验。

最后一晚，他们住在北海道的一家温泉旅店内，依旧分了六间房。

晚上聚餐时，为了庆祝节目录制顺利收官以及已播出的第一期收视率创新高，节目组特意准备了当地有名的梅子酒。江流深有病在身没法喝，还监督着夏希艾别乱喝，这酒度数高，他随便喝两口就醉了，第二天肯定得头痛。

酒足饭饱之后，众人便各回各房睡觉，江流深照例对夏希艾说了句“回房给你打视频电话”，正欲转身，被夏希艾叫住。

“你……是不是明天就进组了？”夏希艾问他。

江流深愣了愣：“是啊，怎么了？”

本来这天就该进组了，但由于要上这节目，好说歹说才让导演往后推迟了一天。

“没事……”夏希艾的表情有些纠结，“那……你今晚早点休息。”说完便匆匆回自己房间去了。

江流深没明白这是哪一出，想着反正一会儿还要视频，就没往心里去，回房间泡温泉去了。

他这烧虽然发得不严重，但脑子总有些昏沉，在略烫的温泉水里泡了会儿，出了一身淋漓的汗，更是燥热郁烦，刚想起身，外边的门突然被敲响。

“谁啊？”

“是我。”一道清亮的声音传来。

“进来吧。”

夏希艾开门，走到温泉边。江流深一抬眼，看见他穿着一身藏青色的条纹浴装。

夏希半蹲在温泉池边，问：“你身体……好点了吗？”

“泡了会儿温泉出了身汗，感觉好多了。”江流深转了个身，趴在池边。

“你……出来吧，泡久了会头晕的。”

江流深泡了近半小时，确实有点头晕了，手臂一撑，就从池子里站了起来。

他随手拿起池边的浴巾擦了几下，自顾自地坐到一旁的躺椅上，看起来有些无力疲惫，慵懒地说：“快回去吧，一会儿跟你视频。”

“你不回房间吗？”

“我还有点事要做。”

夏希艾咬住唇，微屈的手指攥成拳，像是下定了决心：“那我……”

江流深截住了他的话：“快好的时候最容易传染了，回去吧。”

夏希艾仍站在原地，微皱着眉，嘴角耷拉下来：“可你马上就要进组了……”

他捏紧拳头，一步步走向躺椅：“我后面几天没有活动……”

“所以呢？”

夏希艾站定在他面前，黑亮的眼睛里燃着炙热的光：“所以我不怕被传染，我想留下来照顾你。”

江流深讳莫如深地看着他。

“喝酒了？”

夏希艾摇头。

“担心我？”

夏希艾迟疑一秒，点了下头。

“回自己房间。”

夏希艾扭过头，一口拒绝：“不回。”

江流深正要采取点手段，外边的门突然被敲响了，传来的是林澄的声音：“深哥！希艾在你这儿吧？我去他房间找他，他不在，看你门口有两双拖鞋。”

夏希艾想起刚刚自己进来的时候没锁门，心头一跳，立刻跑到门口开门，问：“什么事啊？”

“啊，你果然在！”林澄高兴道，“我刚刚看到楼下有卖看起来很好吃的小蛋糕，你要吗？我给你带一块呀。”

“谢谢，不用了。”他现在哪里吃得下。

“啊，好吧，那我自己去买啦。”林澄说完，随口问了句，“希艾，你今晚睡这儿吗？”

“我一会儿就回去。”

“那好，我走啦，晚安！”

“嗯，晚安。”

直到锁上门，夏希艾才长吐一口气，想想打算听江流深的话回自己房间，结果开门的手刚伸到半途，身后传来江流深的声音。

“不是说要照顾我吗？”

夏希艾微不可察地点了点头。

天亮起来的时候，勤奋的工作人员便收拾好行李准备返程了，一个个去叫醒嘉宾，顺便录最后一次起床素材。敲到夏希艾的房间，发现没有人应答，只好先去了敲江流深的房间。

日式木门一拉开，江流深懒洋洋地斜靠在门框上，打了个哈欠，问："什么事？"

"深哥，我们该走啦，出发前让医生再给你量下体温、吃点药。"

"没事，我的烧已经退了。"

"啊？好吧……那医生您先去外头坐吧。"

"等等。"江流深叫住了他们，"医生，您进来一下，量个体温。"

工作人员莫名："深哥你不是说你烧退了吗？"

"不是我。"江流深瞥了眼摄像机，"你们别进去。"

说完就让开一条道，把医生请进去后便关上了门。

剩下的工作人员面面相觑。

显微镜"深艾"粉们怎么可能察觉不到这木门背后的故事，纷纷忍不住仰天大笑道："深哥这回绝对完了，百密一疏啊，居然让节目组给播出来了。"

然而也有清醒的粉丝道："不会啊，这不是应该经过嘉宾允许才能播的吗？"

夏希艾看到这条评论的时候，刚和远在剧组的江流深聊完视频。

他想了想，手指微动，登着大号，给这条评论，悄悄点了个赞。

## 番外二
## 演唱会

八月末，暑气未消，可容纳七万人的大场馆内虽开足了空调，但依旧不适宜过多的体力活动。

“老师，这地方灯光慢了一拍。”夏希艾摘下耳返，朝台下喊了一句。

“好！我让灯光师调整一下！”

“嗯，谢谢老师。这首歌我们一会儿再来一遍，先继续往下吧。”

彩排又持续了一个多小时，总算轮到了中场休息。工作人员个个大汗淋漓，撩起衣摆擦汗，矿泉水咕咚咕咚往嘴里灌，这才感觉好受些。

“辛苦各位老师了，我准备了些冰袋和冰镇西瓜，去后台休息会儿吧。”

“好咧！谢谢希艾。”

夏希艾放下话筒，脱了演出服外套，松了几颗领口的扣子，下了舞台没跟着工作人员们去后台，而是径直走向了观众席。他一边走，一边拿着小电风扇，对着额头吹，湿发贴在汗津津的脑门上，吹了会儿便干了，往后微微飘扬着。

“这一场下来好消耗体力啊。”他翻了个座位坐下，对身旁人说，“早知道平时应该跟你一起多锻炼。”

江流深架着长腿，撑着下巴，一副若有所思的认真表情，罕见地没接话。

“怎么了？我刚刚的表演……你不满意吗？”

“很不满意。”江流深口吻严肃道，“我竟然挑不出一点毛病，让我这个场外指导的脸面往哪儿搁？”

夏希艾无语：“最后一次彩排了，能不能说点正经的？”

“说正经的？那就是无可挑剔、无懈可击、完美无缺！”

夏希艾笑了："你够了啊，到底有没有改进意见？没有我就把你这个没用的指导赶出去了。"

"别啊，我提我提，非要说的话，改进意见就是——多笑笑。你已经做得很好啦，不要这么紧张，看你全程都没笑几下。第一次开演唱会这么开心的事，我知道你心里也很高兴，为什么不表现给粉丝看呢？"

夏希艾微皱眉，有些为难："我也想，但有时候不自觉就……"

"习惯了是吧？没事，对着镜子多练练。"江流深嘴上不忘继续捉弄他，"或者你可以多学学我。"

"嗯。"夏希艾还真把这厚脸皮的建议纳入了考虑。

工作人员吃完解渴的冰镇西瓜，休息了会儿，便开始准备剩下的烦琐事项。一场演唱会表面看着光鲜华丽，背后可能是很多人长达数月乃至半年的辛苦准备，每个琐碎细小的环节都得协调好，才能确保演出顺利完成。

夏希艾虽然对幕后工作不甚了解，但能做的尽量亲力亲为。到后台的时候，顺便去各个部门转一圈，查看最后关头还有没有什么需要解决的问题。

他走到后勤部的时候，推门一进去，发现里面堆着许多硬纸板箱子。

"这是什么？"

负责人立刻冲了过来，回答："啊！这是……这是准备给粉丝发的荧光棒！"

"这样啊。"夏希艾点点头，"我能拆开看一下吗？"

"这……"

"我这儿有一根样品！"另一个工作人员也冲了过来，"看这根就可以了，箱子里的密封着比较好，荧光棒遇光可能会有损耗。"

"是吗？"夏希艾略有疑惑，但既然是专业人员说的，他便没多想，接过那根样品看了看，确认没问题后，交还给负责人，"那明天就麻烦你们了。"

"应该的，应该的。"

夏希艾没多停留，出了后勤部就往化妆间去了。

晚上回到就近入住的酒店，已是筋疲力尽，好在酒店服务周到，按摩浴缸内提前蓄好了热水，放入了缓解疲劳的入浴剂。清新的香味配上温度正好的水，夏希艾泡着泡着都快睡着了，头一点一点的，差点磕到浴缸壁上。

他眯了会儿后，倒是清醒了些，冲干净泡沫，吹干了头发，睡袍一穿回了卧室。

“怎么了？”他刚躺下，一旁的江流深问。

“没什么，就感觉人生美好得有点不真实……”夏希艾道，“万一我睡着了，醒过来发现是一场梦怎么办？我没遇到过你，没当歌手，也没开演唱会……”

他说到这儿，自己忍不住先笑了：“我在乱说些什么，大概是泡太久泡晕了，你别理我。对了，你不会真的有什么‘惊喜’给我吧？老实交代。”

“呃，确实有个小惊喜……本来想在最后安可曲你请我上台的时候，吹一段唢呐……”

“唢呐？”

“我不是说过我有这项技能吗？钢琴你弹就够了，我吹唢呐，可以逗粉丝一乐。”

夏希艾服了他：“你真是……花样百出。”

江流深哈哈一笑：“你要是不喜欢我就不吹了，反正就是图个好玩。”

“随便你，反正丢脸的是你。”

“怎么说话呢？你是我公司的艺人，我丢脸就是你丢脸呀。”

夏希艾怒瞪：“你也知道啊！”

江流深笑嘻嘻地道：“怎么样？是不是觉得我很接地气？现在是不是感觉生活真实点了？”

夏希艾好笑又感动，一时不知该说什么好，只能轻轻“嗯”了一声。

第二天下午，演唱会所有环节准备完毕，下午五点，入场通道提前两小时开放，粉丝们陆续进入场馆。

这次演唱会筹备了大半年，一有动作风声就泄露了出去，得知消息的粉丝嚎叫冲天，宛若过年，翘首以盼、苦苦等待终于等到了门票开卖，结果门票瞬间一抢而空，网页多次瘫痪。虽然免不得有些黄牛趁机牟取暴利，但官方早已宣布演唱会将会进行免费现场直播，结束后也将上传整场录像，最大限度地让每一位粉丝都能观摩表演。

网友们纷纷惊叹："演唱会直播还真是少见，不要赚钱了吗？"

营销号道："就算直播不还是卖空了？再说了，有江太子爷当靠山，夏希艾还会在乎这点收入？"

江流深立刻发博："希艾人帅心善又能干，这个月的收入都超过我了，以后公司靠你养着啦。"

粉丝 1："你可得了吧，你这个月都没拍戏，啥行程都没有，跟勤奋的艾艾好好学学。"

粉丝 2："你们能不能夸一下深哥发这条博的良苦用心！夸完要搞事情带我一个。"

十分钟后，营销号们纷纷删除微博。

半小时后，江流深不知出于何种原因，把"人帅心善"编辑成了"人酷心善"。

总而言之，这场从大半年前就话题度爆棚，如今仍居高不下的演唱会，如今终于要举办了。

这次，除了常规的预备工作，安检口的检查力度加大了不少，后台的危险物品也通通收了起来，妥善安放，以防上次那种情况发生。

距离正式开始还有最后一小时，夏希艾坐在化妆间休息养神，脑子里仍思考着还有什么遗漏的环节，确认无误后又过了一遍所有曲目的歌词，眉头微皱。

一旁看着手机的江流深抬眼从镜子里看见他的神情，"扑哧"笑了一声。

"不是说了要多笑笑吗，你这是开演唱会还是赴刑场啊？"

"我的眼皮一直跳……"夏希艾担心道，"上次苏芷姐的演唱会，我眼皮跳就出了事，这回跳得更厉害了。"

江流深笑了："跳就跳呗，有我在，再大的事我都给你兜着，别慌。"

听他这么说，夏希艾稍稍安了心，伸手想去摸化妆台上的手机，摸了个空，这才想起来手机方才被江流深没收了，说是为了让他不受打扰，专心休息。

“给我一下手机吧，我想看看粉丝现在在做什么。”

“在口袋里，自己拿。”

夏希艾伸长手去够，一个没坐稳，直直朝地上摔去，还好及时稳住了身子。

江流深目光往夏希艾全身扫了一圈，仔细端详了会儿，“今天这身选得不错”。

夏希艾差点忘了自己要干吗了，刚回忆起来是拿手机，工作人员就过来跟他说该去候场了。

“去吧，手机我替你保管着。”江流深和他一起走到指定的候场位置。

夏希艾站定在升降台上，造型师最后替他理了理发型和衣服，往头上补喷了一点闪粉，确保一切完美。

还有十分钟登台。

他仰头，深深地吸气，缓缓地呼出，如此反复。

总负责人的声音从耳返中传来：“倒计时十秒！十！九！八！七！六！五！四……”

夏希艾看向江流深：“我去了。”

“三！”

江流深笑了笑，道：“去吧，我也去贵宾区了。”

“二！”

“好。”夏希艾微扬起嘴角，上方舞台的灯光打下来，落入他眼中，宛若熠熠星辉。

“一！”

升降台一震，缓缓升起。

在振聋发聩的欢呼声和尖叫声中，江流深微仰头，看着眼前人离自己越来越远，璀璨的灯光倾泻而下，夏希艾沐浴其中，从头到脚，光芒万丈。

黑暗不复存在，他是那般耀眼夺目，是终被开启的尘封宝藏，是重返天堂的人间天使。

三小时后，演唱会所有表演结束。

夏希艾下了台立刻猛灌了几大口水，一秒也没缓，气喘吁吁地往化妆间赶，连耳返都来不及摘下来。周围一群人围着他疾走，替他脱衣服，替他扇风，替他擦汗。到了化妆间，特邀化妆师 Sherry 又立即为他补妆定妆。

“弟弟别急，先休息会儿。”

“不行，估计马上又要返场了。”

果不其然，总负责人那儿很快便传来通知，要加一首安可曲，五分钟后返场。

夏希艾百忙之中不忘问：“深哥呢？他还没来后台？”

Sherry：“他……他大概一会儿过来。”

“嗯。”夏希艾不放心地多问了句，“我们后台……有唢呐吗？”

“唢呐？没见过。”

“那就好。”夏希艾松了口气，“那深哥说过他上台要做什么吗？就和我一起谢个幕？”

“不……不清楚……”

“Sherry，你怎么今天结巴了？平时不是很能说会道吗？”

Sherry 勉强笑了笑：“时间太紧张了，你跟我说话我专心不了。”

“好吧，那我不影响你，尽快。”夏希艾懂事地闭上了嘴。

五分钟后，待他重返舞台之时，呐喊着“安可”的粉丝才稍稍安静了些，呐喊声依旧此起彼伏，热情分毫不减，情绪反而越发高涨。

夏希艾脱掉了原先华丽繁复的演出服，换上了最简单清爽的纯白西装，朝台下笑着喊：“最后一首，想听什么？”

台下的粉丝挥舞着荧光棒，异常整齐划一地喊：“《专属深爱》！”

音浪以排山倒海之势扑面而来，把夏希艾都震蒙了一瞬。

这……未免也太统一了，简直像事先排练过一样。

“可这首歌我刚刚唱过了啊，你们还要听一遍吗？还是换首别的？”

这回的答案复杂乱许多，但大致上能听清多数人同意前者。

“好吧，既然你们这么喜欢这首歌，那我换个版本再唱一遍。”夏希艾对后台道，“麻烦老师放一下钢琴伴奏版。”

这时，耳返里突然传来声音说：“希艾，深哥要上台来给你伴奏。”

夏希艾愣了愣，立刻朝上台的地方看去，生怕江流深真拿着个唢呐上来了。这可是七万人的场子，摄像机背后不知道有几千万观众盯着，要是让他唱一首唢呐版的《专属深爱》，他可能会选择在现场揍江流深一顿。

好在工作人员从旁侧舞台搬出了一架钢琴，他这才松了口气。

江流深也没搞出什么奇奇怪怪的操作，难得一身正儿八经的黑西装，从容稳健地登上了舞台，刹那间场下的尖叫声几乎要掀翻场馆的屋顶。

“嘘……”江流深神秘地对台下的人说，“一会儿再尖叫，好不好？”

“好！”

夏希艾愣了愣，有点看不懂了。一会儿是什么意思？

还没等他想个明白，江流深已然端坐在了琴椅上，修长的手指灵活起落，歌曲的前奏流泻而出。

夏希艾连忙报幕：“那就请听这首由江流深倾情伴奏的《专属深爱》！”

这首歌他已演唱过无数次，倒是头一回和江流深一起合作。

他趁唱歌的间隙瞄了江流深一眼，那家伙倒是一派享受的表情。

夏希艾怎么能在自己的场子上被他比下去？当即决心回击，边唱边缓步走到钢琴边。

江流深面不改色。

只有他听见了，刚刚江流深弹错了一个音。

歌声与琴音渐渐终止，台下的尖叫却越来越兴奋。

按照流程，接下来该是最后的谢幕了。江流深起身率先拿了话筒，说：“谢谢大家今晚捧场！最后，我有几句话想跟大家说……”

夏希艾语塞。

这不是他的台词吗？

他正疑惑时，江流深已经走到他身旁，接着，大声问台下的粉丝：“我是谁？”

怎么没按致谢词来？这又是搞哪一出？

粉丝却似乎毫不意外，全部异口同声地回答："江流深！"

这下夏希艾更蒙了。

这晚的江流深不大对劲，粉丝更不对劲。他们好像联合起来了，就他一个人一头雾水搞不清状况。

旁边的江流深指着他，又问了句："他是谁？"

"夏希艾！"

"我们是……"

"好朋友！"

夏希艾无奈地看他一眼。

江流深对他目光视若无睹，继续问："好朋友应该做什么？"

粉丝声嘶力竭地大吼出重点词："互相帮助！！！"

夏希艾怔住，不可思议地缓缓瞪大眼。

"那你们就把信上的最后那句话大声喊出来！"

信？什么信？

夏希艾茫然地四下望去，果真看见台下不少粉丝都拿着一张信纸。

什么时候发的？谁发的？他从来没有安排过发信啊，这么大数目的信，也没在后台见过……不对，那些硬纸箱！江流深怕不是在每个粉丝入场时逐个发了封信，信里有指示，所以台下所有人的喊话才这么整齐划一。

"希艾！"

粉丝的呼唤将他的思绪拉了回来，夏希艾下意识地应了一声："嗯？"

"我们永远陪着你！"

夏希艾满脸惊讶。

江流深在震天动地的呼喊声中，露出一抹笑意。

"你看，很多人喜欢你、支持你吧。"